ro
ro
ro

ro
ro
ro

NEUN

KRISTINA
MONINGER

TAGE

WUNDER

Roman

ROWOHLT TASCHENBUCH VERLAG

2. Auflage Dezember 2024
Originalausgabe
Veröffentlicht im Rowohlt Taschenbuch Verlag,
Hamburg, Dezember 2024

Covergestaltung FAVORITBUERO, München
Coverabbildung Shutterstock
Satz aus der Lyon Text
Gesamtherstellung CPI books GmbH, Leck
ISBN 978-3-499-01196-2

MIX
Papier | Fördert
gute Waldnutzung
FSC® C083411

Für Susi – endlich!

Eine Eintagsfliege lebt nur einen Tag.
Aber sie lebt für *diesen Tag.*

PROLOG

Ich wollte aufstehen und gehen. Oder zumindest etwas sagen.

«Es ist so schön, dich zu halten», flüsterte Lukas und drückte mich an sich. Er legte seine Hand an meine Wange. Und ich konnte mich nicht von ihm lösen, weil warme Arme und heiße Küsse so viel verführerischer waren als kalte Worte und eisige Erkenntnis.

Er blinzelte schläfrig, streckte seine langen Beine und löste seine Hand. Dann verknotete er seine Finger mit meinen, als wären wir unzertrennlich, als wäre das hier ein Anfang und nicht das Ende. Noch waren seine Augen geöffnet. Und die kleine Sorgenfalte, die eigentlich immer zwischen seinen Brauen lag, war kaum noch sichtbar. Bis vor wenigen Augenblicken hatte ich genauso empfunden – wie geglättet von Glück. Und doch hatte ich nicht eine einzelne Sekunde dieses absurd schönen Gefühls verdient.

Lukas hatte keine Ahnung, um wen er da seinen Arm legte, wessen Rücken er langsam, mit müden Fingern streichelte. Schlaftrunken murmelte er ein paar Worte, die ich nicht verstand.

Jetzt wurde sein Atem ruhiger, während mein Puls unheilvoll zu rasen begann.

Oh, mein geliebter Lukas. Wir hatten neun Tage und neun Nächte. All die Zeit schlugen unsere Herzen im Gleichtakt. Aber ich habe unsere Liebe kaputt gemacht, *bevor* sie begonnen hat. Und es gibt nichts, was ich tun kann, um das zu ändern. Ich dehne hier nur den Moment vor dem Aufprall so lange wie möglich aus. Meine Schuld wiegt schwerer als Liebe.

KAPITEL 1

ANNI

HEUTE

G*lückstadt, Kreis Steinburg.* Dieses einfache gelbe Schild mit der schwarzen Schrift bringt mich immer noch jeden Tag zum Lächeln. Obwohl ich seit vier Jahren hier lebe und unzählige Male auf den Neuendeich abgebogen bin, verlieren weder der Weg an der Elbe entlang noch der Ortsname auf dem Schild den Glanz ihres Zaubers.

Anni hat ihr Glück in Glückstadt gefunden.

Wenn ich in unsere Straße fahre, kann ich das Haus nicht sofort sehen. Es liegt ein bisschen verborgen hinter der viel zu hoch gewachsenen Hecke und dem schmalen dreistöckigen Gebäude vorn an der Ecke, in dem früher die Touristeninfo beheimatet war. Sobald es aber erscheint, ist die blaue Tür immer das Erste, was ins Auge sticht. Dabei war sie rot, als ich eingezogen bin. Verwittert und nicht mehr abschließbar. Das Haus mit der Nummer 188a verdankt die blaue Tür mit den weißen Intarsien und den hanseatischen Motiven darauf Bens Kurzgeschichtensammlung. Das neue Dach haben wir ein Jahr später mit dem Vorschuss für seinen vierten Roman angezahlt. Und weil es reetgedeckt sein musste, ist sehr viel von diesem Buch dort hineingeflossen.

«Jemand zu Hause?», rufe ich, nachdem die blaue, schwere Tür hinter mir knarrend ins Schloss fällt, als wäre es ihr viel zu anstrengend, sich ständig unserem Rhythmus beugen zu müssen. «Ich wäre jetzt da!»

Ich hänge den Schlüssel an das Brett mit den kleinen Ankern und trippele mit den Füßen auf der Stelle. Keine zwei Sekunden später kommt ein Fellknäuel um die Ecke gesaust, jault, quietscht und donnert. Das Quietschen sind Fieps' schlechte Zähne, die aufeinandermalmen, wenn er sich freut. Das Donnern der Schwanz, der an die Wände schlägt. Nach klassischen Gesichtspunkten ist Fieps kein schöner Hund. Er ist ein Mischling, ein wenig kleiner als ein Labrador, drahtig und muskulös. Und er hat die Fellfarbe einer Hyäne. Außerdem verdankt er seiner Husky-Oma zwei unterschiedliche Augenfarben, und sein linkes Hängeohr ist kürzer als das rechte, die Haut daran aufgrund einer Bissverletzung wie ein Blumenkohl gekräuselt. Wenn Symmetrie die Grundlage von Schönheit ist, dann hat Fieps also wirklich schlechte Karten. Aber sein Fell ist weich, seine Augen treu und lieb, und sein Charakter so ausgeglichen und freundlich, dass Kongruenz nur überbewertet sein kann. Seinen Namen verdankt er Bens Tochter Lena und der Tatsache, dass er nicht bellen, sondern eben nur jaulen und fiepsen kann.

Ich beuge mich vor und kraule ihn im Nacken, den er mir fordernd entgegenstreckt. Dabei wollte ich diesen Hund ursprünglich gar nicht haben. Aber jetzt liebe ich ihn. So ist das manchmal im Leben. Mit Menschen und Tieren. Das, was man überhaupt nicht wollte, kann man so sehr lieben, als müsste man das Nicht-Wollen dringend wettmachen.

Ich lehne mich mit der Hüfte an die Wand und seufze. Direkt vor mir prangt der Blutfleck auf dem Holz, der sich nicht hat entfernen lassen. Er stammt von Fieps. Von dem Morgen, an dem wir ihn ins Haus geschleppt haben, mehr tot als lebendig. Als klar war, dass ich an meinem Schwur, kein Tier im Haus zuzulassen, nicht länger festhalten konnte.

Nach der Krauleinheit lasse ich den kleinen Racker raus

in den eingezäunten Bereich unseres Gartens und nehme anschließend die Treppe hoch ins Obergeschoss.

Gut, dass Ben und ich beide keine Riesen sind, denn wenn man über 1,90 Meter misst, hätte man hier oben schnell einen steifen Nacken. Der ausgebaute Dachboden ist dank der Rundgauben und der zartgrauen Wände freundlich und hell. Die frei liegenden Dachbalken haben wir in wochenlanger Arbeit abgeschliffen und neu geölt. Wenn ich mit der Hand über die marmorierte Fläche streiche, kann ich dieses Gefühl, das ich hier erstmals gespürt habe, mühelos hervorrufen: ein Gefühl von Heimat und Verbundenheit.

Dieses Haus auf der Warft hat Geschichte geschrieben, schreibt noch immer daran und hört hoffentlich so schnell nicht auf damit. Jedes Mal, wenn ich den Blick schweifen lasse, sehe ich die Kerben. All die kleinen und großen Dramen unseres Lebens hier. Die Stelle über dem Holzrahmen der Tür, die vom Flur ins Gästebad führt, an der Ben sich verbohrt hat, weil er zu verbohrt ist, um zuzugeben, dass handwerkliche Tätigkeiten nicht in seinen Fähigkeitsbereich fallen. Dann ist da die Wand im Wohnzimmer, die wir ständig streichen müssen, weil seine Schwester Maren es nicht lassen kann, Handstände zu üben und dabei Fußspuren zu hinterlassen.

Ich ziehe Rock und Jacke meines Kostüms aus, das nach Bens Aussage im Kleiderschrank immer aussieht wie eine alte Eiche in einem Palmengarten, weil ich sonst lässigere Sachen trage. Und tatsächlich: Immer wenn ich hier unterm Dach stehe und raus auf den Deich und den Leuchtturm sehe, dann fühlt sich meine Arbeitskleidung zu eng und spießig an.

Ben glaubt nicht an die Macht eines Outfits. Er ist, anders als ich, nicht der Ansicht, dass Kleider Leute machen, sondern dass Leute sich viel zu viel aus Kleidern machen. Er trägt am liebsten dunkelgraue Troyer-Pullis, im Sommer alte Band-T-Shirts von Nirvana, Bad Religion oder im schlimmsten Fall von Iron Maiden.

Hastig schlüpfe ich in eine ausgebleichte Mom-Jeans und ein helles, figurbetontes Oberteil, das ich mit einer orangepinken Strickjacke kombiniere. Da klingelt es schon an der Tür. Das muss Lena sein, Bens Tochter. Ich höre das kurze Hupen, das Lenas Mutter als ausreichenden Gruß betrachtet, wenn sie ihre Tochter abliefert. Die Clara-Schumann-Grundschule, die Lena in Hamburg besucht, hat morgen geschlossen. Und wegen des Geburtstags der Namenspatronin kommt Bens Tochter schon früher in der Woche zu uns raus. Was uns an diesem Donnerstag die Gelegenheit gibt, später noch nach Hamburg zu fahren. Denn Ben hat heute ein Treffen mit seinem Lektor dort, und wir werden nach längerer Zeit mal wieder gemeinsam in der Stadt essen gehen.

Ich lächele beim Gedanken an den kleinen Wirbelwind. Lena wird die nächsten vier Tage bei uns verbringen. Noch jemand, der mir tief und unwiderruflich ins Herz hineingewachsen ist.

Zwei Stunden und vier Runden Rummikub später machen Lena und ich uns auf den Weg.

Beim Einsteigen betrachte ich mich flüchtig im Klappspiegel der Sonnenblende. Die Locken, die ich heute Morgen mit dem Glätteisen in meine schulterlangen, braunen Haare gezaubert habe, halten noch.

«Wollen wir los?», frage ich und drehe mich halb zu Lena auf der Rückbank um.

Als Antwort drückt sie ihre Füße gegen meinen Sitz. Ich

könnte wetten, dass sie ihre grünen Sneakers mit der Glitzeraufschrift für diesen Zweck ausgezogen hat, sodass sie mit den Füßen weiter hochwandern kann, bis sie mir damit ein paar Härchen einzwickt. Sie macht es nicht absichtlich, es ist eher eine Art innerer Zwang, die Füße ständig in Bewegung zu halten. Wie Maren, ihre Tante und Bens Schwester, die auch nie stillhalten kann. Ich könnte etwas sagen, weil es mich stört. Aber ich sage lieber nichts. Wäre Lena meine Tochter, hätte ich ihr das mit den Füßen am Sitz vermutlich längst verboten. Aber weil Lena eine Mutter hat, die ihr alles Mögliche verbietet, spiele ich die liebe Stiefmutter. Ein bisschen, weil ich Lena sehr gern habe – und ein bisschen auch deshalb, weil ich trotz all der gemeinsamen Zeit immer noch nicht so genau weiß, was ich darf und was nicht. Mir fehlen die ersten Jahre mit ihr, in denen man angeblich lernt, auf seine Instinkte als Mutter zu hören.

«Kommt Tante Maren auch?», will Lena wissen. Aber sie wartet die Antwort gar nicht ab. «Kann ich Kaugummi?»

«Nein», antworte ich.

«Was jetzt? Maren oder Kaugummi?»

«Maren ist zurzeit doch in diesem Kloster in Bayern», sage ich, bin mir aber selbst nicht ganz sicher, ob das stimmt. Es könnte auch gut sein, dass sie morgen ein Foto vom Ballermann postet und das mit der Askese schon wieder völlig vergessen hat. Bei Bens Schwester, unserer Teilzeitmitbewohnerin, weiß man nie so genau.

«Kaugummi? Kann ich?»

Ben würde sie jetzt zwingen, einen vernünftigen Satz zu formulieren. Oder sie fragen, was «Kann ich Kaugummi?» bedeutet. Kann ich Kaugummi *kaufen*? Kann ich Kaugummi *an die Scheibe kleben?* Kann ich Kaugummi *runterschlucken*?

Aber ich bin ja nicht Ben. Ich bin weder Schriftsteller noch Vater, also sage ich einfach: «Ja.»

Und muss dann grinsen, als Lena auf ihrem Sitz so weit nach unten rutscht, dass sie mir ihren Zeh ins Gesicht strecken kann und mich kurz damit an der Wange anstupst. «Bist die Beste.»

«Auf jeden Fall die beste Kaugummi-kau-Erlauberin aller Zeiten», stimme ich zu.

Ich starte den silbernen VW, der eigentlich der Kanzlei gehört, für die ich arbeite, und setze an den großen blauen Kübeln zurück, in denen die Reste der diesjährigen Geranien vor sich hin herbsteln. Es wird wirklich Zeit, endlich ein paar Kürbisse zu besorgen.

Als ich eine gute Stunde später vor dem *Phantom* in Hamburg den letzten freien Parkplatz ergattere, fragt Lena: «Was ist eigentlich ein Phantom?» Sie kann hoch zu dem hell erleuchteten Schriftzug sehen. Draußen dämmert es bereits.

Beinahe lautlos manövriere ich das E-Auto in die Parklücke und drehe mich zu ihr um.

«Ein Phantom ist etwas, was man sich einbildet ... Jemand, der nicht da ist. Oder jemand, der da ist, den man aber nicht sieht.»

«Ah», sagt Lena und nimmt dankenswerterweise endlich die Füße vom Sitz, um sich ihre Schuhe wieder anzuziehen. Dass ein neunjähriges Mädchen schon solche Stinkefüße haben kann, ist mir unbegreiflich. «Dann ist Nils so etwas wie ein Phantom», fügt sie hinzu.

«Wer ist Nils?»

Lena schaut nicht hoch, während sie mit ächzenden Geräuschen in ihre Sneakers schlüpft. «Na, der Junge aus meiner Klasse, der hinter mir gesessen hat und der letztes Jahr weggezogen ist und jetzt auf eine Waldschule geht.»

«Waldorfschule?»

Sie nickt lässig. «Manchmal drehe ich mich noch um und will was zu ihm sagen, dabei sitzt da jetzt doch Boye.»

Ich lächele, obwohl sich etwas in meinem Bauch schmerzhaft zusammenzieht. Es muss der Hunger sein, denn ich habe mittags nur ein halbes Fischbrötchen gegessen. Donnerstags ist nämlich Christas Nordseetag, und das heißt, unsere Assistentin setzt sich um halb zwölf auf ihr firmengesponsertes Lastenfahrrad und holt für unser kleines Team Fischbrötchen beim «plietschen Heinz». Ich mag Fisch, aber das, was der patente Heinz da zwischen zwei latschige Weizenbrötchenhälften klatscht und mit Mayonnaise überzieht, hat mit Kulinarik so wenig gemein wie mein Abschluss in Strafrecht mit meinen täglichen Aufgaben in der Kanzlei. Unser Chef, Dr. Bjarne Willenburg, allerdings verdrückt die Brötchen mit dem gierigen Blick eines ausgehungerten Seehundes, bis ihm die Mayonnaise überall im üppigen Schnurrbart klebt.

«Los! Los!» Lena springt aus dem Wagen. «Papa ist bestimmt schon da.»

«Ja, bestimmt», sage ich und lächele.

«Hast du eigentlich noch Seepferdchen im Bauch, wenn du ihn siehst?»

«Seepferdchen? Du meinst Schmetterlinge?»

«Nein, Seepferdchen sind viel cooler! Wir haben in Bio gelernt, dass die Männchen da die Kinder auf die Welt bringen.»

Ich muss nicht lange überlegen. «Klar, eine ganze Herde Seepferdchen hab ich im Bauch, wenn ich deinen Papa anschaue.»

Lena grinst zufrieden.

Ben sitzt hinter den Plastikblumen, die den Eingang des *Phantom* vom Restaurantbereich trennen. Er fällt mir sofort ins Auge. Vor seiner Nase schwebt die Speisekarte. Bestimmt schaut er schon geschlagene zehn Minuten hinein, und ich könnte wetten, dass ein kleiner Block vor ihm liegt, auf dem er notiert hat, was er sich zusammenbasteln will. Ben ist der Albtraum jedes Kellners, er bestellt nämlich grundsätzlich alle Gerichte um. Er gehört zu jener Fraktion, die sich eine Pizza Napoli bestellt, um die Kapern dann durch extra Oliven zu ersetzen und statt der Sardellen Ananas zu ordern. Sodass daraus fast schon eine Pizza Hawaii wird. Allerdings mit extra Käse und Knoblauch.

Ich bin das Gegenteil und weiß bereits, bevor ich sitze, was ich essen werde. Aber wir sind ein gutes Team, denn was Ben an Zeit braucht, um sich zu entscheiden, hab ich schon vorher eingespart.

«Guten Abend, die Damen», sagt er, grinst, aber nicht so breit wie sonst.

Ich lasse mich neben ihm auf die Bank fallen, Lena nimmt den Stuhl uns gegenüber.

«Sind da heute ein paar neue dazugekommen?», frage ich und greife in Bens etwas zu langen Bart. In den letzten Jahren haben sich immer mal wieder ein paar graue Strähnchen in seinen Bart und seine Haare gestohlen. Es steht ihm sehr gut.

«Niemals», erwidert er, hält meine Finger fest und küsst sie.

Ich fasse mit der anderen Hand an seine Stirn und reibe über die Falte, die sich zwischen seinen Augen gebildet hat. «Aber die ist zwei Zentimeter tiefer als gestern, was ist los?»

«Mmmpf», macht er. «Schwieriges Gespräch mit Richard.»

Ich richte mich auf. «Wegen des neuen Manuskripts?»

«Das wird ein Bestseller», erklärt Lena. «Sonst haben die, die das machen, alle keine Ahnung.»

Er sieht sie herausfordernd an. «So wie deine Klassenlehrerin, die immer sagt, dass du bessere Noten haben könntest, wenn du lernen würdest, dass man Wörter am Satzanfang groß schreibt?»

Es klingt nicht böse, ist auch nicht so gemeint, aber die Tatsache, dass Lena in Sachen Schreibfähigkeiten eher nach ihrer Mutter Claire kommt, macht Ben fertig. Lena zieht einen Schmollmund.

«Also, was ist mit dem Manuskript?», frage ich.

Ben macht eine abwehrende Handbewegung. «Ah, das ist wirklich ein unlösbares Problem.»

Ich streiche ihm durch die strubbeligen, haselnussbraunen Haare, die auch zu lang geworden sind. Bens unlösbare Schreibprobleme sind immer sehr dramatischer Natur. Er kann schon mal tagelang vergessen, sich zu rasieren, weil ihm kein passender Name für seinen Protagonisten einfallen will.

«Was würde Angela Merkel tun?», frage ich. Es ist ein Ritual, das wir weiter pflegen, auch wenn die Zeiten der ehemaligen Kanzlerin längst vorbei sind.

«Sich pensionieren lassen und mit Joachim auf eine einsame Hallig ziehen, ohne Internetanschluss und Telefon», seufzt Ben umgehend.

«So schlimm also?»

Er nickt und verzieht das Gesicht.

«Dann lass uns erst das Bestellungsproblem lösen», schlage ich vor und deute auf die Kellnerin, die an den Tisch getreten ist und mich einigermaßen erstaunt aus zusammengekniffenen Augen mustert.

«Ich bringe Ihnen gleich auch eine Karte, wollen Sie zuerst etwas zu trinken?», fragt sie freundlich.

Ich winke ab. «Für mich die Dragon Rolls, die Monkey Kings, die Maki mit Thunfisch-Tatar und einmal Edamame. Und einen Eistee bitte.»

«Sie haben die Karte doch noch gar nicht ...», beginnt die Kellnerin irritiert.

«Sie weiß immer genau, was sie will», wirft Ben ein. «Sie studiert die Karte, bevor sie überhaupt das Restaurant betritt.»

Ich trete ihn spielerisch unter dem Tisch, aber er tut so, als würde er es nicht bemerken. Also wende ich mich an die Kellnerin: «Und er stellt die Karte neu zusammen, wenn er schon mindestens eine halbe Stunde im Restaurant sitzt.»

«Äh ja ...», sagt die Frau, sichtlich überfordert.

«Die sind immer so», erklärt Lena. «Aber sie haben sich lieb dabei.»

Nach einer gefühlten Ewigkeit, die ich geduldig ertrage, hat auch Ben sich entschieden und gibt seine Bestellung auf. Lena nimmt sowieso immer das Gleiche: Juicy Lucy, wegen des Namens und der Erdbeeren. Und als einziges Kind auf Erden ordert sie freiwillig Kamillentee.

Nachdem die Kellnerin in Richtung Küche verschwunden ist, greift Ben in seinen Rucksack und fummelt endlos lange darin herum. Ich habe ihm schon drei Aktentaschen gekauft und eine Männerhandtasche, aber er weigert sich, sie zu tragen, und besteht auf seinen alten Fahrradrucksack, in dem alles knittert und unschöne Ecken bekommt. Was eigentlich so überhaupt nicht zu ihm passt.

«Da», sagt er schließlich und reicht mir ein weißes Kuvert. «Ludwig heiratet seine Sissi.»

Ich ziehe die Augenbrauen hoch und öffne dann die Lasche des Umschlags. Darin befindet sich eine schlichte, elfenbeinfarbene Einladungskarte. «Auch wir wollen Steuern sparen ...», lese ich vor. Darunter steht ein Datum, das keine sechs Wochen vom heutigen Tag entfernt liegt.

Ben schaut mich an. Ich schaue ihn an. Wir denken dasselbe.

«Kauf dir schon mal einen Anzug», erkläre ich und verkneife mir ein Grinsen. «Einen Smoking am besten.»

«Ich geh da nicht hin», sagt er und verschränkt so bockig die Arme vor der Brust, dass Lena kichert und die Geste nachahmt.

Ich nicke. Wissend, dass er doch einknicken wird. Wer seine Eltern mit zwanzig beide innerhalb weniger Wochen an den scheiß Krebs verloren hat, der klammert sich an den Rest seiner Familie. Auch wenn das nur einer der Gründe ist, warum wir am Ende doch auf alle Veranstaltungen gehen, zu denen Bens Bruder uns einlädt. Das Problem mit der lieben Familie kenne ich nur zu gut. Es gibt keinen vernünftigen Grund, zu meinem Vater Kontakt zu halten, und trotzdem telefoniere ich hin und wieder mit ihm. Nur um anschließend erneut festzustellen, dass sich nach meinem Umzug in den Norden nichts geändert hat.

«Du liebst deinen Bruder, du wirst hingehen», sage ich vorsichtig.

«Ich liebe *dich*», erwidert Ben und brummt weiter vor sich hin.

Also starte ich einen weiteren Versuch. «Wir könnten die Party crashen. Wie wäre es, wenn wir in Gummistiefeln und Badehose erscheinen. Und Lena, du könntest dein Monster-High-Kostüm anziehen!»

Sie nickt begeistert. Bens Haltung entspannt sich ein wenig, und er grinst. Ben hat einen Mund, der sich beim Lachen tatsächlich über die gesamte Breite seines Gesichts zieht. Auch das ist umwerfend

Lena fängt an, von einer neuen Mitschülerin zu erzählen, die aus der 4c zu ihr in die 4a gewechselt ist, und bis das Essen kommt, hat Ben, seinem Gesichtsausdruck nach, das ambivalente Verhältnis zu seinem Bruder wieder verdrängt.

Nach einer großen Portion Juicy Lucy sieht Lena auf, legt ihre Schummel-Stäbchen – die sie so nennt, weil die Hölzchen zusammengeklippt bleiben – auf den Tisch und fragt laut: «Seit wann gibt es eigentlich Sushi? So lange, wie ich auf der Welt bin?»

Ben lacht. «Da warst du noch flüssig, als Sushi erfunden wurde, und Anni und ich vermutlich auch.»

«Wieso flüssig?», fragt Lena.

Ich schaue Ben mit hochgezogenen Augenbrauen vielsagend an.

Der schiebt sich schnell eine Double Shrimp Roll in den Mund und zuckt mit den Achseln, während aus seinem Mund nur noch unverständliche Laute kommen.

«Wieso flüssig?» Lena wendet sich jetzt an mich. Unter dem Tisch bekomme ich ihren Fuß ab. Sie ist schon wieder ohne Schuhe. Wie sie es geschafft hat, die unbemerkt abzustreifen, ist mir ein Rätsel.

«Du solltest ihr das erklären», sage ich seelenruhig zu Ben.

Sein Mund ist leer, und er muss nun doch irgendwie reagieren. Er verhält sich so seltsam kindisch bei allem, was darauf hindeutet, dass seine Tochter in wenigen Jahren kein Kind mehr sein wird.

Ich hebe entschuldigend die Hände. «Du bist ihr Vater.»

«Und du bist ihre Anni», erwidert er. Sein Blick ist ruhig

wie seine Stimme, aber beide gehen tief in mein Herz. Es tut gut, dass er nicht etwas so Plakatives sagt wie «Du bist ihre Stiefmutter». Denn als solche verstehe ich mich nicht. *Ich bin ihre Anni* – das ist einer der schönsten Sätze meines Lebens. Und ich möchte niemand so gern sein wie Lenas Anni. Stinkefüße hin oder her.

«Ihr werdet mir nicht sagen, was das mit dem ‹flüssig› bedeutet, oder?», holt mich Lena aus meinen Gedanken.

«Nein», sagen Ben und ich unisono.

«Dann frage ich Laila, die erklärt mir alles. Sie hat mir auch erklärt, was ein Arschkriecher ist.» Lena reckt ihr kleines Kinn.

«Sie hat dir aber bestimmt auch gesagt, dass du das Wort nicht benutzen sollst», erwidere ich und versuche, Ben telepathisch zu beruhigen.

Aber Lena nickt schon eifrig. «Sie meint, ich soll stattdessen lieber Schleimscheißer sagen, das klingt ekliger.»

Ich unterdrücke ein Lachen, nehme ein Sashimi von Bens Teller und halte es ihm vor den Mund. «Iss, bevor du ausflippst.»

«Ich werde ein ernstes Wort mit Laila reden müssen», sagt er. «Nicht, dass du mich bald einen verdödelten, piefigen, ollen Töffel nennst.»

Lena kichert, wie immer, wenn in Ben das Nordlicht durchkommt, und widmet sich dann glücklicherweise wieder ihrem Teller.

«Wie war denn eigentlich dein Tag?», will Ben wissen und sieht mich an. «Was gibt es Neues in der Kanzlei?»

«Nichts Besonderes», erwidere ich und berichte ein wenig von dem Fall, den Bjarne gerade betreut und den er – entgegen seinen sonstigen Vorlieben – tatsächlich vor Gericht verhandeln will, statt einen Vergleich zu erzielen. «Verkehrsrecht», erkläre ich. «Damit fühlt er sich sicher. Da blüht er richtig auf.»

«Wir sollten Bjarne und Christa mal zu uns einladen. Ich finde sie spannend», sagt Ben und widmet sich dann etwas zu auffällig den letzten Teilchen auf seinem Teller.

Ich lasse meine Stäbchen sinken, mitsamt der Dragon Roll dazwischen. «Seit wann findest du meinen Chef und seine Sekretärin so spannend, dass du einen Abend mit ihnen verbringen willst? Ich zitiere dich: *Geh du mal alleine mit deinen Rechtsverdrehern schnacken.*»

Ben zuckt mit den Achseln, sieht mich aber nicht direkt an. «Sie ist seit dreißig Jahren heimlich in ihren Chef verliebt – das ist schon spannend.»

«Nein, das ist dämlich», entgegne ich und mustere ihn eingehend. Sein Manuskriptproblem scheint ernster zu sein als gedacht, wenn er sich zur Inspiration Bjarne und Christa einladen will. «Sie könnte seit dreißig Jahren mit ihm glücklich sein, wenn sie sich einfach mal getraut hätte, ihm die Wahrheit zu sagen. Stell dir nur vor, Lena hätte uns nicht verkuppelt? Dann wärst du jetzt mit Natascha verheiratet, der Musiklehrerin, und dein Leben wäre so langweilig wie ein Intermezzo von Richard Strauss.»

Ben verzieht das Gesicht, als hätte ich ihm vorgeschlagen, statt Sushi lebende Nacktschnecken zu verschlingen.

«Aber Christa zeigt sie Bjarne doch, ihre Verliebtheit», widerspricht er dann, einen Mundwinkel nach oben gezogen. «Sie backt ihm Kuchen, sie kauft für ihn ein, kontrolliert seinen Blutzuckerspiegel ...»

Wir müssen beide lachen. Christa und Bjarne sind nicht nur für Ben und mich ein Quell dauerhafter Erheiterung, auch unsere Freunde Laila und Markus haben sich dem Fanclub verschrieben. Und seit drei Jahren schließen wir regelmäßig Wetten darauf ab, wann es denn endlich so weit sein könnte, dass die beiden verhinderten Liebenden zueinanderfinden. Bei jedem unserer Treffen, auf jeder Feier muss ich von Christas verzweifelten Versuchen berichten, Bjarne für sich zu gewinnen.

Ben zuckt mit den Schultern. «Christa gehört nun mal der Fraktion *Ich kümmer mich, deshalb lieb ich dich* an.»

«Du meinst also», sage ich und streiche Ben liebevoll über die Stoppelwange, «Liebe geht noch immer durch den Magen?»

Jetzt seufzt er unerwartet laut und tief. «Wenn ich wirklich Ahnung von der Liebe hätte, dann hätte ich jetzt kein Problem mit meinem Buch. Lass uns über was anderes reden.»

Ich lehne mich zurück und fahre mir über den Bauch, der spannt. Ich bereue das enge Oberteil. «Darüber, dass ich einfach ein zu gutes Jahr hatte?»

«Wieso ein zu gutes Jahr?», will Lena wissen.

«Wie ein Baum», erkläre ich und mache eine Handbewegung in Richtung der großen Plastikpflanzen, auch wenn sie kein Vergleich sind zu den Bäumen in unserem Garten. «In guten Jahren, in denen ein Baum viel Nahrung bekommt und die Bedingungen optimal sind, wächst ein breiterer Ring als in schlechten Jahren.» Ich mache einen Kreis um meine Körpermitte, als hätte sie einen Jupiterring dazubekommen.

Ben grinst. «Ein gutes Jahr also?»

«Vielleicht das beste! Und wer weiß, was noch kommt. Wir sind ja noch nicht fertig.»

«Wir könnten noch vor dem Prinzregenten im Oktober heiraten.» Es kommt leise aus seinem Mund, gefolgt von einem Lachen, das nicht ganz echt klingt. Ben weiß, dass das mit dem Heiraten nichts für mich ist. Ich hab zu oft gesehen, wie es schiefgegangen ist. Bei meinen Eltern. Bei meiner ältesten Schwester Silke. Ich glaube einfach, es klappt besser, wenn man keinen Stempel auf etwas drückt. Das ist eine ungeschriebene Tatsache und gilt nicht nur für Ehen. Sondern auch für Gerichtsurteile, Ausreisedokumente und Mietverträge.

«Auf keinen Fall darfst du deinem Bruder die Schau stehlen! Außerdem müsste ich dann meinen Vater einladen. Unmöglich! Stell dir mal vor, der große Herr Dr. jur. Rabenstein unter all den brotlosen Künstlern ...»

Das ist maßlos übertrieben. Ich weiß das, und Ben weiß es auch. Ben ist ein erfolgreicher Schriftsteller, und sein Bruder Julian, von uns spöttisch Prinz Ludwig genannt, ist zwar ein humorloser Typ, aber ein angesehener Drehbuchautor. Wenn man einen Film sieht, in dem niemand lacht, dann hat ihn ganz bestimmt mein Schwager geschrieben. Er hält sich für eine Art deutschen Coppola und würde sicherlich super mit meinem Vater harmonieren. Aber Ben wird ohnehin nie verstehen, warum ich so wenig Kontakt wie möglich nach München pflege. Denn er hält im Gegensatz zu mir alles fest, was es in seinem Leben gibt. Ich dagegen lasse los, wenn es sein muss.

Ich klopfe mir auf die Oberschenkel. «Ich gehe jetzt mal auf Toilette, und wenn ich zurückkomme, will ich alles über das Gespräch mit deinem Lektor wissen.» Ich schüttele den Kopf. «Bjarne und Christa einladen ... Also, wenn das deine neue Art von Recherche für Krimis ist, dann solltest du vielleicht doch besser anfangen, Liebesromane zu schreiben.» Ich schnaube belustigt und rutsche dann aus der Bank.

Auf dem Weg zur Toilette drehe ich mich noch einmal um. Ich sehe Lenas kurze, dunkelbraune Haare, die sie wie eine Raverfrisur aus den 90ern mit bunten Haargummis nach oben gebunden hat. Ben tupft mit der Serviette an ihrem Mund herum. Das Wasabi klebt an der anderen Wange, denke ich und schmunzele. Was für ein Glück, mit den beiden in Glückstadt zu leben.

Der hastig getrunkene Eistee drückt unangenehm auf meine Blase, während ich auf eine freie Toilette warte. Ich trippele ein wenig vor dem breiten Spiegel herum, was der Dame vor mir in der Kabine verraten soll, dass es dringend ist. Was manche Frauen auf dem Klo nur machen? Wieso dauert das bei ihnen so lange und geht bei Männern so schnell? Wie kann man freiwillig so viel Zeit in einer öffentlichen Toilette verbringen wollen?

Endlich kommt eine Dame mittleren Alters mit einer Handtasche von der Größe und Farbe einer Zehn-Liter-Gießkanne aus der Kabine. Ich schiebe mich an ihr vorbei und schließe die Tür von innen ab, da fällt mir das Plakat ins Auge. Zuerst denke ich noch amüsiert: Aha, daher weht der Wind, die Frau hat erst noch ausgiebig die Anzeige studieren müssen. Aber als ich mich erleichtert habe, nach oben sehe und noch einen Blick auf das Veranstaltungsplakat werfe, stockt mir der Atem. Der Mann darauf ... Ich verschlucke mich beim Luftholen, huste und lege reflexartig die Hand auf meinen Mund. Vor mir hängt ein DIN-A4-Poster, Glanzdruck, befestigt mit vier zu langen Klebestreifen und noch nicht einmal ganz gerade. Es ist so aus meiner Welt gefallen, dass mir schwindelig wird.

«Lukas?», hauche ich halblaut, als könnte mir der Mann auf dem Plakat antworten. Als würde er hier in dieser Toilettenkabine lebendig werden. Ein Hologramm, das mir antwortet. «Was willst du denn hier?»

Plötzlich ist dieser Ein-Quadratmeter-Raum meine persönliche Kapsel in die Vergangenheit.

«Lukas ...», sage ich noch einmal leise, diesmal ohne Fragezeichen. Und erst dann betrachte ich das Foto des Mannes genauer: Er hat den Kopf leicht in den Nacken gelegt, sodass sein Adamsapfel zu sehen ist und die kantigen, maskulinen Gesichtszüge betont werden. Es ist ein Schwarz-Weiß-Foto, mehr Schatten als Licht. Aber vielleicht gerade deswegen unverkennbar der Mann, dem ich den Ausblick auf die Platanen überlassen habe – und mein Herz. Mit der Erinnerung kommt auch das übel schmeckende Gefühl der Schuld zurück. Denn dort auf dem Plakat ist nicht nur der Mann, den ich einmal so sehr geliebt habe, sondern von dort schreit mir auch die Vergangenheit entgegen: Sieh nur, was du für ein Mensch warst. Schau, was du angerichtet hast.

Sofort senke ich den Blick. Schaue an meiner quietschbunten Strickjacke hinunter, auf die weißen Sneakers, die Lena mit Regenbogen und Einhörnern bemalt hat. Einhörner, die mehr nach Fieps aussehen als nach Pferd mit Horn. Und dann schaue ich wieder hoch, direkt in Lukas' Gesicht. Zum ersten Mal seit zehn Jahren sehe ich ihn wieder. Zehn Jahre, in denen er sich verändert hat, aber noch immer unverkennbar der etwas zu ernste, geheimnisvolle Lukas ist, den ich einmal so sehr geliebt habe. Ich war der Frühling, er der Herbst. Nie hat das optisch mehr gestimmt als heute.

«Lesereise» lautet der Text über dem Foto, darunter ein paar Daten und Städte. Köln, Hannover, Berlin, Kiel, Hamburg, Lüneburg. Offensichtlich hat Lukas ein Sachbuch geschrieben, eine Art Bildband mit Text, der von fremden Kulturen und den Vorurteilen diesen gegenüber handelt. Das Buch heißt «Klischee ist auch nur eine Nische». Das Cover zeigt eine Weltkarte in Cartoon-Optik, und die Konturen der Länder sind bei genauerem Hinsehen alles Abbildungen kultureller Stereotypen. Spanien schwimmt in Paella, die Umrisse von Deutschland erinnern an ein Handtuch über einem

Liegestuhl, und der afrikanische Kontinent ist ein dunkelhäutiger Löwe, der hungrig das Maul aufreißt. Unwillkürlich bin ich so nahe an das Plakat herangetreten, dass ich all diese Feinheiten erkennen kann.

«Entschuldigung», wispere ich. *Es tut mir so leid.*

Meine Nase berührt jetzt fast Lukas' Konterfei. Hastig zucke ich zurück, stoße mit meinen Schuhen gegen die Klobürste, erschrecke maßlos über das kratzende Geräusch auf dem Boden – und schließe kurz die Augen.

Als ich sie wieder öffne, sind die Schriftzüge auf dem Plakat verschwommen, als hätten sie sich aufgelöst. Obwohl meine Hose längst wieder da sitzt, wo sie sitzen soll, fühle ich mich nackt. Weil mein Herz ganz plötzlich nicht mehr sitzt, wo es sitzen soll. Wo ich dachte, es festgenäht zu haben.

Meine Hände zittern. Ich will, dass das aufhört. Jetzt sofort. Ich bin Anni aus Glückstadt, und ich verbringe keine Ewigkeiten in Toiletten. Ich bin auch nicht mehr dieser Mensch von damals. Ich bin heute ... ein guter Mensch. Oder? Ich habe meinen Fehler von damals nicht wiederholt, ich werde nie wieder einen solchen Fehler machen.

Draußen scharren die nächsten Gäste mit den Füßen, während ich hier stehe und ein Plakat anstarre, als wäre es eine Offenbarung. Aber das ist es nicht, es ist vielmehr mein persönliches Armageddon.

Lukas.

Ich kann ihn nicht mehr ansehen. Nicht einmal in Schwarz-Weiß mit abgewandtem Blick. Hier drinnen kollidiert gerade eine Welt mit der anderen. Die Vergangenheit mit der Gegenwart. Und der Aufprall ist so heftig, dass mein Verstand ein Schleudertrauma erleidet. Plötzlich ist mir, als würde es hier nach Äpfeln riechen statt nach einem Raumduft mit Vanillearoma. Ich sehe tanzende Sommersprossen und höre eine Stimme, die meine Ohren streichelt und dabei doch längst verklungen ist.

Das Plakat muss weg! Damit dieses gallige Gefühl der Reue nicht weiter mein Inneres versäuert. Doch gleichzeitig kann ich nicht aufhören, es anzusehen.

Als sich draußen vor der Tür jemand räuspert, greift meine zitternde Hand wie ferngesteuert nach den Rändern des Posters, will die Klebestreifen entfernen und das Ding abnehmen, es falten und in der Handtasche verstauen, um es später an meiner eigenen Badtür aufzuhängen – oder im Kamin zu verheizen. Beide so gegensätzlichen Wünsche haben die gleiche, starke Zugkraft. Irgendetwas muss ich tun.

Meine Finger rutschen ab, und es geht ein Riss durch das Papier. Genau zwischen den Wortteilen Lese- und -reise hindurch, sauber und richtig getrennt.

Das würde Ben gefallen, denke ich und kneife fest die Augen zusammen. Da ist sie, die Kollision. Ben hat mit diesem Plakat nichts zu tun. Ich werde ihm nie davon erzählen. Er und Lukas sind zwei sauber voneinander getrennte Wörter. Zwei Welten. Leben. Lieben.

Wieder räuspert sich jemand. Warum hat dieser Laden auch nur eine einzige Toilette? Kann man nicht einmal in Ruhe ... Wo ist meine Handtasche? Ich drehe mich um die eigene Achse, aber sie ist nirgendwo. Nicht an dem Haken an der linken Wand, nicht auf dem Boden. Die Frau mit der gießkannengrünen Riesenhandtasche huscht durch meinen Kopf, dann das Bild meiner eigenen Tasche, die bei Lena und Ben an einer Stuhllehne baumelt. Draußen, in einer anderen Welt. Meine Jeans hat nur Fake-Taschen. Wohin also mit dem Plakat?

Hastig löse ich die restlichen Klebestreifen und treffe eine Entscheidung. Ich reiße das Papier nach und nach in winzige kleine Stücke. Reiße mir selbst am Herzen herum. An der Stelle, die sich mit meinem Gewissen überschneidet. Es überlagert. Und dann werfe ich einen Schnipsel nach dem anderen ins Klo und spüle Lukas, seine Lesereise, seine Klischees und diesen unverhofften, unverlangten Zwischenstopp in der Vergangenheit hinunter.

Es ist so ziemlich das Dämlichste, was ich je getan habe. Nein, das stimmt nicht. Das Dämlichste war, Lukas zu verraten.

KAPITEL 2

ANNI

DAMALS – noch neun Tage

Nur ein halb gefüllter Karton war noch übrig, es wären aber eher vier vonnöten gewesen. Nicht, weil ich so viele Sachen hatte, sondern weil es mir einfach nicht gelingen wollte, anständig zu packen. Ich hatte alle Umzugskisten sorgfältig begonnen einzuräumen, bis ich jedes Mal bei etwa der Hälfte die Geduld verlor und entnervt Bücher, Klamotten, Dekokram und Bettzeug oben auflegte oder seitlich Stifte, Teepackungen und Sommerschuhe hineinstopfte. Und jetzt, am Ende der Packerei fand ich in den leer geräumten Schubladen und Schränken immer noch Sachen, die ich übersehen hatte. Wollhandschuhe, die sich zwischen zwei Regalen verkeilt hatten, eine ungeöffnete Dose Soßenpulver, eine Lichterkette, die seit vergangenem Weihnachten zum Staubsammeln hinter die Couch geschlüpft war, und eine Geschenkbox von Rituals, an die ich mich beim besten Willen nicht erinnern konnte, an der aber unmissverständlich ein Anhänger mit meinem Namen baumelte. Wenn Ordnung das halbe Leben war, dann musste ich wohl oder übel auf fünfzig Prozent irdischen Daseins verzichten. In der Kanzlei fiel es mir weniger schwer, eine Struktur beizubehalten – oder aber ich strengte mich unter dem kritischen Blick meines Vaters instinktiv mehr an.

Ich trat leicht frustriert gegen den halb vollen Karton, nahm dann den Brotkorb aus Bast, den ich nie benutzt hatte, und quetschte ihn zwischen einen marineblauen Blazer und ein gerahmtes Bild von Silke, Marga und mir, das auf dem Münchner Weihnachtsmarkt vor drei Jahren aufgenommen worden war. Entschlossen, keine weiteren kostbaren Nervenzellen auf den Umzug zu verschwenden, drehte ich mich von dem Durcheinander weg und schaute aus dem Fenster. Der Anblick der Platanenallee war so viel schöner als der meiner in Kisten gepackten, kalt wirkenden Studentenbude. Es fiel mir schwerer als gedacht, Abschied zu nehmen, und ich konnte seit Tagen das Gefühl nicht abschütteln, mit dieser kleinen Wohnung noch nicht fertig zu sein.

Als ich zu Beginn des Jurastudiums aus dem Dachgeschoss meines Elternhauses aus- und hier eingezogen war, hatte ich pure Erleichterung gespürt. Jetzt fühlte ich mich seltsam traurig. Und das, obwohl eine große, helle Neubauwohnung auf mich wartete. Mit viel Platz, um Sachen zu verstauen, mit einer besseren Verkehrsanbindung, eigenem Gym im verglasten fünften Stock und sogar einem Stellplatz in der Tiefgarage.

Vielleicht lag es am Ausblick, der hier einfach unbeschreiblich schön war. Oder daran, dass sich diese Wohnung immer wie mein erstes eigenes Zuhause angefühlt hatte. Eines, das besser zu mir passte als das «Immobilienträumchen» in der Maxvorstadt, das als Belohnung für das bestandene Zweite Staatsexamen auf mich und meine Chaoskisten wartete.

Die Platanenbäume der Straßenallee verloren schon erste Blätter und strahlten pure Sentimentalität aus. Es war das Wetter, die Jahreszeit, der Moment, um sich einzuigeln – nicht, um neu anzufangen.

«Du wirst mir fehlen», murmelte ich.

«Ach ja?», sagte eine tiefe, dunkle Stimme hinter mir. «Wir kennen uns doch noch gar nicht.»

Erschrocken zuckte ich zusammen und wirbelte herum. Ich sah in ein kantiges Männergesicht. Unter dichten, aber gepflegten Brauen saßen ein paar misstrauisch dreinblickende Augen, getrennt durch eine leichte Zornesfalte, die durch einen Schwung lockiger Haare in der Stirn ein bisschen an Ernsthaftigkeit verlor.

«Hallo», sagte er nach einem kurzen Räuspern.

«Hallo», erwiderte ich und fügte unnötigerweise hinzu: «Ich hab mit mir selbst gesprochen.»

Er nickte. «Das passiert mir auch ständig.»

«Wie bist du hier reingekommen?»

Meine Frage blieb unbeantwortet. Vielleicht hatte ich die Wohnungstür nicht richtig geschlossen, als ich die Farben und Pinsel reingeschleppt hatte? Ich würde hier in den nächsten Tagen noch streichen müssen.

Er war viel größer als ich, hatte lange Beine und einen schlaksigen Oberkörper, der in einem abgewetzten olivgrünen Parka steckte. Das dunkelbraune Haar wirkte nicht ungepflegt, aber eindeutig ungekämmt. Er lächelte leicht, wobei sich ein Grübchen in seine Wange legte und so aussah, als würde es auch in Zukunft dort bleiben. Überhaupt hatten seine Züge etwas ungemein Faszinierendes. Denn über dieses ganz und gar männliche Gesicht zogen sich unzählige Sommersprossen, die so herrlich verspielt wirkten, dass sie unmöglich echt sein konnten. Erst recht um diese Jahreszeit, an einem nicht besonders hellhäutigen Typ.

«Also?» Er hatte den Kopf leicht in den Nacken gelegt, was seltsam herausfordernd wirkte, beinahe arrogant.

Wir betasteten uns mit Blicken, die Sekunden dauerten, aber mir vorkamen, als stünden wir schon minutenlang voreinander und übten uns in Vertrautheit. Ich studierte ihn, prägte mir die Details seines Gesichts ein, als hätte ich in diesem Moment schon gewusst, dass ich ihn nie wieder vergessen wollte. Gleichzeitig fragte ich mich, was er sah, wenn er mich anschaute. Ob er zuerst feststellte, wie viel kleiner ich war? Dass ich nicht rundlich war, aber auch nicht dürr? Ob ihm meine Augen auffielen, für deren munteren, blassblauen Glanz ich ab und an Komplimente bekam? Oder sah er meine überproportional langen Finger, von denen meine Mutter behauptete, sie wären hervorragende Klavierspielerhände, die aber gänzlich unmusikalisch waren?

Unsicher schob ich mir eine Strähne meines kinnlangen, braunen Haars aus der Stirn und fühlte das beginnende Lächeln, das um meinen Mund spielte. Ich verspürte den irrwitzigen Wunsch, mich durch seine Augen sehen zu wollen. Als wären sie der Spiegel für etwas, das ich vergessen hatte zu sein. Unter seinem Blick spannten meine Brüste in dem engen weißen Shirt, das ich trug, und meine nackten Beine in dem Jeansrock, für den es eigentlich schon zu kalt war, kribbelten. Der Kontrast zwischen uns beiden war nicht zu übersehen: Ich war barfuß und leicht gekleidet, weil ich nach jedem Sommer das Gefühl hatte, nicht wieder in dicke Klamotten steigen zu können. Er trug grobe Boots und einen dunklen Schal lose um den Hals geschlungen. Ich war der Frühling, er der Herbst.

«Ich bin Lukas. Dein Nachmieter», sagte er. «Die Tür war auf, und ich dachte, die Wohnung steht bereits leer. Die Hausverwaltung meinte, du hättest deine Möbel rausgebracht und wärst wahrscheinlich schon weg.»

«Ich ... bin Annika», sagte ich.

«Annika.» Er wiederholte meinen Namen, langsam, betonte das I und die beiden letzten Silben, nicht wie die meisten Menschen die erste. Ich bekam eine Gänsehaut.

«Du bist zu früh», stellte ich fest. Und weil das irgendwie unhöflich klang, streckte ich entschuldigend die Hand aus.

Er ergriff sie und schüttelte sie fest. «Neun Tage zu früh, genau genommen. Aber wie gesagt, die Hausverwaltung ... Wahrscheinlich ein Missverständnis. Ich musste kurzfristig ... ausziehen.»

Dass die Hausverwaltung irgendeinen Fehler machte, außer den, die Mieter auszunehmen und jegliche Reparaturen zu verweigern, erschien mir seltsam. Ob er schwindelte? Ich wollte eigentlich nach dem wahren Grund seines frühen Erscheinens hier fragen. Aber dann wäre er vielleicht gegangen. Und so verwirrend, so naiv, so unvorsichtig das auch war und so wenig es zu mir und meiner tief verwurzelten, anerzogenen Vernunft passte: Ich wollte nicht, dass er ging.

Das kurze Zögern in seinen Sätzen war mir aufgefallen, aber er redete schon weiter. «Die Uni fängt bald wieder an, und ich musste raus aus meiner Bude.»

Ich nickte, als wüsste ich Bescheid und würde mich nicht überrumpelt fühlen.

Studentenapartment mit Aussicht - dreiundzwanzig qm Wohnfläche - Bad und Küchenzeile - Wohnanlage mit gemischtem Publikum - Parknähe ... Der Wortlaut der Anzeige rauschte mir durch den Kopf. Wahrscheinlich hatten mehrere Dutzend verzweifelter Menschen darauf geantwortet. Und er war es geworden.

«Dieser Ausblick wird mir fehlen», sagte ich völlig zusammenhanglos und deutete durchs Fenster. Ich wollte, dass er die Platanen so schön fand wie ich.

Lukas zog eine Grimasse, schuldbewusst, als läge es in seiner Verantwortung, dass ich hier nicht mehr die Aussicht genießen könnte. «Es tut mir wahnsinnig leid, dass es da dieses Missverständnis gab. Aber ...» Er zögerte. «Was meinst du, kann ich vielleicht schon hierbleiben? Ich würde dich auch nicht stören, und ich kann auf dem Boden schlafen. Aber warte, nein, das ist vermutlich wirklich ein dämlicher Vorschlag. Ich meine, ich will nicht, dass du denkst, ich würde irgendetwas ausnutzen.»

Es war tatsächlich ein dämlicher Vorschlag, einer, bei dem meine Alarmglocken schrillen müssten und bei dem ich höflich, aber bestimmt ablehnen und auf den Mietvertrag und die festgelegten Fristen verweisen sollte. Ein fremder Mann, hier allein mit mir? Neun Tage, neun Nächte?

Mein Verstand knuffte mir grob in die Seite und wollte mir eintrichtern, dass ich auf gar keinen Fall auf das Gefühl hören sollte, das sich von Sekunde eins in mir breitgemacht hatte. Dieses tiefliegende Vertrauen ihm gegenüber, begleitet von einer geradezu berauschenden Anziehungskraft.

Lächeln, sagte mein Verstand, lächeln und höflich, aber bestimmt ablehnen.

Stattdessen hörte ich mich sagen: «Ich habe einen Selbstverteidigungskurs belegt. Ich bin tough.»

Wie albern das klang! Doch wie zum Beweis machte ich sogar noch ein paar Karate-Tiger-Moves, bei denen ich ungeschickterweise gegen den Küchentisch knallte. Und ich ahnte, dass ich damit sicher genau das geschafft hatte, was ich irrationalerweise nicht wollte: ihn zu vertreiben.

Ich schluckte an dem Kloß in meinem Hals.

Ich sollte ihm sagen, dass er später noch genug Zeit haben würde, sich mit dem ständig verstopften Abfluss im Waschbecken, dem Schwefelgeruch von unten oder den Bumsgeräuschen von nebenan herumzuschlagen. Dass es in dieser Stadt Notunterkünfte für gestrandete Studenten wie ihn gab. Dass meine neue Wohnung erst in neun Tagen bezugsfähig war. Aber dann fiel mein Blick auf den breiten Seesack, den er neben der Tür abgestellt hatte und an dem zusammengerollt ein gefalteter Quilt in dunklen Farben hing. Und ich entdeckte den Geigenkasten daneben.

«Warum ... nicht?», sagte ich und wollte es mehr aus Anstand, denn Überzeugung ausweichend klingen lassen. «Ich meine, ich bin ja sowieso bald weg und muss nur noch ein paar Dinge erledigen.»

«Du wirst mich gar nicht merken hier, es geht wirklich nur ums Schlafen.» Er lächelte schief. Das Grübchen aber hielt sich hartnäckig, es blieb auch bei vorsichtigem Lächeln – und es brachte mich dazu, zurückzulächeln.

«In Ordnung.»

«Ich bin auch gleich wieder weg ... Ich will dich nicht stören.» Er deutete auf die Umzugskartons.

Ich wollte nicken und antworten: Vielleicht ist es doch eine schlechte Idee, ich rufe mal die Hausverwaltung an. Aber nichts davon sagte ich. Stattdessen fragte ich: «Du spielst Geige?» Ich deutete in Richtung des Kastens, auf dem das Emblem eines Cremoneser Violinenbauers zu lesen war.

«Ja, das tue ich», bestätigte er.

Das Lächeln saß da schon so fest in meinem Gesicht, dass ich fürchtete, es würde bleiben wollen. Ich wollte Lukas weiter anstarren, und es fiel mir schwer, mich loszureißen. Aber es wäre sicher besser, noch einmal nach den Blättern der Platanen zu sehen. Ich schaute aus dem Fenster und spürte alles an mir so deutlich wie nie zuvor. Fühlte mich, als sähe ich mich selbst durch seine Augen. Stellte mir vor, dass er das Zerrissene, das mein Leben prägte, sehen könnte, als wären all die Widersprüche in mir sichtbare Narben auf meiner Haut. Es war manchmal so schwer, nicht zu wissen, was man selbst wollte und was nur dem Wunsch anderer entsprach. Ich wäre gern jemand gewesen, der fröhlich wirkte, wusste aber, dass da etwas Melancholisches in mir war. Ich war niemand, der ansteckend lebendig war oder einen Raum zum Leuchten brachte. Ich hatte keine herausragenden Talente wie meine Schwestern, war nicht musikalisch wie sie. Und es schien fast ein bisschen wie Hohn, dass Lukas ausgerechnet ein Musikinstrument dabeihatte. Es hätte ja theoretisch auch ein Tennisschläger sein können.

«Vielleicht spielst du mal etwas für mich?» Ich drehte mich wieder zu ihm um und spürte, wie meine Wangen glühten.

«Gerne», antwortete er. «Sehr gerne.»

Er hatte warme Augen in einem kantigen Gesicht voller Geschichte. Und vom ersten Moment an wusste ich, dass ich meinen Blick nicht mehr von ihm abwenden wollte.

KAPITEL 3

BEN

HEUTE

Anni ist schon ganz schön lange auf dem Klo», stelle ich fest. Aus Richtung der Toiletten ist niemand in Sicht. Dabei ist Anni nicht der Typ für minutenlanges Spiegelstarren oder Nachschminken.

Lena schaut von ihrer Serviette hoch, die sie lustlos in den Händen dreht. Sie sieht müde aus, es wäre wirklich langsam Zeit zu gehen. Sie hat aus dem Stück Stoff ein undefinierbares Tier gefaltet, von dem sie behauptet, es wäre eine Ente mit dem Schnabel eines Pelikans. Hat sie mit dem Basteln schon angefangen, bevor Anni weg war?

«Kati behauptet, dass sie auf dem Klo eine Wurst macht», meint Lena und lehnt den Kopf auf ihren Arm.

Gedankenverloren hole ich mein Handy raus, als könnte es mir sagen, warum Anni so lange verschwunden ist. In der Zeit, in der sie weg ist, habe ich die Rechnung beglichen, ihr fünf Edamame vom Teller geklaut und mit Lena ein Gespräch über ihre neue Schullektüre geführt, die sie doof findet.

«Handy!», tadelt meine Tochter jetzt und sieht mit einem Mal wieder hellwach aus. «Kein Handy am Tisch.»

Ich lege folgsam das iPhone weg und schaue Lena wieder an. «Warum soll sie keine Wurst machen können, die Kati?»

«Sie ist Vegetarierin!» Auch Lena schaut jetzt den Flur entlang. Immer noch keine Anni.

«Ah, verstehe ... Was sagt sie dann?»

«Wir überlegen noch. Labskaus vielleicht.»

Ich muss schmunzeln. «Das ist auch nicht fleischfrei.»

«Klingt aber doch gut. Ich gehe mal ein Labskaus machen.»

«Ich finde, man kann das auch höflicher ausdrücken.»

«Wie denn?»

«Den Tiger grüßen?»

Ein lautes Glucksen hüpft aus ihrer Kehle und lenkt mich ein wenig ab. Ich liebe es, meine Tochter zum Lachen zu bringen. «Oder wie wäre es mit ... einer Aubergine?»

Lena sieht mich entgeistert an, dann leuchten ihre Augen. «Das ist genial, Papa!»

Ich nicke zufrieden. Meine Tochter findet mich noch genial.

«Was macht Anni eigentlich so lange auf dem Klo?», fragt sie jetzt, als hätte ich nicht vor einer Minute das Gleiche gefragt.

«Eine Aubergine vielleicht», sage ich und blase die Backen auf.

Lena prustet. «Im Leben nicht. Die isst so gerne bayrische Sachen, das wird nichts mit der Aubergine. Das ist eher ein Leberkäs.»

«Wollen wir sie fragen, wenn sie kommt?»

«Unbedingt!»

Aber Anni kommt nicht. Die Kellnerin bringt einen Espresso aufs Haus und Lutscher für Lena, die ich ihr für heute verbiete, weil sie keinen abendlichen Zuckerspinner bekommen soll. Und da endlich, nach einer gefühlten halben Stunde, taucht Anni auf.

Ich mache ein übertriebenes Wurde-auch-Zeit-Gesicht, das sie hoffentlich als Spaß versteht, und tippe wie ein Oberspießer auf meine nicht vorhandene Armbanduhr.

Sie sieht irgendwie müde aus.

«Leberkäs oder Aubergine?», fragt Lena.

«Handkäs oder Haxen?», ergänze ich.

Anni schüttelt irritiert den Kopf, schaut mich nicht direkt an, schielt mehr auf die Plastikpflanzen hinter mir. Auf ihrer Stirn steht ein kleiner, feiner Schweißfilm. Vielleicht waren die Thunfischmaki schlecht?

Sie fragt: «Alles okay bei euch?»

Eigentlich müsste ich sie fragen, ob alles okay ist. Aber sie hasst das. Die Frage «Wie geht es dir, ist alles in Ordnung?» ist eine Art Garantie dafür, dass sie dichtmacht. Also frage ich nicht, sondern witzele weiter. «Sprudel oder Schnapsglas?»

Andere Menschen ziehen bei Missfallen die Augenbrauen hoch, bei Anni ist es das linke Ohr. Ich habe keine Ahnung, ob sie es weiß. Es gibt drei Arten, wie sie ihr Ohr hochziehen kann. Kurzes Zucken des linken Ohrs: Verwirrung, wie in diesem Fall – was zum Teufel wollt ihr mit euren Auberginen und den Haxen? Mehrmaliges Zucken hintereinander: Genervtheit. Hochgezogenes Ohr für längere Zeit: Explosionsgefahr!

Ich warte auf einen Anni-Spruch. So etwas wie «Kaum bin ich auf Haxe, macht ihr Insiderwitze.» Aber es kommt nichts, sie steht da und starrt uns an.

«Erde an Anni!», ruft Lena und kichert. Denn normalerweise antwortet Anni darauf mit: «Mars an Lena.»

Aber nichts ...

«He, bist du sauer?», fragt Lena, die leider seit der Scheidung immer Angst hat, die Harmonie zu stören.

Etwas in Annis Gesicht verändert sich. Ihr Blick wandert jetzt im Raum umher, ohne dass er an etwas Bestimmtem hängen bleibt. Sie setzt sich auch nicht, stattdessen nimmt sie ihre Handtasche vom Stuhl und drückt sie gegen ihren

Bauch wie einen Rettungsring. Ihre Mundwinkel wirken verspannt, die Lippen dünn und blass.

Plötzlich geht ein Ruck durch ihren Körper. Als wäre ihr eine Erkenntnis gekommen. Ihre verlorene Miene sieht exakt so aus, wie ich sie bei meinen Protagonisten an einer Schlüsselstelle beschreiben würde.

«Was ziehst du denn für eine Grimasse, Ben?», fragt sie, mit verändertem Ausdruck.

Es ist lächerlich, dass ich darüber so etwas wie Erleichterung verspüre. Warum auch? Aber ich kann nicht anders, ich stehe auf und drücke ihr einen dicken Kuss auf die Lippen.

«Wofür war das denn?»

«Eine Entschuldigung dafür, dass ich manchmal in meiner Romanwelt verschwinde.»

Sie wuschelt mir über den Kopf. Ich hasse es, denn ich fühle mich dabei immer wie ein Welpe, der gegen seinen Willen gestreichelt wird. Aber ich weiß, dass sie es liebt, also lasse ich es über mich ergehen.

«Jeder verschwindet doch mal in seiner eigenen Welt», sagt sie. «Wollen wir zahlen?»

«Schon erledigt», erkläre ich und signalisiere Lena, dass sie sich die Schuhe anziehen soll. Als wir das Restaurant verlassen, frage ich Anni dann doch: «Geht es dir gut? War dir schlecht?»

«Ja, mir war ... schlecht und irgendwie schwindelig. Lass uns los.»

Ich nicke. Dieses Manuskript macht mich fertig, wenn ich aus einer einfachen Lebensmittelunverträglichkeit schon eine Schlüsselszene machen will. Ich werde Anni von dem unmöglichen Vorschlag meines Lektors erzählen und von meiner absoluten Unfähigkeit, ihn umzusetzen. Und Anni wird eine Lösung haben.

Während sie Lena ins Bett bringt, versuche ich aus den Sprachnachrichten meiner Schwester schlau zu werden.

«Hiiiii Bruuuuderherz, dachte, ich melde mich maaaal ...»

Irgendetwas hat sie wieder gedreht, das spüre ich. Es macht etwas mit meinem Magen. Wie alles, was Maren betrifft. Ein wenig so, als wäre sie noch ein Kind. Mein Kind. Ein Kind von 25 Jahren allerdings. Aber anders als bei Lena kommt da hin und wieder diese Wut auf, die mir sagt, dass ich nicht jeden Mist, den sie anstellt, hinnehmen und verzeihen muss. Eine ihrer abstrusen, halblegalen Aktionen kommt bei ihren Besuchen meistens ans Licht. Beim letzten Mal hat sie allerdings den Vogel abgeschossen. Nicht genug damit, dass sie meine Abschlussarbeit zum Verkauf im Internet angeboten hat, nein, im Sommer hat sie während unseres Urlaubs zwei Wochen lang das Haus an eine fünfköpfige Familie untervermietet. Dummerweise landete die positive Bewertung des «Ferienobjekts» als Link in meinem E-Mail-Postfach. Ich hab es Anni nicht erzählt, weil sie ausflippen würde, wenn sie wüsste, dass fremde Menschen in unseren Betten geschlafen haben.

In ihrer heutigen Sprachnachricht entschuldigt sich Maren erneut dafür, also weiß ich, dass ein weiterer Besuch ansteht oder sie dringend Geld braucht.

«Du bist doch nicht mehr bööööse wegen dieser Kleinigkeit im Sommer, oder?»

Hunderte Male hab ich mir vorgenommen, dass es das letzte Mal war, dass sie bei uns Unterschlupf gefunden hat. Dass es jetzt reicht. Und dann gibt es doch immer noch ein nächstes Mal. Aus Liebe oder aus Gewohnheit oder aus Verantwortungsgefühl ihr gegenüber. Ich weiß es selbst nicht genau. Kann man jemanden lieben und gleichzeitig wahnsinnig wütend auf ihn sein? Darf man sich für seine Schwester verantwortlich fühlen und dennoch nicht wollen, dass sie ständig unangekündigt auftaucht und alles durcheinanderbringt?

Maren säuselt irgendwelche Nettigkeiten in ihr Mikro und schließt mit dem Satz: «Wir sehen uns ja baaaaaald.» Dann fügt sie noch hinzu: «Hoffe, du bekommst einen ordentlichen Vorschuss für dein neues Buch – vergiss nicht, dass ich stets gerne als Inspiration diene.»

Aber genau das ist der Grund, warum keine der Maren-Geschichten je Eingang in meine Bücher gefunden hat. Ich vermeide jegliche Ähnlichkeit mit lebenden Personen. Insbesondere mit meiner Schwester. Sie brächte es fertig, mich zu verklagen – und Anni noch zu fragen, ob sie sie vor Gericht vertritt.

Ich drücke auf Pause, als ich Schritte höre. Und dann lösche ich die Nachricht, ohne weiter darüber nachzudenken.

Anni kommt mit Lenas Jacke und ihrem Stofftier namens Futon, einem verblichenen Hasen mit plüschigem Bauch, die Treppe herunter. Im Durchgang zwischen Esszimmer und Wohnzimmer bleibt sie neben dem Kamin stehen und nimmt sich von der Etagere auf dem Esstisch eine Schokokugel. Sie dreht sie gedankenverloren in den Händen und legt sie dann wieder zurück.

«Schläft Lena?», frage ich.

Anni nickt und hält den Hasen in die Höhe. «Futon soll heute bei Fieps schlafen», erklärt sie.

Unser Hund reagiert auf seinen Namen und donnert mit dem Schwanz auf dem Boden, ist aber zu faul, aufzustehen.

«Solange Fieps nicht in unserem Futon schlafen soll», witzele ich und warte darauf, dass sie sich neben mich fallen lässt und ihren Kopf an meine Schulter legt.

«Wir haben ein Boxspringbett», korrigiert Anni. Sie lacht

nicht dabei und wischt mit der Hand über das raue Holz der Tischplatte. Dann rückt sie ein Kissen auf der Bank zurecht, die an den Kamin anschließt, und wirkt irgendwie abwesend. Eigentlich lachen wir immer, wenn es um Futon geht, dem Lena ein sehr reges Eigenleben verpasst hat. Der Hase verdankt seinen Namen einem Werbespecial zu Schlafzimmern von Möbel Höffner – und vermutlich auch der Tatsache, dass Lena mit viel Phantasie gesegnet ist.

«Futon hat letzte Nacht eine Reise in die Anden gemacht und sich in ein Alpaka namens Lama verliebt. Jetzt möchte er auswandern. Lena meint, nur Fieps könnte diese Liaison vielleicht noch verhindern. Und –»

«Sie hat nicht Liaison gesagt, oder?», unterbreche ich sie.

«Nein, aber ich finde, die Anden reichen schon. Als ich so alt wie Lena war, wusste ich nicht einmal, wo die Alpen liegen.»

Anni lässt sich nun doch neben mich auf die Couch fallen und wirft einen kurzen Blick auf meine alte graue Sporthose. Dann sieht sie wieder hoch.

Ich lege meine Hand auf ihren Oberschenkel und tätschele ihn. «Du bist in München geboren.»

Sie macht eine Jaja-schon-gut-Miene, rückt ein Stück von mir ab und sagt in die Richtung, in der Fieps auf seinem Schafsfell vor sich hin haart: «Okay, ich wusste, wo die Alpen sind, aber von den Anden hatte ich da bestimmt noch nicht gehört.»

«Und wie geht die Liebesgeschichte weiter?»

Sie runzelt die Stirn.

«Na, die von Futon und dem Alpaka.»

«Ah, ja.» Sie lächelt. «Es ist eine ...» Sie hält kurz inne. «Eine Ménage-à-trois. Denn Lama, das Alpaka, ist eigentlich schon Paco versprochen. Die Dame erbittet sich Bedenkzeit, weil sie nicht weiß, ob sie bereit ist für eine Fernbeziehung und die Problematiken einer gemischtrassigen Vereinigung.»

«Wow!», keuche ich. «Das waren Lenas Worte?»

«Nein, sie hat gesagt: Lama findet Alpakas schöner als Hasen, weil sie weicher sind, und sie glaubt, dass es zu teuer ist für ein Alpaka, nach Deutschland zu fliegen. Außerdem gibt es bei Paco im Stall immer genug Heu, sie weiß nicht, ob Futon mit seinen Karotten da mithalten kann.»

Ich seufze. «Meine Tochter ist mir um Welten voraus. Vielleicht sollte ich mit ihr über das Problem meines Manuskripts reden.»

«Das Problem! Richtig, dein Lektor.» Anni dreht sich zu mir und verschränkt die Beine im Schneidersitz. «Erzähl.» Ihr Blick fixiert mich jetzt, und das Blassblau ihrer Augen wirkt auf einmal nicht mehr kühl und abwesend, sondern vollkommen bei mir.

«Ich war heute bei Richard, und er ist sehr unglücklich mit der Rohfassung von *Vielleicht bleibt es länger still.* Er hasst den Titel, er findet den Plot langweilig, und er ...» Ich zögere kurz. «Er meinte ... ich zitiere: Du musst mal was anderes schreiben, mein Lieber. Raus aus der Komfortzone. Eine neue Reihe, vielleicht ein ganz anderes Genre ...»

Annis Augen sind größer geworden, weiter. «Oh!»

Ich greife mit beiden Händen in meine Haare und kratze meine Kopfhaut. «Ja, genau. Oh. Es fehlt ihm das Besondere ... Und das Schlimme ist, er hat recht.»

«Ein Twist?», fragt Anni. «Oder will er noch ein paar Kapitel mehr? Kommt die Auflösung zu früh?»

Ich schüttele den Kopf. «Nein, es geht um das große Ganze. Er findet meinen Ermittler Victor Alonso zu farblos. Er meint, er bräuchte ein Privatleben, viel mehr Struktur, und es würde nicht funktionieren, dass ich ihn wie Miro Groeben einfach nur skizziere. Der Verlag wünscht sich, dass der neue Roman auch mehr weibliche Leser anspricht.»

Kurz frage ich mich, ob ich Leser*innen hätte sagen sollen. Anni spricht immer mit Genderpausen, und bei ihr hört es sich selbstverständlich an, nicht eingeübt. Anni, meine Feministin, von der ich mir regelmäßig und zu Recht anhören muss, dass ich als weißer Mann verdammt privilegiert bin und gefälligst helfen soll, die patriarchalischen Strukturen aufzubrechen.

«Und jetzt?», fragt sie. «Bekommt Victor eine Partnerin, die mit ihm in eigener Sache ermittelt?»

Ich schnaufe ungeduldig und laut aus. Anscheinend so laut, dass Fieps den Kopf hebt und das Schwanzschlagen wieder losgeht.

«Wenn es nur das wäre! Nein, Richard und der Verlag haben sich offenbar darauf eingeschworen, dass ich eine Schmonzette schreiben soll.»

Das mit der Schmonzette ist übertrieben, so hat Richard es nicht gesagt und auch nicht gemeint. Aber ich suhle mich gerne in Selbstmitleid und jammere daher noch ein wenig weiter. Weil es so gut tut, mich bei Anni darüber zu ereifern.

«Schließlich würde auch Fitzek immer mal wieder neue Wege gehen, sagt Richard ... Fitzek! Ich meine, ist das sein Ernst?»

Ich klinge knorrig wie eine alte Kiefer im Sturm. Aber ich kann nicht verhindern, dass die Wut von heute Mittag wieder hochkommt.

«Eine Schmonzette?», wiederholt Anni und lacht.

«Ja ... eine Liebesgeschichte oder ein emotionales Drama, etwas Episches.» Ich hebe die Stimme und klinge jetzt fast wie mein Bruder. «Als ob ich das jetzt mal so eben aus dem Ärmel schütteln könnte!»

Anni schluckt, und ich weiß, dass in diesem Schlucken ein Lachen enthalten ist. «Und das ist ... schlimm? Also, dass du raus musst aus der Komfortzone?»

«Natürlich ist das schlimm!» Ich jaule auf.

«Du musst Futon deswegen nicht erwürgen. Er kann nichts dazu», sagt Anni wieder mit einem deutlichen Lachen in der Stimme, und erst da merke ich, dass ich in meiner Verzweiflung Lenas Hasen in meinen Händen knete und kurz davor bin, die Dreiecksbeziehung mit Lama und Paco dadurch zu beenden, dass ich das Stofftierleben aus ihm würge. Instinktiv werfe ich Futon von der Couch auf den Sessel.

Sofort ruft Anni: «Nein, Fieps, das ist pfui!» Dabei hat unser Hund nur müde den Kopf gehoben.

«Ich kann keine Liebesgeschichten schreiben», fahre ich fort, «verstehst du das nicht? Ich hab noch nie eine Liebesgeschichte geschrieben. Ich *kenne* nicht einmal eine gute Liebesgeschichte.»

Anni sieht mich fragend an. «Du kennst also keine guten Liebesgeschichten. Was ist mit unserer?»

«Die erzähl ich nicht, die gehört uns.»

«Du könntest die von Ludwig erzählen?»

Ich verziehe das Gesicht. Allein der Gedanke an meinen Bruder und seine Frau schmeckt wie ein Biss in eine saure Zitrone. «Ludwig und Sissi? Niemals, das ist keine Liebesgeschichte, das ist ... eine Geschäftsbeziehung.»

Anni lacht. Wie immer, wenn ich vom Prinzregenten und seiner Frau spreche, die natürlich nicht wirklich Sissi, sondern in echt Christin heißt. Und Controllerin ist. In jeder Lebenslage.

«Na, dann freust du dich sicher schon auf die große Fusion», gluckst sie.

Ich murre. Die anstehende royale Vermählung von Ludwig und Sissi ist alles andere als ein zu erwartender Quell von Inspiration, sie ist vielmehr der Beton auf der Versiegelungsfläche meiner Kreativität.

Aber es stimmt nicht, dass ich keine gute Liebesgeschichte kenne. Ich kenne sogar eine sehr gute. Die meiner Eltern. Von dem süßen Anfang ihres Kennenlernens bei einer Jugendreise nach Spanien über die glücklichen Jahre, in denen sie als Dolmetscher unzählige Länder besuchten, bis hin zu ihrem tragischen Ende.

Ich habe Anni nie erzählt, dass die Geschichte meiner Eltern eine meiner ersten Schreibübungen war. Kurz nachdem mein Vater gestorben war, wollte ich meiner Mutter die zauberhafte Story ihrer großen Liebe zu Füßen legen. Aber dann starb auch sie, wenige Monate nach ihrem Mann. Und mir war, als hätte ich einen Fluch losgetreten. Manche Geschichten müssen unerzählt bleiben, um ihren Zauber zu erhalten. Andere müssen unbedingt erzählt werden, um ihren Zauber zu entfalten. Die Kunst ist, herauszufinden, zu welcher Art von Geschichte die eigene gehört.

KAPITEL 4

ANNI

HEUTE

G*lückstadt, Kreis Steinburg.* Wie anders sich das Schild heute anfühlt. Als hätte es jemand als Werbefläche missbraucht und Lukas' Plakat darübertapeziert. Ich blinzele, aber natürlich ist da nichts. Nur schwarz auf gelb. Aber irgendwie wirkt es heute anklagend. Als wollte die Schrift sagen: *Du wohnst in Glückstadt, also fühle dich gefälligst auch glücklich.*

Zugegeben, noch immer schicke ich regelmäßig Postkarten an meine Schwestern, weil es so wunderbar klingt, wenn man schreibt: *Glückliche Grüße aus Glückstadt*, oder *Glückstadt war ein Glücksgriff, Glücksache, in Glückstadt zu wohnen ...* Außerdem ist es längst eine Art Tradition geworden. Silke, die Älteste von uns, wohnt in einer verregneten englischen Kleinstadt namens Slough, und der dortige Humor hat schon so stark auf sie abgefärbt, dass sie mir sehr britische Postkarten zurückschickt. Bilder von Katzen, die regungslos auf dem Rücken liegen und unter denen in schwarzer Schrift auf Englisch steht: «Das ist keine tote Katze». Manchmal ist es auch ein nostalgisches Boris-Johnson-Cartoon mit der Überschrift: «So sieht britischer Humor aus.»

Meine andere Schwester, Marga, das Sandwichkind unter uns, hat es in Luzern zwar teurer und dafür wettertechnisch besser getroffen, schreibt aber keine Postkarten oder Briefe. Immerhin hat sie ab und zu eine E-Mail im abgehackten Telegrammstil für mich übrig: *Freue mich über Glücksgriff, komme asap*.

Meistens zeigt die Vorderseite meiner Postkarten den malerischen, kleinen Turm am Elbufer, an dessen Fuß im Frühjahr Schafe grasen und den ich von unserem Schlafzimmer aus sehen kann. Dabei bilden er und sein größerer Bruder, der Glückstädter Wasserturm, mitten in der Stadt eigentlich eine Einheit. Denn früher sendeten beide Türme ihre Richtfeuer an die vorbeifahrenden Schiffer, um sicherzustellen, dass die Kähne auf dem richtigen Kurs waren. Heute stelle ich mir zum ersten Mal vor, die beiden Türme würden auch mir den Weg weisen. Damit ich nicht vergesse, wo mein Zuhause jetzt ist.

Ich schaue die lange Straße entlang, lasse den Blick kurz nach rechts schweifen. Dort, wo hinter dem breiten, flachen Streifen Land der Fluss liegt. Die Elbe ist im Herbst braun und schlammig. Schwerfällig verdrängen die Containerschiffe aus dem Hamburger Hafen das Wasser und gleiten an den kleineren Booten, an der Fähre nach Wischhafen und an dem Ausflugsschiff vorbei. Um diese Zeit ist der *Tidenkieker* in der Winterpause, aber im Frühjahr und Sommer sehe ich das grüne Ausflugsschiff häufiger. Ben wird mich, sobald es im März losgeht, wieder überreden, eine Fahrt mitzumachen. Er wird erst aufgeben, wenn ich die Seehunde, die es hier angeblich gibt, endlich gesehen habe. Aber ich glaube, sie verstecken sich vor mir. Seehunde sind Einzelgänger, und vermutlich merken sie, dass ich eigentlich auch einer bin.

Ich biege zu unserem Haus ab. Selbst die blaue Tür sieht mich heute vorwurfsvoll an. Eigentlich müsste es am Eingang ein kleines Gedenkschild für Miro Groeben geben, den Protagonisten aus Bens Erfolgsroman «In dunkler Flur».

Aber es reicht wohl, dass Maren letztes Jahr damit angefangen hat, die Titel seiner Bücher und Geschichten in ihrer Miniaturschrift an Fenster, Türen und zuletzt sogar an die neue Waschmaschine zu schreiben. *Das Haus auf der Warft* ist keiner von ihnen, obwohl es ein guter Titel für einen Roman mit viel *Nature writing* wäre, aber es ist nur der Name meines Zuhauses. Bis vor zehn Jahren wusste ich, die ich in München geboren bin, nicht einmal, dass eine Warft eine aus Erde aufgeschüttete Siedlungshöhe ist. Ben, der Meister der Synonyme, könnte mir wahrscheinlich noch weitere Begriffe dafür nennen. Worte, die so norddeutsch klingen, dass sie in meinen Ohren fast schon skandinavisch erscheinen. Terp, Wurde oder irgendetwas in der Art.

Es ist niemand zu Hause. Ich hatte zumindest auf den Hund gehofft. Eigentlich auch auf Ben, in dessen Arme ich mich stürzen kann, ohne etwas erklären zu müssen. Ben, der mich noch immer für einen guten Menschen hält.

Ich kneife die Augen zu, um nicht weiter darüber nachzudenken. Aber heute kann ich es nicht genießen, dass Ben offenbar Fieps mit auf einen Spaziergang genommen hat und ich die Beine hochlegen könnte. Ich vermisse Lena. Und sogar Maren. Denn das Haus ist zu leise, es ist beängstigend still, und es erinnert mich alles viel zu sehr an Vergangenes. Ich mache die Augen wieder auf. Aber es ist immer noch zu still. Das Haus fühlt sich fremd und leer an. Melancholisch schwirren ein paar Staubflusen durch das gleißende Licht, es lässt die Küchenfenster immer schmutzig aussehen, so häufig ich auch putze.

Mit dem rechten Daumen reibe ich über meine linke Handfläche und gehe nervös auf und ab, bis mein Blick auf den Kalender fällt. Der Termin mit Lenas altem Kindergarten ist erst in einer Stunde. Aber es scheint mir auf einmal unmöglich, es so lange hier in der Stille auszuhalten. Also nehme ich mein Handy, wähle die Nummer der Leiterin und verlege den Termin vor.

Es ist eine Weile her, dass ich das letzte Mal den Flur des Kindergartens betreten habe, da Lena mittlerweile in der Grundschule ist. Ich weiß sofort, dass es richtig war, hierherzufahren. Es fühlt sich besser an, seltsamerweise fast heimeliger als zu Hause. Trotzdem fängt die Erinnerung mich ein. Ich muss daran denken, wie ich Ben hier das erste Mal gesehen habe. Wie er dort vor der Kindergarderobe stand und mit seinen kräftigen Händen Lenas Haare geflochten hat. Ein Riese in einem Miniaturland. Es war das vielleicht Rührendste, was ich je gesehen habe. Er wirkte so geduldig und geschickt. Nichts daran war unmännlich, er erschien mir väterlich zärtlich und stolz, und ich konnte nicht aufhören, ihn anzustarren.

Der Kleiderhaken mit dem winzigen Schmetterling, an dem Lenas handgestrickte Bommelmütze und ihr kleiner roter Mantel mit den viereckigen Knöpfen immer hingen, hat längst ein anderes Namensschild. Und doch ist dieser Platz über der Holzbank immer noch Lenas. Und Bens. Und meiner irgendwie auch. Es fühlt sich an, als sauge die Vergangenheit mich in sich auf und als könne ich die ersten Worte, die wir gewechselt haben, laut in meinen Ohren singen hören.

«Lena hat mir viel von Ihnen erzählt, Sie sind die Musiklehrerin», hatte Ben mit Blick auf meinen großen Aktenkoffer gesagt, der mit etwas Phantasie schon als Instrumentenkasten durchgehen konnte. Währenddessen flocht er die Haare seiner Tochter, die mit dem Rücken zu mir saß und erstaunlich still hielt.

«Ach ja?», erwiderte ich, ohne das Missverständnis klarzustellen, und verfing mich in dem Anblick dieses Mannes mit den Wuschelhaaren und dem braun-blond melierten Bart.

«Sie erzählt jeden Tag von Ihnen. Natascha, nicht wahr?»

Ich hob amüsiert eine Augenbraue und überlegte, was ich am besten entgegnen sollte. Aber Ben kam mir zuvor. «Und sie meint, dass Sie die hübscheste Frau sind, die es im ganzen Kindergarten gibt.»

«Ist sie auch», sagte das kleine Mädchen vor ihm, ohne aufzusehen. Den Kopf hielt die Kleine weiterhin ganz still.

Da lachte er plötzlich schelmisch, und sein ganzes Gesicht lachte mit. Aus den sorgenvoll wirkenden Falten auf seiner Stirn und den feinen Linien um seine Lider wurden Ausrufezeichen der Freude. «Ich hab es nicht glauben wollen, weil sie das von Hannah auch schon behauptet hat.»

Ich war eingefallen in dieses Lachen, ohne zu wissen, wer Hannah war. «Und jetzt, glauben Sie ihr?», neckte ich ihn.

Er wickelte den Haargummi in Regenbogenfarben um das blonde Haar am Zopfende und sah mich an. «Jetzt weiß ich es.»

In dem Moment sah seine Tochter auf, schaute mich aus kugelrunden Kinderaugen an und verkündete: «Aber Papa, das ist nicht Natascha! Die Frau da kenn ich nicht.»

Ben hatte keine Miene verzogen, mich weiter angelächelt und fröhlich verkündet: «Ich glaube, Lena, wir sollten sie kennenlernen.»

Und genau deswegen, wegen dieses unvergesslichen Moments, habe ich immer gute Laune, wenn ich an dem alten Gebäude vorbeifahre, dessen Fenster stets saisonale Basteleien aus Papier und Klebereste alter Window-Color-Bilder zieren. So auch jetzt, da ich auf dem verschlissenen Vinylboden stehe, über den täglich drei Dutzend Kinder trappeln, und auf die Leiterin der Einrichtung warte. Es fühlt sich so viel besser an als allein in dem leeren Haus.

Von meiner Position aus im Flur kann ich in ihr Büro sehen, die Tür steht offen, und ich bemerke vor dem aufgeräumten Schreibtisch auf dem Besucherstuhl eine Frau, die mehr kauert als sitzt. Ihre Schultern hängen, ihr Kopf mit dem dunklen, langen Haar ist nach vorn geneigt, und sie wirkt wie ein Kind, das sich gerade eine ordentliche Standpauke abholt. Ich kenne diese Haltung. Ich hasse diese Haltung. Oder besser: Ich hasse die Umstände, die eine solche Haltung bei Menschen verursachen. Ich hasse es auch, dass ich bei diesem Anblick immer noch die Augen schließen und fliehen möchte. Nach all den Jahren.

Ich spüre, wie die gute Stimmung, das nostalgische Erinnern in etwas anderes umschlägt. In Wut gepaart mit einem entsetzlichen Gefühl der Hilflosigkeit. Und das, nach so vielen Fällen, nach so vielen Erfolgen. Und obwohl das Danach das Davor um ein Vielfaches wettmacht, wenn nämlich aus einer kauernden Haltung ein paar Zentimeter Selbstbewusstsein und Zuversicht wachsen.

Pro-bono-Anwältin? Plötzlich habe ich die Stimme meines Vaters im Kopf. *Warum nicht gleich Putzfrau. Dafür habe ich dich nicht durchs Jurastudium finanziert, damit du kostenlos Leute berätst!*

Ich schüttele mich. Zugegeben, nach zehn Jahren mischt sich manchmal auch ein Ton des Zweifels unter meine innere Stimme, der dann aber sogleich durch einen Anblick wie den von dieser Frau stummgeschaltet werden kann. Natürlich könnte ich ein wenig mehr Geld gut gebrauchen, aber deswegen würde ich niemals meine unbezahlten Fälle abgeben.

Mein Vater finanziert sich durchs Leben – ich lebe mich

durchs Leben. Wann immer ich mir das vorsage, geht es mir sofort besser. Ich bin Anni aus Glückstadt, und ich bringe Menschen in Notlage ein kleines Licht der Hoffnung. Wie viel besser das klingt, als würde ich sagen: Ich bin Annika aus München, und ich nehme Leute vor Gericht auseinander.

Gerade nach dem Abend im *Phantom* ist es wichtig, dass ich mir das klarmache. Damit ich wieder vergesse, was ich ohnehin im Klo heruntergespült habe. Obwohl man eine alte Schuld nicht einfach von der Wand reißen und entsorgen kann. Nein, mit Fehlern aus der Vergangenheit ist es vermutlich so wie mit Postern, die zu lange an der Wand hängen. Selbst wenn man sie endlich beseitigt, bleibt ein Abdruck zurück.

«Frau Rabenstein, schön, dass Sie kommen konnten!»

Die Leiterin des Kindergartens kommt aus dem Gruppenraum, schließt die Tür hinter sich und streckt mir die Hand entgegen.

«Gerne», erwidere ich und drücke ihre Hand.

«Ich hoffe, das wirft kein schlechtes Licht auf unsere Einrichtung ... dass wir Sie nun schon in einem zweiten Fall anrufen. Es ist etwas anders als beim letzten Mal. Aber, nun ja, die Mutter unseres Schützlings wird Ihnen das selbst erzählen.» Gemeinsam gehen wir über den Flur. «Wir wussten wirklich nicht, an wen wir uns sonst wenden sollten. Wir sind ja so froh, dass Sie Zeit haben.»

«Schon gut. Ich helfe gern», sage ich knapp. Ich hab ja auch einiges gutzumachen, denke ich. Aber das muss die nette Frau mir gegenüber nun wirklich nicht wissen. Das muss niemand wissen.

«Wie geht's der Lena?», erkundigt sie sich.

Fast zucke ich zusammen, wie immer, wenn jemand den Artikel vor einen Namen setzt und damit ganz offensichtlich macht, aus dem Süden Deutschlands zu kommen. Diese Angewohnheit erinnert mich mehr an Bayern als die alljährliche Berichterstattung zum Oktoberfest.

«Gut, danke», antworte ich auf die Frage. «Sie ist jetzt in der vierten Klasse. Und sie hat mit dem Geigespielen angefangen.»

«Wie die Zeit vergeht», sagt die Kindergartenleiterin und marschiert voraus in ihr Büro.

«Ja, wie die Zeit vergeht ...», murmele ich ihr nach. «Lassen Sie uns loslegen.»

* * *

«Wo bitte hast du diese Schuhe her?» Laila beugt sich über mich. «Ich weiß nicht, warum ich mit jemandem befreundet bin, der so gut angezogen ist.»

Sie drückt mir einen dicken Kuss auf die Stirn. Den bestimmt dreihundertfünfzigsten unserer Freundschaft, und trotzdem werde ich noch leicht rot. Sie merkt es, wie immer, lächelt warm und sagt nichts. Auch wie immer.

Als ich nach Norddeutschland kam, hatte ich keine Freunde. Genau genommen hatte ich in München auch keine. Aber dann lernte ich Ben kennen und mit ihm Laila und Markus, und aus Bens Kindheitskumpels wurden auch meine Freunde. Manchmal, wenn ich Laila sehe, kann ich kaum glauben, dass diese quirlige, intelligente, hübsche Frau mich wirklich ihre Freundin nennt. Mich! Mit meiner Sozialphobie, meinen viel zu stillen Momenten und der Unerfahrenheit in Freundschaften. Am Anfang war ich Laila gegenüber furchtbar unsicher. Wie oft ich sie anrufen konnte, sollte oder durfte. Ob sie überhaupt angerufen werden wollte. Doch all diese Unsicherheiten lösen sich mit einem

Menschen wie Laila ganz schnell auf, weil sie ein Synonym für Unkompliziertheit ist. Das Gegenteil von mir. Laila ist ein klassischer Astrid-Lindgren-Typ – zeitlos, erfrischend, lustig. Ich bin eher ein Tolstoi oder Dostojewski, dicker, schwerer zu interpretieren und vor allem anstrengend. Erstaunlicherweise haben Laila und ich aber überhaupt keine Kommunikationsprobleme, trotz unserer Unterschiedlichkeiten.

Ich sitze im einzigen Café Glückstadts, das eine riesige Fensterfront hat, dafür allerdings viel zu viel Deko und nur wenige, kleine Tische. Laila konnte also schon von Weitem erkennen, was für Schuhe ich trage. Boots mit grüner Sohle und dunkelblauem Schaft. Sie schüttelt ihre langen braunen Locken und setzt sich auf den Stuhl mir gegenüber. Ihre langärmelige Bluse hängt halb in der Jeans, halb draußen, und weil sie einen von Natur aus dunklen Teint hat, sieht sie auch jetzt im Oktober noch aus, als käme sie direkt aus dem Urlaub.

Laila mustert mich. «Du heißt Beate, bist zweiunddreißig, Hauptkommissarsanwärterin in der Jubiläumsfolge eines Tatorts aus ... sagen wir, Saarbrücken. Du bist heimlich in deinen Kollegen verliebt, und diese Jacke hast du aus der Asservatenkammer geklaut», sagt Laila.

Ich grinse und frage mit gespieltem Entsetzen. «So schlimm?»

«Nein, sieht megacool aus. Ich mag das Saarbrücker Tatort-Team.»

Laila hängt an ihrem sonntäglichen Tatort wie die katholische Kirche am Zölibat. Sie polarisiert die Menschen in ihrer Umgebung mit ihrer dogmatischen Besessenheit, ist aber nicht bereit, von dem Glauben abzuweichen, der Tatort sei das ultimative deutsche Fernsehformat. Danach käme lange nichts, höchstens noch die Tagesschau.

Laila hat arabische Wurzeln, ist aber in Deutschland geboren und seit ihrem fünfzehnten Lebensjahr mit Markus zusammen. Markus ist der erste Mann, den ich als platonischen Freund bezeichnen würde. Mit Laila quatsche ich und mache Wochenendtrips, mit Markus probiere ich Sportarten aus. Es hat mit einer Challenge angefangen, zu der uns eine Fernsehsendung inspiriert hat. Seither haben wir alles Mögliche ausprobiert – und wieder aufgehört. Ben behauptet, Markus und ich könnten uns nur so lange für eine Sportart begeistern, bis wir uns ein komplettes Outfit dafür gekauft hätten.

Und noch während ich Laila zuhöre und über ihre Eigenheiten nachdenke, schleicht sich Lukas' Stimme in meine Gedanken. Diese warme, dunkle Stimme, die so lange verdrängt und deswegen verstummt war und die seit dem blöden Plakat wieder an die Oberfläche geploppt ist, wo sie definitiv nichts verloren hat. *Du bist Martina, vierundzwanzig, du findest, dass Kurt ein schöner Jungenname ist …*, höre ich ihn sagen. Und erst da fällt mir ein, dass dieses Spiel, sich zu überlegen, wie jemand aussieht, und ihm eine erfundene Identität zu verleihen, nicht Laila und ich erfunden haben. Lukas war das. Mein Herz wird schwer, und ich spüre, wie mir die Hitze ins Gesicht steigt. Wie unverschämt von mir, dass ich das Alias-Ritual auf einen Menschen übertragen habe, der von Lukas' Existenz rein gar nichts weiß. Nicht einmal von der in meinem Herzen.

Zum Glück ist Laila mittlerweile damit beschäftigt, sich einen Kaffee mit Hafermilch zu holen und mir eine heiße Schokolade. Weil sie weiß, dass ich Kaffee gar nicht mag, sondern ihn mir nur angewöhnt habe.

Als sie mit den dampfenden Tassen zurückkommt, stöhnt sie und sagt: «Diese Partyveranstaltungsreihe auf der Alster macht mich fertig. Jetzt haben sie doch tatsächlich dieses olle, überbewertete Lied wieder herausgeholt.»

«Die geile Laila?», rate ich.

«Ja, es ist wie *Chantal, heul leise*. Oder *Jacqueline, was kosten die Kondome*.»

Ich muss unwillkürlich und vor allem wider meine Gefühlslage lachen. Weil man mit Laila einfach lachen muss. Selbst wenn einem die Vergangenheit tonnenschwer im Magen liegt.

«Was?», protestiert Laila. «Du hast gut lachen, du heißt Annika.»

«Ich sag nur: *Sei Pippi, nicht Annika*. Das hängt bei Claire als Holzschild im Klo. Angeblich hat sie es von einer Kundin geschenkt bekommen.»

«Die Exfrau deines Mannes ist eine Kackkuh.» Laila sagt das so nonchalant, als hätte sie Claire soeben nur als brünett oder klein bezeichnet.

«Ist sie nicht», widerspreche ich halbherzig. Dabei hege ich gegen Claire gar keinen Groll, vielmehr bin ich dankbar, weil ich so selbstverständlich aufgenommen wurde. «Außerdem kannst du nicht wissen, was aus Annika geworden ist, du kennst nicht einmal ihren Nachnamen.»

«Settergren», haut Laila wie aus der Pistole geschossen heraus. Sie nimmt einen Schluck von ihrem Kaffee, genießt den Triumph. «Was schaust du mich so an? Glaubst du etwa, ich hätte als Kind nur Sindbad und die Märchen aus tausendundeiner Nacht gelesen?»

Ich spitze amüsiert die Lippen. «Ich hab dir schon oft gesagt, dass du deutscher bist als ich, meine Liebe, du bist sogar blonder.»

Ich zeige auf ihren Schopf, der nicht wirklich blond ist, aber durch den sich vereinzelt lange graue Strähnen ziehen.

Die ersten hat sie mit Mitte zwanzig bekommen, und jetzt, mit Mitte dreißig, sind einige dazugekommen. Bei niemandem auf der Welt sieht es so verdammt cool aus wie bei ihr. Ich bin mir sicher, dass jedes Mal, wenn Laila hier mit mir im Café sitzt, mindestens eine der anderen anwesenden Frauen nachher ihre Friseurin aufsucht und sie bittet, ihr graue Strähnchen zu machen.

«Du hast keinen Grund zu schmollen», füge ich hinzu. «Die geile Laila ist eine Stimmungskanone, während Annika für immer die langweilige Freundin bleiben wird, die pünktlich um sieben Uhr dreißig im Bett liegen muss.»

Laila schüttelt missbilligend den Kopf. «Annika hat einen guten Job ergattert, sie ist ... Flugbegleiterin geworden und hat einen Norweger namens Ragnar geheiratet, mit dem sie fünf Kinder bekommen hat.»

«Pfff», mache ich. «Fünf Kinder!»

«Ja, von einem seeeehr gut aussehenden Piloten», bekräftigt Laila und nickt bestätigend. Dann beugt sie sich nach vorn. «Was, denkst du, ist aus Pippi geworden?» Ihre Augen sind nurmehr schmale Schlitze. «Ist sie eine arbeitslose Analphabetin, die die Villa Kunterbunt auf Airbnb vermieten muss? Oder hat sie Konrads Spezialkleber bei *Die Höhle der Löwen* angepriesen und jetzt einen fetten Deal, aber auch eine Klage wegen Urheberrechtsverletzung an der Backe?»

Ich schaue an ihr vorbei zu dem Kaffeeautomaten hinter dem Tresen und der großen Schale mit frischen Äpfeln, die hier im Herbst kostenlos angeboten werden. Gedankenverloren erwidere ich: «Ich glaube, sie wohnt mit Lukas in La La Land und ist sehr glücklich.»

Verdammte Axt! Lukas ... Warum schlüpft mir jetzt schon sein Name von den Lippen? Warum hab ich nicht Ben gesagt? Ben, Ben, Ben. Mein Freund, den ich liebe. Nicht Lukas, den ... *Den ich einmal geliebt habe*, flüstert es tief in mir. Dessen Leben ich zerstört habe. Im schlimmsten Fall sogar gleich zweimal. Nein, das kann nicht sein, rede ich mir ein. Es waren doch nur neun Tage.

Meine Wangen fangen schon wieder zu glühen an. Schnell greife ich nach der Tasse und halte mir den Dampf vor den Mund.

«Wer ist Lukas?», fragt Laila. Natürlich fragt sie das.

«Na, der von der Lokomotive», behaupte ich schnell.

«Ach so.» Sie nickt zufrieden. «Das bringt mich auf eine gigantisch gute Geschäftsidee!»

Sie fischt einen Bleistift und einen Miniaturnotizblock aus ihrer Jackentasche und kritzelt etwas aufs Papier. Dabei sieht sie aus wie Ben, wenn ihm ein guter Gedanke kommt.

Laila hat ein Reisebüro für besondere Events. Sie organisiert nicht nur Partys mit schlechter Musik, sondern vor allem außergewöhnliche Trips. Es hat mit kleinen Städtetouren angefangen, mit einem Rotlicht-Spaziergang durch Hamburg, einer Kellertour durch die historischen Felsengänge von Nürnberg, und sich dann auf kleinere und größere Reisen ausgeweitet. Schon lange kann man bei Laila eine Lady-Di-Gedenkreise Mini und Maxi buchen. An Orte, an denen die beliebte Prinzessin Urlaub gemacht hat. Start ist in London, erstes Ziel Necker Island auf den Britischen Jungferninseln. Es gibt aber auch Eisköniginnen-Trips nach Norwegen, die komplett im Zeichen der Disneyheldin stehen, inklusive Musicalbesuch und Übernachtung im Eisschlossiglu. Was verrückt klingt, findet tatsächlich Anklang. So hat sie vor drei Monaten die Teilnehmerzahl ihrer Blind-Date-to-Vegas-Tour begrenzen müssen und führt seither eine Warteliste. Zwanzig Singles lernen sich auf einer Reise nach Vegas kennen, müssen im Flugzeug Aufgaben erfüllen, verbringen einen Junggesellenabend in der Stadt und heiraten dann nach dem Losprinzip einen ihrer mitreisenden Kandidaten. Laila bietet aber auch etwas seriösere Sachen an, wie eine «So weit die Füße tragen»-Tour durch Sibirien oder einen Gladiatoren-Workshop inklusive Übernachtung in einer Ruine (die günstigere Variante ist Pula, Kroatien, die teure das Original in Rom). Ihr Reisebüro ist inzwischen international gefragt und sie eine erfolgreiche Geschäftsfrau.

«Laila, kann ich dich was fragen?», sage ich.

«Alles», erwidert sie und schaut hoch. «Nur bitte nicht, ob ich noch einen Platz für dich in meiner Charles&Camilla-Cheat&Treat-Tour habe. Ich bin restlos ausverkauft. Die Flyer in Tamponform sind viral gegangen.»

«Du weißt, dass sich das sehr seltsam anhört?»

«Ja, aber noch seltsamer hörst du dich an. Was ist denn los? Hast du einen schwierigen Fall zu verhandeln? Hat Bjarne dich zum Partner gemacht und will, dass du Strafverteidigerin wirst?»

«Nein», sage ich und bin froh, dass ich meine schlechten Gefühle mit einem kräftigen Schluck Schokolade hinunterspülen kann. Und dass Laila wie Ben glaubt, ich hätte absolut keine beruflichen Ambitionen.

Ehrgeiz, sagen die beiden manchmal im Chor, *damit geizt die Anni sehr*.

Keiner von beiden soll je erfahren, dass ich einmal viel zu viel Ehrgeiz hatte. Denn obwohl das Plakat diesem Wunsch Auftrieb verliehen hat, war die Angst, Ben oder Laila und Markus könnten einen anderen Blick auf mich gewinnen, schon immer da.

«Nein, eigentlich ist alles gut», erkläre ich lapidar. «Ich wollte wirklich nur einen Platz für die Tour. Schade.»

«Du bekommst den ersten Platz in der La-La-Land-Sache, okay?» Mit diesen Worten senkt sie ihren Bleistift und den Blick wieder auf ihr Notizbuch. «Ich besorge dir auch einen heißen Lukas.»

Alles, nur das nicht.

* * *

Wenn Ben Bücher liest, wirkt es nicht so, als würde er dabei entspannen. Auch wenn er das vehement behauptet. Wenn Ben liest, dann kneift er die Stirn zusammen und sieht so angestrengt aus, als müsse er alles, was sich auf dem Papier befindet, Wort für Wort auswendig lernen. Es bringt mich oft zum Lächeln, dass er mit einer Ernsthaftigkeit liest, die andere vielleicht für die Prüfung ihrer Steuererklärung aufbringen, aber sicher nicht für einen Roman. Manchmal streicht er sogar über bestimmte Sätze auf dem Papier, als wolle er sie sich fest einprägen. Dann habe ich mich schon dabei erwischt, an seinen Händen nach Spuren der Druckerschwärze zu suchen.

«Was macht die Liebesgeschichte?», frage ich, als wir abends auf der Terrasse sitzen, weil es für Oktober erstaunlich warm ist und man es mit einer Decke noch ganz gut draußen aushalten kann. Das alte Sofa, das wir im Frühsommer immer aus dem Schuppen nach draußen tragen, steht unter einem schützenden Vordach. Der Bereich ist quasi unser Außenwohnzimmer. «Also die Schmonzette, die du schreiben sollst?»

«Ich lese mich gerade ein», erklärt er und verzieht das Gesicht. «Recherche.»

Ich beuge mich vor, um den Buchtitel lesen zu können. «In die großartige Liebesgeschichte von *Die Blutlinie*?»

Ben zuckt ertappt zusammen.

«Wie wäre es, wenn du dich an Liebespaaren orientierst? An Carrie und Big? Edward und Bella? Lou und Will?»

«Ich kann mich nicht an etwas orientieren, was es schon gibt! Außerdem schreibe ich keine Sexkolumnen, keine keuschen Vampirgeschichten und auch keine Sick-Lit. Ich brauche ... etwas großes Neues. Etwas, das es noch nicht gibt!»

Ben klingt wie ein Bär, der aus dem Zoo ausgebrochen ist und jetzt feststellt, dass er sich in Freiheit selbst um sein Essen kümmern muss.

Ich seufze. «Da kann ich dir leider nicht weiterhelfen», sage ich.

Er brummt noch eine Weile unzufrieden vor sich hin und sieht dann auf. «Was ist eigentlich mit deinen Liebesbeziehungen? Mit den Leichen in Herzform, die du in deinem Keller hast und die du mir verheimlichst?» Ben klingt plötzlich deutlich besser gelaunt. Er legt das Buch zur Seite und schaut mich mit wachem Blick an. Sein Recherchenäschen hat Lunte gerochen.

«Es gibt keine Leichen, schon gar nicht in Herzform», sage ich und schiebe ein Lachen hinterher, das selbst in meinen Ohren seltsam klingt. Daher bin ich dankbar dafür, dass Fieps sich schmatzend über herabgefallene Äpfel im Garten hermacht und damit wenigstens für ein normales Hintergrundgeräusch sorgt.

«Du hast noch nie jemandem das Herz gebrochen?», hakt Ben nach.

Ich möchte lügen und Nein sagen. Aber Ben kennt mich zu gut. «Vielleicht. Keine Ahnung.»

«Sag schon! Ich verwende es auch nicht.» Er stupst mich mit dem Bein an und lacht.

Mist! Hätte ich nur nicht nach der verdammten Liebesgeschichte gefragt!

Ich zucke mit den Achseln.

«Was machst du für ein Geheimnis draus?»

Ich spüre, wie ein beißendes, brennendes Gefühl in meiner Kehle aufsteigt. Meine Stimme klingt abgehackt und seltsam streng, als ich erwidere: «Na ja. Woher soll ich das wissen? Es gibt ja keine Beschwerdestelle für gebrochene Herzen. Wenn man jemandem das Herz bricht, dann füllt der doch keinen Antrag aus, geht auf ein Amt und schreibt sein Herz neu aus. Oder reicht eine Klage bei Gericht ein wegen ...» Jetzt rede ich mich in Rage, wie immer, wenn ich mich eigentlich nur rausreden will. «Wegen Nichterfüllung oder Nichterbringung von Liebesleistungen. Ein gebrochenes Herz ist ja noch lange kein gebrochener Vertrag, also ... wo kein Kläger, da kein Richter. Und wo sich niemand beschwert, kann man ja auch gar nicht wissen, was man falsch gemacht hat. So ein Unsinn, Ben. Meistens erfährt man nicht, dass man jemandem das Herz gebrochen hat. Weil derjenige dann weg ist ...»

«Wer ist weg?», fragt er ganz ruhig und im Gegensatz zu mir in einem normalen Tonfall.

Verdammt! Ich habe einen riesigen Fehler gemacht, mich auf diese Diskussion einzulassen. Es passiert mir hin und wieder, dass ich Ben unterschätze. Er ist eben Schriftsteller, und als solcher hat er ziemlich feine Antennen. Und wenn die Worte so aus mir heraussprudeln und ich eigentlich zu viel sage, ohne irgendetwas zu sagen, dann weiß Ben ganz genau, welche Stellen er reizen muss, damit ich reagiere.

«Niemand ist weg. Ich bin doch da», knirsche ich.

«Anni!», sagt er und legt den Kopf leicht schief.

Mist, Mist, Mist! Ich kenne diesen Blick. Er folgt direkt auf das Spürnäschen. Ben ist bereit für eine Recherchehatz. Jetzt wird es Zeit, schnell, ganz schnell auf ein anderes Pferd zu setzen, bevor ich mich vergaloppiere.

«Muss es denn unbedingt eine Liebesgeschichte sein?», frage ich. «Was soll überhaupt dieser komplette Genrewechsel? Kannst du nicht auch einen historischen Krimi schreiben oder ...» Ich suche nach Worten. «Oder irgendwas mit Vergangenheitsbewältigung? Reue? Ein tödliches Dreiecksdrama, eine Satire, was weiß ich ...»

«Historische Romane gibt es wie Sand am Meer, über meine Versuche, ein Kinderbuch zu schreiben, hat Lena sich halb totgelacht, und mit Reue kenne ich mich nicht aus. Du?»

Oh ja, ich bin Expertin für Reue, müsste ich eigentlich sagen. Aber ich schlucke den Satz lieber hinunter und versuche es erneut mit Ablenkung: «Hast du also Angst, etwas zu schreiben, was es schon gibt? Oder unabsichtlich etwas zu kopieren, was du selbst schon gelesen hast?» Ich ziehe die Beine hoch, drapiere die Decke neu darauf, nicht ohne einen guten Anteil nackter Oberschenkelhaut zu zeigen, und mustere ihn.

«Nein und ja.» Seine Augen leuchten, als er lächelt. «Angst, etwas zu schreiben, was genau in diesem Moment auch jemand anderem einfällt, ja, das hab ich schon. Aber nicht, etwas zu schreiben, was ich bei jemand anderem gelesen habe. Dafür ist mein Gedächtnis zu gut. Ich vergesse nichts.» Er tippt sich an die Stirn und grinst. «Und deshalb weiß ich nämlich auch noch ganz genau, was du bei unserem zweiten Date gesagt hast.»

«Kunststück», erwidere ich und rücke erleichtert ein Stück näher. Es ist mir gelungen, umzusatteln. Jetzt bloß nicht noch mal über Lukas nachdenken. «Das war ja auch ein sehr denkwürdiges Gespräch», füge ich hinzu.

Ich lächele bei der Erinnerung daran, wie Ben sich geziert

hat, mir von dem großen Erfolg seines Debütromans zu erzählen, und mich stattdessen mit den gesammelten Peinlichkeiten seiner prä-schriftstellerischen Karriere unterhalten hat.

Kurzerhand richte ich mich auf, setze einen mädchenhaft schwärmerischen Blick auf und sage möglichst wortgetreu wie damals in dem kleinen Restaurant in der Susannenstraße: «Und, Benjamin, was machst du beruflich?»

Ben spielt das Spiel mit. Er schaut kurz zu Boden, hat das Grinsen, das sich über seinem Gesicht ausbreitet, aber nicht richtig im Griff. «Ich bin Model.»

«Model?», wiederhole ich gespielt überrascht.

«Unfreiwillig», sagt Ben. «Ich habe Fotos, die eine gute Freundin von mir geschossen hat, an ein Onlineportal verkauft. Aus akutem Geldmangel.»

«Wow! Bist du erfolgreich damit geworden?», zitiere ich mich selbst.

«Wenn man es als Erfolg zählt, in der ganzen Stadt für ein gutes halbes Jahr die größten Plakatwände mit seinem Konterfei geziert zu haben, dann ja.»

Laila rühmt sich heute noch mit den Aufnahmen und schmiert dieses kurze Kapitel ihrer Fotografinnenkarriere jedem aufs Brot, der es hören oder auch nicht hören möchte.

«Das ist ja großartig», ahme ich mein jüngeres Ich nach.

«Ja, ich dachte, ich sage es dir gleich, damit es unsere Beziehung nicht belastet.»

«Das ist ... sehr rücksichtsvoll von dir», erwidere ich und lehne mich amüsiert zurück.

«Außerdem habe ich keine Geschlechtskrankheiten», sagt er dann, und ich setze eine leicht panisch-erschrockene Miene auf. Wie damals.

«Das war ein ... überraschender Themenwechsel.»

«Nun, mein Foto zierte ein Plakat zum Thema *Brennt's im Schritt, dann ab zum Arzt*.»

«Oh ...»

«Leider ist das aber noch nicht alles.» Der Ben der Gegenwart hat sichtlich Spaß daran, den Benjamin aus unserer Vergangenheit zu spielen. Auch damals keine Spur von falscher Scham. Ben hasst es, bei Lesungen die einführenden Worte zu sprechen, empfindet das schlichte Erwähnen seines Berufes als Prahlerei, schämt sich für dreckige Sneakers oder Papierschnipsel im Auto und hat einen Horror davor, in eine öffentliche Sauna zu gehen, aber er ist so herrlich selbstironisch, dass selbst die peinlichste Geschichte ihn niemals in einem schlechten Licht dastehen lässt.

«Das ist also nicht alles?», hake ich nach.

«Nein, es gab auch eine Kampagne mit der Überschrift *So verändert sich Ihr bestes Stück im Alter*.»

Ich pruste laut los und betrachte die wuscheligen Haare, die ihm in die Stirn hängen und die immer eine Spur zu lang sind, egal wie häufig er zum Friseur geht. «Oh Gott, Ben, dass ich nicht sofort die Flucht ergriffen habe, als du mir das erzählt hast!»

«Das lag an Lailas großartigem Bild und den photogeshoppten grauen Strähnchen in meinen Haaren.»

Ich nicke. «Hab ich dir eigentlich je erzählt, dass ich mich vor allem in dich verliebt habe, weil ich mir vom ersten Tag an so gut vorstellen konnte, wie du alterst?»

Jetzt legt er die Stirn in Falten und starrt mich an. «So vorausschauend hast du gedacht?»

«Ja, irgendwie schon», sage ich und zucke erneut mit den Achseln. «Doch, wirklich, ich wusste, es gefällt mir, wie du altern wirst. Dass ich dein Gesicht immer gern ansehen werde.»

Er beugt sich zu mir und küsst mich auf den Mund. Erst sanft, dann etwas fester. Sein warmer Arm legt sich um meine Taille und zieht mich kurzerhand auf seinen Schoß. «Gib es zu, du hast dir einfach gerne vorstellen wollen, wie es in meiner Hose aussieht», scherzt er. «Übrigens immer noch sehr jugendlich.» Er zwinkert. Was er nur mit dem linken Auge kann. Wie Lena.

«Also bei unseren ersten Dates hab ich mir in dieser Hinsicht noch gar nichts vorgestellt. Aber jetzt ...» Ich rutsche herum, sodass ich rittlings auf ihm sitze, und drücke mich an ihn, presse meinen Schoß gegen seinen Unterleib in der alten grauen Sporthose, die ich so gerne an ihm sehe, weil sie sehr viel vom Darunter preisgibt. «Jetzt kann ich es mir lebhaft vorstellen.»

Er lacht, sodass sein warmer Atem meinen Hals kitzelt. Es gibt Menschen, mit denen ist der erste Sex kompliziert, bis sich die Körper aneinander gewöhnt haben, bis die Hände wissen, wo und wie sie streicheln sollen. Mit Ben war das nie so. Von Anfang an war es, als wären wir aufeinander programmiert. Wenn er die Hände um meinen Hintern legt, wie jetzt, wenn er etwas grob zudrückt und dabei einen kleinen Stöhnlaut von sich gibt, bin ich schon verloren.

Ich beuge mich vor und küsse seine Lippen, erst ganz langsam, fast schon spielerisch, knabbere dann an seiner Unterlippe und beiße leicht hinein. Bens Hand knetet meinen Po, zieht mich noch enger an sich, und jetzt wird aus dem Lippenspiel ein richtiger Kuss. Tief und innig. Vertraut, weil unsere Zungen wissen, wie sie einander umtanzen und wann sie sich lösen, wann den Kuss vertiefen müssen. Es fühlt sich gut an, dass es trotz aller Vertrautheit zwischen uns überraschende Momente wie diesen hier auf der Terrasse gibt. Wie jetzt, da Ben mich kurzerhand hochhebt und mit mir aufsteht, sodass ich wie eine Klammer meine Beine um ihn schlingen kann. Er lehnt sich gegen den Pfosten der Überdachung und hält mich einfach fest. Ich mag seine starken Arme, ich mag, dass er mich halten kann, als würde ich nicht mehr als Lena wiegen statt der guten fünfundsechzig Kilo. Und ich mag so sehr, dass er sein Wohlgefühl in leisen «Mmmhs» und «Ohhhs» ausdrücken kann.

«Bleiben wir draußen, oder ist dir kalt?», murmelt er in mein Ohr.

«Mir ist verdammt heiß», flüstere ich zurück. «Lass uns draußen bleiben.» Und obwohl ich jeden Quadratzentimeter seines Körpers schon erkundet, alles so oft gesehen, gefühlt und gerochen habe, spüre ich in mir eine kribbelnde, fast schon aufgeregte Vorfreude auf das, was kommen wird.

Ben stößt sich mit dem Rücken vom Pfosten ab, legt mich sanft zurück aufs Sofa und streicht mit der flachen Hand über mein Shirt. Über den festen, üppigen Hügel meiner linken Brust. Mit Druck, aber sanft. Meine Brustwarzen haben sich längst aufgestellt, und ich recke mich ihm entgegen.

«Verdammt heiß», wiederholt er meine Worte. Und dann streicht er auch über die rechte Brust, lässt die Hand tiefer wandern über den Bund des Shirts und zwischen meine Oberschenkel. Er findet all die Stellen, die ich mag, und wenn sein Druck zu fest wird, wenn irgendetwas zu viel an Gefühl wird, zucke ich kurz, und er weiß, was ich meine. In unserem Liebesspiel gibt es keine beleidigten Gemüter. Das war schon immer so. Deshalb versteht Ben auch sofort, was ich will, als ich seine Hand festhalte und sie dirigiere.

«O Gott», stöhne ich.

Er hält kurz inne. «Du darfst weiterhin Ben zu mir sagen», murmelt er.

Wir kichern. Das kann Ben auch sehr gut, kichern wie ein kleiner Junge. Ich liebe es.

«Du Sexgöttin», haucht er, und jetzt ist seine Stimme verraucht, dunkel, erwartungsvoll. «Komm her.»

«Ich bin längst da», hauche ich zurück.

Nachdem es nicht mehr heiß zwischen uns war, wurde uns beiden schnell kalt. Also sind wir ins Wohnzimmer umgezogen, Ben hat den Kamin angeschürt, und jetzt knistert das Feuer laut und kracht und poltert, weil das Holz der alten Kiefer, die der Terrasse zum Opfer gefallen ist, noch bevor ich Ben kannte, so trocken und brüchig ist. Es riecht intensiv, wie ein Saunaaufguss namens Nordischer Wind oder Waldnebel.

«Nach dem Sex ist vor dem Sex», murmelt Ben und streichelt meinen Rücken.

«Gehört Sex eigentlich auch zu den Must-haves deines neuen Romans?», frage ich, ohne mich aus meiner Löffelchenstellung vor ihm auf dem Sofa umzudrehen.

Ben gibt ein ächzendes Geräusch von sich. «Erinner mich nicht daran.»

«Wollte ich nicht», sage ich schnell und möchte mir am liebsten selbst links und rechts eine verpassen. Das ist die Post-Sex-Euphorie, in der ich schon mal vergessen kann, was ich eben noch vergessen wollte. Es ist gut, dass er mein Gesicht jetzt nicht sehen kann. Es sieht sicherlich schuldig ertappt aus. «Ich dachte nur, dass mir Recherchen zu dem Thema ganz gut gefallen würden. Vorausgesetzt ...» Ich mache eine schwungvolle Geste mit der rechten Hand, die von meiner Brust bis runter zu den Schenkeln reicht und von der ich nicht weiß, ob Ben sie überhaupt sieht, weil er vermutlich seine Augen geschlossen hat. «... du beschränkst sie auf mich.»

«Bevor mein ... *Liebespaar* –» Er spricht das letzte Wort so, als könnte er daran ersticken. «Sex haben kann, muss es erst einmal zusammenfinden. Und mir fällt einfach nichts ein.»

«Es gab da mal ein Paar», erkläre ich, «das hatte sein erstes Date bei einer Versteigerung, weil der Mann nicht mehr so richtig an die Liebe geglaubt hat und dachte, er könnte zumindest das Praktische mit dem Nützlichen verbinden.»

Ben lacht bei der Erinnerung an unsere erste Verabredung. Es war nicht so eine Versteigerung, wie man sie aus Filmen kennt. Keine, bei der fette Klunker, seltene Gemälde oder die Kleider von berühmten Persönlichkeiten unter den Hammer kamen. Nein, es war mehr ein Flohmarkt für Arme als Sotheby's oder *Bares für Rares*. In Bens zweitem Roman, «Der Kern bleibt rot», muss der Protagonist einen verschwundenen Laptop finden, mit dem er seine Unschuld an einem Doppelmord beweisen kann. Dazu geht er auf eine Versteigerung, von der er glaubt, ihn dort finden zu können. Und dafür wollte Ben recherchieren und hat mich mitgenommen. Es war überraschend lustig. Den Sony-Walkman in Blau-Silber, den Ben mir für einen Euro und fünfzig Cent ersteigert hat, habe ich immer noch, und zu jedem Jahrestag bequatscht er mir eine Kassette, die ich mir dann darauf anhöre.

«Aber ich will doch unsere Geschichte nicht verwenden», sagt er, beugt sich über mich und sieht mich mit einem Blick an, der Fieps würdig wäre.

«Nein, sollst du auch nicht», antworte ich in einem Tonfall, bei dem selbst Fieps nicht an ein Verbot denken könnte.

«Ich komm einfach nicht weiter», stöhnt er und lässt sich zurück in die Kissen fallen.

«Was würde Angela Merkel tun?», versuche ich es.

«Brainstormen?», schlägt Ben vor.

Ich schüttele langsam den Kopf. «Angela Merkel brainstormt nicht, sie geht pragmatisch an die Sache ran.»

«Wie hat sie eigentlich Joachim kennengelernt?», überlegt Ben.

Ich muss einen Augenblick nachdenken. «Ich glaube, an der Uni. In der DDR. Kannst du das verwenden?»

«Nein!» Ben schreit jetzt fast. «Mein Roman spielt im Hier und Jetzt.»

«Okay, und wäre eine Rückblende eine Option?», schlage ich vor und ducke mich schnell, bevor er mich mit dem Sofakissen treffen kann.

KAPITEL 5

ANNI

DAMALS – noch acht Tage

Ich kam mir vor wie in einer Sitcom, in der zwei unfreiwillig zusammengewürfelte Mitbewohner um die wenigen verbliebenen Möbel umherschleichen und die Zuschauer ständig kichern. Mein Apartment war keine Wohnung mehr, sondern eine Art Kulisse, in der Lukas und ich uns bewegten wie Schauspieler, die ihren Text vergessen hatten. Und es war alles andere als unangenehm. Wenn außer dem Bett, der Couch und dem Küchentisch mit den zwei Stühlen noch irgendetwas in der Wohnung gewesen wäre, hätten wir uns vielleicht voreinander verstecken können, wären uns diskret aus dem Weg gegangen und hätten uns gar nicht angenähert. Aber so ... Neun Tage lang lebten wir in dieser spartanischen Wohnung, und nichts konnte uns voneinander ablenken. Keine Deko, kein Krimskrams, keine herumliegenden Sachen, keine vertrockneten Pflanzen, nichts, was die Sicht aufeinander versperrte. Die meisten meiner persönlichen Sachen waren bereits in Kartons verpackt, seine wenigen noch nicht ausgeräumt.

In den ersten Stunden nach seinem Auftauchen strichen wir unsicher umeinander und wechselten nur vorsichtig ein paar verlegene Sätze. Wir tänzelten umeinander herum. In einem leer geräumten Apartment, in dem so viel Platz zum Tanzen gewesen wäre wie in meinem Herzen, das sich ebenso geöffnet hatte wie die Tür zur Wohnung.

Ich hatte mich an den Laptop gesetzt und wollte an der Einreichung einer Nebenklage arbeiten. Einem Fall, der mein erster richtiger als Fachanwältin werden würde und den mein Vater mir mit diesem seltsamen, überheblichen Ausdruck überlassen hatte – jenem Gesicht, das er nur für die «Mädchenmoral» seiner Tochter reserviert hatte.

Lukas war nach unten gegangen und leicht verschämt mit ein paar Kisten zurückgekommen. «Ich war mir ja nicht sicher, ob ich nicht doch noch im Obdachlosenheim vorbeischauen soll», hatte er gesagt und ein wenig gegrinst dabei. «Am liebsten würde ich nach dem Kistenschleppen gleich unter die Dusche hüpfen.»

«Klar, mach das gern. Fühl dich ... wie zu Hause.»

Während er sich mit seinen Kisten beschäftigte, starrte ich vorgeblich auf den Bildschirm meines MacBooks und biss immer wieder in den Apfel, der vor mir auf dem Sofatisch lag. Die Buchstaben vor meinen Augen verschwammen. Alle Sinne waren auf den Mann in meiner Wohnung gerichtet – gleichzeitig hörte ich meinen Vater entsetzt schimpfen: *Hast du eigentlich nichts gelernt bei mir?*

«Ich könnte ... rausgehen, und du hättest die Wohnung für dich», schlug ich vor, als er mit frischen Klamotten aus dem Badezimmer kam, und klappte den Laptop zu. Aber noch ehe der Satz zu Ende gesprochen war, war ich mir sicher, dass ich das eigentlich gar nicht wollte.

Es wehte ihm ein Hauch meines Duschgels nach. Ein maskuliner Duft, weil ich die Produkte für Männer lieber mochte als die typischen Geschmacksrichtungen für Frauen. Vanille, Kokos oder Mandelblüte konnte ich nichts abgewinnen.

«Du könntest aber auch hierbleiben, und ich gehe», erwiderte er und klang dabei genauso wenig überzeugt.

Seine Haare hingen ihm ein wenig vor den Augen, sie waren vermutlich nur so lang und wild, damit er Menschen besser betrachten konnte.

Ein Lächeln stahl sich auf mein Gesicht, als er vorschlug: «Oder ich könnte hierbleiben und du auch.» Und ich wusste, dass meine Mimik mich verriet und ihm ein freudiges «Ja» entgegenstrahlte.

«In Ordnung», sagte ich und fügte vorsichtig hinzu: «Ich würde dir ja auch gerne etwas zu essen anbieten, aber ... na ja, ich hab nichts mehr da, außer Soßenpulver.» Ich machte eine vage Bewegung in Richtung der Kiste, in der ich die Küchensachen vermutete.

«Vielleicht kann ich das Problem lösen?»

Ich zuckte überrascht mit den Achseln. «Wie denn?»

«Kochen?», schlug er schnell vor.

Echt jetzt? Der Gedanke, jemand Fremden in meiner Küche für mich kochen zu lassen, erschien mir seltsam. Aber Lukas würde ja auch hier schlafen. Das war wohl wesentlich intimer, als ihm Zugang zu meiner Was-kochen-wir-heute-mit-Maggi-Sammlung zu gewähren.

«Okay, also vielleicht doch nicht kochen ...», schloss er aus meinem Zögern und hörte auf zu lächeln, wobei die Grübchen blieben. Ganz schien das Lächeln nie aus seinem Gesicht zu verschwinden. Und das, obwohl in seinen Zügen eindeutig etwas Melancholisches lag.

«Das wäre schon gut, aber ...» Ich sah zu den Kisten und dann zu meiner winzigen, ausgeräumten Küche. Und mir fiel wieder ein, dass ich dabei war auszuziehen. «Ich hab fast alles eingepackt.» Genau genommen hatte ich nur noch Besteck und zwei Teller in den Schränken stehen. Dass ich diesen Umstand jetzt bedauerte, musste an meiner Abschiedsnostalgie liegen. Vielleicht aber auch an dem Bild, das sich ungefragt in meinen Kopf gestohlen hatte: Lukas und ich, Seite an Seite beim Gemüseschnippeln.

Stopp!, befahl ich mir selbst. Bis hierhin und nicht weiter.

«Du wolltest also neun Tage lang fasten?», scherzte er und riss mich aus meinen Gedanken.

Ich hatte die Wohnung noch neun Tage, das stimmte. Aber ich hatte gar nicht vorgehabt, bis zum letzten Tag zu bleiben. Ein Detail, das ich für mich behielt, ohne erklären zu können, warum.

«Ich hab eine Mensakarte», sagte ich ausweichend.

Lukas nickte. Und ich hoffte, er würde nicht vorschlagen, gemeinsam in die Mensa zu gehen. Weil ich lieber hierbleiben wollte, in meiner Noch-Wohnung mit meinem Bald-Nachmieter. Es war verrückt. Total verrückt.

Wir sahen uns einen Moment lang an, ohne zu sprechen. Ich suchte in seinem Blick. Nach jedem Geheimnis, das sich in seinem Gesicht verstecken mochte, jedem Erlebnis, das seine Augen gesehen hatten und das seinen Ausdruck so tief und durchdringend machte. Nach jedem Schmerz, der winzige Fältchen gebildet, und jedem Lachen, das sein Gesicht geformt hatte. Es war magisch. Ich konnte den Zauber fühlen, fast greifen.

Und dann klingelte ein Handy. Das Geräusch war so aus dem Rahmen und der Zeit gefallen, als wären wir die letzten Überlebenden in einem Endzeitfilm. Zwei Menschen, die nach wochenlanger, erfolgloser Suche nach anderen Vertretern unserer Spezies mit einem Anruf überrascht wurden.

Lukas' Handy unterbrach die Stille und den Blick zwischen uns – und konnte seiner Aura dennoch nicht die Faszination nehmen.

Er räusperte sich, griff in die Gesäßtasche seiner dunklen Pants und zog das Telefon heraus.

«Ja.»

Lukas gestikulierte in Richtung Flur und warf mir einen bedauernden Blick zu. Als er die Tür hinter sich schloss, zwang ich mich, in die Küche zu gehen. Ich musste irgendetwas tun und mir klar werden, was hier passierte. Ich rieb mir übers Gesicht, schüttelte mich, biss mir auf die Lippen. Aber es half nichts.

Auf dem Gang sprach er tief und gedämpft in sein Handy. Und ich erwischte mich dabei, wie ich mucksmäuschenstill wurde. Ich bewegte mich nicht, hielt sogar den Atem an. Nicht, weil ich lauschen wollte, sondern weil seine Stimme so rau und roh und rissig klang, dass ich mich ihrer Anziehungskraft nicht entreißen konnte. Kratzend wie ein schlecht gestimmter Bass, aber mit dem geübten Rhythmus eines Musikers.

Die Tür ging wieder auf. Er strich sich durch das frisch gewaschene Haar, stellte sich zu mir in die Küche und lehnte sich an die Arbeitsplatte. Ein bisschen Abstand blieb zwischen uns. Nicht zu wenig. Und doch zu viel.

«Ich hab schon ewig nichts Asiatisches mehr gegessen», sagte er. Es klang ein rauchiges Fragezeichen nach.

«Ich auch nicht», erklärte ich wahrheitsgemäß.

Er nickte, und ein amüsiertes Grinsen umspielte seinen Mund. «Irgendwelche Allergien? Oder bist du vielleicht Veganerin oder Vegetarierin?», erkundigte er sich.

«Keine Nüsse, bitte», antwortete ich. «Ansonsten esse ich alles.»

Mit Schwung stieß er sich vom Küchentresen ab, sein langer Oberkörper spannte sich dabei gegen das Shirt. Sehnig beschrieb am besten, was ich sah.

«Okay. Ich bin gleich zurück.»

Noch ein Blick zwischen uns. Ein längerer diesmal. Ohne

Fragen, aber tief. Als wollte er mir versichern, dass er zurückkommen würde, und ich ihm, dass ich das auch wollte.

Als er weg war, setzte ich mich wieder ans MacBook und versuchte mich noch einmal an der Ausarbeitung. Aber alle Sätze klangen so unbedeutend, so hochgestochen und unnütz, dass ich den Laptop schnell beiseitestellte.

Eine halbe Stunde später war Lukas mit zwei großen gelben Plastiktüten zurück, und wir füllten gemeinsam die Schälchen und Teller, die ich eilig aus den Kisten gekramt hatte. Wie bei zwei jahrelang aufeinander eingespielten Fließbandarbeitern werkelten unsere Hände, ohne dass wir einander dabei in die Quere kamen. Er öffnete Reisboxen, ich füllte das Gemüse um. Er riss die Verpackung der Stäbchen auf, ich legte die Servietten auf den Couchtisch. Und dann grinsten wir uns an. Denn diese Selbstverständlichkeit unserer Hände war ihm auch aufgefallen.

Wir setzten uns nebeneinander auf die Couch. Er war so nah, dass ich ihn riechen konnte. Er duftete gut. Nicht mehr nach Duschgel und auch nicht nach irgendeinem billigen Deo, sondern auf natürliche Weise betörend. Männlich und gleichzeitig sanft wie nach Weichspüler. Eine seltsame Kombination, aber auf widersprüchliche Art gut. Instinktiv war mir klar, dass auch Lukas jemand mit vielen Facetten war. Wer im Winter Sommersprossen hatte und wessen Grübchen wie ein Echo jedem Lachen folgten, der konnte kein durchschaubarer Mensch sein.

Nichts an unseren Bewegungen oder unserem Verhalten war linkisch, wie es sonst oft zwischen Fremden war. Er lächelte, und ich lächelte zurück. Wir tauschten beim Essen ein paar Sätze, die aber nicht wirklich wichtig waren, viel bedeutender war es, sich schweigend wohlzufühlen.

Als wir beide fertig waren und uns satt zurücklehnten, wünschte ich mir, noch Chips zu Hause zu haben, damit sich unsere Hände zufällig in der Schüssel treffen konnten, aber bis auf eine Flasche Wasser und eine Tüte Gummibärchen hatte ich nichts anzubieten. Und zwei Hände, die sich bei der Suche nach dem letzten roten Gummibärchen in einer Plastiktüte trafen, das wäre dann wohl doch etwas hollywoodmäßig gewesen.

Also trafen sich nur unsere sporadischen Blicke. Aber wie! Mit Wucht und Rums. So viel Rums, dass ich jedes Mal schnell wieder wegsah.

«Danke», sagte er irgendwann. «Es ist wahnsinnig großzügig von dir, mich hierbleiben zu lassen.»

«Ach was», beschwichtigte ich. «Ist doch keine große Sache.»

«Es war wirklich nicht leicht, die Wohnung zu bekommen», fuhr er fort. «Ich ... Wir sind eben in München.» Es klang entschuldigend, und ich wollte nicht, dass er sich entschuldigte. Ich verspürte vielmehr den irrwitzigen Wunsch, *ihm* für seine Gegenwart zu danken.

«Das kann ich mir vorstellen», sagte ich stattdessen. «Wie viele Besichtigungen hattest du?»

«Frag lieber, wie viele Wohnungen im Umkreis von zehn Kilometern ich *nicht* gesehen habe», erwiderte er. «Aber für Münchner Verhältnisse bin ich wahrscheinlich sogar in Rekordzeit an einen Mietvertrag gekommen. Über das Studentenportal bin ich ein paar Mal abgewiesen worden. Drei WGs wollten mich nicht haben, eine Handvoll Vermieter auch nicht.»

«Warum wollten sie dich nicht haben?», hakte ich nach. Weil es mir so unwirklich erschien, dass Lukas tatsächlich aktiv nach einer Wohnung gesucht hatte. Es fühlte sich eher so an, als wäre er direkt hierhermarschiert und am richtigen Ort gelandet.

«Für die eine WG war ich zu jung, für die andere zu alt und für die dritte zu groß.» Breite Grübchen und tanzende Sommersprossen, wohin ich in seinem Gesicht auch schaute.

«Zu groß?» Ich lachte.

«Dachgeschoss, Altbau», erklärte er knapp, und ich nickte wissend.

«Und die Vermieter? Was hatten die gegen dich?»

«Na ja, eine Vermieterin hatte etwas gegen meine Haare, zu lang. Da habe sie keine guten Erfahrungen mit gemacht, Haare verstopfen den Abfluss. Die zweite wollte nur einen Mieter mit Bart, weil die laut der Statistik ihrer geliebten Apothekerzeitung die zuverlässigeren seien.»

Ich gluckste, aber Lukas sprach unverändert ernst weiter.

«Der dritte Vermieter hätte nichts gegen lange Haare und Beine gehabt, vielleicht auch nichts gegen einen Damenbart, aber dafür gegen Männer an sich. Beim vierten bin ich durchgefallen, weil ich eine Geige habe. Katze oder Hund wären okay gewesen, auch eine Tarantel, aber doch bitte kein Musikinstrument!» Er verzog das Gesicht, und ich kicherte.

Um Himmels willen, jetzt kicherte ich schon. Seine übertrieben ernste Miene zu seinen humorvollen Worten war auch einfach urkomisch.

Als seine Grübchen sich ein wenig zurückzogen, sagte ich schnell: «Ganz schön oberflächlich. Also, die Auswahlkriterien, meine ich.»

Lukas zuckte mit den Schultern. «Das mit der Geige verstehe ich noch am besten. Es gibt kein schlimmeres Instrument, wenn man es nicht beherrscht.»

«Und du beherrschst es?» Ich musterte ihn aufmerksam. Draußen war es dunkel geworden, ohne dass es mir aufgefallen war. In dem nur spärlich erhellten Zimmer wirkten seine Züge härter, das Kantige an ihm noch etwas eckiger und dadurch auch männlicher. Am liebsten hätte ich das Licht angeknipst, um seine Sommersprossen zu zählen. Meine Finger kribbelten verräterisch. Sie wollten die Linien seines Gesichts nachziehen. Der Gedanke ließ mich heftig zusammenzucken. So, wie man zuckt, wenn man beim Einschlafen das Gefühl hat, von der Couch zu fallen. Dabei war ich wacher denn je.

«Ich weiß nicht, ich hab lange nicht gespielt», erwiderte Lukas, der mein Zucken entweder nicht bemerkt oder aber ignoriert hatte.

«Ist es dir wichtig, zu spielen? Oder ist die Geige so etwas wie ein It-Accessoire?» Ich grinste schief. «Also, fällt sie in das Beuteschema für eine bestimmte Art Frauen? So wie kleine Hunde im Park?»

«Hunde im Park?» Jetzt lachte Lukas zum ersten Mal richtig laut. Sein Lachen war ... es war ... Ich fand keine Worte dafür. Es war ganz anders als das Lachen von Männern, mit denen ich mich sonst unterhielt. Es war tief, rein, klar und ehrlich.

«Sprechen dich kleine Hunde im Park an?», wollte er wissen, und ich spürte, dass er sich anstrengen musste, ernst zu bleiben.

«Absolut», sagte ich zwinkernd.

«Was ist mit den Männern am anderen Ende der Leine?» Das Raue in seiner Stimme wurde noch kratziger. Es erinnerte jetzt nicht mehr an einen Bass, eher an das Knirschen der Nadel eines Plattenspielers. Ein Geräusch meiner Kindheit. Eines, das ich in guter Erinnerung hatte.

«Nicht so», gab ich zu. «Die Hunde gefallen mir meistens besser.»

Er nickte. Dann fuhr er wieder ernster fort: «Die Geige ist bei mir kein Accessoire. Sie ist ... viel mehr. Sie ist ...» Er suchte nach Worten. Sah sich um, als stünden sie an den weißen Wänden geschrieben und er müsste sie nur ablesen. «Sie definiert mich.» Er wurde etwas leiser. «Auch wenn das komisch klingt. Aber die Geige und ich haben ein ambivalentes Verhältnis zueinander.»

«Wie meinst du das?», hakte ich nach.

«Ich sehne mich danach zu spielen, aber ich hab auch Angst, es nicht mehr zu können. Ich liebe die Geige und die Töne, die man ihr entlocken kann. Aber ich hasse es, wie schrecklich sie sein kann, wenn man ihr nicht gerecht wird.»

«Ein bisschen wie mit dem Leben also», sagte ich und spielte mit den Stäbchen, die noch vor uns auf dem Tisch lagen.

«Ganz genau wie mit dem Leben», stimmte er zu und sah mich mit großen Augen an.

Ich musste mich zwingen, den Blick nicht abzuwenden, weil ihn anzusehen auf einmal so viel mit mir machte, dass ich mich selbst dafür schalt, das Gespräch in eine so ernste Richtung gelenkt zu haben. Ich hatte nicht beabsichtigt, tiefsinnige Fragen zu stellen. Doch genau daraus war etwas völlig Unerwartetes entstanden: der Wunsch, seine Gedanken nicht nur zu kennen, sondern auch in ihnen vorzukommen. Und woher kam überhaupt die plötzliche Sehnsucht danach, ihn zu küssen?

«Was definiert dich sonst noch?», fragte ich vorsichtig und sah von seinen langen Beinen hinauf über den schlaksigen Oberkörper mit den verschränkten Armen und dem sich deutlich abzeichnenden Bizeps. All das wollte ich berühren. Abtasten. Streicheln. In ungeordneter Reihenfolge. Und deshalb rutschte mir die nächste Frage geradewegs von den Lippen. «Deine Männlichkeit?»

Sein Blick war herausfordernd. «Bestimmt auch», sagte er.

Wie denn auch nicht, dachte ich beim Betrachten seines Oberkörpers.

«Was denkst du, was definiert uns beide?», fragte er verhalten.

«Uns beide?» Meine Stimme war seltsam heiser.

«Ja.»

«Wir ... sind eine Art Zufallsgemeinschaft ... auf Zeit», versuchte ich es. Und merkte, wie mir diese Definition ganz und gar nicht gefiel. *Zufall* nicht und *auf Zeit* schon gar nicht. Ich kannte Lukas zwar erst seit wenigen Stunden, aber es fühlte sich so an, als wäre die Bemessung zu kurz. Als wäre jede Zeitangabe für ihn und mich zu limitiert. Es musste am Schlafmangel liegen. Oder daran, dass wir schon viel zu lange hier auf dem Sofa nebeneinandersaßen.

Er nickte. «Ich mag deine Stimme und dein ... langweiliges Gesicht.»

Ich zog scharf die Luft ein. Hatte er mein Gesicht gerade langweilig genannt?

Er rieb sich erschrocken die Augen, als würden ihm öfter Dinge aus dem Mund schlüpfen, die er im Kopf eigentlich festhalten wollte. «Ich meine, dein Gesicht, in dem keine Überraschungen warten.» Sein Versuch einer Erklärung machte es nur noch schlimmer. «Also, in dem ich lesen kann wie in einem offenen Buch, obwohl ich dich erst seit ein paar Stunden kenne.»

«Aha. Und du glaubst, dass du selbst ein interessanteres Gesicht hast?», wollte ich wissen.

«Das kann ich nicht beurteilen. Ich weiß ja, was ich fühle,

ohne danach im Spiegel suchen zu müssen.» Er stutzte. «Aber denkst du, dass mein Gesicht interessant ist?»

So einfach wollte ich es ihm nicht machen. «Ich lese, ehrlich gesagt, lieber in Gesichtern als in Büchern», erklärte ich spöttisch, «aber aus dir werde ich einfach nicht schlau. Ob das interessant ist oder gefährlich, kann ich noch nicht sagen.» Überrascht von meinen eigenen Worten schwenkte ich um. «Ist dir das wichtig? Ich meine Äußerlichkeiten, dein Erscheinungsbild?»

«Nein. Eigentlich nicht.»

Er schaute mich an, als wollte er dringend etwas hinzufügen, verkniff es sich aber. Der Blick ging tief, und wieder kribbelten meine Fingerspitzen. Ich schüttelte mich, als würde ich innerlich frösteln, dabei war es ein warmes, wohliges Gefühl, das Lukas in mir auslöste. Aber er missverstand meine Körpersprache, sah weg und nestelte am Gummizug seiner Pants herum.

«Soll ich den Fernseher anmachen?», fragte ich verlegen. Es fühlte sich an, als hätte ich ihm unbeabsichtigt eine Abfuhr gegeben. Dabei wollte ich unsere Zeit auf dem Sofa auf keinen Fall beenden.

«Ja, das ist wohl besser», sagte er und widersprach damit allem, was sich in seinem Gesicht abspielte. Und vermutlich auch in meinem.

Wir sahen lange schweigend auf den Bildschirm. Es lief eine alte Serie, die ich als Kind geliebt hatte und die seit zwei Wochen auf einem Sender mit dreistelliger Suchnummer wiederholt wurde: *Wunderbare Jahre*. Ich wollte mir nicht anmerken lassen, dass mir dieser Nostalgie-Trip ein bisschen peinlich war. Gleichzeitig hatte ich Angst, beim Umschalten bei einer noch peinlicheren Sendung zu landen. Irgendeiner Datingshow oder so.

«Kevin Arnold und Wendy Cooper ...», sagte Lukas da zu meiner Überraschung. «Ich war schrecklich verliebt in Wendy.»

«Du hast *Wunderbare Jahre* gesehen?»

«*The Wonder Years*, jap», sagte er. «Mein Halbbruder hat einen amerikanischen Vater, und wir hatten die gesamte Serie auf VHS-Kassetten. Hab ich hoch- und runtergeschaut, als ich klein war.»

Mir wurde warm ums Herz. Ich drückte die Lippen aufeinander und nickte langsam. «Ich auch. Weiterschauen?», fragte ich.

«Unbedingt.»

Neben Lukas auf der Couch zu sitzen, fühlte sich vollkommen selbstverständlich an. Trotzdem wurden nach vier oder fünf Folgen meine Lider schwer. Und wie immer, wenn ich richtig müde war, zog ich die Beine an, machte mich klein wie ein Embryo und versuchte, mich durch eine möglichst unbequeme Haltung wachzuhalten. Mein Exfreund Konstantin hatte es immer unverschämt gefunden, wenn ich während eines Films neben ihm einschlief. Doch so sehr ich jetzt auch gegen die Müdigkeit ankämpfte, ich scheiterte kläglich. Zu wohl fühlte ich mich neben Lukas. Mein letzter Gedanke, bevor ich wegdämmerte, war: Wie gut, dass ich mit Konstantin Schluss gemacht habe.

Als ich aufwachte, lag mein Kopf auf Lukas' Wade. Ich hatte den linken Arm um sein anderes Bein geschlungen, und meine Füße waren von der Couch auf den Boden gerutscht. Mein Mund war trocken, und meine Augen blinzelten entrüstet gegen das helle Licht, das durch die Fenster fiel.

«Bist du wach?», fragte Lukas. Seine tiefe Stimme vibrierte durch seinen Körper, und mir war, als könnte ich ihn fühlen, den Bariton. Er ging von meiner Wange, die an seiner Wade klebte, bis direkt in mein Herz.

«Ja», flüsterte ich, als gäbe es einen Tiger im Raum, den es nicht zu wecken galt.

«Kannst du dann ... vielleicht ein Stück hochrutschen? Ich hab einen furchtbaren Krampf im Bein.»

«Oh, ja ... Entschuldigung.» Ich rutschte dummerweise wirklich nach oben, anstatt einfach aufzustehen. An seinen endlos langen Beinen hoch in Richtung Hüfte, sodass ich ziemlich grotesk auf seinem Oberschenkel zum Liegen kam und nicht wusste, wie ich unsere Verknotung lösen konnte, ohne ganz andere Körperteile versehentlich zu berühren.

Unwillkürlich musste ich lachen. «Es tut mir leid, dass ich ...» Ich hob den Kopf und sah, dass er seinen auf eine Hand aufgestützt hatte und amüsiert zu mir runterschaute.

«Dass du auf mir eingeschlafen bist?»

«Auf deiner Wade!», stellte ich klar.

«War sie bequem?»

«Glaub schon.»

«Meinst du, du könntest die andere noch loslassen?», fragte er mit einem belustigten Unterton.

Erschrocken stellte ich fest, dass ich tatsächlich noch immer sein Bein umklammert hielt. Ich löste die Finger, streckte den Arm und wusste nicht, wohin mit meiner Verlegenheit.

«Ich kaue schon die ganze Nacht auf einem Satz herum», sagte Lukas. «Und während ich in den letzten Minuten versucht habe, den Krampf loszuwerden, ohne dich zu wecken ... Also, deswegen sag ich ihn jetzt einfach.»

Ich nickte ihm langsam zu. Verwirrt, aber offensichtlich auch ein bisschen ermutigend. Denn er holte tief Luft und fuhr dann fort: «Ich würde dein ... dein eigentlich gar nicht langweiliges, sondern wunderschönes und sehr sinnliches

Gesicht gerne küssen. Ich möchte es wieder gutmachen, dass ich dich unbeabsichtigt beleidigt habe. Und ... ich würde dich wirklich gerne küssen.»

«So eine lange Vorrede hat noch keiner gehalten», platzte ich heraus.

«Ich könnte behaupten, dass ich normalerweise gar nicht frage, aber das würde seltsam klingen.» Er lachte ein leicht zitteriges Lachen. Und nicht zum ersten Mal fragte ich mich, ob diese Unsicherheit echt war, ob sie zu ihm gehörte wie die Traurigkeit in seinen Augen, oder ob er sie sich zugelegt hatte und sie nur wie einen Schutzschild trug.

«Ja, das solltest du machen!», erklärte ich schnell.

«Behaupten?»

«Küssen», hauchte ich.

Ich überwand den restlichen Abstand zwischen seinem Mund und meinen Lippen, zwischen versehentlichem Einschlafen und einem sehr bewussten Näherkommen. Noch nie hatte ich bei einem ersten Kuss schon auf dem Mann draufgelegen und mit ihm zuvor – wenn auch harmlos – die Nacht verbracht. Das alles geschah doch sonst andersherum. Unsere Chronologie war verkehrt. Und ich ahnte bereits in diesem Moment, dass die Reihenfolge der Ereignisse zwischen Lukas und mir zu einer Reihe von Ereignissen wurden, die keiner besonderen Logik oder Konvention folgten. So hatte ich ihm ja ursprünglich auch nur den Schlüssel in die Hand drücken wollen, nicht gleich mein ganzes Herz.

Ich rutschte hoch zu seiner Brust, stützte mich mit dem rechten Arm auf der Couch ab und schwebte mit meinem Gesicht über seinem. Die Sommersprossen schienen wahllos und in unterschiedlicher Größe auf seinen Wangen zu tanzen. Das breite Grübchen am linken Mundwinkel verschwand auch dann wieder nicht, als sein Lächeln kleiner wurde, weil seine Lippen sich auf eine andere Aufgabe vorbereiteten. Ich war ihm so nah, dass ich das Gefühl hatte, in ihn hineinsehen zu können. Und was ich außen sah und innen erahnte, gefiel mir so gut, dass mir kurz die Luft wegblieb. Ich schluckte. Dann lag meine Brust auf seiner, und meine Lippen berührten seinen Mund.

Auch was diesen Kuss betraf, hielten wir uns nicht ans Protokoll. Das war kein vorsichtiges Herantasten, es war auch kein unsicherer, langsamer Kuss. Nachdem unsere Lippen sich nur kurz berührt hatten, geschah etwas, was mir bisher noch nie passiert war: Ich begehrte ihn so sehr, dass ich nicht an mich halten konnte und meinen Mund begierig auf seinen drückte, meine Brust an seine presste, die Hände an seine Wangen legte und seinen Kopf an mich zog.

Er flüsterte etwas zwischen meinen Lippen, das ich nicht verstand, weil es in der Hitze des Kusses unterging. Ich fragte nicht nach und würde es wahrscheinlich nie erfahren. Auch wenn es nichts auf der Welt gab, was ich lieber wüsste als das, was er in jenem Moment sagte.

KAPITEL 6

BEN

HEUTE

Die Partys meines Lektors sind legendär, wenngleich Richards Interpretation von *legendär* von meiner eklatant abweicht. Er hätte gerne eine Männerrunde, mit Zigarren am Kamin und philosophischen Gesprächen von Ohrensessel zu Ohrensessel. Aber dieses Konzept scheitert daran, dass seine Frau Katla keinen Zigarettenrauch im Haus ausstehen kann, es in seiner Altbauwohnung keinen Kamin gibt und die Ohrensessel zwei Strandmon-Exemplare von IKEA sind, eines davon in Kindergröße. *Legendär* ist in meinen Augen hauptsächlich die Summe, die er für Whiskey und teure Weine ausgibt, an denen sich die meisten seiner Autorinnen und Autoren gierig bedienen, weil sie eben keine Großverdiener sind oder eine Frau geheiratet haben, die zwar keinen Rauch mag, aber vier Mietshäuser in bester Lage in Ottensen geerbt hat. Ich nippe meist nur am Alkohol, weil Anni und ich die 1,79 Euro Kopfschmerzweine vom Späti kaufen und Richards Weingeschmack ebenso trocken ist wie sein Humor. Ohnehin hätte ich mich heute gerne gedrückt, weil ich weiß, was auf mich zukommt: Richard will wissen, wie weit ich mit dem Plotten meines «romantischen» neuen Werks bin. Und die Wahrheit ist, ich bin weiter davon entfernt, etwas Romantisches zu schreiben, als Richard Wein vom Discounter auszuschenken. Eigentlich sollte Anni mitkommen und ihn vom Thema ablenken. Aber Anni und ich haben uns gezofft.

Zum zweiten Mal in einer Woche. Sie ist seit gestern Morgen beleidigt, weil ich ihr gesagt habe, ich könne in ihr lesen wie in einem Buch – was als Kompliment gemeint war. Aber Anni kann sich in Streit so sehr verzetteln wie ich in Plot-Fragmenten. Außerdem komme ich aus einer Familie mit Streitkultur, sie aus einer Familie mit Schweigekultur. Dabei sollte man meinen, ihr Vater wäre als Anwalt prädestiniert dafür, Streit auszutragen und zu schlichten, zu diskutieren. Aber er kennt nur eins: das eigene Plädoyer und das bereits vorab bestimmte Strafmaß.

Jetzt, da ich hier bin, fehlt Anni mir, und ich finde den Grund unseres Streits noch immer albern. Seufzend ziehe ich mein Handy aus der Tasche, um ihr eine Nachricht zu schreiben.

Ich tippe: «Pamela Anderson?»

Auf dem Display sehe ich, dass Anni die Frage fast sofort liest und etwas zurückschreibt, wie mir die drei kleinen hüpfenden Punkte verraten.

Sie antwortet: «Kid Rock?»

Ich schnaufe erleichtert und merke, wie sich mein Kiefer entspannt.

«Friede?», tippe ich.

«Freude», antwortet sie.

Und dann noch einmal ich: «Eierkuchen.»

Die Party ist bereits in vollem Gang. Studentinnen mit weißen Schürzen tragen Häppchen herum, der Glastisch im Wohnzimmer steht voll mit Gläsern, und etwa zwei Dutzend mehr oder weniger erfolgreiche Autorinnen und Autoren haben sich auf Richards Barhockern, Sesseln und Sofa niedergelassen. Und jetzt, da der «Eierkuchen» mit Anni gebacken ist, kann ich mich ein wenig mehr auf das Um-mich-herum einlassen. Ich hatte schon Angst, unser übliches Versöhnungsritual für kleinkarierte Streitanlässe würde dieses Mal nicht funktionieren. Aber zum Glück hat es das. Wann immer Anni oder ich (meistens bin ich es) feststellen, dass es höchst kindisch war, worüber wir gestritten haben, schicken wir uns die Namen absoluter Chaos-Pärchen, um uns zu beweisen, dass es schlimmer geht. Und dass wir unsere Beziehung eigentlich ganz gut hinkriegen.

Richard gibt gerade eine schräge Geschichte von der letzten Buchmesse zum Besten. Als Programmleiter betreut er ein paar ziemlich kuriose Figuren aus der Szene. Dabei sind Autoren eigentlich gar nicht die schrillen, schrulligen Personen, als die sie gerne in Filmen dargestellt werden. Wenn man Monika Amari mal außen vorlässt, die Frau, die sich tatsächlich in dem Kindersessel niedergelassen hat. Monika leidet ständig unter irgendwelchen Krisen, was sie nicht davon abhält, drei Bücher pro Jahr zu schreiben. Sie hat Identitätskrisen, Finanzkrisen, Existenzkrisen, Diätkrisen, Ehekrisen und natürlich die schlimmste aller Krisen: Schreibblockaden. Letztes Jahr habe ich Monika auf Richards Party dabei erwischt, wie sie Leana van Allerbergs Bücher in der Badewanne ertränkt hat – weil der Titel in der Bestsellerliste vor ihr gelandet war. Sie ist in dieser Exzentrik aber eher eine Ausnahme, die meisten besaufen sich einfach sinnlos. Ich freue mich immer über jede einzelne Anekdote auf Richards Partys und habe ihn heimlich im Verdacht, sie als eine Art Inspirationssoiree für seine Autoren und Autorinnen zu nutzen. Wenn ich in den letzten Jahren von seinen Feiern nach Hause gekommen bin und Anni nicht dabei war, war sie meistens noch wach. Sie sitzt dann im Wohnzimmer und bearbeitet ihre Pro-bono-Fälle. Manchmal tut sie auch so, als lese sie. Was ihr allerdings schwerfällt, weil sie dabei für gewöhnlich einschläft. Manchmal sehe ich auch, wie sie den Fernseher schnell ausschaltet, wenn sie mein Auto hört. Dann weiß ich, dass sie irgendeine Serie gebingt hat. Sie hat nämlich ein unheimliches Faible für Anwaltsserien und Gangsterfilme. Und sie ist eine sehr kritische Zuschauerin. Schimpfend und schnaubend listet sie all die Logik-Fehler auf, all die unrealistischen Ermittlungen und privaten Verstrickungen der Ermittler. Es war Annis Idee, einen Kommissar in mein letztes Buch einzubauen, der ein stinknormales, ruhiges Privatleben führt. Keinen, der einen Vater bei der Mafia, eine dunkle Vergangenheit, Drogenprobleme oder gleich alles zusammen hat.

«Benjamin Behrens!», dröhnt eine Stimme neben mir, und jemand klopft mir kurz auf den Rücken.

Ich drehe mich um. «Richard Sieveking», dröhne ich im gleichen Tonfall zurück, weil ich weiß, dass Ironie an Richard sowieso abprallt wie Tadel an Monikas kritikunfähigem Autorinnenego.

«Dein Text, Ben ... Keine Sorge, da lässt sich noch einiges retten», poltert er so laut, dass es alle hören und sich sogar Monika träge aus dem Sessel nach oben reckt. Kritik an anderen wirkt auf sie wie ein Aphrodisiakum.

Dann wird Richard leiser. Ich kenne das schon. Jetzt geht es erst richtig los. «Mal ehrlich, Ben, ein paar richtig tolle Dialoge, aber der Rest ...» Er macht eine Bewegung, als würde er einen abgelaufenen Joghurt in den Mülleimer befördern. «Du musst da ganz neu ran ... Ich glaube immer noch, dass du eine dramatische Liebesgeschichte schreiben solltest. Vielleicht mit historischem Bezug. Achtzigerjahre, RAF, DDR, was weiß ich ... irgend so was. Und ich hatte da übrigens auch schon einen Einfall.» Er macht eine Kunstpause. Abgesehen von der Tatsache, dass Richard sich gerne inszeniert, ist er wirklich ein hervorragender Lektor. «Also, wenn du die Geschichte wie geplant änderst – und du hast ja bestimmt schon was im Kopf, vielleicht sogar auf Papier?» Er macht eine bedeutungsschwangere Pause, um mir Zeit zu geben, das zu bestätigen. Aber ich denke gar nicht daran. «Wenn du also aus Sicht der Frau schreibst, dann ... ja, dann könnte das was werden!»

«Aus der Perspektive der Frau?» Ich merke, wie mein Hirn akuten Sauerstoffmangel meldet.

«Ja.» Richard strafft die Schultern, und seine ganze Körperhaltung sagt: Ich bin der Boss, also mach du mal.

«Aber ich bin keine Frau, sondern ein Cis-Mann! Meinst du nicht, wir bekommen da eine Own-voice-Problematik?» Es ist ein lahmer Versuch, ich weiß. Aber warum die Fallstricke der Branche nicht einmal dazu nutzen, um meinen Lektor zu Fall zu bringen?

Hinter mir höre ich eine männliche Stimme leise lachen, ich drehe mich aber nicht um.

Richard hebt eine Augenbraue und spielt dann an dem Siegelring an seiner linken Hand herum. Dieser Ring ist das Einzige, wirklich das Einzige, was ich an ihm dermaßen lächerlich finde, dass ich von Zeit zu Zeit einen Hauch an Respekt verliere.

«Ich möchte dich zu nichts drängen, Ben ...» Er presst die ohnehin dünnen Lippen zusammen. Dann fügt er hinzu: «Mach es, wie du es für richtig hältst, du musst ja auch daran glauben. Aber ...»

Sein Gesicht leuchtet auf, und ich ahne Schlimmes. Wenn er jetzt noch an seinem Ring dreht ...

«Aber du könntest doch deine Frau fragen!» Er fummelt tatsächlich am Ring.

Ich bin erledigt. Voll und ganz. Also beschließe ich, in Bezug auf meine bisherige Arbeit am neuen Titel ehrlich zu sein.

«Du kennst mich, Richard. Mein Gewicht schwankt je nach Dicke meiner aktuellen Manuskripte.»

«Aber du siehst ...» Er zögert zu lange. «Hab dich schon fetter gesehen, mein Lieber.» Er lacht schallend.

Ich bleibe ernst. Denn das hier *ist* ernst. Nicht meine Gewichtsfrage, sondern die nach dem Gewicht einer nicht vorhandenen Fragestellung im Buch. Die nach dem Love Interest.

«Ich habe drei Kilo zugenommen», sage ich.

Das Lächeln verschwindet schneller aus Richards Gesicht, als Monika ein Glas Rotwein trinken kann. Und das will etwas heißen. Monika hat die Lauscher immer noch in unsere Richtung gestellt und will mich ganz sicher nachher trösten, indem sie mir sagt, dass sie auch schon solche Phasen hatte.

«Je dicker das Manuskript, desto enger die Hose?», fragt er vorsichtig.

«Nein, je dicker das Manuskript, desto dünner werde ich. Aber ich bringe gerade nichts zu Papier, daher die Frustkilos. Will heißen, das mit der Lovestory, Richard ... Ich bekomme es nicht hin.»

Er seufzt und legt dann väterlich seine Hand auf meine Schulter. Was seltsam aussehen muss, weil er einen halben Kopf kleiner ist als ich.

Aus dem Augenwinkel sehe ich einen großen, breiten Mann mit glatt rasiertem Kopf auf uns zukommen. Ich meine mich zu erinnern, dass es Walter Riedel ist, verantwortlich für die Sachbuchsparte der Verlagsgruppe, bei der auch meine Bücher erscheinen. Rettung naht.

Ob er derjenige ist, der eben leise gelacht hat? Allerdings sieht der Kerl nicht so aus, als würde er jemals lachen. Vor allem aber ist er jemand, der Richard so lange ablenken wird, dass ich die Flucht ergreifen kann.

Doch bevor Riedel einschreiten kann, sagt mein Lektor: «Es gibt da außerdem noch dieses Problem mit der Szene im Gefängnis, Ben.»

Ich gehe nicht darauf ein, sondern nutze dank Riedel, der jetzt bei uns ankommt, die Chance, meine Fluchtmöglichkeiten auszuloten. Alle Sitzmöglichkeiten sind belegt, bis auf den freien Ohrensessel neben Monika, der keine Option ist. Ich könnte auch einfach abhauen und nach Hause fahren, aber so kindisch möchte ich mich dann doch nicht benehmen.

Mein Blick fällt auf die breite Schiebetür zur Küche. Vielleicht kann ich mich einfach mit Häppchen vollstopfen, eine halbe Stunde totschlagen und dann Richard zuwinken und verschwinden. Galgenfrist für das Galgenprojekt.

So unauffällig wie möglich verschwinde ich in Richtung Küche. Hier herrscht im Gegensatz zum Rest des Hauses zwar Ruhe, aber auch pures Chaos. Dafür muss ich niemanden vom Hocker am Tresen werfen, sondern nur ein paar Geschirrtücher und eine Packung Backpapier wegräumen. Ich lasse mich erleichtert fallen und zucke sofort zusammen, als aus einer Ecke das leise Lachen wieder ertönt.

«Auch auf der Flucht vor Riedel?», sagt ein Mann.

Ich drehe mich um und bemerke erst jetzt, dass da noch jemand sitzt, direkt auf der Küchenanrichte vor dem Fenster. Ein Typ mit markanten Gesichtszügen, langen, baumelnden Beinen und kurzen, gelockten Haaren schiebt sich langsam ein Blätterteigteilchen in den Mund. Er kaut und mustert mich aufmerksam.

«Nein, auf der Flucht vor dem Gastgeber ... Richard ist mein Lektor.»

Der Mann nickt. Sein Alter ist schwer zu schätzen, vielleicht Anfang, vielleicht auch schon Ende dreißig. Er ist schlank, fast schlaksig und hat ein interessantes Gesicht. Die ernsten Augen wollen irgendwie nicht ganz zu den Sommersprossen und dem Schalk in seinem Lächeln passen. Er kommt mir vage bekannt vor, aber ich schaffe es nicht, diese Vertrautheit mit einem Namen oder einem Aufeinandertreffen zu verbinden.

Er springt von der Anrichte herunter. «Lass mich raten, er will dich auch mit Monika Amari verkuppeln?»

Ich muss laut lachen. «Nein! Zum Glück nicht.»

«Die Frau ist total verrückt. Ich glaube, sie hält mich für ihren neuen ... Wie nennt man das noch? Love Interest? Allerdings in *real life*.» Bei den letzten beiden Worten malt er Gänsefüßchen in die Luft.

«Ja, es ist besser, man geht ihr aus dem Weg», erwidere ich. «Vor zwei Jahren hat sie sich stockbesoffen in Richards Bett gelegt und war nicht wachzukriegen. Er und seine Frau mussten im Gästezimmer übernachten, und am nächsten Morgen hat sie sich noch selbst zum Frühstück eingeladen.»

Der Mann lacht, diesmal klingt es dunkel, aber sympathisch.

Jetzt, da er in voller Größe vor mir steht, komme ich mir vor wie ein kleiner dicker Ohrensessel neben einem schlanken, hochgewachsenen Barhocker. Dabei vergleiche ich mich eigentlich nie bewusst mit anderen Männern. Er hat etwas Androgynes an sich, ist dabei aber sehr markant maskulin. Der Typ Mann, der in Romanen nach Kiefernwald und erdiger Natur riecht.

«Schreibst du auch?», will ich wissen. Ich bin mir sicher, ihn noch nie auf einer von Richards Partys gesehen zu haben. Aber irgendwo muss ich ihm schon einmal begegnet sein.

«Eigentlich nicht, hauptsächlich fotografiere ich», sagt er etwas ausweichend und dreht sich zur Seite.

Ich mustere sein Profil – und plötzlich weiß ich wieder, warum er mir bekannt vorkommt.

«Ich bin Ben und du ... Warte mal, du bist doch der Typ mit dem Bulli. Der das Buch über Klischees geschrieben hat! Wir sind tatsächlich Kollegen.»

Seine Lippen zucken, aber er lächelt nicht. «Genau», sagt er schlicht. «Und keine Sorge, ich erwarte jetzt nicht, dass du dir das Buch kaufst. Das ist sowieso mehr aus Zufall entstanden. Hab auch nicht vor, noch eines zu schreiben. Das ist einfach so passiert.»

«Ich wünschte, das könnte ich auch mal sagen», erwidere ich reflexartig.

Jetzt lacht er doch.

«Trinken wir was?», schlage ich vor und deute in Richtung Kühlschrank.

Er scheint zu zögern. Also öffne ich kurzerhand den Kühlschrank und ziehe, weil es kein Bier gibt, eine Flasche Tequila heraus. Besser als der trockene Wein oder Richards grauenvoller Whiskey. Fragend schaue ich mein Gegenüber an.

«Ich trinke eigentlich nie», erklärt er. «Aber ich gehe auch nie auf Partys. Ich hasse so was eigentlich ...»

«Du fährst lieber in einem Bulli durch Europa.» Ich grinse schief. «Und ich trinke eigentlich auch nicht, außer wenn ich die Arbeit eines halben Jahres in die Tonne kloppen kann.»

«Das ist ein Grund.»

Über der Theke finden sich ein paar Gläser, ich schenke sie voll, und wir prosten uns zu.

«Was schreibst du?», erkundigt er sich.

«Wenn ich das wüsste», sage ich und fülle das Glas gleich noch einmal. «Eigentlich Spannungsromane. Aber Richard hasst mein neues Manuskript, er will was völlig anderes. Das Problem ist nur, dass mir nichts *völlig anderes* einfällt.»

«Vermutlich ist das so mit Dingen, die aus Zwang entstehen.» Er trinkt auch das zweite Glas in einem Zug leer. Offensichtlich trinkt er, wenn er denn trinkt, richtig.

Also, Zwang würde ich mein Berufsleben jetzt nicht nennen, aber ich widerstehe der Versuchung, zu widersprechen. Vor allem deshalb, weil es nicht annähernd so klang, als wollte er mich beleidigen. Ich nicke nur. Er hat ja auch recht, das ist schon so mit dem Schreiben.

Aufmunternd sieht er mich an. «Manchmal reicht ein bisschen Inspiration, um etwas völlig Zwangloses entstehen zu lassen.»

Ich seufze. «Das ist es ja ... mir fehlt die Inspiration!»

«Kann ich verstehen.» Er stützt sich mit den Ellbogen auf die Tischplatte. «Ich hab einfach nur über das geschrieben, was ich erlebt habe. Das ist vermutlich der Unterschied zwischen einem Eintagsfliegen-Autor und einem echten Schriftsteller.»

«Oder der Unterschied zwischen einem ereignisreichen Leben und einem, das nicht dazu ausreicht, einen Roman zu füllen», erwidere ich. «Eigentlich ist doch immer die Frage, ob man schreibt, weil man etwas erlebt hat, oder ob man schreibt, *um* etwas zu erleben. Und wenn es nur in der Wiederholung ist. Aber mein Leben ist ziemlich ... undramatisch.» Das klingt jetzt trauriger, als es ist.

«Das kann ich mir nicht vorstellen, welches Leben ist denn bitte undramatisch?»

«Meins», erwidere ich. «Und eigentlich bin ich auch dankbar dafür – wenn ich nicht gerade Stoff bräuchte, der sich zu einem epischen, neuartigen Roman machen lässt.»

«Keine Familiengeheimnisse oder verbotene Lieben?»

«Doch, schon ...», sage ich langsam. Ich denke an meine Eltern und an Maren, die an Dramatik kaum zu überbieten ist. Aber davon abgesehen, dass ich darüber nicht schreiben möchte, sind Eltern, die viel zu früh an Krebs sterben, und eine Schwester, die in ihren Lebensentscheidungen unvorhersehbarer ist als ein Spiel des FC St. Pauli, nicht *spektakulär* genug für Richards Wunsch nach Epik.

«Aber die sind zu persönlich oder zu peinlich, um sie aufzuschreiben», rät er weiter. «Gibt es schwarze Schafe oder Kriminelle in der Familie? Sektengurus? Oder zumindest einen handfesten Erbstreit?»

Als ich kopfschüttelnd verneine, huscht ein amüsiertes Zucken über seinen Mund. «Also meine Großmutter hat meinem Vater vor der Hochzeit mit meiner Mutter zehntausend Mark geboten, wenn er seine Braut vor dem Altar sitzen lässt. Sie fand, er war einfach nicht gut genug für ihre Tochter.»

«Und? Hat er angenommen?», frage ich, mehr im Scherz.

«Ja.»

«Ja?» Sein Gesicht verrät einfach nicht, ob er mich gerade aufs Korn nimmt oder ob er das Ganze wirklich ernst meint. Ich habe Menschen, denen man ihre Emotionen nicht ansieht, schon immer beneidet. Mir sieht man die kleinste Notlüge an der Nasenspitze an.

«Ja, er hat angenommen, das Geld einkassiert und meine Mutter zwei Wochen später unter Ausschluss jeglicher Familienmitglieder doch geheiratet. Von dem Geld haben sie sich einen kupferfarbenen Cadillac Cimarron gekauft und diesen dann auf ihrer Hochzeitsreise nach Südtirol in einer Haarnadelkurve zu Schrott gefahren. Aber sie sind immer noch glücklich verheiratet.» Er schüttelt beinahe ungläubig den Kopf, als wäre es ziemlich schwer, lange glücklich verheiratet zu sein. Aber das ist es ja auch. Meine Gedanken huschen kurz zu Claire, meiner Ex.

«Wow! Gute Geschichte.» Ich bin ehrlich beeindruckt.

Er lacht. «Ich bin mir sicher, du findest noch eine bessere.»

«Oh. Ich hatte nicht vor, sie zu verwenden ...», widerspreche ich.

«Doch, hattest du.» Er lacht erneut. «Man sieht es dir an der Nasenspitze an.»

Richtig, an der Nasenspitze ... So verzweifelt bin ich schon.

Als die Schiebetür aufgeht, schrecken wir beide hoch. Aber es ist nur eine der Studentinnen vom Catering, und ich sacke erleichtert zurück auf den Hocker. Mein Gegenüber – ich versuche mich an seinen Namen zu erinnern, das Cover seines Buches habe ich vor Augen, ich glaube, es war Jakob – räumt den Stuhl neben meinem frei und setzt sich ebenfalls. Nachdem ich vorhin erklärt habe, ihn zu erkennen, kann ich jetzt schlecht nach seinem Namen fragen.

«Hatte schon Angst, es ist Monika», gesteht er.

Ich beuge mich verschwörerisch zu ihm. «Hat dein Lektor dir erzählt, was sie im letzten Jahr gebracht hat?», frage ich.

Als er verneint, erzähle ich ihm die Badewannengeschichte. Und er revanchiert sich mit einer Story über einen übereifrigen Praktikanten im Verlag, der vor versammelter Autorenmannschaft die Vorteile des Schreibens durch ein KI-Programm erläutert hat.

Er erzählt witzig und pointiert und kann genauso gut zuhören. Auch wenn er in all seinen Erzählungen leicht distanziert bleibt. Trotz der Geschichte von seinen Eltern wirkt er wie jemand, der in Beziehungen erst langsam auftauen muss, der sich Freundschaften erarbeitet und nicht gleich mit seiner gesamten Vita herausplatzt. Ich mag ihn auf Anhieb.

Wir reden über dies und das. Er erzählt von Salzkristallbergen im Iran, ich von meiner Russlandreise vor ein paar Jahren mit Lena, die ich in der Rückenkraxe über den Roten Platz getragen habe. Und davon, dass ich seltsamerweise am meisten gereist bin, als Lena noch klein war und Claire und ich uns gerade getrennt hatten. Lena, die ein völlig unkompliziertes Kleinkind war und die ich immer dabeihatte.

Kurz verlieren wir uns angesichts des Russland-Exkurses in Politik, kehren dann aber wieder zurück zu leichteren, fröhlicheren Themen. Immer begleitet von dem ein oder anderen Schluck Tequila.

«Meine Frau ...», sage ich an einer Stelle, ohne klarzustellen, dass Anni und ich nicht verheiratet sind. «Sie hilft mir mit den juristischen Begriffen in meinen Texten. Aber sie ist hoffnungslos unromantisch.»

«Hat sie auch keine verbotenen Lieben? Familiengeheimnisse oder sonstige Dramen, die man zu einem Roman verwursteln könnte?», will er wissen.

Ich schüttele amüsiert den Kopf.

Wir lachen und trinken und schrecken bei jedem, der die Küche betritt, zusammen. Wir machen Witze über die arme Monika und vertreiben Richard und Riedel, als sie die Köpfe hereinstecken.

Als in der Tequilaflasche nur noch ein Spuckrest zu finden ist, legt Jakob seine Arme auf den Tresen und lässt den Kopf darauf sinken. Seine Worte sind ein wenig schwerfällig und lang gezogen, als er sagt: «Weißt du was, Ben ... Ich geb dir meine Nummer. Und wenn dir gar nichts für dein Buch einfällt, kannst du immer noch meine Geschichte aufschreiben. Ich hab sie nie jemandem erzählt. Aber ich fürchte, sie ist genau das, was du brauchen könntest, inklusive Love Interest. Allerdings ist sie ...» Er lacht bitter, das kann ich auch in leicht umnebeltem Zustand noch heraushören. «... wie ein schlechter Film. Aber vielleicht machst du ein gutes Buch draus.»

* * *

«Ich bin eigentlich nur mit dir zusammen, weil ich dachte, du wärst eine hervorragende Recherchequelle», sage ich und versuche, schmollend dabei auszusehen. Wie Lena.

Es gelingt mir vermutlich nicht gut, denn Anni wirkt nicht beeindruckt. Sie sieht von einer roten Mappe auf und drückt auf den seitlichen Aus-Knopf ihres iPads. Gestern hat sie schon geschlafen, als ich von der Party zurückkam. Auf der Couch. Ohne Fernseher. Aber ich war zu betrunken, um sie aufzuwecken.

An diesem Morgen sitzen wir am Tresen in der Küche auf den Barhockern. Anni hat noch eine halbe Stunde, bis sie losmuss, ans Familiengericht für einen Pro-bono-Fall.

«Ach ja? Bin ich das?» Sie wackelt mit den Augenbrauen. «Aber doch nur für Sexszenen, dachte ich.»

«In dem Kostüm ... unbedingt.» Sie trägt eines dieser Businessdinger, über die ich mich oft lustig mache, die ich aber insgeheim ziemlich sexy finde. Einen Augenblick lang überlege ich, Anni zu fragen, ob sie mir nicht doch mal die Geschichten ihrer Verflossenen erzählen will. Ich weiß nur von einem Typen namens Konstantin, mit dem sie mal eine Zeitlang zusammen war. Und von diesem amerikanischen Touristen, der sie auf der Schanze angesprochen hat und der so einen exotischen Namen wie Rumpelstilzchen haben muss, dass sie ihn mir nicht verraten will. Irgendetwas war auch mal bei einer Fernsehshow, bei der sie als Zuschauerin war. Das war's, mehr weiß ich nicht über meine Vorgänger. Und eigentlich ist es mir auch egal. Ich darf ihre früheren Lieben ja ohnehin nicht verwenden.

«Aber du bist ja noch nicht mal bei den Sexszenen angekommen», stellt sie gnadenlos fest.

«Du bist Anwältin, ich brauche dich», sage ich und werfe ihr einen flehenden Blick zu.

Sie verschränkt die Arme vor der Brust. «Ich habe keine Ahnung von Strafrecht», beharrt sie. «Ich bin eine stinklangweilige, angestellte Anwältin, die sich um Nachbarschaftsstreitigkeiten und Mietverträge kümmert und ab und an mal einen Vergleich bei Kündigungen aushandelt. Noch uninspirierender wäre wohl nur Syndikusanwältin bei einem Großhändler für Büromöbel.» Sie sieht mich fest an. «Du brauchst mich nicht!»

«Aber du bist Anwältin», wiederhole ich. Man kann das schließlich nicht oft genug sagen. «Und ich hab ja gar nicht gesagt, dass es um Strafrecht geht!»

«Wollen deine Protagonisten gegen ein Knöllchen klagen? Oder möchte mal wieder einer sein Kind Gucci nennen?»

Ich schüttele den Kopf. «Nein, die kleine Chanel ist jetzt drei, und mit dem zweiten Kind haben sie es sich ein wenig leichter gemacht.»

«Prada?», rät sie. «Cartier?»

Ich lache. «Nein, Tiffany.»

Sie nickt. «Sehr vernünftig.»

So kommen wir nicht weiter, denke ich und drehe mich um, sodass ich ins Wohnzimmer schauen kann, wo Lena sitzt. Sie denkt, wir würden es nicht merken, wenn sie auf meinem Tablet herumtippt. Sie hat die Kopfhörer auf und reagiert auch auf mein Winken nicht. Ich muss dringend das Passwort ändern, wenn die kleine Kröte es schon wieder geknackt hat.

«Lena!», rufe ich. «Kannst du mal kommen und uns gebührend danken, dafür, dass wir dir einen anständigen Namen gegeben haben?» Da fällt mir ein, dass Anni weder bei Lenas Geburt noch bei ihrer Namensgebung anwesend oder beteiligt gewesen ist.

Während Lena mich weiterhin ignoriert, steht Anni auf, streicht den Rock glatt und klemmt sich Mappe und iPad unter den Arm.

Ich strecke die Arme nach ihr aus, aber sie bleibt nicht stehen, sondern geht auf Fieps' Körbchen zu und krault ihm den Kopf.

«Wie wäre es bei uns mit einer kleinen Armani oder einem süßen Rolex?», frage ich.

«Du spinnst!» Sie schaut hoch und spitzt die Lippen. Dann zieht sie ihr Ohr hoch, ohne dass es zuckt. Explosionsgefahr also. Das ging schnell.

Ich schlucke, kann es aber nicht lassen: «Ich meine es ernst. Ich wäre auch mit Zara oder Oliver einverstanden.»

Sie macht einen Schritt auf mich zu, einen zweiten, küsst mich auf die Stirn, schüttelt den Kopf und sagt: «Ich muss los.»

Und wie schon so oft bin ich unsicher, ob ich die Frage nach einem gemeinsamen Kind vielleicht einfach mal konkret und scherzfrei anbringen müsste oder ob Anni mir bewusst ausweicht.

Bevor sie an der Tür angekommen ist, dreht sie sich noch einmal um, zwinkert und sagt: «Aber wenn du noch eine Inspiration für die ein oder andere Sexszene brauchst …»

* * *

«Hallo Ben, was kann ich für dich tun?», begrüßt mich der Mann am anderen Ende der Leitung.

Jetzt, da ich weiß, wie er aussieht, klingt die Stimme fast schon unpassend. So, als höre man die deutsche Stimme von Vin Diesel und wisse, dass der Mann dahinter nicht gerade wie ein Actionheld aussieht. Jakobs Timbre ist noch dunkler, als ich es in Erinnerung habe. Erwachsener und ernster, als ich ihn erlebt habe.

«Bist du noch gut nach Hause gekommen neulich?», frage ich und versuche es erst einmal mit Small Talk. Ich hoffe sehr, dass er sich überhaupt noch an sein Angebot erinnern kann. Gleichzeitig weiß ich gar nicht, was ich mir eigentlich dabei gedacht habe, ihn anzurufen. Ich muss einfach sehr verzweifelt sein. So verzweifelt, wie man eben ist, wenn man schon angefangen hat, den Begriff «herausragende Liebesgeschichte» zu googeln, sich stundenlang durch die Trailer von Netflix zappt und – der absolute Tiefpunkt – seine Freundin nach ihrer Vergangenheit ausfragt.

Wir plaudern kurz über den Abend, was sich aber schnell erschöpft. Dann versuche ich auf den Punkt zu kommen.

«Sag mal, du hast da auf der Feier angedeutet, dass du ... Na ja, also wenn ich nicht weiterkomme, dass du mir deine Geschichte erzählen würdest. Aber ich versteh natürlich total, wenn das zu persönlich ist, und du meintest ja auch ... Also, es ist wahrscheinlich eine schlechte Idee, aber ich weiß echt nicht ... Und wenn du also wirklich kein Problem damit hast ...»

Mein Gott! Mich würde man auch nicht für einen Menschen halten, der von Sprache lebt, wenn man mich so stottern hört.

Jakob bleibt ruhig. «Ach, ich hatte lange ein Problem mit meiner Geschichte, und dann ...» Er stockt kurz, und ich versuche, mir sein Gesicht vorzustellen, wie sich seine Wangenknochen bewegen und seine Kiefer aufeinandermalmen. «Irgendwann habe ich gemerkt, dass es keinen Sinn hat, damit hinterm Berg zu halten. Ich habe so viel aus der Sache gelernt.»

«Der Sache?»

Jetzt lacht er. Ich kann mir gut vorstellen, wie dieses Lachen in Frauenohren klingt. Ich kann mir sogar vorstellen, wie ich dieses Lachen beschreiben würde, wenn ich eine Romanfigur aus Jakob machen würde. Laut, kehlig, sprudelnd und so, dass man gerne einstimmen möchte. Bei Menschen, die ich auf Anhieb mag, geht mir das häufig so.

«Nun, der Tatsache, dass ich im Gefängnis saß», fügt er hinzu. «Unschuldig. Aber gut, das behaupten die meisten, die gesessen haben.»

Ich warte auf ein erneutes Lachen, das dieses Mal aber nicht folgt.

Jetzt hätte ich gerne ein Telefonkabel, an dem ich nervös herumspielen kann. So aber tigere ich nur in der Küche auf und ab.

«Weißt du was?», frage ich. «Hättest du vielleicht Zeit für ein Mittagessen? Ich lade dich ein. Oder, wenn dir das lieber ist, können wir auch Tequila trinken gehen.»

«Bloß nicht!», keucht er. «Ich hab immer noch Kopfschmerzen.»

«Eine Frage habe ich noch ... Ist mir aber ziemlich peinlich. Mir will partout dein Name nicht mehr einfallen. War es Jakob?»

«Fast, das ist mein Nachname», erwidert er. «Ich heiße Lukas.»

KAPITEL 7

ANNI

HEUTE

Bens Schwester Maren sitzt auf dem Treppenabsatz vor unserem Haus. Sie sagt nicht: Ich hab Scheiße gebaut. Sie sitzt einfach in ihrem gelb-orangen Kaftan da, und ich weiß, dass sie Scheiße gebaut hat. Worum es genau geht? Keine Ahnung. Ob sie im Kloster Graffiti an die Wand gesprüht hat und deswegen rausgeflogen ist? Oder ob sie wieder Kontakt zu Reik hat, der noch nie für irgendetwas Gutes in ihrem Leben verantwortlich war? Oder ob sie inzwischen Bens gesamte Kohle und Julians Anteil durchgebracht hat? Und nur gekommen ist, um mit doofen Wetten Lena um ihr Taschengeld zu erleichtern und Ben den dreihundertfünfzigsten Prozentsatz ihres Pflichtteils abzuluchsen? Wer weiß?

Maren ist ein Problemkind. Und damit leider, so gern ich sie habe, auch irgendwie *mein* Problemkind. Sie ist Bens kleine Schwester, und weil die Eltern so früh verstorben sind, fühlt er sich väterlich für sie verantwortlich. Wohingegen dem Ältesten der drei Geschwister, Julian aka Ludwig, seine Schwester (und sein Bruder) ziemlich am Arsch vorbeigehen. Deshalb bin ich damit automatisch so etwas wie eine Ersatzmutter. Normalerweise verzeiht ihr Ben alles, aber bei Marens letztem Besuch im Sommer muss irgendetwas Schlimmeres vorgefallen sein. Ich habe ihn nie so wütend gesehen und auch noch nie so direkt ihr gegenüber erlebt. Der Satz «Maren, es reicht, so geht es nicht weiter» ist schon sehr häufig gefallen. Nie zuvor aber: «Noch so ein Ding, Maren, und ich will dich hier nie wieder sehen.»

Ich habe nicht nachgebohrt, weil ich dachte, er würde es mir von sich aus erzählen. Hat er aber nie. Und vielleicht will ich es auch gar nicht mehr wissen, denn dann müsste ich ja auch sauer auf Maren sein.

«Wo ist Lena?», fragt sie und sieht mir entgegen, den Kopf mit den raspelkurzen, dunklen Haaren stolz erhoben. Ihre Pupillen sind geweitet, das Grün ihrer Iris ist fast vollständig verdrängt von einem dunklen Mond. Sie hat das feine, schöne Gesicht einer Elfe – und das Gemüt eines Kobolds. Was sie im Leben deutlich weiter bringt, als wenn es umgekehrt wäre.

«Bei Claire», antworte ich. Sie schaut mich an, als hätte sie vergessen, wer Claire ist. «Bei ihrer Mutter», füge ich schnell hinzu.

Maren steht auf, schwankt dabei ein wenig, wirft den Jutebeutel von ihrem Rücken und sagt: «Ich geh dann erst mal zu den Hühnern.»

Und ich lasse sie. Solange sie zu den Hühnern geht, ist sie beschäftigt und schafft uns kein weiteres Haustier an. Jedenfalls nicht heute. Alles, was bei uns lebt und nicht auf zwei Beinen aufrecht geht, haben wir Maren zu verdanken. Sie fängt Projekte an, die sie dann mit einer Selbstverständlichkeit an mich übergibt, als hätte ich die Initialzündung zu Hühnern, einem halb toten Hund, einer blinden, inzwischen verstorbenen Katze und weiteren landwirtschaftlichen Ideen gegeben. Sie nennt es «organisches Landleben». Ich glaube, sie meinte damit ökologisch, vielleicht auch biologisch. Das weiß man bei ihr nie so genau.

Ihr Hochbeet jedenfalls biegt sich, als hätte es von zu viel organischem Dünger einen Blähbauch bekommen. Maren hat die Konstruktion selbst aus alten Paletten zusammengezimmert und dabei leider nicht bedacht, dass die Erde, die sie eingefüllt hat, die Bretter nach außen drückt. Das Hochbeet ist aber auch nicht das größte Problem. Die Hühner sind es. Vor zweieinhalb Jahren hat Maren fünf Hennen angeschleppt. Vier davon gehören einer Rasse namens Sussex an, Farbschlag: British Columbia. Und sie sind so groß, elegant und eitel, dass es offenbar unter ihrer Würde ist, Eier zu legen. Vielleicht warten sie aber auch darauf, den goldenen Schnatz aus ihren hochwohlgeborenen Leibern zu drücken. Wenigstens einmal im Leben. Das fünfte Huhn wurde Lolita genannt und sieht aus, wie man sich ein typisches deutsches Legehuhn so vorstellt, ziemlich braun und langweilig – eine Durchschnittshenne unter lauter eitlen Topmodels. Die vier Hennen nennen wir der Einfachheit halber Golden Girls. Ich finde, das klingt wie eine gemütliche Donnerstagnachmittag-Kaffeerunde unter älter gewordenen Damen mit Hüftspeck. Und genau so sehen die vier auch aus. Sie sind ein Geheimbund, der Lolita gekonnt ignoriert. Allerdings werden die Annas, Bertas, Claudias und Doris' dieses Zirkels nicht besonders alt. Sie sind jedenfalls nicht mehr in der Originalbesetzung bei uns. Aber Lolita überlebt sie alle.

Die Erstbesetzung der Golden Girls ist einer Fuchs-Attacke zum Opfer gefallen. Die Zweitbesetzung verschwand spurlos. Es könnte sein, dass dafür auch ein Fuchs verantwortlich ist. Oder aber die Golden Girls der zweiten Generation hatten Lust auf Großstadt und leben jetzt in einem Park in Eimsbüttel. Nach dem ersten tödlichen Angriff (Lolita saß unbeeindruckt auf ihrer Stange und schien froh, nicht nur das Fuchs-Attentat überlebt zu haben, sondern auch gleich noch die eitlen Schwestern los zu sein) bin ich panisch nach Neuendorf zum Legehennenhändler gefahren und habe Ersatz gekauft, damit Maren davon nichts mitbekommt. Beim zweiten Mal war ich schon deutlich entspannter und hab mich vorher telefonisch erkundigt, ob die gewünschte Rasse auch verfügbar ist. Dennoch gilt jeden Morgen mein ängstlicher Blick den vier Damen – und ihrem fünften Rad am Wagen, das sie alle immer überlebt.

Maren hat natürlich noch immer keine Ahnung. Sie lobt den Zustand ihrer Hühner bei jedem ihrer Besuche – ob angekündigt oder nicht – und glaubt, sie wären alle schon drei Jahre alt, auch wenn bis auf Lolita keines die Jahresmarke geknackt hat.

Jetzt ist Maren also wieder da und wird uns auf Trab halten. Sie wird mit schmutzigen Fußsohlen durchs Haus laufen und seltsame Lebensmittel in den Kühlschrank räumen, von denen manche besser unter das Betäubungsmittelgesetz fallen sollten. Und sie wird versuchen, Ben auf geschickte und ungeschickte Art das Geld aus der Tasche zu ziehen. Es wird ihr gelingen, auch wenn er jedes Mal schwört, dass es das letzte Mal war. Ebenso wie es Maren immer gelingt, Lena zum Lachen zu bringen oder mich für absurde Dinge zu begeistern. Ich habe ihr zwar das Traumatherapie-Zentrum für Wellensittiche ausgeredet und ihr klargemacht, dass sie mit dem mobilen Hanfwagen Kindergärten nicht zu ihrer Zielgruppe machen sollte, aber ich hab nicht vergessen, wie sich das anfühlt, wenn man jemanden verliert. Und Maren kompensiert den Verlust ihrer Eltern, indem sie sich kopfüber in alles Neue stürzt. Während sie sich bei diesen Stürzen schon oft den Kopf gestoßen hat, hatte ich das Glück, in Bens Arme zu stürzen. Glücksfall in Glückstadt, sozusagen.

Unwillkürlich muss ich an unser Gespräch von neulich denken, das eigentlich keines war. An seine Anspielung, ein gemeinsames Kind zu bekommen. Ein Kind mit Ben zu haben, wäre endgültiger, als ihn zu heiraten oder teure Reetdächer abzuzahlen. Endgültiger als eine gute Freundin und Begleiterin seiner Tochter zu sein oder seine Schwester als Teilzeit-Mitbewohnerin auszuhalten. Es wäre quasi das «Endglück» für das Glückspaar aus Glückstadt. Und ich weiß einfach nicht, ob ich das ertrage. Häuser mit kostspieligen Dächern auf einer Warft kann man verkaufen. Auch können wir für immer unverheiratet bleiben und Lena ein Leben lang meine kleine Freundin sein. Aber wenn wir ein gemeinsames Kind haben ...

Mist! Dieses kleine Aber, das sich in meinem Kopf eingenistet hat wie ein Kuckucksei, will einfach nicht still sein.

«Sie haben drei Eier gelegt!», Maren hat ihre Stiefel ausgezogen und kommt barfuß aus dem Hühnerstall. Sie strahlt mich an. «Sag du noch mal, dass das keine absolut fantastische Idee von mir war, Hühner anzuschaffen. Ich hab mir überlegt ...»

Ich schließe die Augen und atme tief durch. Noch so ein Grund, der gegen Nachwuchs spricht: Nicht auszudenken, wenn ein Kind von Ben und mir auch nur ansatzweise wie Maren wäre. Dann könnten wir auch gleich in ein Tierheim ziehen.

* * *

Die Verhandlung vor Gericht am nächsten Morgen ist schnell erledigt. Die Kindergarten-Mutter, die ich vertreten habe, zeigt sich unendlich dankbar über das Ergebnis und über die Tatsache, dass ich ihr kostenlos geholfen habe. Sie fällt zwar nicht unter die Grenze, unter der man vom Staat Rechtsbeistand bekommt, aber sie hätte dennoch nicht genug Geld, um mich zu bezahlen.

«Was ist los?», will Christa wissen, als ich nach dem Gerichtstermin die Kanzlei betrete. «Wie ist der Fall gelaufen? Gab es Probleme?»

Der alte Teppichboden, in dem mit Sicherheit die halbe Milbenbevölkerung Schleswig-Holsteins lebt, knarrt, weil darunter noch die dürren Holzbohlen liegen. Ich mag das Büro der Kanzlei dennoch sehr. Es ist anders als das meines Vaters in München. Es hat Charakter, ist irgendwie ehrlich und warm.

Christa hat Kaffee gekocht und hält mir eine Tasse hin. Bjarnes Bürotür, die einzige der Kanzlei, die auch abschließbar ist, ist geschlossen. Das heißt, er hat einen Mandanten. Und wenn Bjarne sich tatsächlich dazu herablässt, «Parteienverkehr» zuzulassen, kocht Christa immer viel zu viel Kaffee. Sie liebt Worte wie Parteienverkehr.

Ich muss plötzlich daran denken, dass auch ich bestimmte Juristen-Worte mal wirklich gerne gemocht habe. Worte, die in Bjarnes Kanzlei keinen Platz haben. Begriffe, die in den Regalen bei Frey, Liebermann & Rabenstein stehen. *Dolus eventualis*, zum Beispiel, der bedingte Vorsatz, mit dem ich Ben Lukas verschwiegen habe. Oder *Gegenwärtige Gefahr*, die ich gerade empfinde, weil ich seit dem Abend im *Phantom* irgendwie nicht ich selbst bin und mich jetzt auch noch mit Maren herumschlagen muss, die sich noch seltsamer verhält als sonst. Dann wäre da noch *Ausschließlicher Gerichtsstand*. Aber der liegt in München, der hat hier in Hamburg und vor allem in Glückstadt nichts verloren.

«Ach nein, alles gut. Ist bestens gelaufen», antworte ich mit Verzögerung auf die Frage nach dem Termin vor Gericht.

Sie sieht mich von der Seite an. «Ist Maren wieder da?»

Als ich nicke, schüttelt Christa missbilligend den Kopf.

Unsere Auszubildende Elif kommt zur Tür herein. Es ist

dreiviertel neun – oder viertel vor zehn, wie man hier im Norden sagt –, und eigentlich ist unsere Kernarbeitszeit von neun Uhr morgens bis fünfzehn Uhr am Nachmittag.

«Was sind Marens neueste Ideen?», ruft sie und wirft ihre Jacke einmal quer durch den Raum, wo sie auf dem Heizkörper liegen bleibt. Elif muss meinen letzten Satz aufgeschnappt haben.

«Elif!», mahnt Christa. «Das ist Missbrauch der Verpflichtungsbefugnis in Tateinheit mit Überschreitung deiner Kernkompetenzen im Zusammenhang mit der vertraglich vereinbarten Arbeitszeit. Wir sollten freiheitsentziehende Maßnahmen bei dir einführen.» Sie vermischt da ein paar wenig zusammenhängende juristische Vokabeln, bringt das Ganze aber erstaunlich glaubwürdig rüber.

Elif starrt uns mit großen Augen an.

Ich seufze. Denn so wie sich Laila, Markus und Ben über Christas heimliche Liebe zu Bjarne amüsieren, entertaine ich Elif und Christa regelmäßig mit den Eskapaden meiner Schwägerin (mit ein bisschen schlechtem Gewissen, weil Maren ja Familie ist). Genau genommen klingen die Verrücktheiten beim Erzählen auch irgendwie netter und lustiger, als wenn man sie live erlebt.

«Sag schon», bittet Elif. «Hat sie vor, veganes Hundefutter zu entwickeln oder Pferdeäpfel von den Fahrradwegen aufzulesen und mit deinem Auto an Gärtnereien auszuliefern?» Sie ist mit ihren Vorschlägen zu Marens Geschäftsideen ebenso kreativ wie mit der Auslegung ihrer Arbeitszeiten.

«Fast. Dieses Mal ist es Dogsharing oder eine Blutegelzucht», stöhne ich. «Ach, frag nicht ...»

Elif geht gar nicht darauf ein. «Und hat sie euch wieder angepumpt?»

«Bisher nicht, aber das wird noch kommen.»

Ich lasse mich auf den Sessel fallen, auf dem der Parteienverkehr sitzt, wenn er auf Bjarne wartet, und strecke die Hand nach der Kaffeetasse aus, die Christa noch immer für mich hält. Ich trinke sie in einem Zug leer.

«Dein Vater hat angerufen», erklärt Christa möglichst beiläufig, während sie Elifs Jacke mit spitzen Fingern an den einzigen freien Knauf der Garderobe hängt und dabei kurz genüsslich an Bjarnes Schurmantel schnuppert.

«O Gott!», sagt Elif, als wäre es ihr Vater.

Christa zuckt zusammen, dabei ist Elif gar nicht aufgefallen, dass sie sich die Nase mit einem Hauch Bjarne gepudert hat.

«Wie? *O Gott* …» Ich schnaube. «Was ist der Unterschied zwischen Gott und einem Juristen?» Ich sehe Elif herausfordernd an. Sie zuckt mit den Achseln. «Gott denkt nicht, er sei Jurist», kläre ich sie auf.

«Soll ich jetzt lachen?», fragt Elif.

«Ich bitte darum. Diesen Spruch hab ich meinem Vater reingedrückt, als ich mit dem Zweiten Staatsexamen fertig war. Ich hab mir eine Ohrfeige dafür eingefangen. Ein Lacher – er darf auch fake sein – ist das Mindeste.»

Elif hatte meinen Vater zweimal am Telefon. Beim ersten Mal hat er ihr erklärt, wie man sich richtig meldet, wenn man in einer Kanzlei arbeitet, und ihr das Drei-Sekunden-Loch erläutert. Dass man in den ersten drei Sekunden nichts versteht und deshalb seinen Namen nicht gleich am Anfang nennen sollte. Beim zweiten Mal hat er sie gefragt, ob Bjarne & Co., wie er die Kanzlei abfällig nennt, am Casual Friday teilnimmt. Als Elif ihm daraufhin freudig verkündet hat, dass wir an jedem Tag ins Büro kommen, wie wir gerade Lust haben, hat mein Vater ohne ein weiteres Wort aufgelegt. Für Johan Rabenstein ist der Casual Friday einer FKK-Veranstaltung ebenbürtig. Allein der Vorschlag käme dem Versuch gleich, einem waschechten Bayern ein Kölsch vorzusetzen.

Christa räuspert sich. «Jedenfalls hat er gesagt ... Moment!» Sie greift hinter sich und zieht einen Zettel unter der Tastatur auf ihrem Schreibtisch hervor. «Er hätte da was für dich. Und dass du endlich mal lernen sollst, dass man nur mit den hässlichen Fällen Geld macht. Ach, und ... Ich zitiere: *Es geht nicht darum, wer recht hat, sondern dass du es bist, dem geglaubt wird.*» Sie senkt den Zettel, hebt den Kopf, und ihr Gesicht hellt sich auf. «Deine Mutter hat auch angerufen und gefragt, ob dein Handy kaputt ist.»

Was für ein seltsamer Zufall, dass beide am selben Tag anrufen. «Äh, was hast du ihr gesagt?», frage ich.

Christa schaut mich streng an. Bei Müttern versteht sie keinen Spaß. Sie vergöttert ihre eigene und schimpft regelmäßig darüber, dass ihr Sohn Kai-Uwe (immerhin auch schon 40 Jahre alt) nur dreimal die Woche anruft und ihr neuerdings nicht mehr die Wäsche bringen will, weil das seine «Olle» jetzt macht. O-Ton Christa.

«Ich hab deiner Mutter gesagt, dass du sie sofort zurückrufst.»

«Bitte nicht!», erwidere ich. Meine Mutter und ich haben kein schlechtes Verhältnis. Wir haben nur ein nicht definierbares Verhältnis. Wir mögen uns irgendwie. Und irgendwie auch nicht. Wir sind so verschieden, dass es schwierig ist, etwas Gemeinsames zu finden. Ich bin – angeblich – wie mein Vater. Meine Schwestern kämen meiner Mutter zufolge nach ihr und hätten auch das Musik-Gen geerbt. Sie selbst ist ein sehr musikalischer Mensch, und das ist es auch, was sie zu neunzig Prozent ausmacht. Sie liebt ihre drei Töchter, und sie ist auch interessiert. Aber ich glaube, noch interessierter wäre sie an mir, wenn ich Tasten oder Saiten besäße statt

Armen und Beinen. Sie ist in zweiter Ehe mit Herbert, einem Sanitäter und leidenschaftlichen Tubaspieler, verheiratet und lebt seit Längerem in Hamburg. «Es musste erst ein unmusikalisches Kind wie Annika geboren werden, damit wir uns trennen können. Ansonsten hätten wir endlos weitergemacht», scherzt sie oft.

Dank mir, dem einzigen unmusikalischen Kind, haben sie sich also scheiden lassen.

Mein Vater ist mittlerweile in zweiter Ehe mit einer Ärztin verheiratet, und irgendwie sagt das alles über meine Eltern: Es ist, als hätten sie sich medizinisch bewanderte neue Partner gesucht, um ihre Wunden zu heilen.

Christa sieht mich erwartungsvoll an. Ihr streng nach hinten gekämmtes, blondiertes Haar glättet ihre Stirnfalten enorm effektiv. Sorgenvoll sieht sie dennoch aus.

«Du solltest da mal ein paar Dinge klären, Anni.»

Das stimmt wohl. Auch wenn Christa keine Ahnung davon hat, was ich so im Klo herunterspüle und warum ich wirklich hier arbeite, wo ich doch Fachanwältin für Strafrecht bin. Aber das wissen weder Ben noch Christa noch Bjarne, dessen Höchstes der juristischen Gefühle ein Vergleich über einen Schmerzensgeldanspruch nach einem Autounfall ist.

«Quatsch, ist doch alles geklärt», sage ich. «Ich könnte meinem Vater ein Bild schicken, von meinem ordnungsgemäßen Outfit.»

«Ich weiß, was ich weiß.» Christa bleibt hart, die Hände vor der voluminösen Brust verschränkt, den Zeigefinger dabei im obersten Knopfloch ihrer Bluse eingehängt. Der Knopf, den sie immer öffnet, wenn Bjarne sie zum Diktat bittet. «Ich habe zwar nicht Jura studiert, aber –»

«... aber Menschen!», ergänze ich Christas Credo.

Sie zuckt mit den Achseln. «Wir haben drei neue Anfragen für unbezahlte Fälle, Anni», sagt sie dann schnell und legt mir einen Notizzettel auf den Tisch. «Das wird zu viel, oder?»

Ich lächele breit. «Nein! Auf keinen Fall. Ich nehme sie an. Alle drei.» Ich wende mich an unsere Auszubildende. «Hättest du Lust zu helfen?»

Elif wiegt den Kopf hin und her, als müsse sie über das Angebot nachdenken. Dann zwinkert sie mir zu und nickt.

Des Zwinkerns wegen nehme ich ihre ausgedehnten akademischen Viertel hin und habe sie noch nie an den Chef verpetzt. Denn Bjarne hält die Überschreitung eben jenes akademischen Viertels für den Niedergang der westlichen Welt.

* * *

Ben kann fast schon böse werden, wenn Lena oder ich einem Buch unabsichtlich den «Rücken brechen», wie er es nennt. Also, wenn wir es aufgeschlagen ablegen. Aber ich habe ihn mehrfach dabei beobachtet, wie er selbst die Seiten seiner Bücher zu kleinen Dreiecken nach oben oder unten faltet, um auf bestimmte Passagen hinzuweisen. Oder Sätze anstreicht, die ihm gefallen – und die ich heimlich nachlese, um zu wissen, was in ihm vorgeht. Manchmal sind es scheinbar belanglose Wortaneinanderreihungen, manchmal muss ich die Stellen dreimal lesen, um sie zu verstehen. Aber es gibt ein paar Sätze, die habe ich tatsächlich nicht vergessen.

In einer Ausgabe von «Vanity Fair» von William Makepeace Thackeray, die er auf Englisch gelesen hat, hat er auf Seite 230 den unteren linken Seitenrand spitz nach oben rechts zu folgender Zeile gefaltet: «*In the meanwhile the business of life and living, and the pursuits of pleasure, especially, went on as if no end were to be expected to them, and no enemy in front.*»

Lange saß ich mit pulsierendem Herzschlag vor dieser Zeile, als wäre sie nur für mich geschrieben und nur meinetwegen von Ben markiert worden. Die Seitenspitze, die wie ein Pfeil auf den Satz zeigte, stach mir ins Herz.

Und auf Seite 215 von Siri Hustvedts «Was ich liebte» befindet sich in seiner Ausgabe rechts unten ein Knick, der die folgenden Sätze markiert: «*Wir hatten durchaus Sehnsucht nach anderen Menschen. Aber nicht nach neuen, sondern nach alten. Wir wollten uns so, wie wir gewesen waren ...*»

Immer wieder nehme ich das Buch heraus, streiche über den Einband mit der Frau, die ihre Hände an eine Scheibe gelegt hat, und frage mich, ob Ben den Satz einfach schön fand, oder ob er sich manchmal auch nach Menschen aus der Vergangenheit sehnt. Ich kann ihn ja nicht danach fragen, weil er mir dann dieselbe Frage stellen würde und ich sie nicht wahrheitsgemäß beantworten könnte, ohne uns zu gefährden.

Manchmal lese ich auch in seinem Etymologie-Wörterbuch und freue mich über die Worte, die er unterstrichen hat. Ich liebe zum Beispiel die Erklärung zum Wort «Sultanine». Wenn man Bens Buch glauben darf, so hat die Frucht ihren Namen tatsächlich von einem Sultan des Osmanischen Reiches, der die Traubenernte unterbrechen musste, um vor einem Tiger zu fliehen.

Dank Ben kenne ich nun auch den Ursprung der Wörter Mumpitz, Desaster und natürlich den der Romanze. Seine Bücher sagen schon von außen betrachtet im Regal so viel über ihn aus. Natürlich steht Milan Kunderas «Die unerträgliche Leichtigkeit des Seins» neben «Anna Karenina». Und es ist auch kein Widerspruch, dass eine zerfledderte, in altdeutscher Schrift gedruckte Ausgabe von «Vom Winde verweht» neben «Effi Briest» verweilt. Ben sortiert seine

Bücher nicht nach dem Alphabet oder nach der Farbe ihrer Rücken, sondern nach Gefühl. Danach, was er glaubt, was irgendwie zusammengehört.

Es ist einer dieser tausend Gründe dafür, dass ich ihn liebe. Schließlich hat er auch von Anfang an daran geglaubt, dass wir beide zusammengehören – als ich noch dachte, es gäbe so etwas wie Liebe und Partnerschaft für mich nicht mehr.

Maren und Ben sitzen auf der Couch hinter mir, während ich mit dem Finger die Bücherreihen entlangstreife. Ich weiß nicht richtig, wonach ich suche. Oder besser, warum ich überhaupt ein Buch suche. Eigentlich habe ich nämlich gar keine Lust zu lesen, aber ich verspüre das Bedürfnis, die komische Leere in mir mit den Geschichten anderer zu füllen. Dass ich mir den Inhalt der wenigsten Bücher lange merken kann, ist nicht schlimm. Auch wenn Ben das für eine zu therapierende Schwäche hält. Aber ich will in die Geschichten eintauchen, wenn ich sie lese. Und wenn ein Buch zu Ende ist, muss es nicht in meinem Kopf bleiben, sondern darf Platz machen für Neues. Schließlich esse ich ja auch nicht, damit ich wochenlang einen vollen Magen habe, sondern freue mich nach kurzer Zeit schon wieder auf eine neue Mahlzeit.

Ich glaube, insgeheim hat Ben Angst, das könnte eine Art Lebensmotto von mir sein. Dass ich ihn auch ablege, sobald ich genug von unserer Geschichte habe.

Ach, er hat ja keine Ahnung.

Ich drehe mich kurz um. Lena hat sich mit einer Tasse Kakao auf den Boden vor dem Hundekorb gelegt, ich betrachte die beiden Geschwister auf der Couch. Die Ähnlichkeit in ihren Gesten ist immer wieder erstaunlich. Lächelnd widme ich mich dann wieder den Büchern, nehme mir die nächste Reihe vor. Ich könnte mir auch Bens Manuskript vornehmen, aber ich lese seine Bücher grundsätzlich erst, wenn sie fertig sind. Weil er ständig noch alles ändert. Irgendwann werde ich ihm mal ein Best-of seiner ersten Entwürfe zusammenstellen, und er wird seine eigenen Bücher nicht wiedererkennen.

Maren hinter mir lacht. Es ist keines ihrer unbeschwerten Lachen, sondern eines von den bleiernen, gewitterschwangeren. Sie erzählt etwas von einem Armband, einem Geschenk ihrer Mutter zu ihrem vierzehnten Geburtstag. Das machen die beiden häufig, wenn Maren hier ist, zumindest die ersten Abende gehören dann der Nostalgie. Auch wenn es sich dieses Mal ein wenig anders anfühlt und in mir eine diffuse Angst aufkommt, dass es wirklich vorbei sein könnte mit Bens Gutmütigkeit seiner Schwester gegenüber, falls sie den Bogen erneut überspannt.

Bens Vergangenheitswehmut hat einen Goldrahmen, ist stets auf Hochglanz poliert und mit so vielen Weichzeichnern belegt, dass ein Cover der *Vogue* dagegen glatt als #nofilterneeded durchgeht. Marens Realismus dagegen hat definitiv einen Hang zum plakativen Pessimismus. Sie verklärt ihre Erinnerungen überhaupt nicht, im Gegenteil, sie sieht nur die negativen Dinge, wie die Tatsache, dass ihre Mutter sie immer zum Spitzeln und Petzen angehalten hat. Deshalb hat Maren auch früher schon ständig Geschichten erfunden, und sie tut das immer noch.

Gerade brummt sie etwas von einem falschen Buchstaben in ihrem Armband und davon, dass es ja wohl nicht sein kann, dass die Mutter ihr ernsthaft ein Schmuckstück geschenkt hatte, auf dem Marlen stand, also mit einem «l».

Die Geschichte ist mir neu. Ben offensichtlich auch. Ich will gerade den Klappentext zu einem Coming-of-Age-Roman mit schwarzem Einband und orangefarbener Schrift lesen, den Ben letztes Jahr von der Buchmesse mitgebracht hat, da stocke ich bei seinen nächsten Worten mitten in der Bewegung.

«Wie bei Kevin Arnold in *Wunderbare Jahre*», sagt Ben und lacht. «Dem ist das Gleiche passiert. Folge 51, in der er schlampig schreibt und –»

«Du hast *Wunderbare Jahre* gesehen?», unterbreche ich ihn. Mein Körper schießt herum, während sich mein benebelter Geist noch um seine Worte wickelt.

«Mach den Mund wieder zu», lacht er.

Aber da gibt es nichts zu lachen. Das kann nicht sein.

«Wieso kann das nicht sein?»

Habe ich das gerade laut gesagt? «Das hab ich nicht gesagt!», rufe ich panisch.

«Doch, hast du!» Stirnrunzelnd sieht er mich an. «Alles in Ordnung?»

Mein Herz rast. Folge 51, das Armbanddesaster.

«Nein! Ich meine ... Niemand kennt diese Serie, niemand hat die gesehen. Also, niemand, der nicht in den Staaten lebt oder einen seltsamen Geschmack hat. Und niemand weiß auswendig, welche Folge die Armbandepisode ist. Niemand, außer mir und ...» Ich bin laut geworden, meine Stimme klingt wutverzerrt. Und ich sehe in Bens Gesicht, dass er merkt, dass etwas nicht stimmt.

Fast hätte ich «Niemand außer mir und Lukas» gesagt. Fast hätte ich seinen Namen laut ausgesprochen! Ich spüre meine Wangen glühen, als hätte man mir Heizstäbe eingebaut. Mein Kopf schwirrt. Gleich wird mir schwindelig werden, gleich werde ich nichts mehr hören können, gleich sind da die Ameisen in meinem Körper ...

«Können wir das mal anschauen?», fragt Lena. Die Unbedarftheit ihrer Stimme schafft es, meine Ohnmacht im letzten Moment zu verhindern.

Mein Störsender schaltet sich wieder auf sauberes FM, und ich merke plötzlich, dass meine linke Hand schon die ganze Zeit das Bücherregal umklammert. Ein bisschen zu fest, die weißen Knöchel springen mich an.

«Nein, können wir nicht», sage ich bestimmt.

«Warum nicht?», fragt Ben. Er ist kein misstrauischer Mensch, niemand, der anderen etwas unterstellt, aber jetzt spiegelt sich in seinem Gesicht ein seltsamer Ausdruck von Irritation.

Lena legt den Kopf schief und betrachtet Fieps nachdenklich. Unwillkürlich muss ich daran denken, dass ich sie angelogen habe, als sie mich gefragt hat, ob ich schon einmal einen Hund hatte. Es fühlt sich furchtbar an, auch wenn Lena deswegen sicher kein Trauma erleiden wird. Aber wen ich alles schon angelogen habe ...! Lukas und Lena und natürlich auch Ben. Die letzten Jahre habe ich diese Tatsache ganz gut verdrängen können, aber plötzlich sind all diese Lügen so präsent, als bestünde mein ganzes Leben nur aus einer einzigen großen Lüge. Warum ist das so? Da ist doch alles, was ich brauche. Ich muss mich nur umsehen und danach greifen. Alles da. Oder doch nicht? Wieso verwirrt es mich so, auf einem verdammten Papier Lukas' Gesicht gesehen zu haben?

Lena trinkt aus ihrer Tasse, dann streicht sie Fieps über den Kopf. «Ich wette, er denkt: Warum heben diese komischen Menschen ihren Napf immer hoch, um zu trinken? Ob ihre Zungen wohl zu kurz sind?» Sie wirkt nachdenklich, scheint dem Drama, das sich in mir und um mich herum abspielt, gegenüber aber völlig unempfänglich.

Auch Maren ist ganz bei ihr. «Ja, hast du dich nicht auch schon gefragt, ob Hunde ...»

Ich spüre Bens Blick auf mir, fühle, wie es in ihm arbeitet.

Aber ich darf jetzt nichts Falsches sagen. Nicht mehr zurück zu dem Thema. Auf gar keinen Fall. Ich will nicht zulassen, dass sich Lukas wie ein Geist in unser Haus schleicht und sich zu uns auf den Boden kniet. Hier gehört Ben hin, nicht Lukas. Das ist mein Leben – und ich will doch gar kein anderes.

Ich atme ein und wieder aus, und dann sage ich: «Ob Hunde sich wundern, warum sie nie von ihren Menschen abgeleckt werden?»

Lena sieht mich an, zieht ihre dunklen, buschigen Augenbrauen nach oben. «Aber ja, das ist total logisch. Er wundert sich ganz bestimmt!»

Ich blicke in die Runde und sehe immer noch Bens zusammengekniffene Augen. Ich versuche es mit Zwinkern. Aber er reagiert nicht.

«Sollen wir das ändern?», fragt Lena enthusiastisch und gibt mir damit zum Glück einen Grund, wieder zu ihr zu schauen. «Sollen wir ihn mal ablecken?»

«Du oder ich?», stichele ich sie an.

Sie schnaubt. «Machst du ja doch nicht», erwidert sie. Aber sie kann nicht verhindern, dass ihre Augen noch größer werden und dass Zweifel in ihrer Stimme zu hören ist.

«Denkst du!» Ich lasse vorsichtig das Bücherregal los und knie mich neben sie. «Ich hab schon Hunde abgeleckt, da warst du noch flüssig.»

Und ehe sie sich's versieht, habe ich sie unter den Achseln gepackt, auf den Rücken gelegt und durchgekitzelt, bis Fieps dazwischengeht und wir schallend lachend seine riesige Hundezunge abwehren. Hinter seinen Blumenkohlohren sehe ich Ben und Maren. Beide sehen nicht so aus, als würden sie mir mein kleines Impro-Theater abkaufen. Ich glaube es mir ja selbst nicht. Aber ich bin froh, dass niemand hört, wie alles in mir dröhnt und wummert. Und auf einmal weiß ich, was das ist: Das ist Angst! Angst davor, Sehnsucht zu haben. Nach etwas längst Vergangenem.

«Was ist los? Macht ihr mit?», rufe ich und klinge schon fast wieder normal. Dafür, dass mein Herz noch immer galoppiert wie ein Rennpferd, dem man die Peitsche gibt.

KAPITEL 8

ANNI

DAMALS – noch sieben Tage

Als ich klein war und meine Eltern noch nicht geschieden, fuhren wir am Wochenende häufig auf einen Reiterhof. Ich mochte Pferde, aber ich wollte sie nicht reiten. Ein Pferd lässt sich nicht bremsen, und ich hatte sämtliche Horrorszenarien im Kopf. Mein Fuß in nur noch einem Steigbügel, während mein Körper wie ein Gummiball auf dem Boden auf und ab hopste und das Pferd kilometerweit rannte. Mein Kopf, der gegen einen Ast prallte und mich aus dem Sattel hebelte. Meine Hände, die sich um den Hals des Tieres klammerten und doch keinen Halt fanden ... Außerdem kam mir der Gedanke völlig absurd vor, einem Tier im Maul herumzuzerren, um es dazu zu bringen, stehen zu bleiben. Und ich wusste, dass ich selbst im Ernstfall nicht dazu in der Lage sein würde. In meiner Vorstellung hörte das Pferd nie auf zu rennen. Es rannte und rannte und rannte.

Meine Eltern brachten mich dennoch unter gutem Zureden und dem Versprechen, dass Bonny, das Pony, das liebste Tier auf Erden war, dazu, mich auf sie zu setzen. Ich klemmte meine Beine um den Leib des Pferdes und beobachtete mit Argwohn die Longierleine, an der die Reitlehrerin die Stute hielt. Diese Leine baumelte gefährlich nah an den donnernden Hufen, sodass ich befürchtete, Bonny könnte wie über zu lange Schnürsenkel stürzen und mich mit zu Boden reißen. Doch nichts davon geschah. Und irgendwann wich die Furcht, und es breitete sich eine fast schon euphorische Freude in mir aus. Wir waren unendlich, dieses Pferd und ich. Solange es nur um die Reitlehrerin herumtrabte und ich sitzenblieb, befanden wir uns in einer Parallelwelt.

Genauso ging es mir jetzt. Und als Lukas diesen sehr langen, intensiven Kuss löste, fühlte es sich an, als wäre ich direkt neben ihm auf den Boden geknallt. Die Intensität überraschte mich selbst. Er sah mich an und hielt meinen Blick, was es mir unmöglich machte, wegzurutschen.

«Ich würde gerne weitermachen», sagte er, «aber ich muss zur Apfelernte.» Er warf einen Blick auf seine Uhr, die er am rechten Handgelenk trug.

«Oh», machte ich und fügte nach der ersten Überraschung hinzu: «Das ist aber eine sehr kurze Erklärung, warum du aufhörst, mich zu küssen. Die Gründe *dafür* hast du ausführlicher dargelegt.»

Er gluckste kurz. «Ein Freund von mir hat eine Obstplantage in der Nähe von Bad Tölz und mich gebeten, bei der Ernte zu helfen.»

Beiläufig strich er mir eine Haarsträhne aus der Stirn. Eine Geste, die mir Gänsehaut bereitete. Nicht, weil sie so zärtlich war, sondern weil sie etwas Selbstverständliches an sich hatte.

«Ich war noch nie bei irgendeiner Art von Ernte», stellte ich fest.

«Es ist anstrengend», erklärte Lukas.

Dann warf er einen Blick auf mein Handy, das auf dem Küchentisch plötzlich Runden drehte. Allein an der aggressiven Art, wie es vibrierte, wusste ich, dass es mein Vater war. Ich sollte längst in der Kanzlei sein. Nur dass ich das absolut nicht wollte.

«Nimmst du mich mit?», hörte ich mich fragen. Im Geist formulierte ich schon eine Krankmeldung per SMS – die in der Kanzlei meines Erzeugers als Androhung einer Kündigung verstanden werden würde. Und meinem Vater drohte man nicht.

Lukas bemerkte meine Grübeleien ganz offensichtlich, interpretierte sie aber falsch. «Willst du dir das wirklich antun? Die Bezahlung ist mies, also eigentlich gibt es keine. Ich lass mich immer in Naturalien entlohnen.»

«Ich esse gerne Äpfel», sagte ich. «Ich wäre dabei.»

«Hast du denn sonst nichts vor?»

Doch, hatte ich. Aber ich war zu berauscht von dem Gefühl, berauscht zu sein. Diesem ganz neuen Höhenflug von Emotionen, den ich bisher nur auf andere Art und Weise gespürt hatte. In einem Gerichtssaal – aber nie, indem ich einem Menschen nahe war.

* * *

Lukas befestigte den Sack am Pflückeimer und drehte sich vom Wagen mit den Erntekisten weg. Gerade wollte er den nächsten Baum angehen, da hielt er inne, sah mich an und streckte seine Hand nach mir aus. Kurz vor meinem Gesicht zog er sie wieder zurück.

In der Reihe neben uns bemerkte ich, wie Tatjana, die Freundin von Lukas' Bekanntem, uns verstohlen durch Zweige mit saftig roten Früchten und Blättern ansah. Sie stand auf einer Holzleiter und hatte beste Sicht auf uns. Lukas aber hatte offenbar nur Augen für mich.

«Was machst du da?», fragte er leise.

«Ich pflücke ... mach ich etwas falsch?» Ich drehte einen Apfel in meiner Hand, der Stiel war noch dran, wie man es mir beigebracht hatte. Dann sah ich in den blauen Pflückeimer, der vor meinem Bauch hing.

«Mit deinem Mund!», erklärte Lukas.

Ich verstand noch immer nicht, was er mir sagen wollte.

«Du ziehst deine Oberlippe nach innen, das machst du schon den ganzen Tag. Warum?»

«Was ist das für eine Frage?» Ich ärgerte mich darüber, dass der Eimer vor meinem Bauch mich daran hinderte, die Arme vor der Brust zu verschränken.

«Eine interessierte Frage», erwiderte er. «Also, warum machst du das?»

«Das hat mich noch niemand gefragt ...», sagte ich ausweichend.

«Von mir wollte auch noch keiner wissen, ob ich eine Geige habe, um Frauen aufzureißen. Oder was mich definiert ...»

«Punkt für dich», gab ich zu und zwang mich, die Lippe nicht wieder einzuziehen.

Lukas sah mich herausfordernd an.

«Es ist eine doofe Angewohnheit! Mehr nicht.»

Tatsächlich steckte viel mehr dahinter. In der Schule war ich wegen meiner Lippe gehänselt worden, denn meine Oberlippe stand weit über meine Unterlippe hinaus, weiter zumindest, als bei den meisten Menschen. Weswegen man mir allerlei böse Spitznamen verpasst hatte. Entenschnabel, Daisy Duck und später Botox-Anni ... Und so hatte ich mir irgendwann angewöhnt, die Oberlippe nach innen zu ziehen, sie ein wenig anzusaugen, sie kleiner zu machen. Ich vermied es, mich von der Seite fotografieren zu lassen, und hatte auf Bildern deshalb stets einen angestrengten Gesichtsausdruck. Wie jemand, der ständig seinen Bauch einzieht.

Doch noch während ich überlegte, ob ich irgendetwas von diesen Gedanken preisgeben sollte, hatte Lukas die Hand erneut nach mir ausgestreckt. Er berührte meine Lippen mit seinen Fingern und fuhr ihre Konturen nach. Ein heißes, ziehendes Gefühl breitete sich in mir aus. Nicht nur in meinen glühenden Wangen, sondern überall, von den Haarspitzen bis hinunter in den letzten Winkel meines Körpers.

«Sie sind hässlich, meine Lippen», flüsterte ich. Und ich dachte wieder daran, wie meine Schüchternheit zu Schulzeiten als Arroganz interpretiert worden war, untermauert von der Tatsache, dass ich einen reichen Vater und eine leicht schräge, übereifrige Mutter hatte. Meist ließ ich die gemeinen Sprüche, die Witze, das Gelächter stumm über mich ergehen. Wenn ich mich wehrte, lachten sie sowieso nur noch mehr oder bombardierten mich mit noch fieseren Kommentaren. «Jetzt riskiert sie aber eine dicke Lippe.» Mit achtzehn war ich bei einem Schönheitschirurgen gewesen, den mein Vater in einem besonders üblen Fall von Verleumdung vertreten hatte. Aber nach Aufzählung der Risiken – Schwellungen, asymmetrisches Ergebnis, Infektionen und Narbenbildung – hatte ich die Praxis schneller wieder verlassen, als ich sie betreten hatte.

Lukas antwortete nicht, stattdessen kam er noch einen kleinen Schritt auf mich zu. Er war jetzt so nah, dass unsere Pflückeimer aneinanderstießen, das Blech vibrierte leicht und gab ein scheppperndes Geräusch von sich. Er beugte sich zu mir und sagte: «Darf ich deine wunderschönen, perfekt geformten, magnetisch anziehenden Lippen bitte küssen? Ich möchte ihnen beweisen, dass sie genau dafür gemacht sind, nicht dazu, sich zurückzuziehen wie eine Schnecke in ihr Haus. Darf ich?»

«Ja», erwiderte ich und öffnete den Mund leicht.

Es war ein zarter Kuss, der in eine ganz andere Kategorie fiel als der am Morgen, aber nicht weniger sensationelle

Dinge mit meinem Inneren machte. Lukas knabberte an meiner so verhassten Oberlippe, saugte ganz vorsichtig an ihr und löste dann den Kuss, nur um sofort winzig kleine Küsse überall auf meinem Mund zu verteilen.

Nehmt das, ihr Schandmäuler!, jubilierte ich. Wenn mein vermeintlicher Entenschnabel mir solche Küsse bescherte, dann war ich gerne Botox-Anni, Schlauchbootlippe, Barbie Face und Daisy Duck. Und zwar alles gleichzeitig.

«Zeit für eine Pause», sagte Lukas, und zu meinem Bedauern ging er einen Schritt zurück, sodass sich weder unsere Lippen noch die Pflückeimer länger berührten.

«Wir können keine Pause machen, die anderen arbeiten noch», protestierte ich und deutete auf die Nachbarsreihen, in denen Tatjana und die weiteren Erntehelfer noch immer fleißig Äpfel klaubten.

«Die anderen haben auch noch keine Blasen an den Händen.» Lukas' Ton ließ keinen Widerspruch zu. «Und außerdem werden sie für ihre Arbeit bezahlt.»

Ich klopfte auf meinen Eimer. «Den mache ich noch voll», erklärte ich, streckte mich mit beiden Händen vorsichtig nach zwei Äpfeln und zog sie am Stängel vom Ast. Als der Sack voll war, beugte ich mich über die grünen Kisten auf dem Sammelwagen und ließ die Äpfel vorsichtig hineinrollen. Anschließend half Lukas mir, die Tragegurte abzunehmen. Die kurze Berührung seiner Hände an meinen Schultern sandte Sonnenstrahlen durch meinen Körper.

«Was?», fragte ich, als ich seinen Blick bemerkte.

«Du bist ziemlich gewissenhaft, oder?», fragte er unvermittelt. «In allem, was du tust.»

Es war alles andere als gewissenhaft, dass ich heute zum ersten Mal in meinem Leben blaumachte. Und zwar nach der so ziemlich kürzesten und unprofessionellsten Krankmeldung per Messenger an meine Kollegin Maxi: «Migräne, komme heute nicht.» Mein Handy hatte ich sogar zu Hause gelassen.

«Normalerweise schon, ja», sagte ich und ergänzte spöttisch: «Ich versuche mich an einem möglichst rechtschaffenen, ordentlichen Lebensstil und bin eine äußerst zupackende Apfelerntehelferin! Und du?»

«Rechtschaffen, gewissenhaft und zupackend», erklärte er. Sein Gesicht hatte einen seltsamen Ausdruck angenommen, eine Mischung aus Amüsement und Widerwillen.

«Alles davon?», erwiderte ich neckend. Und weil die Furche zwischen seinen Augenbrauen tiefer wurde, fügte ich schnell hinzu: «Vor allem an *zupackend* wäre ich interessiert.» Ich malte Gänsefüßchen in die Luft.

Da hellte sich seine Miene auf. Er legte unsere Pflückeimer auf den Wagen, packte mich um die Hüften, nahm mich hoch und warf mich – als wäre ich ein zappelndes Kleinkind, keine ausgewachsene und auch nicht unbedingt federleichte Frau – über seine Schultern. «Zupackend bin ich auf jeden Fall!»

«Lass mich runter!», kreischte ich gespielt dramatisch und genoss seinen warmen Händedruck auf meinem Oberschenkel, nah an meinem Hintern. Gefährlich nah.

«Wirklich?», fragte er und machte Anstalten, mich abzusetzen.

«Nein, nicht wirklich», musste ich zugeben.

Er trug mich unbeeindruckt von den Blicken der anderen Pflücker an ein paar Baumreihen vorbei und setzte mich auf die Ladefläche eines Anhängers, der halb mit Apfelkisten, halb mit Proviantkörben, Handschuhboxen und Werkzeug sowie einem Verbandskasten beladen war.

«Pause», keuchte er und rieb sich theatralisch den Rücken. Ich verpasste ihm einen liebevollen Klaps.

Lukas nahm eine Decke aus einer der Kisten, wickelte eine Flasche naturtrüben Apfelsaft und eine Tupperbox darin ein und klemmte sich alles unter den linken Arm.

«Noch mal?», fragte er.

«Unbedingt», entgegnete ich lächelnd. Und als er mich dieses Mal hochhob, rutschte seine Hand noch ein kleines Stück weiter, ruhte kurz auf meinem Hintern und strich über meine Gesäßtaschen. Ganz sanft und fragend – während ich still antwortete, indem ich meine Lippen an seinen Hals drückte.

Die Laubbäume abseits der Plantage hatten schon Blätter abgeworfen. Es raschelte unter der blau-rot karierten Decke. Die Sonne stand so hoch, dass Lukas eine Hand über die Augen gelegt hatte, während die andere in seinem Nacken verschränkt war. Ich lag neben ihm, den Kopf auf den rechten Arm gestützt, und zählte. «... zwanzig, einundzwanzig ... Wenn du deine Hand wegnimmst, könnte ich sehen, ob es vielleicht noch ein paar mehr sind.»

Er nahm die Hand hoch und blinzelte. «Einundzwanzig was?»

«Sommersprossen.»

«Es sind neunzehn», widersprach er prompt.

«Hast du sie selbst gezählt?»

«Hab ich nicht, aber ...»

«Eine Frau?» Ich sah ihn fragend an. «Deine Frau? Eine Freundin? Deine Freundin?»

Siedend heiß wurde mir bewusst, was ich seit dem Kuss am Morgen verdrängt hatte: wie wenig ich von ihm wusste. Instinktiv rutschte ich etwas zur Seite, sodass mein Oberschenkel nicht mehr wie selbstverständlich seinen Körper berührte.

«Keine Frau, keine Freundin, nur ein inneres Kind.»

Ich lachte nervös, aber auch erleichtert.

«Zähl noch mal nach», sagte er gelassen.

«Es sind einundzwanzig! Wer immer da gezählt hat, hat sich verzählt.»

«Es hat noch nie jemand gezählt», gab er leise zu.

«Warum nicht?»

«Wahrscheinlich, weil sich bisher nie jemand dafür interessiert hat.»

«Das ist unmöglich! Das sind die interessantesten Sommersprossen aller Zeiten. Ich wette, jede einzelne von ihnen erzählt eine Geschichte.»

Er brummte etwas Unverständliches, und unwillkürlich neigte ich mich noch näher. Seine Haut duftete nach Äpfeln, nach Sommersüße und dem Geruch, den ich schon gestern als den seinen identifiziert hatte und jetzt wiedererkannte. Ich musste mich zwingen, meinen Kopf nicht an seine Schulter zu legen und wie ein kleiner Welpe an ihm zu schnuppern. Stattdessen tippte ich leicht mit dem Zeigefinger auf eine Sommersprosse auf seiner Nase. «Was erzählt die hier?»

Er verzog den Mund zu einer kleinen Grimasse. «Das ist unfair, weil du keine Sommersprossen hast. Wie soll ich denn im Gegenzug etwas von dir erfahren?»

«Du könntest einfach fragen», schlug ich vor.

«Hervorragende Idee», sagte er und lächelte dabei das schönste, strahlendste Lächeln, das ich je gesehen hatte.

«Aber zuerst bist du dran», bestimmte ich und deutete erneut auf den winzigen Punkt direkt auf seiner Nasenspitze. «Was gibt es über dich zu erzählen? Was muss ich unbedingt wissen?»

Und so erfuhr ich, dass Lukas zwei Geschwister hatte, darunter den besagten Halbbruder mit amerikanischen Wurzeln. Ich wusste wenig später auch, dass er mit dem Geigespielen ursprünglich nur angefangen hatte, weil er seine Eltern eben jenen Satz hatte sagen hören, den er auch gestern schon zu mir gesagt hatte: «Es gibt kein schlimmeres Instrument als die Geige, wenn man sie nicht beherrscht.» Er beteuerte, dass er seine Eltern sehr liebte, es ihnen aber ein paar Jahre lang wirklich schwergemacht hatte.

Außerdem war Lukas der Ansicht, dass Falafel nicht etwa zur Kategorie Fast Food zählte, sondern eine Art Grundnahrungsmittel für Studenten darstellte. Er behauptete darüber hinaus, noch nie in seinem Leben einen Big Mac gegessen zu haben, weil es in den Restaurants zum goldenen M immer roch wie in einer Tierfutterfabrik.

Er hatte Respekt – wichtig: keine Angst! – vor Spinnen, aber kein Problem damit, eine Schlange anzufassen, wenn es denn sein muss. Eine Fähigkeit, die er unter Beweis stellen musste, als ein ehemaliger Kommilitone seine ausgebüxte Boa Constrictor im Flurschrank entdeckte, sich aber nicht traute, sie herauszuholen.

Er hielt Schuhlöffel für die wichtigste Erfindung der Neuzeit (für mich: Nasenspray) und «Warum?» für das Wort, das man am besten in jeder Sprache beherrschen sollte, weil man damit Gespräche unendlich in die Länge ziehen konnte.

Sommersprosse acht und neun erzählten von zwei Fernreisen, einer nach Vietnam, der zweiten nach Ecuador. Und natürlich schwor er, sich genau jeweils diese beiden Punkte als Souvenir mit nach Hause gebracht zu haben.

Zweimal war ich mir fast sicher, dass er die Wahrheit verbog. Es mussten Sommersprosse sieben und fünfzehn gewesen sein.

Die beiden ähnlich aussehenden Narben am rechten Arm, die wie Verbrennungen wirkten – eine oberhalb des Ellbogens, die andere am Handgelenk direkt über der Vene –, blieben sein Geheimnis. Doch die Art, wie nach der Frage sein Blick wegschweifte, er kurz die Augen schloss und einen unterdrückten Seufzer von sich gab, verriet mehr, als er hätte sagen können.

Und auch eine noch viel banalere Angelegenheit, nämlich, dass sein Nachname Degenhardt lautete, kaufte ich ihm nicht ab. Das Lächeln geriet bei der Antwort etwas zu schief für die Behauptung, mit der er mich zum Narren halten wollte.

Was aber nicht wirklich wichtig war, denn die Sommersprossen elf und einundzwanzig hatten so oder so dafür gesorgt, dass ich mich in ihn verliebte. Schließlich hatte ich in ihm den einzigen Deutschen – außer mir selbst – ausfindig gemacht, der alle sechs Staffeln von *Wunderbare Jahre* gesehen hatte. Und der mit mir aus voller Kehle ungeniert und textsicher die Titelmelodie jener US-Serie aus den späten 80er-Jahren schmetterte, während sich ein halbes Dutzend Erntehelfer aus der Ferne nach uns umdrehten und den Kopf schüttelten.

Und wie hätte ich mich nicht auf der Stelle verlieben sollen, als er behauptete, er habe *eine* Sommersprosse im Gesicht – die einundzwanzigste, die etwas abseits auf der linken Wange lag –, die es nur gab, weil sie darauf wartete, von mir berührt zu werden?

Am Abend, als wir müde und beladen mit zehn Kilo Äpfeln und fünf Litern Apfelsaft die Plantage wieder Richtung München verließen, wusste ich, dass es passiert war. Das Pferd ließ sich nicht mehr bremsen, es hatte einen Lauf. Und es galoppierte längst nicht mehr unter meinem Kommando, ich hatte die Kontrolle verloren.

KAPITEL 9

BEN

HEUTE

Lukas hat einen Schal dick um seinen Nacken geschlungen, und ich stelle erstaunt fest, dass trotzdem noch ein Stück Hals rausschaut.

«Lukas, hallo», sage ich.

«Ben!» Seine Mundwinkel verziehen sich leicht zum Gruß. Ein Lächeln ist das noch nicht, aber ich habe schon bemerkt, dass Lukas sein Herz nicht unbedingt im Gesicht trägt.

Ich deute mit der Hand auf den Stuhl vor mir. Ein wenig albern, dass jetzt, für den Mittagstisch, die Kerzen beim Italiener angezündet sind. Die roten Kissen auf den dunklen Stühlen scheinen mich auch irgendwie zu verhöhnen. Ein Mittagessen, um einem anderen Mann seine Lebensgeschichte aus der Nase zu ziehen, ist definitiv ein romantischer Bug in meinem System.

Lukas legt den Schal ab, zieht seinen Parka aus und hängt beides über die Stuhllehne. Er wirkt heute irgendwie jünger als an dem Abend bei Richard. Was vielleicht auch an den legeren Klamotten liegt. Er trägt einen Hoodie statt eines Hemds und hat die dunklen Jeans gegen ein ausgewaschenes, locker sitzendes Exemplar getauscht. Wir wechseln ein paar belanglose Sätze. Ich frage, ob er das Karolinenviertel gut kennt, was er bejaht. Dann erzählt er eine kurze Anekdote aus der U-Bahn, und wir bestellen uns beide einen Kaffee. Er schwarz, ich mit Milch.

«Woher kommst du eigentlich?», frage ich schließlich. «Hamburger bist du ja nicht. Wenn ich mich recht erinnere, hast du mir zwischen Tequila fünfundzwanzig und sechsundzwanzig erzählt, dass du nur wegen des Buches hier bist.»

Er nickt. «Ich komme eigentlich aus München, aber da lebe ich schon lange nicht mehr. Du weißt ja ...»

«Deine Adresse ist ein Autokennzeichen?», rate ich.

«Genau.»

«Meine Freundin ist auch gebürtige Münchnerin», sage ich. Anni würde hassen, dass ich das sage. München ist für sie ein so rotes Tuch, wie für einen Hamburger in einer Kneipe *Club Mate* zu bestellen. Lukas nickt erneut, will das Thema aber offenbar nicht vertiefen.

«Dir merkt man den kühlen Hamburger aber auch nicht unbedingt an», sagt er.

«Doch, doch, ich bin schon hier geboren. Aktuell wohne ich in Glückstadt. Eine Stunde von hier.»

«Glückstadt», wiederholt er und lächelt. «Trotzdem, den kühlen Nordmann schreibt man seltsamerweise immer mir zu, bei dir hätte ich eher auf ein anderes Bundesland getippt. Weiß auch nicht, warum.»

«Du meinst, es passt eher zu einem durchgeknallten Schwaben denn zu einem Nordlicht, auf einer Party zu viel Tequila zu trinken und über fehlende Inspiration zu jammern.»

«Nein», widerspricht Lukas und sieht mich mit offenem Blick an. «Ich bin nur noch nie so nett und schnell mit jemandem ins Gespräch gekommen.»

«Das ist nun aber auch ein Klischee», sage ich, fühle mich aber trotzdem leicht geschmeichelt.

«Das stimmt. Und Klischees zu hinterfragen, ist ja eigentlich auch genau mein Business.» Er grinst schief.

Ich nicke und erinnere mich an den Titel seines Sachbuches.

Lukas nimmt einen Schluck von seinem Kaffee. «Bist du denn in der Zwischenzeit weitergekommen mit deiner ... *epischen* Idee?»

«Ich bin nicht sicher», sage ich. «Ein paar Einfälle hab ich schon.»

«Vielleicht brauchst du mich dann ja gar nicht mehr. Erzähl mal», fordert Lukas mich auf.

Bevor ich ausholen kann, kommt der Kellner an unseren Tisch und nimmt unsere Bestellungen auf. Und dann skizziere ich Lukas zwischen zwei Gläsern Weißweinschorle sowie Fettuccine mit Trüffeln für mich und für ihn zwei Flaschen Wasser und eine Pizza Napoli meinen Plot.

Er hört geduldig zu und hat eine so angenehm nüchterne und kluge Art, Zwischenfragen zu stellen, dass die Zeit wie im Flug vergeht. Irgendwann schaue ich ihn erwartungsvoll an und frage: «Was meinst du?»

«Das klingt ...», fängt er an, und ich seufze.

«Das klingt dünn», vervollständige ich den Satz.

Er zieht eine Grimasse, die ganz eindeutig ein Grinsen verbergen soll. «Ja, aber es klingt auch wie der perfekte Rahmen für meine Geschichte.»

«Ja?», frage ich hoffnungsvoll.

«Tja, ist ein bisschen so, als hättest du alles Beiwerk schon erschaffen, nur der Kern fehlt noch. Das Herz. Wie bei ...» Er überlegt und schmunzelt dann. «Wie ein Bulli ohne Motor.»

«Exakt», erwidere ich. «Genau das ist mein Problem. Ich hab das Drumherum und den Rahmen, aber ich kann das eigentliche Bild nicht malen.»

«Aber nur, weil dir das Motiv fehlt.» Er spielt das Spiel mit.

«Ja.»

Er stochert ein bisschen in seinem Essen herum. «Ich war da neulich zwar ziemlich betrunken, aber ich hab das schon ernst gemeint. Du kannst meine Geschichte haben, dann ... ist sie wenigstens zu etwas gut.»

Darauf erwidere ich erst einmal nichts, weil es vor allem die Art ist, wie er diese Worte spricht, die mich neugierig auf seine Geschichte macht. Da schimmert etwas durch, das nicht verarbeitet wurde. Etwas, das sein Leben verändert hat.

«Ich würde dich auch dafür –» Ich breche ab. Ja, was denn? *Bezahlen? Entschädigen? Dir deine Lovestory abkaufen ...?*

Er winkt ab, bevor ich den Satz zu Ende bringen kann. «Mein Buch ist nur entstanden, weil Leute mir ihre Geschichte erzählt haben – ich hab nur zugehört. Vermutlich kann ich auch wesentlich besser zuhören als reden ...» Er stockt und murmelt etwas, was ich nicht verstehe. Dann spricht er wieder lauter weiter. «Aber ich denke, es ist vielleicht Zeit, selbst mal zu erzählen. Ich trage diese Geschichte jetzt seit zehn Jahren mit mir herum. Und auf der Party hast du etwas gesagt, was mich die letzten Tage wirklich beschäftigt hat.»

«Ach ja?»

«Du meintest, es sei immer die Frage, ob man schreibt, weil man etwas erlebt hat, oder ob man schreibt, um etwas zu erleben. Und wenn es nur in der Wiederholung ist.»

Ich nicke und erinnere mich vage, etwas in die Richtung gesagt zu haben.

Lukas legt sein Besteck zur Seite. «Indem ich über meine Reisen und meine Begegnungen geschrieben habe, hab ich sie noch mal intensiv erlebt und konnte mich danach umso besser auf etwas Neues einlassen. Vielleicht ist es genau das, was ich mit der Zeit vor meinem Leben im Bulli auch machen muss. Ich dachte, ich hätte mich befreit, aber eigentlich ist die Vergangenheit immer mitgefahren.» Er schaut mir fest in die Augen. «Sieh es also als eine Art Therapiesitzung an, dass ich dir meine Story erzähle.»

«Okay», sage ich gedehnt und will erklären, dass ich sicher nicht geeignet bin als Therapeut. Aber plötzlich sehe ich in Lukas' Gesicht, worum es ihm geht. Denn auch wenn seine Miene wie immer verschlossen ist, so glaube ich zu verstehen, dass er nur jemanden braucht, der zuhört. Mehr nicht.

Dann sagt er, als hätte er meine Zweifel gespürt: «Ich hab das Gefühl – frag mich nicht, warum –, dass du das gut machen wirst.»

«Du hast mich gegoogelt?», rate ich.

«Nicht dich», erwidert er. «Deine Bücher. Ich hab ein bisschen reingelesen und mag, wie du schreibst. Es wirkt irgendwie ...» Er sucht nach einem Wort. «Ehrlich. Und wenn ich was leiden kann, dann Ehrlichkeit.»

«Ich weiß das echt zu schätzen, Mann. Vielen Dank», sage ich, ein klein wenig gerührt.

«Ich hab nur eine Bedingung.»

Lukas schaut jetzt an mir vorbei auf die dunkelgrüne Wand, auf der die Namen italienischer Berühmtheiten in goldenen Lettern prangen. Vespucci neben Anna Magnani und Pinocchio, Valentino Rossi und die Lollobrigida. Ich will ihm sagen, dass ich selbstverständlich Namen und Orte, alles, wodurch sich jemand erkennen könnte, verändern werde, aber darum geht es ihm gar nicht.

Er holt Luft. «Ich hab mich immer gefragt, warum in Romanen, selbst in Krimis, permanent erwähnt werden muss, welche Augenfarbe die Frau oder der Mann hat. Als ob das das Einzige wäre, was einem an einem Menschen auffällt, wenn man ihn trifft. Also bitte erspar mir dieses Klischee. Vor allem, weil es mir zum ersten Mal in meinem Leben so ging mit …» Jetzt sieht er mich an. «Mit *ihr*.»

Allein, was alles in diesem halb geflüsterten «ihr» liegt, lässt mein Schriftstellerherz höherschlagen.

«Du kannst meine Story wirklich gerne als Inspiration nutzen, aber …» Sein Blick wird eindringlich. «Lass das mit den Augen, die gehören mir.»

Als ich nicke, ist mir klar, dass Lukas exakt meine Inspiration ist. Ich verstehe, was er meint. Annis und meine Geschichte gehört nur uns beiden, und sie taugt auch nicht für einen Roman, aber ich glaube, die, die Lukas mir da erzählen wird, könnte groß sein.

«Wie hieß sie?», frage ich.

Ohne zu zögern, sagt er: «Nika.»

Ich weiß sofort, dass er sich kein Pseudonym für sie überlegt hat. Und dass er mir diese Geschichte in ihrer vollständigen Wahrheit erzählen wird. Vorsichtig versuche ich, mich heranzutasten. «Vielleicht fangen wir damit an, wie du überhaupt ins Gefängnis gekommen bist?»

Er runzelt die Stirn. «Mir wäre lieber, wir würden an der Stelle anfangen, an der ich rauskam. Das ist die Geschichte, die du brauchst.»

«In Ordnung.»

Und dann beginnt Lukas, zu erzählen. Von Nika und ihrer ersten Begegnung.

Ich erwarte irgendwie, dass sich ein nostalgisches Lächeln über seine Züge legt oder er ein wenig verträumt in die Ferne schaut. Stattdessen bekomme ich eine druckreife Version der Ereignisse. Nur in seinem Ton kann ich die Feinheiten einer traurigen, vielleicht sogar tragischen Geschichte heraushören. Und ich bin, wie Anni sagen würde, die gerne mal in Anglizismen verfällt, sofort *hooked*.

«Sie hatte kein besonders interessantes Gesicht, jedenfalls nicht auf den ersten Blick. Eher eines, das einem wahnsinnig viel verrät. Als könnte man daraus alles an Emotionen ablesen, was in ihr vorgeht. Und dieser erste Eindruck bestätigte sich. Ich hatte sie richtig eingeschätzt, sie war leicht zu lesen. Nicht nur ihr Gesicht, ihr ganzer Körper. Sie zuckte zusammen, wenn laute Musik erklang. Sie ballte die Fäuste, wenn sie angespannt war, und straffte ihren Rücken wie ein Seil unter Hochspannung, wenn sie von etwas gefesselt war.»

Er macht eine Pause und sagt dann scheinbar zusammenhanglos: «Ich habe wahnsinnig umständlich gefragt, ob ich sie küssen darf.» Seine Stimme wird schwerer. «Das war kurz nach unserem Kennenlernen. Es war von Beginn an so viel Vertrauen zwischen uns.» Er hält erneut kurz inne. «Aber gleichzeitig hab ich mich noch nie in meinem Leben so in jemandem getäuscht. Ich hab mal zu ihr gesagt: Du bist ein offenes Buch, ich dagegen bin so etwas wie eine klemmende DVD-Hülle, die sich für ihren Inhalt schämt.» Er klingt so, als wollte er noch etwas hinzufügen, beendet den Satz dann aber trotzdem nur mit einem lauten Luftholen. Wie ein Absatz hinter einem Leerzeichen.

«Keine gute Idee, das mit dem offenen Buch», sage ich.

«Nein», stimmt Lukas mir zu.

«Wie hat sie reagiert?», frage ich.

«Na, wie ein offenes Buch: Sie hat die Seiten zugeklappt und erst mal nichts mehr gesagt.»

Jetzt lachen wir beide. Lukas' Lachen klingt, als könnte er damit irgendetwas übertönen, das er nicht zeigen will.

«Hat deine Zeit in ... Gefangenschaft ...» Wie ich das sage, um das Wort Gefängnis zu umschiffen, als wäre es ein gefährliches Wrack, an dem man sich den Bug aufreißen kann ...

Dabei klingt Gefangenschaft mehr nach Kidnapping und nach Flucht als nach einem selbst verschuldeten Aufenthalt hinter Gittern. «Hat diese Zeit was verändert? Also, natürlich hat es was verändert. Aber im Zusammenhang mit Nika? Du bist rausgekommen und hast sie kennengelernt, ohne Zeit zu haben, dich erst mal zu sammeln?»

Lukas nimmt einen großen Schluck Wasser aus seinem Glas. «Wenn man unfreiwillig mit Menschen zusammengepfercht ist, die man sich nicht aussuchen kann, wenn man in einer Art Zwangs-WG lebt, dann ist man gewohnt, eine gewisse Distanz zu wahren. Mit ihr hat sich dagegen jeder Zentimeter Abstand zu viel angefühlt. Von Anfang an. Ich hatte nach der Zeit im Knast vor allem vor Gerüchen panische Angst. Davor, dass sie mich überwältigen könnten. Ich war mir sicher, nie mehr den Geruch von Essigreiniger ertragen zu können oder den chemischen Gestank der Handwaschseife aus dem Spender im Gemeinschaftsbad. Aber Nika roch nicht aufdringlich, kein Parfum oder Deo. Sie roch einfach nach einem Menschen, der neben mir auf dem Sofa saß und den ich wirklich gut riechen konnte.»

Er presst die Lippen so fest aufeinander, dass sich sein Kinn kräuselt. Dann kratzt er sich an der Augenbraue.

Ich bin einen Augenblick lang verlegen und möchte die Geste am liebsten imitieren. Es fühlt sich seltsam an, von einem anderen Mann etwas so Intimes zu hören. Und gleichzeitig fühlt sich das alles so echt an, dass der Schriftsteller in mir jubiliert.

«Wenn sie da war», fuhr Lukas fort, «hatte ich keine Albträume. Wenn sie neben mir lag, war ich ruhig und vollkommen bei mir.» Lukas sieht mich nicht direkt an, dreht den Kopf aber auch nicht weg. «Und weißt du, was das Seltsamste ist?»

Ich schüttele den Kopf.

«Dass es angehalten hat. Jede Nacht seither, und ich meine ...» Er atmet tief ein und aus, als könnte er es selbst noch nicht glauben. «Es ist so viele Jahre her, aber die Albträume sind nicht wiedergekommen. Ein wenig schläft Nika noch immer neben mir, auch wenn sie längst nicht mehr da ist.»

Ich verkneife mir den Kommentar, dass ich das ein wenig gruselig finde. Wie muss es sich anfühlen, wenn man auch nach zehn Jahren noch das Gefühl hat, seine alte Liebe neben sich liegen zu haben? Und wie wirkt sich das auf alles Neue aus?

«Ich glaube, ich weiß, was du denkst», sagt Lukas. «Ich bin aus so vielen Gründen unfassbar wütend auf sie, aber dafür bin ich ihr dankbar. Manchmal, also in seltenen sentimentalen Momenten – so wie jetzt.» Er hüstelt kurz. «Da stelle ich mir vor, dass das ihr Geschenk an mich war.» Er blinzelt und wendet den Blick ab. «So ist das ...» Dann sieht er auf die Uhr. «Oh, schon so spät. Hör mal, ich hoffe, es ist okay, wenn ich jetzt abhaue. Ich muss unbedingt noch eine Werkstatt finden, die eine Nockenwelle für meinen Bulli hat. Ich will ja nicht für immer in Hamburg versauern.» Gespielt angewidert von dem Gedanken schüttelt er sich kurz.

«Fernweh?», frage ich.

«Immer», erwidert er. Es klingt ernst.

Da fällt mir etwas ein. «Ich hab einen Kumpel, der hobbymäßig auf eBay Ersatzteile verkauft, insbesondere für alte Karren. Kann ihn ja mal fragen.»

«Ich komme vielleicht drauf zurück», sagt er etwas vage, und ich will nicht weiter nachhaken. Dabei würde ich mich nur zu gerne irgendwie revanchieren. Nur scheint es mir, als wäre Lukas nicht gerne jemand, der anderen etwas schuldet, also verkneife ich mir jede weitere Nachfrage.

Als er sein Portemonnaie zückt, bedeute ich ihm allerdings, das kleine braune Mäppchen wieder zurückzustecken. «Ich mach das schon.»

Er lächelt. «Kommt nicht infrage. Ich lass mich nicht bezahlen, nicht für Nika …» Er bricht ab und blinzelt. «Aber hej, wenn du möchtest, können wir uns die Tage gern noch mal auf ein Bier treffen … Bis das mit der Nockenwelle was wird, hab ich nichts Besonderes vor.»

«Unbedingt», stimme ich zu. «Wir telefonieren.»

Als wir uns wenig später mit einem Handschlag verabschiedet haben und Lukas das Restaurant verlassen hat, nehme ich mein neues Notizbuch zur Hand und schreibe den ersten Satz hinein. Nicht den ersten der Liebesgeschichte, sondern den des neuen Romans. Denn ich werde einfach alles ändern müssen, und es wird es wert sein.

1. Kapitel – Ich könnte genauso gut über Hände sprechen oder über Begegnungen, in denen ich mich sofort wie zu Hause fühlte, auch wenn ich gerade dabei war, mich zu verlieren. Sie hatte kein besonders interessantes Gesicht, keines, das Geheimnisse versprach. Eher eines, das in seiner Mimik zu viel verriet. Denn ihr Lächeln trug eine Überschrift, ihr Ton hatte Untertitel, und ihre Augen spielten Lautmalerei dazu. Ich mochte schon immer Gesichter, in denen ich lesen konnte, statt sie interpretieren zu müssen. Sie roch ein wenig nach Maggi und ein bisschen nach dem Apfel, den sie vorhin gegessen hatte, so gründlich und fast vollständig, dass ich verstohlen beobachtet hatte, ob sie womöglich auch noch Gehäuse und Kern verdrückte. Ein Hauch Minze

lag auch in der Luft, was an dem Getränk mit den Eiswürfeln liegen konnte, in dem ein paar kleine grüne Blätter schwammen …

* * *

Einmal im Monat machen Lena und ich einen Papa-Kind-Tag. Dann sind wir von morgens bis abends ganz alleine unterwegs. So wie früher, als Anni noch nicht Teil unseres Lebens war.

Es gibt für diese Tage eigentlich nur drei Regeln: viel ungesundes Essen, kein Handy und mindestens eine Aktivität, die wir noch nie gemacht haben.

Lena hat von Hamburg mittlerweile fast alles gesehen, was für ein Kind sehenswert ist. Wir waren in sämtlichen Museen, haben unzählige Bootsfahrten unternommen und sind durch die Takelage der Rickmer Rickmers geklettert. Und natürlich haben wir an der Elbmündung die Seehunde gesehen, auf die Anni immer noch wartet.

Und einmal im Jahr gilt Regel Nummer vier: ein Ausflugsziel, das mindestens einhundert Kilometer von Glückstadt entfernt liegt. Wir sind schon nach Kiel gefahren, bis rauf nach Fehmarn, an den Timmendorfer Strand und an den Plöner See.

Regel Nummer drei haben wir heute bereits hinter uns: Wir waren beim Schwarzlicht-Minigolf, und Lena hat mir dabei beinahe mit dem Schläger das Knie zertrümmert. Was erst zu Lachanfällen, dann zu einer Kaltkompresse und schließlich einem kurzen hysterischen Angstausbruch seitens meines Kindes geführt hat, allen Beteuerungen zum Trotz, dass es schon besser wird. Seitdem versuche ich, den Schmerz einigermaßen zu verstecken, was schwer ist, weil mein Knie tatsächlich auf die doppelte Größe angeschwollen ist.

«Mein Bein sieht fast so aus wie Oma Heides», versuche ich zu scherzen.

Lena findet das nicht lustig, ihre Oma mütterlicherseits ist schwer übergewichtig. «Wirst du nie wieder normal gehen können?», fragt sie mit zitternder Stimme.

«Doch, wie Oma Heide, mit Rollator», witzele ich.

Aber Lena verzieht das Gesicht, als würde ihr Knie wehtun, nicht meines. «Hab ich jetzt die Stimmung verdorben?»

«Nein, nur mein Knie», erwidere ich.

Sie wimmert leise, und ich korrigiere schnell meinen Fehler, bevor sie richtig losheulen kann.

«Alles ist gut, Lena! Die Stimmung ist doch viel wichtiger. Ich hab zwei Beine, demzufolge auch zwei Knie, aber wir haben nur *eine* Stimmung.»

Das versöhnt sie so weit, dass sie wieder in ihren Burger beißt und wir Regel Nummer eins für heute abhaken können. Während ich gerade überlege, ob ich auf den Mayo-Berg noch ein bisschen Ketchup geben soll, klingelt mein Handy. Ich zucke unwissend mit den Achseln, als Lena aufsieht, und hebe die Hände, um ihr zu zeigen, dass ich da auf keinen Fall rangehen werde. Schließlich gibt es Regel Nummer zwei.

Es klingelt und klingelt. Aber ich halte immer noch die Hände hoch.

«Ich hab Regel dreieinhalb gebrochen, du darfst rangehen», sagt Lena schließlich gönnerhaft.

«Regel dreieinhalb?», frage ich und starre aufs Display. Eigentlich will ich gar nicht rangehen. Es ist Richard, der den ersten Teil meines neuen Manuskripts und das Exposé gelesen hat, das ich ihm vor ein paar Tagen in meiner ersten Euphorie zusammengeschrieben habe.

Lena nickt. «Regel dreieinhalb besagt: Schlage deinem Vater nicht das Knie ein.»

«Verstehe.»

«Geh ran, Papa, es nervt echt», stöhnt sie.

«Okay», erwidere ich zögerlich.

«Mach schon!»

«Richard, hallo!», flöte ich, als wollte er mir zum Geburtstag gratulieren, nicht mein Manuskript mental auseinandernehmen. «Du, es passt leider gerade gar nicht. Ich bin mit Lena unterwegs, und Regel Nummer zwei besagt –»

«Halt die Klappe, Benjamin!», blafft er.

Oh. Ich kann mich nicht erinnern, wann er mich je bei meinem vollen Vornamen genannt hat, und ich weiß nicht, ob das gut oder schlecht ist.

«Du hast es gelesen», sage ich seufzend, mit ängstlichem Fragezeichen dahinter.

«Und ob!», poltert Richard. «Was soll ich damit? Du schreibst sonst Spannung, jetzt also Liebe ...»

Ich schließe kurz die Augen, öffne sie wieder, nur um zu sehen, dass Lena in der Bewegung innehält, den Burger in der Luft vor ihrem Mund, und mich ängstlich beäugt. Ich gebe ihr einen wackeligen Daumen hoch, auch wenn Richard mir gerade mündlich den nach unten gezeigt hat.

«Ich liebe es!», dröhnt es da durch den Hörer. «Verdammte Scheiße, Ben, ich hab geheult!»

«Echt jetzt?», frage ich nach.

«Weiter so! In einer Woche will ich das nächste Kapitel. Wir sind ja nicht zum Spaß hier. Das Leben ist keine Schreibblockade. Also, worauf wartest du? Leg auf und schreib, du Genie!»

Jetzt zeige ich Lena auch den zweiten Daumen hoch. Mit breitem Grinsen.

Und dann tutet es und Richard ist weg. Aber schon zwei Sekunden später schickt er eine Nachricht: «Aber bitte, überleg dir einen anständigen Titel!»

Ich muss lachen.

«Wir müssen feiern, Lena! Worauf hast du Lust? Kino und Popcorn? Oder Büchershopping und Eis?»

«Beides», sagt sie frech. «Aber Papa, dein Knie!?»

Ich grinse sie an und werfe die Kaltkompresse auf den Tisch: «Regel Nummer fünf: Ein Papa kennt keinen Schmerz.»

KAPITEL 10

ANNI

DAMALS – noch sechs Tage

Wir taten beide so, als würden wir schlafen. Ich in meinem Bett, er auf dem Sofa. Wenn wir die Hände ausstreckten, könnten sich unsere Fingerspitzen berühren. Dann fiel unser heimliches Blinzeln in die Richtung des anderen auf die exakt gleiche Sekunde, und ein breites, mondbeleuchtetes Lächeln wurde daraus. Ich war mir sicher, die Platanen lächelten mit. Der Mond auch. Wir lächelten uns im Halbdunkel eine ganze Weile zu, und wären meine Glieder nicht so schwer und müde vom Apfelernten gewesen, vielleicht hätte ich ihn gefragt, ob ich noch einmal eine Nacht auf seiner Wade schlafen dürfte. Aber so lagen wir wenige Meter voneinander getrennt, jeder auf seiner Schlafstätte.

Ob er sich wohl auch fragte, ob das so bleiben würde?

Irgendwann musste ich eingeschlafen sein. Denn mitten in der Nacht schreckte ich hoch und hielt das leise Wimmern zunächst für die Laute eines Tieres draußen vor dem Haus. Kämpfende Kater vielleicht oder Haudegen, der alte Cockerspaniel des Hausmeisters, der unter Arthrose und Inkontinenz litt und nachts häufig rausmusste. Aber als ich die Augen aufschlug und mein Blick auf den Wecker am Boden mir verriet, dass es zwei Uhr achtzehn war, wurde mir klar, dass das Geräusch aus dem Zimmer kam.

Einen Moment lang verstand ich nicht, was oder wer sich auf meiner Couch zuckend bewegte, bis mir wieder einfiel, dass ich nicht allein war. Lukas war hier. Die Erleichterung wich schneller, als sie gekommen war, denn Lukas schlug mit den Armen um sich und gab ächzende Geräusche von sich.

Ich richtete mich auf, schob die Decke von den Beinen und lauschte. Unsicher, was ich tun sollte. Ob er einen Albtraum hatte und ich ihn wecken sollte? Ich streckte die Füße aus dem Bett und wollte aufstehen, da schrie er laut und in einer völlig anderen Tonlage, als ich ihn bisher hatte sprechen hören.

«Nein!»

Ich blieb sitzen und versuchte, meinem Herzen zu sagen, dass es nicht überreagieren musste. Dass es keinen Grund gab, Angst zu haben. Lukas träumte nur. Aber mein Herz hörte nicht auf mich. Es schlug heftig und schnell in meiner Brust. Und als würde Lukas darauf antworten, trat er plötzlich mit einem Bein gegen die Kante des Sofas, für das er viel zu groß war. Es rumste, und das erneute «Nein!» geriet etwas weniger vehement, dafür irgendwie verzweifelter. Der Ton riss an mir, zwang mich, etwas zu tun.

Meine Beine zitterten, ich tastete nach dem Schalter der kleinen Nachttischlampe, die neben dem Wecker stand, und knipste sie an. Nun konnte ich besser erkennen, dass er völlig verdreht auf der Couch lag. Ein Bein halb auf dem Boden, eine Hand vor dem Gesicht. Wie verknotet lag er da, und sein Körper bebte.

Ich hatte zwei Möglichkeiten: ihn aufzuwecken und aus dem Albtraum zu reißen oder abzuwarten und zu versuchen, selbst wieder einzuschlafen. Ich entschied mich für eine dritte Variante. Entschlossen stand ich auf und ging zur Couch. Ich kniete mich davor, schob vorsichtig sein Bein zurück auf das Polster und seinen rechten Arm etwas beiseite, dann krabbelte ich auf den frei gewordenen Platz zwischen

Sofakante und Oberkörper. Ich musste mich ein wenig zusammenrollen und wollte dringend meinen rasenden Puls unter Kontrolle bringen. Ich hob meinen rechten Arm, der sich seltsam schwer anfühlte – nicht nur, weil er den ganzen Tag Äpfel gepflückt hatte, sondern auch, weil ich schon wieder etwas tat, was gar nicht meinem Naturell entsprach. Doch sobald meine Hand Lukas' Brust berührte, geschah etwas mit uns beiden. Er stieß einen tiefen Seufzer aus und wurde ruhig. Gleichzeitig merkte ich, wie auch aus mir die Anspannung wich. Als glaubte mein Herz nicht länger, meine Brust sprengen zu müssen.

Lukas' Atemzüge wurden flacher. Dennoch wagte ich nicht, meine Hand von ihm zu lösen, aus Angst, den Zauber zu brechen. Oder war es vielleicht einfach nur Zufall? Womöglich hätte er sich auch ganz ohne mein Zutun beruhigt. Aber ich blieb den Rest der Nacht neben ihm, bis zum Anbruch des Morgens.

Ich wachte von dem Gefühl auf, beobachtet zu werden. Den Kopf in den Nacken gelegt, sah ich beim Öffnen der Augen direkt in Lukas' Gesicht. Sein Blick ruhte auf mir, und es lag ein Ausdruck darin, der etwas Zerrissenes an sich hatte.

Wusste er, dass ich Zeuge eines sehr intimen Moments geworden war? Ich hatte etwas von ihm erfahren, das er nicht absichtlich preisgegeben hatte. Und er schien es zu wissen. In seinem Blick spürte ich die Verletzbarkeit, sah in seinen Zügen, dass es Dinge gab, die nachts aus ihm herausbrachen und die er nicht mit in den Tag nehmen wollte. Deswegen fragte ich auch nicht nach, sondern löste langsam die Hand, die noch immer auf seiner Brust lag, und murmelte: «Guten Morgen.»

«Guten Morgen, Nika.» Da war sie wieder, die Betonung

meines Namens auf der zweiten Silbe, nur diesmal ganz ohne die erste.

«Nika?»

«Lieber Anni? Oder Annika?»

«Nein, Nika ist ... Ich mag Nika.»

Wir grinsten uns an.

«Kaffee?», wollte ich wissen.

«Kaffee und ... Äpfel?», fragte er mit einem Kopfnicken in Richtung des Korbs auf dem Tisch.

«Klingt gut.»

* * *

Lukas lehnte sich gegen den kahlen Esstisch, auf dem die Tulpen in der alten Vase mit dem blättrigen Lack erste Blüten abwarfen, als wären sie beleidigt, weil sie in einer so schmucklosen Umgebung gefangen waren. Er musterte mich.

«Du bist Martina, vierundzwanzig», sagte er unvermittelt. «Du findest, dass Kurt ein schöner Männername ist, gehst am Wochenende zum Geocaching, hast für deinen Mathelehrer geschwärmt und glaubst, dass Brillen dich interessanter aussehen lassen.»

«Was?», lachte ich.

«Ich habe deinem Outfit eine Personenbeschreibung hinzugefügt. Dein Alias heißt eindeutig Martina.»

Ich sah an mir herunter und musste zugeben, dass mein Erscheinungsbild ziemlich Martina-24-Geocaching-lastig war. Das lag zum großen Teil an der überdimensionierten Brille auf meiner Nase, aber auch an der olivgrünen Outdoorhose, dem Schlabbershirt und der Funktionsjacke.

Ich musste so heftig lachen, dass ich Schluckauf bekam. «Wieso habe ich ein Alias?»

«Jeder hat eins», sagt er knapp und zuckt mit den Achseln. «Es ist ein Spiel, das ich ... mit einem Freund gespielt habe, als wir viel Zeit hatten. Zu viel Zeit. Ist zu einer Angewohnheit geworden.»

«Ich bin keine Martina», widersprach ich und musste wegen des Hicksens unterbrechen. «Ich hab nur die meisten meiner Klamotten schon in Kisten gepackt und wollte heute noch die Küche streichen.»

«Du redest dich raus, *Martina.*»

Ich schüttelte kichernd den Kopf. «Und dein Alias?» Ich musterte ihn.

«Ich könnte Kurt sein», gab Lukas ernst zurück, aber ein leises Glucksen in der Stimme ließ sich nicht ganz verhehlen.

«Du *bist* Kurt», erwiderte ich, verzweifelt um Ernsthaftigkeit bemüht.

Mein Blick ging von seinen langen Beinen aufwärts über die Brust, weiter über die für seinen schlaksigen Körper erstaunlich muskulösen Schultern und Arme und an seinem langen Hals und dem ausgeprägten Adamsapfel entlang, bis ich mal wieder bei den Sommersprossen gelandet war.

«Ein Kurt hat Sommersprossen», erklärte ich. «Auch im Winter. Und du magst Frauen, die Martina heißen. Dafür findest du Geocaching ungefähr so langweilig wie Halma, und deinem Mathelehrer hast du auf der Abiturfeier vor die Füße gekotzt. Du bräuchtest eine Brille, glaubst aber, dass es dich intellektueller aussehen lässt, wenn du diese Sache mit den Augen machst. Dieses Zusammenkneifen, das der Tatsache geschuldet ist, dass du kurzsichtig bist. Interessant wirkst du allerdings auch ohne Brille. Dein tatsächliches Alter liegt bei circa fünfundzwanzig, aber im Geiste bist du viel älter. Ich würde sagen ... achtundsechzig.»

«Achtundsechzig?» Er riss übertrieben dramatisch die Augen auf.

«Ja, du hast jede Menge Lebenserfahrung», konterte ich.

«Du bist ein Naturtalent in Alias-Erfindungen!» Er presste die Lippen anerkennend zusammen und schmunzelte.

«Berufskrankheit», sagte ich.

«Du vermittelst Fake-Identitäten?» Er fasste sich theatralisch an die Brust. «Ich habe es geahnt. Hätte ich das nur früher gewusst!»

Kopfschüttelnd antwortete ich: «Nein, meine Mutter hätte mich gerne zu einer zweiten Montserrat Caballé gemacht, mein Vater zu einem weiblichen Ferdinand von Schirach. Also, dem Strafverteidiger, nicht dem Schriftsteller.»

«Und wie weit weg bist du von diesen elterlichen Vorstellungen?»

«Nicht so weit, wie ich es eigentlich sein wollte», musste ich zugeben. «Ich habe Jura studiert.»

«Anwältin, hä?» Das Lächeln verrutschte, blieb gerade noch so an seinen Lippen kleben.

Ich schluckte ein trotziges «Was dagegen?» herunter und sagte stattdessen: «Ja, ich hab das Zweite Staatsexamen geschafft.» Ich ärgerte mich sofort darüber. Schließlich stand hier nicht mein Vater, den man ohnehin nicht mit einem Staatsexamen beeindrucken konnte. Das hier war Lukas, und er wirkte nicht wie jemand, dem akademische Titel wichtig waren.

Er nickte. Vielleicht doch anerkennend, vielleicht aber auch abwertend, so genau ließ sich das nicht sagen.

Für gewöhnlich begann jetzt ein Gespräch über meinen Beruf, über die Juristerei und die unweigerlichen Fragen nach meiner beruflichen Zukunft, die dann auch unweigerlich zu meinem Vater und den unvermeidbaren «Oh, *das* ist dein Vater!?»-Ausrufen führten. Aber nicht mit Lukas. Ich war mir nicht sicher, ob ich erleichtert sein sollte.

Er wechselte jedenfalls das Thema. «Bist du kurzsichtig?»

«Nein.»

«Weitsichtig?»

«Auch nicht.»

«Warum trägst du dann eine Brille?»

«Weil ich ... Angst davor habe, noch einmal Farbe in meine Augen zu bekommen. Mir ist das als Kind mal passiert, und es war furchtbar.»

«Du hast Chromatophobie!» Er schien sich fast darüber zu freuen. «Angst vor Farben.»

«Nein, ich habe Angst davor, Farbe in mein Auge zu bekommen, nicht, Farben zu sehen.»

«Ahhh», machte er.

«Und du? Kennst du dich damit aus?»

«Ich hab keine Angst. Nicht mehr.»

Ob sich das auf Farbe bezog, auf etwas anderes oder auf das Leben im Allgemeinen, war eine Frage, die ich hätte stellen können. Aber ich erstickte sie, gemeinsam mit meinem Schluckauf, indem ich die Luft anhielt.

Lukas trat einen Schritt auf mich zu. «Martina, ich weiß, du hast es eilig, in der Küche mit dem Pinsel eine Chromatophobiebewältigungstherapie zu machen, aber meinst du, ich darf vorher die Koordinaten für deine Lippen herausfinden, um dich unter diesem Ungetüm von Brille, das nichts mit Kurz- oder Weit- oder Gleitsichtigkeit zu tun hat, zu küssen?»

Ich kicherte. «Du wirst jetzt immer so lange fragen, oder?» Ständig musste ich in seiner Gegenwart kichern. Das musste aufhören.

Nein, nie sollte das aufhören!

«Auf gar keinen Fall will ich noch mehr Zeit verplempern», sagte er, und dann waren seine Lippen schon auf meinen.

Kurt küsste Martina, und Martina küsste zurück, dass sich jeder Mathelehrer mit roten Ohren hinter der Schiefertafel verstecken würde – so leidenschaftlich war das. Zum Glück waren die Wände noch trocken, denn ich drängte Lukas gegen den schmalen Vorsprung zwischen Küche und dem Rest des Apartments und drückte mich an ihn. Im Stehen musste ich mich strecken, um seinen Mund zu finden. Er bückte sich nur leicht, als wollte er testen, wie sehr ich mich anstrengen würde, um nicht von seinen Lippen zu rutschen.

Die Zeit war eine Blase, in der wir verschwanden und die erst platzte und uns freigab, als von nebenan rhythmische Sexgeräusche zu hören waren. Wie passend. Die Bumsübungen meiner Nachbarn hatten wieder angefangen. Gut, dass Lukas den Mietvertrag bereits unterschrieben hatte.

«Was ist das?»

«Die Nachbarn», sagte ich knapp. «Aus Apartment 3a.»

«Ah! Ziehen die auch aus?»

«Sich gegenseitig wahrscheinlich, ja.»

Er musterte mich amüsiert, und ich schluckte. Würde er jetzt vorschlagen, *mich* auszuziehen? Ich stellte mir vor, wie er es vorschlug, und spürte, was das mit mir machte. Ein heißes Kribbeln fuhr mir in den Schoß. Plötzlich war auch der Schluckauf wieder da, dieses Mal wahrscheinlich, weil ich zu häufig gegen die Flut an Lust in mir angekämpft hatte. Warum eigentlich? Weil wir uns nicht wirklich kannten? Weil es sich so verboten und seltsam anfühlte, sich so stark zu jemandem hingezogen zu fühlen?

«Ich glaube, wir versuchen es mal mit der Farbentherapie, oder?», fragte er ein wenig heiser und sah sich um.

Ich nickte und trat einen zitterigen Schritt zurück. «Du

musst mir wirklich nicht helfen. Ich meine, es ist meine Aufgabe, die Wohnung ordentlich zu übergeben.»

Er legte den Kopf leicht schief: «Aber ich bin derjenige, der was davon hat, wenn er nicht jeden Tag träumerisch die kleinen Flecken und Macken seiner Vormieterin betrachten muss.»

Ich tat ernst: «Stimmt, besonders dieser daumengroße Tomatensoßenfleck über dem Herd würde deine Sehnsucht nach mir immens anstacheln.»

Wenig später hatten wir beschlossen, dass ich die freie Wand gegenüber der kleinen Küchenzeile übernehmen sollte und Lukas die abwaschbare Farbe hinter der Arbeitsfläche anbrachte. Ich beobachtete, wie er das Kreppband abriss und es mit der Präzision eines sehr geübten Handwerkers an der Leiste hinter der Spüle entlang aufklebte. Er wiederholte das Ganze an den Rändern der Schränke. Seine langen, feingliedrigen Hände waren dabei so unglaublich ruhig und geschickt, als hätte er nie etwas anderes getan. Er arbeitete zügig und konzentriert. Es ging ihm leicht von der Hand. Die Linien des Bandes schlossen mit den Schränken perfekt ab, sodass ich wusste, dass ich hinterher nicht einen einzigen Farbtupfer vom Möbel würde kratzen müssen. Ich war fasziniert.

Während ich mit meiner groben Rolle dastand und staunte, wie er, nachdem er die Steckdosen abgeschraubt hatte, anfing, mit einem Pinsel die weiße Silikatfarbe aufzutragen, als male er ein Kunstwerk, wusste ich instinktiv, dass ich gerade etwas sehr Wichtiges über Lukas erfahren hatte. Einfach nur, indem ich ihm beim Streichen zusah.

«Du gaffst mich an», sagte er, ohne sich umzudrehen. «Sag bloß, du bist schon fertig mit deiner Wand?»

«Ich hab noch nicht einmal angefangen», erklärte ich,

«aber ich überlege, dir noch ein Haarnetz zu besorgen. Nicht auszudenken, wenn auch nur ein einziges Härchen diese Perfektion stören könnte. Das ist ja ... geradezu klinisch, was du hier machst. Als wärst du ein Neurochirurg und die Küche dein Patient.»

Er lachte nicht über meine Worte, sondern erwiderte in neutralem Ton: «Sagt man nicht, die Küche wäre das Herz des Hauses?»

«Okay, du hast recht, das ist eine Operation am offenen Herzen, und du bist Kardiospezialist, der beste auf seinem Gebiet.» Wieder lachte ich ohne ihn. Diesmal ein wenig nervöser, aber er reagierte nicht.

Ich räusperte mich und fragte: «Warum kannst du das? Wo hast du gelernt, so akkurat zu arbeiten?»

Er drehte sich um, und sein Blick war mit einem Mal so leer und kalt wie mein Kühlschrank. Und dann sagte er unumwunden: «Ich habe Medizin studiert.»

«Du bist Arzt und ziehst in diese Miniaturbude?», platzte ich heraus. Dabei konnte ich die Zwischentöne schon hören, das Offensichtliche wie die Vergangenheitsform genauso wie die unterschwellige Endgültigkeit in seinem Ton. Ich hätte mir am liebsten auf die Zunge gebissen.

Er sah an mir vorbei zum Fenster. «Nein, ich bin kein Arzt, und ich werde auch keiner mehr.»

«Was wirst du dann?», fragte ich und hoffte, dass es so klang, wie es klingen sollte. Mitfühlend und warm. Nicht bohrend oder gar wertend.

Er zuckte mit den Achseln. «Glücklich?»

Warum sah er nicht so aus, als hielte er das für machbar?

Ich nickte dennoch. «Das ist viel wahrscheinlicher, als dass ich dich je Kurt nennen würde», erwiderte ich.

«Dass du mich glücklich machst?», hakte er nach, und

jetzt zogen sich seine Mundwinkel endlich wieder nach oben. Fast hätte ich vor Erleichterung laut geseufzt.

«Mmmmh», machte ich.

Lukas tauchte seinen kleinen Pinsel in den alten Rama-Becher, in dem die Farbe glänzte, streckte sich nach mir und tippte mit der Spitze an meinen Hals. Direkt auf meiner Schlagader hinterließ er einen weißen, kühlen Punkt.

«Könnte gut sein, dass *dir* das gelingt, Nika.» Das «dir» betonte er, als müsse er klarstellen, dass er auch wirklich mich meinte.

Nika. Wie sehr mir diese beiden Silben gefielen! Und wie sehr es mir gefiel, dass wir uns so gut ergänzten. Sowohl in dem, was wir taten, als auch in dem, was wir sagten. Und ganz offensichtlich auch in dem, was wir dachten.

Vom Sofa war ein Brummen zu hören.

«Was ist das für ein Geräusch?», fragte er.

«Das ist mein Handy», knurrte ich. «Schon wieder.»

«Willst du nicht rangehen?»

«Nein, aber ich muss.»

Ich legte die Rolle beiseite und nahm den Anruf entgegen.

«Endlich erreiche ich dich!», keuchte Maxi in den Hörer. «Dein Vater dreht durch», erklärte sie und fügte dann verschwörerisch und im Flüsterton hinzu: «Machst du echt blau?» Es klang bei ihr, als hätte ich mich soeben auf den Weg gemacht, das Patriarchat zu zerschmettern, und die Fenster der Kanzlei mit feministischen Parolen beschmiert. Genau genommen war Blaumachen bei Frey, Liebermann & Rabenstein noch viel wagemutiger und heroischer als eine Gleichberechtigungskampagne.

«Nein, ich ... hab Migräne», sagte ich und hielt unwillkürlich die Luft an. Als könnte man die Lüge durch den Hörer sonst riechen. Obwohl meine Kollegin Maximiliane Saab, die ich eigentlich gern mochte, die aber durchaus anstrengend sein konnte, keine aufmerksame Zuhörerin war.

«Ah, das kenne ich so gut» erwiderte sie. «Weißt du, wenn ich ...»

Und dann legte Maxi los. Wie immer. Denn sie konnte zu jedem Thema eine eigene Geschichte beitragen. Zu jeder Anekdote hatte sie eine noch bessere, lustigere hinzuzufügen, und meistens vergaß sie darüber, wie das Gespräch eigentlich angefangen hatte. Einmal hatte ich ihre Zuhörerqualitäten auf die Probe stellen wollen und ihr gesagt, dass ich mir beim Skifahren das Bein gebrochen hätte. Woraufhin Maxi eine halbe Stunde darüber monologierte, ob nun Sölden oder Ischgl das bessere Skigebiet war, welche Farben auf der Piste in waren und dass sie sich ernsthaft überlegte, aufs Snowboarden umzusteigen, weil es cooler wirkte. Auf mein Bein kam sie nie wieder zurück, und sie wunderte sich auch nicht, dass ich ohne Gips und Krücken in der Kanzlei erschien.

Es gelang mir, Maxi nach fünf Minuten abzuwürgen, und ich ertappte mich dabei, wie ich ihr gute Besserung für ihre Kopfschmerzprobleme wünschte.

«Hat sie dir jetzt von ihren letzten dreiunddreißig Migräneanfällen erzählt?», fragte Lukas, als ich aufgelegt hatte. «Und du hast *ihr* gute Besserung gewünscht?»

«Äh, ja ...»

«Und?»

«Was und?»

«Wie geht es deiner eigenen Migräne?»

«Oh, recht gut. Sie ist ja nur erfunden.» Ich winkte ab und griff nach dem Rührlöffel, mit dem ich die Farbe noch einmal durchmischen wollte.

«Aber deine Kollegin hat sich nicht danach erkundigt?»

Ich hielt inne und sah Lukas fragend an. «Nein, ist ja aber nicht schlimm. Ich meine, ich hab ja gar keine.»

«Das weiß sie aber nicht.»

Ich zuckte mit den Achseln. «Maxi redet eben gerne von sich selbst.»

Das nahm er unkommentiert hin, während mir bewusst wurde, dass Lukas so ganz anders tickte als Maxi. Dass er eben sehr wohl zuhörte.

Er räusperte sich. «Ist das denn okay, dass du hier mit mir abhängst, wenn du eigentlich arbeiten solltest?», erkundigte er sich nach einer Weile.

«Klar», log ich. «Überhaupt kein Problem, ich hatte mir sowieso freigenommen zum Streichen.»

«Aha. Nennt man Urlaub in der Juristensprache also Migräne ... Das war mir neu.»

Ich murmelte etwas und hörte ihn leise lachen, drehte mich aber nicht um. Ich wusste auch so, was er für ein Gesicht machte.

Eine Weile arbeiteten wir stumm weiter. Pinsel und Rolle im Gleichtakt. Als ich irgendwann einen Schritt nach hinten tat, um die Position zu wechseln, wäre ich fast über den Teleskopstab der Farbrolle gestolpert. Aber Lukas hatte, ohne sich umzudrehen, hinter sich gegriffen und ihn schnell beiseite gezogen. Und als ich überlegte, das Radio anzuschalten, kam er mir zuvor, indem er fragte: «Lust auf Musik?». So ging es weiter. Wollte ich vorschlagen, etwas zu trinken, reichte er mir schon ein Glas mit Apfelsaft. Und es gab mehr als einen Moment, in dem unsere Hände sich einfach fanden. Nicht zufällig, sondern auf simultan-absichtliche Art. Fragend, zärtlich und suchend.

Später auf dem Sofa sahen wir den Platanen dabei zu, wie sie gegen den Herbstwind und den unablässigen Regen kämpften. Wir erzählten uns Anekdoten aus unserer Kindheit. Lukas, wie er mit seinem Bruder nachts die Goldfische aus den Nachbarteichen klaute, um sie, eingepackt in kleine Plastikbeutel, auf dem Schulhof zu verkaufen. Und ich, wie Marga und ich uns am gleichen Tag beim Schaukeln das Schlüsselbein gebrochen hatten – sie links, ich rechts.

Es war so viel Gleichklang zwischen uns, dass es mir fast schon unheimlich war. So vieles an uns beiden schien kompatibel, beinahe synchron. Und deshalb war es selbstverständlich, dass ich in Lukas' Arm einschlief, die Hand auf seiner Brust, als stünde etwas anderes auch gar nicht zur Debatte. In dieser Nacht zuckte er nicht ein einziges Mal, er schrie auch nicht. Und obwohl mein Verstand mir sagte, dass das nichts mit mir zu tun haben musste, wusste mein Herz, dass nur jemand einen ruhigen Takt vorgeben musste. Und dass dieser jemand ich war.

KAPITEL 11

ANNI

HEUTE

Du hast das Geschenk?», fragt Ben gefühlt zum zwanzigsten Mal. Wir sitzen im Auto und sind auf dem Weg zur Hochzeit von Julian und Christin.

«Die königlichen Juwelen?», scherze ich und berühre ihn am Arm.

«Den Goldbarren», fügt er hinzu und grinst, weil er es wohl immer noch für einen besonders gelungenen Witz hält, seinem Bruder eine Sparbüchse in Form eines Goldbarrens zu schenken – in dem ein meiner Ansicht nach viel zu hoher Betrag steckt. Doch ich sehe auch, wie sich bei Ben unter diesem Grinsen eine Nervosität breitmacht, die nur sein älterer Bruder bei ihm auslöst. Ich werde nie verstehen, warum Ludwig – alias Julian – ihn so aus der Bahn wirft. Ich kenne das Gefühl von meinen eigenen Schwestern nicht. Wenn ich Silke in Slough besuche, trinken wir bitteren Whiskey und Ale und haben minutenlange Lachflashs aus Gründen, die wir nachher selbst nicht mehr benennen können. Wenn ich Marga sehe, diskutieren wir meistens über Musik, darüber, ob der Klang unseres alten Fazioli-Klaviers wirklich so viel besser ist als der auf ihrem neuen Yamaha CLP E-Piano. Und dann liegen wir auf ihrer breiten Terrasse mit Blick auf den Vierwaldstätter See, beide Kopfhörer auf den Ohren, und fühlen uns sauwohl. Aber, egal wie lange wir uns nicht gesehen haben, nie steht irgendetwas zwischen uns. Unsere gemeinsame Kindheit reicht aus, um ein Band aufrechtzuerhalten, das über die Jahre Staub ansetzen, aber nie reißen kann.

«Wer heiratet denn im November?», stöhnt Ben. «Ich meine, schau mal nach draußen, alles ist grau.» Er fährt sich durch die Haare. «Vielleicht denkt Ludwig, er strahlt umso heller, je trostloser die Umgebung ist. Ich hab keine Ahnung. Können wir Lena alleine schicken und den ganzen Tag im Bett verbringen?»

«Recherche, meinst du?» Ich zwinkere ihm zu.

Am Anfang unserer Beziehung, als Lena noch klein und häufiger bei ihrer Mutter war, haben wir manchmal übers Wochenende Recherchereisen unternommen. Übersetzt bedeutet das, dass wir uns in irgendeinem Hotel eingemietet und die meiste Zeit auf dem Zimmer verbracht haben und uns hauptsächlich im Bett aufhielten. Es gab nur wenige Kriterien: Zimmerservice, gute Bewertung in puncto Sauberkeit, Doppelbetten. Die Auswahl des Ortes erfolgte komplett willkürlich. Dazu haben wir uns den alten ADAC-Autoatlas aus Bens Wagen genommen. Einer wählte blind eine Seite im nördlichen Teil Europas, der andere blind einen Ort auf dem Blatt.

Ich gebe zu, dass wir ab und an mal geschummelt haben. Aber meistens haben wir uns wirklich dran gehalten. Wir waren an Orten wie Grudziądz in Polen, wo wir inmitten einer wunderschönen Landschaft in einem Hotelzimmer geschlafen haben, das so klein war wie unser jetziges Gästebad. In Heist-op-den-Berg in Belgien haben wir in einer urigen Villa übernachtet und in einer zugigen Bar zu viel Zwetschgenschnaps getrunken. Wir waren ganz um die Ecke in Heringsand in einem Biohotel und haben uns im dänischen Klitmøller durch die Betten gewühlt und uns anzügliche

Dinge ins Ohr geflüstert. In Malmö haben wir uns schrecklich blamiert, als wir übereifrig nach Rømmegrøt gefragt haben und man uns spitz erklärte, dass dies das norwegische Nationalgericht sei, nicht das schwedische. Und wir haben uns auf einem Luxemburger Weingut namens Domaine-irgendwas schrecklich gestritten. An den Auslöser kann ich mich nicht mehr richtig erinnern, es ging aber um meinen Vater, wie so oft, und um meine Weigerung, irgendetwas mit ihm zu tun zu haben. Was Ben, der keine Eltern mehr hat, einfach nicht verstehen kann.

«Also, was meinst du?» Er holt mich aus meinen Überlegungen.

«Wir ziehen das jetzt durch.»

Ben schmollt. Er ist schlecht drauf, was zu erwarten war. Und er versucht, noch in letzter Minute um die Sache herumzukommen. Auch das war zu erwarten. Ich lächele innerlich, mache aber ein ernstes Gesicht, weil ich weiß, dass das jetzt wichtig für ihn ist.

«Hochzeiten sind Vorboten von Unglück», philosophiert er, als wir auf dem Parkplatz vor der Kirche im Stadtteil Harvestehude angekommen sind. Er stellt den Wagen ab, macht aber keine Anstalten, auszusteigen. «Denk nur an *Harry Potter*, Band sieben», fährt er fort, «was nach der Weasley-Hochzeit geschah, oder an die Rote Hochzeit in *Game of Thrones*.»

«Und dann erst *Kill Bill*!», sage ich spöttisch und klopfe mir auf mein rechtes Bein, das eingeschlafen ist und sich jetzt so anfühlt, als wolle es genauso wenig mit mir zu dieser Vermählung gehen wie Ben.

«Du weißt, dass ich dich sehr liebe, für Kommentare wie diesen», sagt er. Ein Lächeln huscht über sein gestresstes Gesicht.

Ich ziehe eine Schnute, hinter der ich verbergen kann, wie

sehr ich es liebe, das von ihm zu hören, und sage: «Nein, insgeheim wünschst du dir eine Frau, die sagt: Du hast recht, wir gehen schnell nach Hause und verkriechen uns ins Bett. Lass Ludwig seine Sissi doch alleine heiraten.»

«Das stimmt. Ich dachte, das kommt als Nächstes», erwidert er gequält.

«Nein, als Nächstes kommt Folgendes: Hör auf zu jammern und geh da rein, sonst nenne ich *dich* ab sofort Sissi.»

«Gehst du dann trotzdem schnell mit mir nach Hause und direkt ins Bett?», fragt er gespielt weinerlich.

«Nach der Trauung und wenn ich etwas gegessen habe.»

«Deal!» Er strahlt. «Hat Maren sich eigentlich bei dir gemeldet?»

«Nein, aber ich schätze, zum Buffet taucht sie auf.»

«Ich hoffe, nicht», brummt er.

Ich taxiere ihn von der Seite, sein Mund ist verbissen. «Was hat sie diesmal angestellt?», zische ich, aber er schnaubt nur etwas Unverständliches und steigt aus.

Zehn Minuten später sitzen wir bibbernd in einer eiskalten Kirchenbank. Langsam, aber doch spärlich füllen sich die Reihen, und ich verkneife mir jeglichen Kommentar, dass wir gut und gerne eine Viertelstunde später hätten kommen können.

«Leute, ist das kalt!» Laila schiebt sich neben mich in die Bank. «Wer heiratet bitte im November?»

Während Markus auf der anderen Seite neben Ben Platz nimmt und seine langen Gräten ausstreckt, drückt Laila mir einen herzförmigen Taschenwärmer in die Hand. «Knicken», sagt sie, «dann wird es warm.»

«Danke!» Ich mustere sie. «Was ist das da auf deinem Kopf? Ein Hut? Eine Mütze?»

Lailas Haare sehen aus wie ein ausuferndes Vogelnest. Sie trägt einen dicken Wintermantel und eine Hose, die ihr zu kurz ist.

«Frag nicht ...» Sie winkt ab. «Ich hab versucht, einen Friseur ranzulassen. Das war ... na ja, sagen wir, es hat suboptimal geklappt, aber ich hatte keine Zeit mehr, das Desaster anders zu lösen als mit einer Hochsteckfrisur.»

«Wie überstehen wir das heute bloß?», frage ich und klemme mir das kleine Wärmekissen zwischen die Oberschenkel und meine Hände gleich dazu.

«Hiermit», sagt Laila und deutet auf eine Kühltasche, die sie unbemerkt von mir unter die Bank geschoben hat. «Ich hab Glühwein dabei.»

«Ich liebe dich, weißt du das?», sage ich und bin froh, dass Bens Bruder auch Laila und Markus eingeladen hat. Was daran liegen könnte, dass er selbst keine Kindheitsfreunde hat und sich für den Tag seiner Hochzeit einfach mal Bens ausgeliehen hat.

«Wo ist Lena?», will Laila noch wissen, als die Orgel schon leise anstimmt.

Ich deute mit dem Finger nach hinten, ohne mich umzudrehen. «Auf der Empore, bei den Musikern, sie spielt doch was. Claire hat sie früher gebracht.»

«Und Maren?» Sie verzieht dabei seltsam den Mund.

«Wird schon noch kommen, zum Essen vermutlich», wiederhole ich.

«Hoffentlich nicht», erklärt Laila, beugt sich vor und schaut jetzt ihren Mann an.

Mir schwant Böses. Aber es ergibt sich keine Gelegenheit, während des Gottesdienstes weiter nachzufragen. Auf neue Hiobsbotschaften von Maren lege ich eigentlich auch keinen gesteigerten Wert.

Die Trauung ist ein einziges Desaster. Der Pfarrer verspricht sich bei jedem zweiten Satz. Und wenn jemand die Taschentücher brauchen kann, die sich in sorgsam gefalteten Hüllen mit der Aufschrift «Wenn es rührend wird ...» vor jedem Platz befinden, dann nur, weil es so traurig ist, dass einfach nichts an der Zeremonie romantisch oder gar rührend ist.

«Was würde Angela Merkel tun?», flüstere ich Ben zu. «Bei diesem Trauerspiel hier?»

Seine Augen glänzen schelmisch. «Sie würde die Hände zu einer Raute formen und sagen: *Wir schaffen das.*»

Ich unterdrücke ein Kichern. «Meinst du, ich kann ein Taschentuch nehmen, um mir die Lachtränen abzutupfen?»

Ben streckt den Arm aus, rafft mit einer einzigen Bewegung einige der umliegenden Taschentücher zusammen und legt mir dann fünf auf einmal in den Schoß. «Ich bitte darum.»

Jetzt kichern wir beide – bis Sissi sich in ihrem weißen Maßanzug umdreht und uns missbilligende Blicke zuwirft.

«Ruhe jetzt», zischt Ben. «Auf einer Beerdigung wird nicht gelacht.»

Ich muss noch lauter giggeln, so lange, bis ich Schluckauf bekomme.

Und dann kommt Lenas Auftritt. Die ersten Laute klingen seltsam, ein wenig verzerrt, und ich vermute, dass Lena über die gewaltige Akustik erschrocken ist. Der Nachhall ist so viel länger, als sie es gewohnt ist. Fast wie ein Echo schallen die Töne ihrer Geige durch die nur spärlich besetzte St. Nikolaikirche.

Laila beugt sich zu mir. «Es gibt kein schlimmeres Instrument als die Geige, wenn man sie nicht beherrscht. Warum habt ihr dem Kind keine Blockflöte gekauft?», flüstert sie.

Aber ich antworte ihr nicht, denn jetzt hat Lena sich wieder im Griff. Sie spielt *Csárdás* von Vittorio Monti. Verdammt! Warum spielt sie denn ausgerechnet dieses Lied? Sie weiß doch, dass ich es nicht ertrage.

Obwohl meine Füße Eisklötze sind und ich trotz dicker Strumpfhose unter dem Rock, dem Poncho und der Jacke friere, bildet sich ein feiner Schweißfilm auf meiner Stirn.

Ben wirft mir einen Blick zu, den ich ignoriere. Er glaubt, es sei mir ein Dorn im Auge, dass Lena sich für die Geige entschieden hat. Ich tue so, als würde ich den Klang hier in der Kirche hassen. Dabei geht er mir durch Mark und Bein. Er ist so tief in meinem Herzen verankert, dass es mir beinahe körperlich wehtut, das Stück auf Lenas Instrument zu hören.

Ben hat keine Ahnung. Meine Abscheu amüsiert ihn sogar ein bisschen. Weil sonst immer so viel Harmonie zwischen Lena und mir herrscht. Er liebt es, mich mit ihrem Geigenspiel aufzuziehen. Und ich habe ihn im Verdacht, dass er sie zu Extra-Übungsstunden anstachelt, weil es ihm gefällt, dass es eine Sache gibt, mit der mich seine Tochter wahnsinnig macht.

Sie spielt gut. Sehr gut sogar. Jeder Strich auf den Saiten zischt wie ein elektrischer Schlag durch meine Adern. Es dauert nicht lange – und ich weine. Es sind keine Lachtränen mehr, sondern echte.

In meinem Innern bäumt sich etwas auf, zerrt an jedem Muskel. Es fühlt sich an, als würde mein Herz die Fühler nach etwas ausstrecken. Und dieses Etwas ist nicht Ben. Nicht unsere Vertrautheit. Nein, dieses Etwas ist vergangen und unabgeschlossen. Und alles, wirklich alles in mir sehnt sich für die Dauer von «Csárdás» nach Lukas. Nach einem anderen Ich.

Wie kann das sein? Neben mir sitzt Ben, meine große

Liebe. Müsste ich mich nicht nach ihm sehnen in diesem Moment? Nach seinem Arm greifen? Stattdessen vergrabe ich meine Hand im Schoß und stelle mir vor, ich würde in der Wohnung mit den Platanen vorm Fenster stehen und Lukas' Rücken entlangstreicheln.

Man wird meine Tränen sicher für Rührung halten. Aber das stimmt nicht, ich fühle alles, nur keine Rührung. Schuld, Scham, Schmerz und eine bittersüße Wehmut. Tränen der Rührung brennen nicht im Hals, und sie tun auch nicht so allumfassend weh wie die Schmerzen, die gerade durch meinen Körper jagen.

Als die letzten Töne verklingen, sind meine Hände so verkrampft, dass sich die Finger gichtartig anfühlen, aber der Rest von mir verspürt Erleichterung.

Nach der Zeremonie dröhnen die Wortfetzen an mir vorbei wie die Tubalaute von Mamas Freund.

Sissis Mutter: «Ganz die stolze Stiefmutter von Lena, was?»

Sissi selbst, mit spitzen Lippen: «Hab deine Tränchen gesehen, Annika, so schön!»

Schauspielerin (Barbara oder so): «Mensch, wie toll Ihre Tochter spielt.»

Drehbuchautor (Namen vergessen): «Es war aber auch eine wirklich ergreifende Hochzeit.» Zwinkern. «Na ja, die Hochzeit nicht, aber das Geigenspiel.»

Ben: «Wo hast du die Noten her, Lena? Ich kenne das Lied gar nicht?» Lena: «Aus dem Keller.» Ben: «Haben wir Noten im Keller? Warum haben wir Geigennoten im Keller?» Lena: «Die waren bei Annis Sachen.» Und zu mir: «Sorry, Anni.»

Beim Sektempfang, der vor der Kirche und dankenswerterweise mit Unterstützung von einem halben Dutzend Heizpilzen stattfindet, stürze ich schnell ein Glas hinunter.

Der Sekt in meinem Magen mischt sich mit dem Glühwein aus der Kirchenbank und sorgt ausnahmsweise einmal dafür, dass die Geräusche klarer werden. Endlich kann ich ein Stück weit verdrängen, was das Geigenspiel mit mir gemacht hat.

Allerdings muss ich jetzt leider auch aufs Klo. Und das ist gar nicht gut. Denn ich habe eine Klo-Paranoia entwickelt. Überall verfolgt mich die Angst, Lukas' Gesicht zu begegnen. Oder besser gesagt, erneut meine Reaktion auf seinen Anblick in einem Toilettenspiegel ertragen zu müssen.

«Anni!», haucht eine flehende Stimme, die ich nicht richtig zuordnen kann.

Ich sehe mich um und erkenne, dass mir jemand von der Kirchenmauer aus zuwinkt.

«Anni!», zischt es noch einmal.

Jetzt sehe ich, dass es Maren ist, die an die Wand des seitlichen Kirchenschiffs gepresst steht. Ihre Schminke ist verschmiert, und sie trägt eine seltsame Kombination aus Plisseerock und grauem Hoodie. Als hätte sie unten angefangen, sich für die Hochzeit anzuziehen, und es oben wieder vergessen.

«Was machst du da?», frage ich. «Komm von der Mauer weg und stell dich mit mir unter einen Heizpilz.»

Sie schüttelt heftig den Kopf und bedeutet mir, näherzukommen.

Ich stelle das leere Glas ab, nehme mir ein weiteres und gehe zu Maren. Aus dem Augenwinkel sehe ich Ben, der mit einer Frau ins Gespräch vertieft ist, und Lena, die entweder vor Aufregung oder vor Kälte von einem Bein aufs andere hopst. Keiner der beiden beachtet mich oder scheint Maren gesehen zu haben.

«Ich brauche deine Hilfe», sagt sie, nimmt mir das Glas

aus der Hand und stürzt es in einem Zug herunter. Dann stellt sie es auf die Rabatten neben der Kirche und zieht mich am Arm hinter sich her. «Ich brauche deine Hilfe, aber du darfst Ben nichts davon sagen. Du bist doch Anwältin ...»

Ich seufze. «Was hast du vor, willst du Facelifting für Katzen anbieten und dich vorher juristisch absichern?»

Die Reste ihrer angekauten Fingernägel stechen kleine Halbmonde in meinen Unterarm. Es sieht aus, als wäre meine Haut ein Plätzchenteig.

«Es ist ernst», sagt sie.

Das hab ich auch gemerkt. Deswegen scherze ich ja.

«Verdammt, Maren, was ist denn los?»

* * *

Ich bringe keinen Bissen hinunter. Und es liegt nicht an der minimalistischen Auswahl am Buffet.

Nachdem Maren und ich hinter einem Busch wildgepinkelt haben, weil man nun mal nichts im Hirn aufnehmen kann, wenn die Blase voll ist, hat sie die Bombe platzen lassen. Ich wette, sie fühlt sich erleichtert. Ich dagegen fühle mich eine Tonne schwerer, denn jetzt habe ich ein weiteres großes Geheimnis vor Ben. Und ich hasse es, Geheimnisse vor ihm zu haben.

Mit geschätzt fünfzig weiteren Gästen, von denen ich nicht weiß, welche Rolle sie im Leben des Brautpaars spielen, sitzen wir in einem dezent geschmückten Saal, in dem es zum Glück mollig warm ist. Ben hat überraschend gute Laune und ganz offensichtlich beschlossen, auf der Hochzeit seines Bruders mal so richtig aufzudrehen. Vielleicht ist es auch seine Vorstellung von Coolness. Seine Rede kam jedenfalls gut an, auch wenn es nicht das Brillanteste war, was er je zu Papier gebracht hat. Genau genommen changierte sie gekonnt zwischen einer Satire à la Böhmermann und einem Fremdschäm-Moment, wie ich ihn immer empfinde, wenn Denis Scheck sich erdreistet, die Arbeit anderer Menschen über eine Rampe im Restmüll zu entsorgen. Man wirft keine Bücher weg. Und man sagt seinem Bruder auch nicht, dass man seine Filme daran erkennt, dass niemand lachen kann. Dabei steckt eigentlich viel Liebe und Bewunderung in Bens Worten, man kann das nur schwer heraushören, wenn man ihn nicht gut genug kennt.

Seit einer halben Stunde quasselt Ben jetzt schon mit Martin Hoverwarth, einem Drehbuchautor, über dessen Hang zu offenen, interpretationsfreien Enden von Spielfilmen im Öffentlich-Rechtlichen sich Ben stundenlang echauffieren kann. Ich hoffe, er lässt das heute sein.

Ansonsten ist es natürlich keine Hochzeit mit albernen Spielen. Julian muss seine Frau nicht durch ein aufgeschlitztes Betttuch von hinten füttern, und es findet auch keine Brautschuhversteigerung statt. Es ist eine ziemlich langweilige Veranstaltung mit zu wenig Essen und zu trockenem Wein. Das Interessanteste war die Armbänderbastelrunde mit Lena, bevor sie von ihrer Mutter abgeholt wurde.

Zusammen mit Laila und Markus sitze ich an einem der runden Tische. Laila streckt die Beine neben mir aus, sodass sie wie selbstverständlich meine Waden berühren. Es ist eine Angewohnheit von ihr, an die ich mich selbst nach all den Jahren, die wir uns jetzt kennen, noch nicht gewöhnt habe. Ich hatte nie Freundinnen, die einfach mal meine Hand genommen haben, mir einen Kuss auf die Wange gedrückt oder bei einem Filmabend ihren Kopf auf meine Schulter gelegt haben. Genau genommen hatte ich vor Laila und Markus auch keine richtig guten Freunde.

«Das ist die uninspirierendste Hochzeit, auf der ich je war», sagt sie seufzend.

«Nein, das war unsere», erwidert Markus belustigt.

«Auch wieder wahr.» Laila legt ihrem Mann gut gelaunt eine Hand auf den Oberschenkel und kichert.

Ich war nicht dabei, die beiden waren schon verheiratet, als Ben und ich uns kennengelernt haben. Aber Lailas Idee, vor der Hochzeit eine Reise nach Südafrika zu machen («Du musst wissen, wie dein Ehemann reagiert, wenn ihr einem Spitzmaulnashorn gegenübersteht – und zwar bevor du ihn heiratest!») war nicht das Beste, was ihr je eingefallen ist. Einem Spitzmaulnashorn sind sie nicht begegnet, dafür aber dem Norovirus, das leider nicht so schnell aufgegeben hat, wie es ein tollwütiges Rhinozeros wahrscheinlich getan hätte, und das sie bis zum Tag der Hochzeit verfolgt hat. Sie konnten nur mit Kamillentee anstoßen.

Ludwig und Sissi sind inzwischen zum Walzer auf die Tanzfläche getreten. Ich würde mir das Gespräch mit Maren am liebsten mit wilden Hip-Hop-Moves aus dem Leib schütteln, fühle mich aber immer noch wie gelähmt. Sie steht an der Bar, hat den Hoodie ausgezogen und trägt jetzt eine Art durchsichtiges Unterhemd, bauchfrei. Ich schätze, sie hat bereits das dritte Glas Sekt intus und wartet nur darauf, auf die Tanzfläche zu gehen und barfuß irgendeinen Ausdruckstanz aufzuführen. Ihr Problem hat sie ja jetzt erfolgreich auf mich abgewälzt.

Auf einmal spüre ich eine unbändige Maren-Wut in mir. Auf das Windspiel, das sie von irgendwoher mitgebracht hat und unbedingt vor unsere Terrassentür hängen musste und das mich tierisch nervt, weil es bei jeder Windböe ein Riesengebimmel macht. Auf die Art, wie sie ganz selbstverständlich ihre Klamotten in meinem Schrank ablegt und sich wie ein

Kleinkind in unserem Haus einnistet, mit Fußabdrücken und Kritzeleien auf allen möglichen Gegenständen. Vielleicht habe ich all das immer zugelassen, weil sich das Haus auf der Warft immer noch ein klein wenig mehr wie Bens Heimat anfühlt? Oder rege ich mich jetzt nur auf, weil Maren mich mit ihrem Verhalten zu etwas zwingen könnte, was ich schon einmal getan habe? Damals dachte ich, ich wäre auf der richtigen Seite. Aber vielleicht täusche ich mich auch dieses Mal. Ich habe zwar die Wahl, aber was, wenn ich mich schon wieder falsch entscheide?

«Das geht nicht ewig gut mit den beiden», prophezeit Laila, deutet mit einer Wackelbewegung ihres Vogelnests auf die Tanzfläche und reißt mich damit aus meinen Grübeleien. «Das spüre ich mit meinem fünften Sinn.»

«Du meinst den sechsten», verbessert Markus sie. Er spielt gelangweilt mit dem Saum der Spitzentischdecke.

«Oder den siebten», ergänze ich.

Laila schüttelt den Kopf. «Nein, ich habe nur fünf Sinne. Und die sind nicht mal besonders ausgeprägt. Ich meine, ich kann schlecht riechen, und meistens höre ich auch nur das, was ich hören will. Also ist das hier», sie reibt den Daumen an Zeige- und Mittelfinger ihrer rechten Hand, «... genau genommen mein wichtigster Sinn.»

«Hast du das bei Ben und mir auch schon mal gedacht?», platze ich heraus. «Dass es auf Dauer nichts wird?»

Markus schaut hoch, und Laila macht große Augen, sagt aber nichts. Dann prustet sie los: «Ganz ehrlich, als ich euch das erste Mal zusammen gesehen habe, war ich so betrunken, ich hab keine Ahnung, was ich da gedacht hab.»

«Mmmpf», mache ich, weil ich die Antwort alles andere als befriedigend finde.

Markus beugt sich zu mir vor. «Wann wusstest *du* denn,

dass das mit euch klappt?», fragt er und wirft Laila dabei einen seltsamen Blick zu. Gerade so, als ob er wüsste, dass sich Lukas seit diesem verdammten Plakat in meine Gedanken geschlichen hat, obwohl ich ihn da gar nicht haben will. Oder als ob er wüsste, dass der Mist, in den Maren da jetzt wieder geraten ist, leider auch nicht dazu dient, das Plakat gedanklich dahin zu verbannen, wo es hingehört. Ins Klo.

Bevor ich etwas erwidern kann, richtet sich Laila auf.

«Ich weiß es!», ruft sie, so laut, dass Ludwig beim Walzer kurz aus dem Takt gekommen sein muss. «Als Ben dir das erste Mal was zum Geburtstag geschenkt hat. Das war eine totale Fehlinvestition.»

Markus stöhnt. «Manchmal nervt es mich, wie materiell du denkst, Laila.»

Ich winke ab. «Sie hat schon recht. Er macht mir immer Geschenke, die ich absolut nicht brauchen kann und die ich mir nie selbst kaufen würde. Das ist aber so rührend, dass ich mich jedes Mal wieder ein bisschen verliebe.»

Laila prustet: «Allein die Polaroidkamera! Dabei würde Anni nie freiwillig Fotos knipsen.»

«Oder das Geschirrset, obwohl ich es eigentlich ziemlich nice finde, dass bei uns nichts zusammenpasst.»

«Soll ich ihm mal einen Tipp geben? Zu deinem Geburtstag oder vorher noch, zu Weihnachten?», schlägt Laila vor und sieht sich kurz um. Aber Ben ist noch immer außer Hörweite. Dann wendet sie sich wieder zu mir. «Diese Handtasche, die wir neulich im Schaufenster gesehen haben. Weißt schon, die schwarze mit den pinken Streifen. Soll ich ihm das vielleicht mal stecken? Wäre die nicht was für Ben?»

Ich schüttele den Kopf. «Bloß nicht. Ben hat so einen Spaß daran, mir etwas zu schenken, dass ich mich über seine Begeisterung am meisten freue. Das ist unbezahlbar.»

Laila lehnt sich auf ihrem Stuhl zurück und wirft Markus einen Seitenblick zu. «Wo kommst du eigentlich her, Anni?», lacht sie. «So verdammt perfekt, wie du bist.»

Ich lächele und spüre, wie das Lächeln zuckt, als hätte es Schluckauf bekommen. Wenn Laila nur wüsste, wie verdammt unperfekt ich bin.

«Was war eigentlich mit Maren?», frage ich, weil ich mich an die Bemerkung in der Kirche erinnere und nun rätsele, ob Laila – aus welchen Gründen auch immer – schon von Marens neuesten Problemen erfahren hat.

«Willst du das wirklich wissen?» Sie seufzt.

Markus zieht eine Grimasse und wirkt so, als würde er gerne die Flucht ergreifen.

Das merkt auch Laila. «Du bleibst hier», sagt sie zu ihm und schaut ihn mit ihrem Lehrerinnenblick an, was meine Vermutung bestätigt. «Ich meine, wenn du früher etwas gesagt hättest, hätten wir uns den Streit sparen können.»

«Könnt ihr jetzt mal Klartext reden!», verlange ich.

Laila schließt kurz die Augen, dann erklärt sie: «Maren hat Markus Bilder geschickt, und er hat es mir verheimlicht, dann hab ich aber sein Tablet gebraucht, und weil die Fotos vom Handy synchronisiert werden, hab ich sie entdeckt und –»

«Was für Fotos?», frage ich, schaue von Laila zu Markus und wieder zurück.

Markus rutscht auf dem Stuhl herum. «Lass doch bitte, Laila.»

«*Lass doch bitte, Laila*», äfft sie ihn nach. Dann sieht sie mich an und macht große Augen. «Nacktfotos! Maren hat ihm Bilder von sich geschickt, in eindeutigen Posen. Splitterfasernackt, mit ... tiefen Einblicken in jegliche Körperregion.»

Markus zuckt zusammen, sein Gesicht sieht aus, als

stünde er kurz vor einer Migräneattacke. Aber Laila spricht unbeeindruckt weiter.

«Und sie hat ihm ... Angebote gemacht.»

«Was?», platze ich heraus. Ich kann es nicht glauben.

Markus zuckt mit den Achseln. «Vielleicht hat sie sich einfach in mich verliebt. Meine Güte, so schlimm ist das auch nicht. Die Leute machen ganz andere Sachen auf OnlyFans und so.»

«Was weißt du von OnlyFans?» Lailas Stimme klingt ein wenig schrill.

«Nichts», stöhnt Markus und hebt abwehrend die Hände. Dann massiert er sich den Nacken.

Ich hake ein. «Also noch mal von vorn ... Maren hat dir Nacktfotos geschickt, Markus, und was hast du gemacht?»

Laila grätscht dazwischen. «Nichts hat er gemacht!», sagt sie mit spitzem Mund.

«Doch», protestiert er schnell. «Ich hab ihr geschrieben, dass sie das lassen soll.»

«Drei Tage später», fügt Laila leicht süffisant hinzu.

«Meine Güte, Laila! Maren ist so was wie eine Schwester für mich.»

«Klar. Deshalb hast du mir ja auch nichts davon gesagt.»

Er rollt mit den Augen. «Weil ich nicht wollte, dass sie ... Dass *du* was Falsches denkst. Außerdem wollte ich nicht, dass Marens Gefühle in den Dreck gezogen werden.»

Jetzt schnaubt Laila. «Wisst ihr, was euer Problem mit Maren ist?» Sie macht eine Handbewegung, die nicht nur Markus und mich, sondern gleich den ganzen Raum miteinschließt. «Ihr glaubt immer noch, dass sie ein harmloses, nettes, fehlgeleitetes Mädchen ist. Dabei ist die so was von durchtrieben.»

Ich verspüre den Drang, Maren zu verteidigen, aber ich

weiß nicht, wie. «Was hatte sie denn mit den Fotos überhaupt vor?»

«Sie –»

Laila fällt Markus ins Wort. «Sie hat ihn erpresst. Wollte Geld von ihm, sonst hätte sie mir von ihrer Affäre erzählt.»

«Wir haben keine Affäre!», ereifert sich Markus.

«Weiß ich», erwidert Laila etwas ruhiger. «Aber Maren wollte gerne ein wenig Profit schlagen.»

«Das glaub ich nicht», sage ich – und höre selbst, wie lahm es klingt.

«Ich auch nicht», beeilt sich Markus zu sagen. «Sie hat sich halt ein wenig in mich verliebt, und da macht man so was schon mal.»

«Sie ist doch keine fünfzehn, Markus! Du glaubst jetzt nicht ernsthaft, dass sie sich wirklich in dich verliebt hat?»

Da gebe ich Laila recht. Das glaube ich irgendwie auch nicht, auch wenn diese Variante mir deutlich lieber wäre. Ich schlucke. «Weiß Ben davon?»

Beide schütteln den Kopf.

«Könnt ihr ihm das bitte nicht sagen? Ich habe echt Angst, dass er sie dann endgültig rausschmeißt.»

Wenn er das mit den Fotos erfährt und die andere Sache, die Maren mir heute gesteckt hat, dann ist es aus mit den beiden. Und ich weiß gar nicht genau, warum mir das so zu schaffen macht. Vielleicht weil ich selbst erfahren habe, wie es ist, wenn man einen Riesenfehler macht? Oder weil ich Angst habe, Maren fälschlicherweise zu verurteilen? Ihr unrecht zu tun? Unwillkürlich flattern meine Gedanken zu dem Plakat, zu Lukas und zu der Tatsache, dass man Menschen tatsächlich völlig falsch einschätzen kann. Und was das für fatale Konsequenzen haben kann.

«Weißt du was, Anni?», sagt Laila ernst. «Ich glaube, es wäre an der Zeit, dass ihr genau das macht!»

«Was wollt ihr machen?», fragt Ben. Keiner von uns hat bemerkt, dass er an den Tisch zurückgekommen ist. «Was ist an der Zeit? Diese Party zu verlassen, bevor wir alle vor Langeweile zu Staub zerfallen?»

«Exakt», sagt Markus schnell und steht auf.

Ben seufzt. Dann sieht er mich an. «Was würde Angela Merkel jetzt tun?»

Ich muss nicht lange überlegen, um eine Antwort auf unser Ritual in scheinbar ausweglosen Situationen zu finden. Und ich bin froh, dass Ben vom vorherigen Teil unseres Gesprächs offenbar nichts mitbekommen hat.

«Sie würde sich entschuldigen», erkläre ich. «Und sagen, dass sie jetzt sofort zu einem G-8-Gipfel nach Madagaskar fliegen muss, und die Veranstaltung verlassen.»

Ben widerspricht: «Aber sie ist nicht mehr im Amt, sie wird nicht mehr zu G-8-Gipfeln eingeladen.»

«Dann muss sie eben dringend mit Joachim zu einem Treffen der anonymen Quantenchemiker», sage ich achselzuckend. «Wenn das Mitternachtsbuffet nicht wäre ... Mein Magen knurrt immer noch» Ich imitiere Bens Seufzen von vorher.

In seinem Gesicht zuckt etwas. Er beugt sich zu mir, und seine etwas zu langen Haarspitzen kitzeln mein Ohr, als er flüstert: «Ich weiß, wo der Kühlwagen steht.»

Das Taxi nach Glückstadt kostet ein Vermögen. Aber ich würde die Summe jederzeit wieder ausgeben, weil Ben und ich auf dem Rücksitz knutschten wie Achtzehnjährige nach dem Abiball. Und wenn ich auch keinem Abiturienten eine so langweilige Feier wünsche wie Ludwigs Hochzeit, so sollte eine heiße Knutscherei zum Pflichtprogramm gehören. Neben dem Abi-Aufkleber und der Abschlussfahrt nach El Arenal.

Und solange Ben mich küsst, vergesse ich das nagende Gefühl von zu schweren Geheimnissen. Ich vergesse auch Maren und die Fotos. Ich vergesse einfach alles um mich herum. Das hier ist mein Leben, und das soll verdammt noch mal mein Leben bleiben.

Nicht nur, weil die andere Möglichkeit keine war, die über neun Tage hinauswachsen konnte. Sondern weil sie nie eine war.

KAPITEL 12

BEN

HEUTE

Ich sehe Lukas hinterher, wie er das Café in Richtung Dammtor verlässt. Ganz schlau werde ich nicht aus ihm. Entgegen unserer letzten Begegnung war er heute sehr reserviert und kurz angebunden. Er wirkte, als beschäftige ihn etwas, über das er auf keinen Fall sprechen will. Vielleicht bilde ich mir das aber auch nur ein, weil wir uns nicht gut genug kennen.

Er schaut sich noch einmal um, mit diesem melancholischen Blick. Sein Gesicht wird von der Sonne beleuchtet, dann schließt sich die Tür hinter ihm.

Ohne Nika zu kennen, verstehe ich plötzlich sehr gut, wie man sich in Lukas verlieben kann. Ich lächele in mich hinein, und mein Blick fällt auf den kleinen runden Abdruck, den seine Tasse hinterlassen hat, weil man den Kaffee hier in großen Bechern ohne unnötigen Untersetzer serviert bekommt. Da weiß ich plötzlich, mit welchem Teil der Geschichte ich heute weitermachen werde.

Hier sitze ich also, das personifizierte Klischee eines Schriftstellers in einem Café. Ich klappe den Laptop auf, drehe meinen Stuhl so, dass ich nicht mehr gegen die Sonne schaue, und fange an zu tippen.

Das Ende ihres grauen Musselinschals mit der ungleichmäßig versäumten Kante baumelte über dem Tisch und verschwand für einen vorwitzigen Moment in ihrer blassblauen Jumbo-Kaffeetasse. Als der helle Stoff drei Sekunden später wieder auftauchte, war der Fleck darauf nicht groß, vielleicht zwei Zentimeter Braun, die den dunklen Ton des Getränks zu verhöhnen schienen. Dieser Fleck war das Schönste am ganzen Vormittag. Ich konnte gar nicht sagen, warum, aber ich wollte nicht, dass der Fleck je wieder verschwand. Ich wollte auch nicht, dass sie je wieder verschwand.

Ihre Hand zuckte in meine Richtung, verharrte kurz und fand dann endlich meine. Da lag sie nun, zart und doch mit sanftem Druck, der sagen wollte – geh nicht, bleib hier. Und über all dem baumelte der Zipfel ihres Musselinschals mit dem Kaffeefleck. Sie merkte es gar nicht. Zum Glück, denn alles Perfekte brauchte schließlich einen Hauch Unperfektheit. Einen Kaffeefleck, um wirklich perfekt zu sein. Da wusste ich, dass ich sie liebe.

Ich schreibe und schreibe und spüre dabei unbewusst, wie sich das Publikum um mich herum allmählich verändert. Aus Freundinnen, die Kaffee mit Karamellsirup trinken, werden junge Männer, die sich Bier bestellen. Aus Müttern mit Kinderwagen werden Familienväter mit Geheimratsecken. Selbst der Geruch hat sich verändert. Das Brummen der Kaffeemaschine verrät, dass sie ein Reinigungsprogramm fährt. Es weht auch nicht mehr der Hauch von gemahlenen Bohnen durch den Raum, sondern ein herberer Duft. Das kann an dem verschütteten Bier liegen, das auf den Tresen gespritzt ist, oder am Deo der jetzt hauptsächlich männlichen Besucher. Sicher bin ich mir nicht.

Die Veränderungen aber sind spürbar und reißen mich aus meiner Geschichte, holen mich zurück in die Realität. So schnell wird aus einem Café eine Sportsbar und – ich muss

innerlich grinsen – aus einem Krimiautor ein Schriftsteller, der völlig vertieft eine Liebesszene schreibt und sogar Freude daran hat.

Zwischendurch klingelt mein Handy. Es ist Claire, die das Wochenende mit Lena absprechen will. Unsere Telefonate sind immer freundlich, wenn auch kurz und auf den Punkt. Ich überlege, ob wir schon immer so waren. So schnörkellos. Vermutlich.

Über Claire könnte ich nie so schreiben wie über Lukas' Nika. Und obwohl unsere Trennung mich damals sehr verletzt hat, muss ich mir eingestehen, dass der Schnitt nicht tief genug ging. Ich würde Claire niemals als eine große Liebe bezeichnen. Irgendwie waren wir beide immer mehr Zufall als Schicksal.

Nur gut, dass auch aus Zufällen etwas so Wunderbares wie unsere Tochter entstehen kann.

Wegen der ungünstigen Lichtverhältnisse höre ich schließlich auf zu schreiben. Die Fernseher über der Bar schicken ihren grellen Schein in den Raum, das Flackern der Bilder ist unruhig, und über dem Tresen leuchtet jetzt eine Kette aus winzig kleinen Fußbällen.

Ich sehe hoch zum Flatscreen. Es laufen die Vorberichte für die Pokalspiele am Abend. Einen Augenblick lang überlege ich zu bleiben, mir ein Bier zu bestellen und ein Spiel hier anzusehen. Zu Hause wartet Anni, und Anni hat von Fußball so viel Ahnung wie ich davon, Liebesgeschichten aufs Papier zu bringen. Aber dann denke ich daran, wie sie ihre Füße unter meine Beine schiebt, sich ein Buch nimmt und liest, dabei aber immer wieder über den Rand linst und mit kritischem Blick den Bildschirm beäugt. Irgendwann stellt sie dann die unvermeidbare Frage: «Warum kommt heute schon wieder Fußball?»

Ich will eigentlich genau das und denke an Lukas' Worte: dass alles Perfekte einen Hauch Unperfektheit braucht. Einen Kaffeefleck.

Auch Anni hat Kaffeeflecken, und einer davon ist Fußball. Wenn ich ehrlich bin, kann ich es gar nicht erwarten, ihre kleinen Füße mit dem dicken Knubbelzeh unter meinem Bein zu spüren und sie fragen zu hören: «Was ist das jetzt? Pokal oder Champions League?» Sie wird es absichtlich falsch aussprechen, wie Champignon. Und ich werde so tun, als hätte ich es nicht bemerkt. Ob ich ihr irgendwann verraten werde, dass man die Pokalspiele daran erkennt, dass am linken oberen Bildschirmrand eine Grafik zu sehen ist, die den DFB-Pokal darstellen soll?

«Gibt es da ein Rückspiel?», fragt Anni anderthalb Stunden später auf unserer Couch.

Sie trägt ein Shirt und ausgewaschene, löchrige, graue Shorts, die sie so sehr liebt, dass sie es einfach nicht übers Herz bringt, sie endlich zu entsorgen. Die Sofadecke hat sie halb unter ihren Hintern gestopft und den Rest um ihren Körper gewickelt. Würstchen-im-Schlafrock-Position nennt sie das.

«Ja, in zehn Jahren vielleicht», antworte ich trocken.

Sie verpasst mir einen kleinen Tritt gegen die Wade und vertieft sich wieder in ihr Buch. Ich versuche, mich auf den Bildschirm zu konzentrieren und telepathisch dafür zu sorgen, dass St. Pauli das Wunder wahr macht und Dortmund in Grund und Boden spielt.

Zehn Minuten später fragt Anni: «Ist das Pokal?»

«Ist Pokal», antworte ich.

Sie schnaubt. Dann ist es eine Weile ruhig, bis in der Halbzeitpause ein Ausschnitt aus dem parallel laufenden Spiel gezeigt wird und Anni aufgeregt mit dem Finger auf den Fernseher deutet.

«Ist Anthony Modeste etwa ein Fußballer?» Die Sofadecke ist heruntergerutscht, aber sie scheint es nicht zu bemerken.

«Was denn sonst?», frage ich entgeistert. «Dachtest du, er wäre Modedesigner?» Ich muss mich anstrengen, nicht zu lachen.

«Nein, aber ein Lied. Ich meine, es gibt doch ein Lied namens Anthony Modeste! So ein Ballermann-Ding.» Sie runzelt die Stirn. «Seltsam. Was war denn eher da, das Lied oder der Fußballer?»

«Ei oder Huhn», murmele ich. «Die klassische Frage.»

«Huhn!», schreit sie und springt hoch. «Mist! Ich bin nicht sicher, ob die Batterie der Hühnerklappe noch voll ist.»

«Du hast sie doch erst neulich gewechselt, bleib locker», entgegne ich.

«Kann ich nicht. Ich habe ein Hühnertrauma und immer Angst, sie könnten irgendwann tot sein.»

«Vielleicht sollten wir zu ihrem Schutz einen Hahn kaufen und ihn Anthony Modeste taufen», schlage ich ihr vor, und es gelingt mir, dabei völlig ernst zu schauen.

Anni steht auf, legt die Decke zurück aufs Sofa und macht ein paar ächzende Geräusche, die sagen sollen: «Könntest du nicht nach den Hühnern sehen?» Aber ich ignoriere die unausgesprochene Frage gekonnt.

Ein paar Minuten später steht sie wieder vor mir und reckt den Daumen in die Höhe.

«Alle noch am Leben», erklärt sie zufrieden.

Ich erwidere ihr Lächeln, hebe die Decke einladend an und schaue dann wieder auf den Bildschirm. Es dauert nicht lange, bis Anni sich erneut bemerkbar macht.

«Findest du das nicht komisch?», hakt sie nach. «Also das mit dem Fußballer und dem Lied?»

Und dann muss ich doch lachen. «Natürlich finde ich es komisch! Anthony Modeste dürfte Mitte dreißig sein, also war er wohl eher da, und das Lied, allerliebste Anni, ist natürlich nach ihm benannt.»

«Wieso weißt du so was bloß?», murrt sie und schaut wieder auf ihr Buch. Allerdings nicht lange, weil sie meinen Blick auf sich spürt. «Was ist?» Dann grinst sie. «Wir brauchen uns keinen Hahn anzuschaffen – du guckst gerade selbst wie ein verliebter Gockel.»

«Weil du mein Kaffeefleck bist», sage ich daraufhin, beuge mich zu ihr und drücke ihr einen Kuss auf die Stirn.

«Wie?», fragt sie und legt das Buch aufgeschlagen ab, sodass die Seiten nach unten zeigen. Etwas, was ich zutiefst hasse und bei Anni nur hinnehme, weil sie eben mein Kaffeefleck ist.

«Du bist mein Kaffeefleck auf einem Musselinschal», erkläre ich zärtlich und will ihre Hand greifen.

Aber sie zuckt zusammen und runzelt die Stirn, die eben noch so glatt war, als ich sie geküsst habe. Fast schon gereizt sagt sie: «Was soll das denn wieder heißen? Ich bin doch kein Fleck! Und wieso ausgerechnet ein Musselinschal? Kaffee, Kakao ... okay. Aber du besitzt kein Musselinschal. Und ich auch nicht.»

Hinter den letzten Satz setzt sie ein hörbar entrüstetes Ausrufezeichen.

«Äh ... Ich wollte damit sagen, dass ich dich liebe. Auch wenn du mit schlechter Grammatik komische Fragen stellst und ich mich manchmal wundere, in welcher Welt du lebst. Aber kein Grund, beleidigt zu sein: Ich bin einfach nur ein verliebter Gockel.»

«Aha», macht sie wenig begeistert. Und dann schaut sie zu meinem Leidwesen geschlagene dreißig Minuten lang in ihr Buch und gibt keinen Ton mehr von sich.

«Ihr müsst halt auch mal über die Außen spielen!», schreie ich in Minute 81 verzweifelt.

Da schaut sie endlich auf.

«*Die Außen*, was ist das für ein Deutsch?», mosert sie. «Wieso stört dich das als Autor nicht, als Liebhaber der deutschen Sprache?»

Ich seufze. «Als Liebhaber meiner Frau stört mich vielmehr, dass sie so eingewickelt in diese Decke ist und ich nichts von ihren Außenschenkeln und Innenschenkeln sehe.» Ich ziehe ihr die Decke weg.

Jetzt lacht sie.

Wie sehr ich es liebe, wenn sie lacht. Ich kitzele die Innenseite ihrer Schenkel und werfe mich dann auf sie.

«Foul! Foul!», brüllt sie. «Wo ist denn der Schiedsrichter?» Und sie klingt tatsächlich wie ein St.-Pauli-Ultra dabei.

Aus seiner Ecke knurrt Fieps einmal leise und wenig überzeugend.

Anni sieht mich herausfordernd an. «Trikottausch?», schlägt sie vor und zieht sich langsam das Shirt über den Kopf. Ihre Brustwarzen haben sich aufgerichtet, und der Anblick sorgt auch bei mir dafür, dass das Blut in gewisse Regionen schießt.

«Du bist die schönste Frau der Welt», flüstere ich ihr ins Ohr und meine es auch so. Dann küsse ich sie.

«Du kennst gar nicht alle Frauen», murmelt sie und stöhnt leise, weil ich mit meiner Zunge ihre Brüste erreicht habe und ihr jetzt beweisen werde, wie ernst ich das meine.

«Ich muss nicht alle kennen, ich will nur dich kennen.»

Sie schlingt ihre Beine um meinen Rücken. Fest und kräftig und vertraut. So wie es sein muss. So gut, wie es sich nur mit Anni anfühlt, da bin ich mir sicher.

«Ich glaube, der einzige Mensch, den ich richtig kenne, bist du», antwortet sie. «Und ich mag das. Sehr.»

«Ich auch», wispere ich.

Später ist sie auf der Couch eingeschlafen, und im Fernseher plappert unbeachtet der Moderator einer Nachtsendung. Anni schläft wie ein Hund, auf der Seite und Arme und Beine im Neunzig-Grad-Winkel von sich gestreckt. Manchmal bewegt sich ihr Gesicht, dann lächelt sie im Schlaf.

Ich möchte den Moment aufschreiben und für mein Buch verwenden, weil es sich – auch wenn sie Anni ist und nicht Nika – so gut in meinen Roman fügen würde. Eine kleine Stelle, an der sie sich als Leserin später vielleicht wiedererkennt – und hoffentlich nicht böse ist. Denn das ist es doch, was ein gutes Buch ausmacht, oder nicht? Wenn die Leserinnen und Leser das Gefühl haben: Das könnte ich sein.

Es wird ein gutes Buch, dank Lukas' Hilfe. Und mit einem Hauch von Anni vielleicht sogar mein bestes.

KAPITEL 13

ANNI

DAMALS – noch fünf Tage

Das Café war eine Offenbarung, nicht nur weil es «Lost Week End» hieß und eine krude Mischung aus offenem Arbeitsplatz, Buchhandlung und Kaffeehaus war, sondern weil ich das erste Mal in meinem Leben einen ganzen Tag in einem Café verbringen sollte. Das war allerdings nicht abzusehen gewesen, als Lukas und ich hineingingen. Da war es mehr eine Notlösung. Er hatte in der Schellingstraße irgendetwas für irgendjemanden an der Uni abzugeben, und dieses Café war die einfachste – und vielleicht auch die beste – Wahl für ein Frühstück. Aus den letzten Resten meines Kühlschranks ließ sich nichts mehr zaubern. Äpfel konnten wir nicht mehr sehen, riechen oder schmecken, nach unserem Apfel-Kaffee-Frühstück, den Apfelpfannkuchen am Mittag nach dem Streichen und dem Apfelbrei mit Spätzchen am Abend.

Wir nahmen an einem kleinen Zweiertisch neben dem Tresen Platz. Ich schälte mich aus meiner Jacke, behielt aber den breiten Musselinschal an, den mir meine ehemalige Kommilitonin Renée geschenkt hatte. Er war etwas Besonderes, denn nie zuvor hatte ich etwas Selbstgemachtes bekommen. Silke und Marga, meine älteren Schwestern, waren handwerklich in etwa so begabt wie unser Vater, der sich schon an einem Brieföffner lebensgefährliche Verletzungen zuziehen konnte. Überhaupt bekam ich selten Geschenke, die mir wirklich etwas bedeuteten. Meine Mutter hatte ich nach diversen Klassik-CDs und Konzertkarten zu irgendwelchen Philharmonikern gebeten, sich die Mühe bitte einfach zu sparen. Freundinnen hatte ich kaum welche. Jedenfalls hat es sich nie nah genug angefühlt, um nur auf die Idee zu kommen, etwas Persönlicheres als eine Schachtel Pralinen oder irgendeine Art von Gutschein zu schenken.

«Und was machen wir jetzt hier?», fragte ich.

«Wir bestellen.» Lukas grinste mich an. «Wenn du willst, nehmen wir alles, was auf der Karte steht. Und wir werden hier so lange sitzen, bis wir nicht mehr wollen.»

«Ich war noch nie länger als eine Stunde in einem Café», gab ich zu. «Ich könnte hier nicht arbeiten. Es ist zu laut.» Schuldbewusst schob ich die Laptoptasche zwischen meinen Beinen hin und her. Hatte ich wirklich geglaubt, ich würde hier arbeiten?

«Du hast Migräne und außerdem Urlaub, wenn ich mich recht erinnere.»

«Jetzt, da du es sagst ...» Ich musste lachen. Das konnte Lukas also auch – einen mit seinen eigenen Waffen schlagen.

Er schob sich die Haare aus dem Gesicht und winkte den Kellner heran.

Schnell warf ich einen Blick auf die Karte. «Einen Milchkaffee, den Käsekuchen und ein Glas Orangensaft bitte», bat ich.

«Orangensaft ist leider aus», sagte der Mann. «Apfelsaft?»

«Nein!», antworteten Lukas und ich im Chor.

Der Kellner blinzelte und entgegnete, als wäre die Ablehnung von Apfelsaft ein persönlicher Affront: «Dann eben nicht.»

«Ein Käsesandwich, ein Croissant, Marmelade und Nutella und ein großer, schwarzer Kaffee für mich. Ach ja, und den Gemüseteller, bitte», orderte Lukas.

Als der Kellner, der die Bestellung stoisch abgenickt hatte, gehen wollte, rief Lukas ihm hinterher: «Entschuldigen Sie ... der Käsekuchen? Enthält der Spuren von Haselnüssen?»

«Keine Ahnung.» Der Kerl zuckte mit den Schultern. «Ich hab den ja nicht gebacken.»

Lukas' Ton wurde schärfer. «Dann finden Sie es bitte raus, wenn Sie nachher nicht den Notarzt rufen wollen.»

«Äh ...», machte ich irritiert. «Du hast doch gar keinen Käsekuchen bestellt.»

Lukas spielte mit der Serviette vor sich auf dem Tisch und wirkte verlegen. «Aber du. Und du hast doch eine Allergie.»

Ich staunte nicht schlecht. Meine beiläufige Bemerkung, als wir an unserem ersten gemeinsamen Abend das asiatische Essen bestellt haben, ist ihm offensichtlich im Kopf geblieben.

«Spuren von Haselnüssen sind kein Problem», erklärte ich schnell. «Solange ich keinen Nusskuchen esse, passiert nichts.» Ich nickte dem Kellner zu, der sich daraufhin trollte.

«Sorry!», entschuldigte sich Lukas und wirkte zerknirscht. «Ich wollte dich nicht irgendwie bevormunden ... Du hättest auch selbst –»

«Was? Nein! Das war doch wahnsinnig aufmerksam von dir! Danke.»

Während wir frühstückten und im Gespräch versanken, verknoteten sich unsere Hände. Mein schlechtes Gewissen verstaute ich unterm Tisch neben der Laptoptasche. Ich wollte keine Klageschriften mehr lesen, sondern Lukas' Geschichten lauschen. Statt mit den Fingern auf Tasten zu tippen und langweilige, formelhafte Schachtelsätze zu bilden, wollte ich unsichtbare, luftige Linien zwischen Lukas' Sommersprossen ziehen, sodass sie Sternbilder ergaben. Wollte die Karte mit ihm hoch- und runterbestellen und darüber lachen, wie viel er verdrücken konnte.

«Wo isst du das nur alles hin?», fragte ich und rieb mir ächzend den Bauch. «Du erinnerst mich an diese Urlauber in All-inclusive-Hotels, die sich die Teller mit Essen volltürmen und gar nicht genug bekommen können, bis sie von allem ein bisschen auf ihre Tische gestapelt haben.»

«Mit dem Unterschied, dass ich auch alles aufesse», sagte er. «Es gab eine Zeit in meinem Leben, in der ich ... hungern musste.»

Ich runzelte die Stirn. «In deiner Kindheit?»

«In meiner Vergangenheit», antwortete er ausweichend. Das endgültige Satzzeichen dahinter hörte ich so laut, als hätte er «Punkt!» gerufen. Für ihn war das Thema damit auch schon wieder erledigt. Das Wort *Vergangenheit* war so etwas wie sein Safeword geworden. Danach war Schluss. Bis hierhin und nicht weiter.

Im Laufe des Tages tauschte der gelangweilte Kellner vom Morgen die Schicht mit einer gestressten Studentin, die noch weniger Lust und einen noch größeren Mangel an Servicegedanken hatte. Als sie mit dem zweiten Jumbobecher Kakao vor mir herumjonglierte, beugte ich mich vor, um ihr die Tasse abzunehmen. Ich wollte verhindern, dass die braune Flüssigkeit über den Rand schwappte. Doch ich hatte den Musselinschal vergessen und die Tatsache, dass er lange, dünne Zipfel hatte, die jetzt einen Köpper in mein Getränk machten.

Vor meinem inneren Auge konnte ich Renée missbilligend die Augenbrauen nach oben ziehen sehen. Aber Lukas schaute mich mit diesem seltsamen, in sich ruhenden Ausdruck an. Er lächelte leicht und irgendwie versonnen, als wäre ein Musselinschal mit Kakaofleck der Inbegriff von Schönheit.

Ich versuchte, den Schal mit der Serviette abzutupfen, aber der Fleck blieb. Lukas' Blick auch. Und das war mehr wert. Ich legte die Hände links und rechts an die Tasse und nippte ein wenig schüchtern.

«Deine neue Wohnung, wo liegt die eigentlich?», fragte er unvermittelt.

Ich schluckte den Kakao runter – und das ungute Gefühl, dass das irgendwie kein gutes Thema war.

«In der Maxvorstadt», murmelte ich. «Am Josephsplatz.»

Ich erwartete so etwas wie «Ganz schöner Aufstieg», ein leicht gehässiges Pfeifen oder die Frage danach, wer sich eine Wohnung in dieser Gegend leisten konnte. Aber all das wollte ich aus Lukas' Mund nicht hören und kam ihm deshalb zuvor.

«Ich bin jetzt Fachanwältin in der Kanzlei.» Ein Satz, der klang, als hätte ich ihn in eine überkandidelte Bewerbung geschrieben. Unpassend hing er zwischen uns in der Luft und kniff wie ein schlecht sitzendes Kostüm über einer Speckrolle. Es war seltsam: All die Sätze, die mit anderen Menschen so gut funktionierten, schmeckten mit Lukas schal. Es war, als verlangte er von mir, echter zu sein. Mehr zu sagen. Bedeutungsvollere Dinge von mir zu geben, welche, die mich wirklich ausmachten.

Bis dahin hatte ich geglaubt, es wäre mir wichtig, als Fachanwältin einzusteigen. Aber jetzt, da ich es laut ausgesprochen hatte, klang es, als hätte ich ein Abziehbild von mir selbst auf den Tisch gelegt. Als wäre die Anstellung bei Frey, Liebermann & Rabenstein auch nur ein Statussymbol. *Mein Haus, mein Auto, mein Anstellungsvertrag.*

Lukas sagte nichts. Musste er auch nicht.

Dennoch war ich in dem Gefühl gefangen, etwas erklären zu wollen. Ich versuchte, das Thema abzuschwächen, tiefzustapeln. Obwohl es doch bei Lukas gar nicht nötig war, in irgendeine Richtung zu stapeln.

«Mein Vater hat gute Beziehungen, wir haben die Wohnung günstig –»

Sein Blick ließ mich innehalten. Er sah nicht so aus, als wollte er irgendwelche Erklärungen von mir hören. Stattdessen sagte er: «Ich nehme an, dein Vater hat dir die Wohnung gekauft.»

Kein Vorwurf klang aus diesem Satz, oder wenn, dann gut versteckt.

«Ja, und sie läuft auf seinen Namen, ich bin nur die Bewohnerin. Ich trage aber alle Nebenkosten.»

Wie lächerlich ich mich anhörte! Warum rechtfertigte ich mich überhaupt? Vielleicht weil es seltsam war, dass ich meine Studentenwohnung verließ, um immobilientechnisch von Wolke eins auf Wolke sieben zu ziehen? Direkt von einer Einzimmerbude in einem lauten, überfüllten Haus in Aubing hinein in den Münchner Real-Estate-Himmel. Dabei wollte ich da doch gar nicht hin. Ich wollte eigentlich bei den Platanen bleiben – und bei Lukas.

Der Gedanke kam so überraschend wie der Fleck auf meinem Schal. Er fiel mir einfach kopfüber in den Kakao.

«Du könntest also dort schon einziehen?», fragte Lukas, und ich wollte ihn anflehen, damit aufzuhören. «Die Wohnung ist schon frei, oder?», bohrte er weiter.

Es kam mir vor, als würden meine Wangen glühen wie die bauchige, blau-graue Keramiktasse in meinen Händen.

«Ja, aber die Handwerker kommen noch mal und …» Ich wollte mich rausreden, spürte aber, dass mir das ganz und gar nicht gelang.

«Halte ich gerade irgendeine Stopptaste in deinem Leben gedrückt?» Er streckte die Hand aus, griff nach dem Zipfel des Musselinschals, spielte kurz damit und ließ ihn dann unvermittelt los, als hätte er sich an dem Fleck verbrannt.

«Nein», sagte ich.

Er legte den Kopf schief, musterte mich herausfordernd.

«Doch», musste ich zugeben.

«Das ist nicht gut. Das wollte ich nicht.» Er richtete sich auf, streckte den Rücken durch.

Hinter uns fiel eine Tasse klirrend zu Boden, und jemand fluchte. Ich zuckte zusammen. Wir waren ja gar nicht allein, es hatte sich nur so angefühlt.

«Nein, bitte ... ich ...», stotterte ich. Dann gab ich mir einen Ruck, stellte die Tasse ab und tastete mich mit den Händen über den Tisch nach vorn, um seine zu greifen. Ohne dabei den Blick von Sommersprosse einundzwanzig zu nehmen. *Meiner* Sommersprosse.

Meine Hände griffen erst ins Leere, bevor sie seine warme Haut berührten.

«Ich ... weiß nicht», begann ich zögerlich, «ob die Richtung, die mein Leben gerade nimmt, die richtige ist. In die Kanzlei meines Vaters einzusteigen, das war irgendwie immer klar. Das war das Ziel meines Studiums. Und jetzt steht das alles bevor, die Verantwortung des Jobs, der Umzug in die große Wohnung, dieses ganze erwachsene Leben. Und es fühlt sich nicht gut genug an. Nicht so, wie es sich anfühlen sollte. Aus Millionen von Gründen.»

Millionen und *einem*. Auch wenn Lukas eigentlich absolut nichts damit zu tun hatte, dass ich mit meiner beruflichen Laufbahn haderte. Und ich instinktiv wusste, dass ich nicht über die anderen Gründe mit ihm reden konnte. Lukas hatte feste Vorstellungen von Recht und Moral, die sich womöglich nicht mit denen einer Anwältin deckten. Oder?

«Habt ihr ein gutes Verhältnis?», fragte er. «Dein Vater und du? Liebt er dich?»

Die Frage überraschte mich. Liebte mein Vater mich? Liebte ich meinen Vater? Gesagt hatten wir uns das nie. Und fühlen, konnte ich es fühlen?

«Nein und ja. Ich meine, er macht alles für mich. Rein materiell. Und er hat mich auch immer gefördert. Und gefordert. Aber ob das Liebe ist ...» Ich zuckte mit den Schultern.

«Tja, das weiß man immer erst hinterher», sagte Lukas. Er zog seine Hand weg und nahm seine Tasse, trank aber nicht.

«Hinterher?»

«Ob es wirklich Liebe ist. Das weißt du erst, wenn du seine Liebe nicht mehr verdienst, sie aber immer noch bekommst. Wenn du etwas anderes machst, nicht mehr den Erwartungen entsprichst.»

«Ist das bei dir so gewesen?»

Er nickte. «Ja. Und meine Eltern haben bewiesen, dass sie mich wirklich lieben. Und an mich glauben. Trotz vermeintlicher Makel und schlechter Entscheidungen, falscher Freunde und ... Ach, egal.» Er winkte ab. Offenbar kratzte er gerade wieder an der Oberfläche seiner Vergangenheit. Ein Thema, das er noch vor wenigen Minuten mit einem lauten Punkt beendet hatte.

Fragend sah ich ihn an. «Vielleicht funktioniert das aber auch nicht für alle Menschen so, dass sie das austesten können und wollen. Ich meine, was soll ich machen? Kriminell werden und in den Knast wandern, um zu testen, ob mein Vater noch zu mir steht? Und ob er mich in ein paar Jahren dann immer noch zur Kanzleipartnerin machen will?»

Meine Stimme hatte sich nach oben geschraubt wie eine Rakete. War dünner und gleichzeitig höher geworden.

Er drückte die Lippen zusammen. Ganz kurz, aber nicht kurz genug, um es nicht zu bemerken. «Nicht die schlechteste Idee.»

«Aber wenn ich gar nicht rebellieren will? Wenn ich einfach nur einen geraden Weg vor mir liegen habe, den ich gerne gehen möchte? Ist das dann schlimm?»

«Wenn das wirklich so wäre, wärst du jetzt nicht mit mir hier.» Sein Ton war ruhig und klar, nicht anklagend, sondern feststellend. «Und würdest den zweiten Tag in Folge eine Migräne vortäuschen ...»

«Ich kann auch gehen», sagte ich, überraschend schrill und trotzig. Meine Stimme klang, als wolle sie auch eine Tasse herunterwerfen. Mit voller Absicht.

«Ja, das kannst du», erwiderte er ruhig.

Wir starrten einander an. Ohne zu blinzeln, als wäre es einer dieser albernen Wettkämpfe, die man als Kind ausgetragen hat. *Wer zuerst blinzelt, hat verloren. Wer zuerst lacht, ist raus.*

Ich wollte nicht gehen, so viel war klar. Aber ich wollte auch nicht, dass Lukas meine Lebensentscheidungen anzweifelte und mir unangenehme Fragen stellte. Es reichte doch, dass ich diese Fragen im Kopf längst vorformuliert hatte. Fragen danach, ob ich eine knallharte Anwältin sein und am Josephsplatz wohnen wollte. Oder ob ich mich mit weniger begnügen könnte und damit glücklicher wäre. Ob es Erfolg war, den ich suchte, oder Glück. Und ob beides zwingend einander bedingte oder miteinander nicht kompatibel war. Ob ich von meinem Vater abhängig sein oder einen schwierigeren, steinigeren Weg einschlagen wollte. Aber wenn ich ehrlich war, hatte ich all diese Fragen längst beantwortet, die

Entscheidungen längst getroffen. Oder sie waren für mich getroffen worden. Denn anders als meine Schwestern hatte ich keine Leidenschaft, nur das Talent, leicht zu lernen, und die Fähigkeit, mich formen zu lassen. Und bevor ich den Platanen meine Sehnsucht gestanden und Lukas in mein Leben gelassen hatte, hatte es erst einen einzigen Tag gegeben, an dem ich ins Zweifeln geraten war, ob ich möglicherweise den falschen Weg eingeschlagen hatte. Dieser Tag lag zwei Jahre zurück und hatte rein gar nichts mit Lukas zu tun.

Er schlug mit der Handfläche auf den Tisch und riss mich aus meinen Gedanken.

«Ich bin gleich wieder da.» In dieser Ankündigung schwang die Frage mit: «Wirst du dann auch noch da sein?»

Ich nickte langsam.

Ich war noch da, als er zurückkam. Das Frühstück war abgeräumt, und auf einmal war da viel Platz für Hände auf dem Tisch. Lukas blieb kurz stehen und sah mich an, bevor er sich setzte. Er strich sich die Haare aus dem Gesicht und seufzte.

«Dein Leben ist dein Leben», sagte er. «Und wie du es verbringst, ist ganz alleine deine Sache. Ich hätte mich nicht einmischen dürfen. Es tut mir leid.» Er zuckte mit der Nasenspitze. «Es ist eine wirklich dämliche Angewohnheit von mir, unangenehme Fragen zu stellen.»

Die Entschuldigung schien ihm nicht schwerzufallen. Leicht schlüpften die Worte von seinen Lippen, und er sprach laut und klar und deutlich. Meine Wut verpuffte in kleinen Wölkchen über dem abgekühlten Kakao.

Dann zupfte er an seinem Ärmel und zog eine kleine Plastikrose daraus hervor. Hellrosa Blüten und ein drahtiger Stängel. Er reichte sie mir. «Es tut mir leid», sagte er noch einmal. Er pausierte kurz und fügte dann hinzu: «Eine echte Blume war auf die Schnelle nicht aufzutreiben.»

«Das ist gut so», erwiderte ich. «Die hier hält auch länger.»

Wir dehnten unser *Dolce-Vita-Frühstück* noch ein wenig aus. Mit Blicken und Worten, einer weiteren Bestellung und nach wie vor zugeklapptem Laptop. Anschließend machten wir einen langen Spaziergang, Hand in Hand, zurück zu den Platanen, die uns sehnsüchtig im Wind schwingend erwarteten.

Ein paar Meter vor der Haustür blieb Lukas stehen, drückte meine Hand und deutete auf die ockergelben Blätter über uns: «Man sagt doch, der Herbst sei der Frühling des Winters. Ich hab noch nie ein Mädchen im Winterfrühling unter Herbstlaub geküsst. Erlaubst du?»

Seine Hand an meiner Hüfte tastete fragend.

Ich antwortete, indem ich mich an ihn presste. Unsere Hände und unsere Lippen – die alten Synchronexperten – fanden einander wieder wie langjährige Vertraute. Lukas' sehniger Körper drückte sich an meinen, vertrieb die Kälte und ignorierte die Menschen, die durch die kleinen Regenpfützen an uns vorbeigingen und dabei mit ihren Gummisohlen schmatzende Geräusche machten. Und plötzlich waren da nur noch wir und unsere Münder und Finger. Ich genoss die kleinen Berührungen an meinem Hals und unter dem Saum der kurzen Jacke, die einen schmalen, linealbreiten Streifen Haut freigab. Alles fühlte sich überdeutlich an. Der kleine kalte Tropfen, der auf meinen Scheitel ploppte, genauso wie Lukas' Zunge, die meine umkreiste, und seine Lippen, die begierig an meinen sogen. Ebenso deutlich spürte ich das Blatt, das von einer Platane herabsegelte und auf meiner Schulter landete. Zeitlupengefühle und Ganzkörperkribbeln. Ich wollte mehr davon. Mehr von seinen Händen und den Spuren, die sie hinterließen. Mehr Küsse und mehr, mehr, mehr von seinem Körper. Und mehr von seinen unausgesprochenen Fragen, die ich beantworten konnte, indem ich mich an ihn presste.

Küssend und streichelnd fanden wir uns im Treppenhaus wieder und schließlich vor der Wohnungstür. Wir machten immer weiter, erkundeten einander mit geschlossenen Augen. Unsere Hände fuhren fühlend über den Stoff der Kleidung, abwartend und nicht in der Absicht, dem anderen alles zu geben. Dafür war es zu früh und zu schön. Es reichte, unsere Hände synchron tasten zu lassen und uns aneinanderzuschmiegen. Für den Rest des Tages und Abends.

Küssende Fragen waren eindeutig die besten, weil sie sich mit dem Hier und Jetzt beschäftigten. Ihnen war das Vergangene egal und das Zukünftige viel zu weit entfernt.

In dieser Nacht, die ich wie selbstverständlich in Lukas' Armen auf der Couch verbrachte, wachte ich kurz auf und sah den Musselinschal auf dem Boden liegen. Er musste von der Lehne gerutscht sein. Im Halbschlaf hatte ich das ungute Gefühl, dass es sich mit diesem Schal verhielt wie mit dem vergangenen Tag. Es war, als stünde mir beides nicht zu. Vielleicht weil es sich zu schön anfühlte. Zu vollkommen, um nicht einen Haken zu haben. Oder zumindest einen Kakaofleck.

KAPITEL 14

ANNI

HEUTE

Made in Holland», liest Lena vor. Wortwörtlich. Made, nicht Mäid. «Igitt!!» Sie wirft den runden, in grüne Folie eingewickelten Käse über den Tisch. «Du glaubst doch nicht, dass ich etwas esse, in dem eine Made steckt! Wie eklig ist das denn?», schreit sie.

«Ich habe mal einen Tequila mit Wurm getrunken», erwidert Maren, schlürft geräuschvoll ihren Kaffee und trägt damit nicht wirklich zur Besserung der Situation bei.

«*Made in Holland* bedeutet nur, dass der Käse in Holland hergestellt wurde», sage ich und werfe Ben einen flehentlichen Blick zu.

«Iss einfach den Schinken, Lena», sagt er. «Der ist *Made in Glückstadt*. Da bekommst du was Heimisches.» Er grinst, beginnt etwas zu summen, und dann fasst er mich um die Hüften, zieht mich vom Küchentresen weg und drückt mir einen dicken Kuss auf den Mund.

«Iiih, das ist fast so eklig wie die Made», befindet Lena und schüttelt sich.

Ich sehe Ben überrascht an. «Du hast aber gute Laune!», stelle ich fest und erwidere den Kuss. «Läuft es mit deiner Schmonzette?»

«Hervorragend läuft es!», erklärt Ben. «Mehr dazu ... später, wenn das Buch fertig ist. Du willst ja bestimmt vorher nicht lesen. Oder?»

«Auf keinen Fall», sage ich.

Er wendet sich zum Tresen um. «Ich nehme dich mit zur Schule, Lena», schlägt er vor. «Treffe mich noch mit jemandem.»

Maren schnaubt. «Du triffst dich ganz schön häufig *mit jemandem* in letzter Zeit», sagt sie spitz.

Ben wirft ihr einen irritierten Blick zu. «Und du bist schon ganz schön lange hier und mischst dich in Sachen ein, die dich nichts angehen», erwidert er. Ruhig und gelassen, gar nicht böse.

Maren zuckt trotzdem zusammen. Ich auch. Die Anwesenheitsdauer von Bens Schwester in ihrem ehemaligen Elternhaus wird nie thematisiert. Sie kann ein und aus gehen, wie sie will. Aber es ist seit dem Sommer das erste Mal, dass Ben sie darauf hinweist. Und ich verspüre den irrwitzigen Zwang, sie sofort zu verteidigen.

«Maren und ich arbeiten an etwas», sage ich daher schnell. «Sie hilft mir.»

«Ach ja?» Ben zieht überrascht die Nase kraus.

Und da merke ich, dass er trotz aller Hilfsbereitschaft, trotz all der Liebe zu seiner Schwester und all dem Geld, der Zeit, der Mühe, die er darin investiert hat, ihr eine gute Zukunft zu ermöglichen, an einem Punkt angekommen ist, an dem er langsam aufgibt.

Irgendwie muss ich das verhindern. Aber ich werde ihm nicht sagen können, was gerade in Marens Leben los ist. Dass sie tief verstrickt ist in kriminelle Machenschaften. Und dass ich sie rausboxen soll.

«Sie hilft mir bei einem meiner Pro-bono-Fälle», sage ich. Es klingt ein halbes Fragezeichen nach, und am liebsten möchte ich Maren eine scheuern für den falsch-triumphalen Blick, den sie jetzt auflegt.

«Genau so ist es», sagt sie.

Dass Maren selbst der Pro-bono-Fall ist, kläre ich nicht auf. Und als Ben wenig später mit Lena aus der Tür ist, nehme ich mein Handy mit ins Arbeitszimmer und suche nach einer Münchner Nummer. Das Gespräch ist mir verhasst, aber es hilft nichts. Ich brauche Informationen, und an die kommt nur mein Vater ran. Das bitter-saure Gefühl, das die Erinnerung an das letzte Mal, als ich über ihn Informationen eingeholt habe, in meinen Mund spült, versuche ich erfolglos zu verdrängen.

In dem kleinen Büro, das wir aus der ehemaligen Speisekammer für mich gemacht haben und das sich hinter einem Bücherregal versteckt an unser Wohnzimmer anschließt, steht nur mein Schreibtisch und ein Rollcontainer. An der Wand hängt ein Bild vom Glückstädter Leuchtturm, und auf der Ablage des Tisches steht eine Justitia-Figur aus Holz. Als Lena noch kleiner war, wollte sie ihr unbedingt die Augenbinde abnehmen und hat sie wochenlang mit einer Feile bearbeitet. Die Figur hatte ich von Josefine, einer Schwester meines Vaters, zum Abitur geschenkt bekommen. Sie ist hässlich und schlecht geschnitzt, aber sie hatte meinem Großvater gehört, der am Tag meiner Abiturprüfung gestorben war. Er hatte seinen Wunsch nach einem Jurastudium nicht erfüllen können, weil er die elterliche Metzgerei in den Nachkriegsjahren übernehmen musste.

Justitia muss blind sein, um ohne äußerliche Betrachtung einer Person, rein nach Sachlage zu urteilen. Aber kann man vielleicht auch *zu* blind sein? War ich damals zu blind? Bin ich heute blind, oder mache ich das Richtige?

Ich wähle die Nummer meines Vaters und kann dabei den Blick nicht von der Statue abwenden. Ohne, dass er bereits abgenommen hätte, höre ich seine Stimme in meinem Ohr:

Justitia ist nicht blind, du musst nur dafür sorgen, dass sie an den richtigen Stellen genauer hinschaut.

Es klingelt eine Weile, dann geht er direkt ran, nicht seine Sekretärin.

«Hallo, Papa», sage ich.

«Annika», kommt es kühl von der anderen Seite. «Was verschafft mir denn die Ehre deines Anrufs? Was hast du angestellt?»

«Gegen diese Behauptung lege ich Widerspruch ein», versuche ich zu witzeln.

«Widersprüche erhebt man, man legt sie nicht ein. Wenn du etwas einlegen willst, geh zu deiner Mutter in die Küche», erklärt er prompt. Damit ist auch der unglückliche Versuch gescheitert, auf Glückstädter Seite das Gespräch locker zu beginnen. Ich hätte es wissen sollen. Es wissen *müssen*, eigentlich.

Ich stelle mir vor, wie er sich über den schweren Eichentisch beugt, der in seinem Arbeitszimmer steht, und so schaut, als säße ich ihm direkt gegenüber. Dieses Mammut von Schreibtisch, an dem ich mir die gesamten Standpauken meines Lebens abgeholt hatte. Hier wurde Gericht über mich gesprochen, als ich meine goldenen Ohrringe in der Schule verloren hatte. Hier wurde die Strafe für das aufmüpfige Verhalten auf der Silberhochzeit von Tante Josefine verhängt. Hier hat mein Vater sein Plädoyer gehalten, als ich nach dem Abi gewagt habe, den Wunsch nach einem Tourismusstudium zu äußern.

Es ist schon zu lange still, er wartet, also sage ich: «Ich stecke nicht in Schwierigkeiten, aber Bens Schwester.»

«Bens Schwester?», wiederholt er, als wäre sowohl fraglich, wer Maren ist, als auch, wer Ben sein soll.

«Ja, Maren wird vorgeworfen, sich an Kreditkartenbetrügereien und zwei Fällen von Trickbetrug in Tateinheit mit Diebstahl beteiligt zu haben.»

«Und?», fragt er.

Ich weiß, worauf er hinauswill, und antworte doch auf eine Frage, die er seinen Mandanten zwar stellt, ihr aber keine moralische Bedeutung zumisst. «Ich soll sie verteidigen. Sie rausboxen, für sie verhandeln. Sie –»

«Wenn du verhandeln willst, geh auf einen Basar», unterbricht er mich.

Ich räuspere mich, beiße mir auf die Unterlippe. «Aber ich bin mir nicht sicher, ob sie schuldig oder unschuldig ist.»

«Was spielt das für eine Rolle?»

Ich schließe die Augen und will verhindern, dass die Bilder wieder hochkommen, aber es gelingt mir nicht wirklich. Seit ich dieses Plakat gesehen habe, seit Ben von Musselinschals faselt und Maren in kriminelle Machenschaften verwickelt ist, sind sie schon ein paar Mal aufgetaucht. Ich sitze dann wieder in Kopenhagen an der Sommeruniversität und höre eine Vorlesung zu den verschiedenen Rechtsstandards in Europa, die am Beispiel des Arbeitsrechts erläutert werden. Und ich ahne nicht, was zur gleichen Zeit knapp tausend Kilometer entfernt passiert und welche verheerenden Auswirkungen das auf mein Leben haben wird.

Die Frage meines Vaters hallt in meinem Kopf wider und stößt schmerzhaft an meine Schädeldecke. *Was spielt es für eine Rolle?* Die Antwort, die ich ihm nicht geben werde, ist folgende: Die wichtigste Rolle überhaupt.

«Geht es dir wieder um moralische Grundsätze?», fragt er. «Da bist du bei mir falsch, Annika.»

«Ich weiß», erwidere ich. «Es geht um etwas anderes. Du hast mal zu mir gesagt: Ein guter Anwalt kennt das Gesetz, ein hervorragender Anwalt den Richter.»

«Ja», bestätigt er. «Aber ich kenne die Richter in Hamburg nicht.»

«Das musst du auch nicht.» Ich hole Luft. «Gerichtsstand wird München sein. Es reicht, wenn du für mich ein paar Anrufe tätigst. Es geht um die Sache in Bogenhausen. Die Quandt-Serie.»

Mein Vater zieht scharf die Luft ein, genauso hörbar, wie ich vorhin nach Luft geschnappt habe. Diese Ähnlichkeiten zwischen uns verursachen in mir immer ein schwindeliges Gefühl. Natürlich hat er von dem Betrügerring gehört, von der Serie an schweren Betrugsfällen, die seit Monaten durch die Presse gehen. Die Medien haben den Fällen den Namen Quandt verpasst, weil ausschließlich sehr wohlhabende Münchner Familien betroffen sind.

«Ich will versuchen, das Verfahren gegen sie noch vor der Hauptverhandlung einstellen zu lassen. Dazu brauche ich aber ... dich.» Wie sehr ich es hasse, das letzte Wort aussprechen zu müssen. «Sie ist zu einer Geldzahlung oder Sozialstunden bereit», füge ich schnell hinzu.

Genau genommen weiß ich das allerdings nicht. Ich weiß nur das, was Maren mir im Schatten der Kirche erzählt hat – und die paar Details, die ich ihr seither entlocken konnte. Sie behauptet, unschuldig zu sein, in etwas hineingeraten zu sein. Nicht gewusst zu haben, dass die Karten nicht echt und die Hausbesuche bei älteren, betuchten Damen in Bogenhausen kein Spaß zum Zeitvertreib waren. Sie hat mir mehr oder weniger glaubhaft weisgemacht, dass sie dachte, für eine Filmrolle vorzusprechen. Und ich weiß nicht, ob Maren wirklich so blöd ist oder ob sie nur denkt, ich wäre blöd genug, ihr zu glauben.

Auf jeden Fall stehe ich vor einem ähnlichen Problem wie damals. Ich muss mich für eine Seite entscheiden. Und auf mein Gefühl hören. Maren ist Bens Schwester, und sie ist ein bisschen verloren, aber sie ist kein schlechter Mensch. Sie hat mich noch nie belogen. Dazu wäre sie nicht fähig.

«Ich sehe, was ich tun kann», erklärt mein Vater, und es klingt keinen Hauch wärmer, als wenn er mit seinen Mandanten spricht. Deshalb weiß ich, dass er es ernst meint. Er wird alle Hebel in Bewegung setzen. Ich danke ihm und verabschiede mich, lasse mich dann auf den Drehstuhl fallen und starre Justitia an. Wie blind bin ich selbst?

* * *

«*I am not amused*», stöhne ich. «Ich hasse Überraschungen.»

«Wissen wir!» Christa lacht und schaut zu Bjarne. Auch Elif nickt wissend.

Der Innenhof der Kanzlei sieht aus wie ein Mini-Weihnachtsmarkt. Ich drehe mich einmal im Kreis, wie ein Karussell, das nicht glauben kann, wo man es abgestellt hat. Sie sind alle da: Ben, Lena und Maren, Laila und Markus sowie zwei liebe «Stammkunden» der Kanzlei, ein paar Nachbarn mit ihren Kindern, meine Mutter, ihr Mann und dessen Tochter Anna-Sina, die Ben und ich heimlich nur Apfelsine nennen. Sogar Richard und seine Frau Katla mache ich unter den Besuchern aus.

Unter dem niedrigen Vordach sitzt eine Harfenspielerin mit Wollhandschuhen, deren Fingerspitzen abgeschnitten sind. Ich höre meine Mutter rufen: «Das ist *mein* Geburtstagsgeschenk an dich!»

Ich bin begeistert. Nein, ich bin es natürlich nicht.

Lena trägt eine Nikolausmütze, aber keine Jacke, und Maren steht hinter einer aus Paletten zusammengezimmerten Bude und rührt in einem großen Glühweinkocher. Sie sieht dabei aus wie eine Kräuterhexe der Neuzeit. Es gibt aber nicht nur diese eine Bude, sondern noch zwei weitere und ein echtes Karussell. Es ist wunderschön und alt, in Dunkelrot angestrichen und mit handbemalten Pferden, einer runden Gondel, einem Zebra, zwei Löwen und zwei Giraffen unter einem Dach aus Glühbirnen.

«Darf ich das behalten?», frage ich Ben, deute auf das Karussell und bin schon nicht mehr ganz so grummelig darüber, an meinem Geburtstag unter einem Vorwand hierhergelockt worden zu sein. Ich suche nach seiner Hand.

«Nein, aber du darfst dich betrinken und so viele Runden darauf fahren, wie du willst. Deine echten Geschenke sind da drüben ...» Er zeigt auf die mittlere Bude, an deren Dach Tannenzweige und Holzsterne befestigt sind.

Elif beugt sich zu uns. «Hätte man uns gesagt, dass es Ende November noch achtzehn Grad hat, hätten wir Eiswürfel und Prosecco besorgt. Ich meine, das ist ja wie im Hochsommer in die Sauna zu gehen, dem Klimawandel sei Dank!», schimpft sie. «Also, lass dir den Glühwein schmecken und zieh am besten die Jacke aus.»

«Es gibt so etwas, das nennt sich Wetterbericht», belehrt Bjarne unsere Auszubildende, während Christa ihm imaginäre Flusen vom Sakko streicht. «Kostenlos abrufbar im Internet. Und man kann es sich mehrere Tage im Voraus anschauen.»

Elif zuckt unbeeindruckt mit den Achseln.

Die Harfenspielerin fängt an zu zupfen, und meine Mutter stimmt ein Geburtstagslied an. Ich presse die Handflächen aufs Gesicht und wünsche mich weg.

«Ben!», sage ich verzweifelnd. «Das ist wirklich *cute*, aber ich hasse das!» Ich linse durch meine Finger.

«Ich weiß.» Er verzieht das Gesicht.

«Warum hast du es dann gemacht?»

«Ich kann nichts dafür!» Er hebt tatsächlich die Hände. «Das war meine Schwester. Sie verspürt offenbar den Drang, dir zu danken. Wofür, wollte sie nicht verraten. Wahrscheinlich dafür, dass du sie erduldest.»

Maren hebt den Kochlöffel aus dem Topf und schwingt ihn in der Luft, dass die rote Brühe spritzt.

«Aber ...», versuche ich zu protestieren und drücke kurz die Lider zusammen.

«Sie hat das hier organisiert», erklärt Ben. «Und alle waren Feuer und Flamme für die Idee. Du kennst Maren, sie hat ein ansteckendes Wesen.»

Er wirkt fast ein wenig stolz darauf, dass seine Schwester einmal etwas Positives in Gang gesetzt hat. Und ich will ihm diese Freude auf gar keinen Fall nehmen, auch wenn es mir schwerfällt, ein so gravierendes Geheimnis wie die Anklage gegen sie vor ihm zu haben.

«Das stimmt», sage ich also nur leichthin und lächele. «Wo deine Schwester auftaucht, herrscht Flächenbrandgefahr.»

Ich lasse die Geburtstagsgratulationen tapfer über mich ergehen, aber nur, weil ich von Ben für jeden Glückwunsch nachher einen Kuss bekomme. Und nach dem zweiten Glühwein stellt sich dann auch bei mir tatsächlich ein bisschen Weihnachts- und Geburtstagsstimmung ein. Warum fällt es mir bloß so schwer, mich zu freuen? Wo Maren und die anderen sich so viel Mühe für mich gegeben haben.

Eine Stunde später hat Christa ihren Bjarne mit Bratwürsten, gebrannten Mandeln und mehreren Gläsern Glühwein versorgt. Lena nippt an der dritten heißen Schokolade, ich habe die Hälfte meiner Geschenke ausgepackt und drei weitere

Ständchen bekommen, eines davon von Herbert, dem Tuba spielenden Mann meiner Mutter. Dann konnte ich mich endlich auf das Karussell schwingen.

Jetzt reiten Laila und ich nebeneinander im Kreis.

Sie prostet mir mit dem Glühwein zu. «Mein Pferd ist ein Hengst, und er heißt Angus.»

«Wie das Steak?», frage ich.

«Ich liebe dich, weil du meine Witze verstehst», sagt Laila.

Ich muss grinsen. «Also, ich reite nur Holzpferde, und meines heißt Pferd.»

«Gefällt mir, das ist so kreativ. Ich hab dir übrigens ein Holzschild gekauft», sagt sie und deutet auf den Geschenketisch in der Bude. Das ist typisch Laila, manchmal verrät sie mir auch schon zu Ostern, was sie mir zu Weihnachten schenkt. «Fürs Bad. Darauf steht: *Sei Annika und mach Pippi.*»

Jetzt muss ich laut lachen.

«Du bist meine Lieblingslaila», sage ich, lehne mich über mein Pferd zu ihrem und umarme sie, so gut es auf einem Karussell geht.

«Kunststück», erklärt sie. «Du kennst keine andere Laila.»

«Doch. Ich kenne viele Lailas», behaupte ich schnell.

«Aha ... Welche denn?»

Hastig schaue ich mich um, als könnte mir hier irgendjemand eine Laila-Expresssendung aufs Pferd liefern.

«Nun ... da wäre Laila Ali!», sage ich und schicke ein hastiges Dankeschön an den Lesezirkel, den Christa, die alte Sparfüchsin, als Unterlage für die Tassen im Büro benutzt – und der in einer längst verjährten Ausgabe von 2020 verkündet, dass die Tochter von Boxer Muhammad Ali zum zweiten Mal schwanger ist.

«Willst du mich verarschen?»

«Nein!», widerspreche ich heftig. «Außerdem kenne ich einige Lailas aus München.»

Genau genommen kenne ich nur eine Delilah, aber vielleicht zählt der ähnliche Klang ihres Namens ja.

«München? Hä? Du sprichst nie über München. Nur wenn es absolut sein muss. So wie jetzt, weil du behauptest, ich wäre deine Lieblingslaila, und dabei kennst du gar keine andere.» Sie mustert mich. «Sag mal, warum bist du eigentlich damals weggezogen? Und warum bekommst du nie Besuch von den Lailas aus München? Warum bin ich die einzige Laila auf deinem Geburtstag?»

Wir haben längst den Zeitpunkt in unserer Freundschaft hinter uns gelassen, an dem ich Laila zuliebe etwas gesagt habe, das nicht stimmt. Jetzt allerdings möchte ich um meinetwegen einfach nur schweigen. Aber ihr Blick bohrt sich wie ein Finger, den man mir in die Seite stößt, in mein Innerstes. Ich halte das nicht aus.

«Ich ... habe damals einen riesigen Fehler gemacht in München. Und vielleicht wiederhole ich diesen Fehler gerade.»

Laila nickt langsam. «Hat dieser Fehler irgendetwas damit zu tun, dass du ... seit einiger Zeit ... irgendwie durcheinander bist?»

Ich lehne mich zur Seite und drücke auf den Schalter, der das Karussell anhält, dann leere ich meine Glühweintasse in einem Schluck und steige vom Pferd. «Ich bin nicht durcheinander. Ich hab nur viel zu tun.»

Laila runzelt die Stirn. *Sie* hat viel zu tun, *ich* habe einen langweiligen Bürojob in einer Anwaltskanzlei, die nicht gerne Prozesse führt.

«Wegen Maren», füge ich geheimnisvoll hinzu und nicke mit dem Kopf in Richtung Glühweinstand.

«Was ist mit Maren?», flüstert Laila. Sie bläht die Nasenflügel auf, wie immer, wenn sie aufgeregt ist und eine Sensation wittert.

«Ach, ich habe Geheimnisse vor Ben», stöhne ich und bereue sofort, vom Karussell gestiegen zu sein. Dieses flirrende Gefühl, das mich schwindeln lässt, kann ich jetzt nämlich nicht mehr auf die Drehscheibe schieben. «Also, wegen Maren und ... Ja, Geheimnisse wegen Maren eben.»

Laila sieht mich mit zur Seite geneigtem Kopf an und schüttelt selbigen bedächtig. Dann entscheidet sie sich zu einem Achselzucken. «Ich habe unzählige Geheimnisse vor Markus.» Sie macht sich nicht die Mühe, ihre Stimme zu senken. «Ich verheimliche ihm, dass ich manchmal in die Dusche pinkele. Er hat außerdem keine Ahnung, dass ich den Schrott in seiner Garage auf eBay verkaufe und mir von dem Geld meine sündhaft teure Antifaltencreme finanziere. Und ich habe in den letzten drei Monaten mindestens vier Orgasmen vorgetäuscht.»

Mit großen Augen sehe ich sie an. «Wenn du ihm das mit dem Pinkeln sagst, musst du vielleicht keine Orgasmen mehr vortäuschen – was sowieso dämlich ist.»

«Wie meinst du das?»

«Es ist dämlich, weil du nichts davon hast. Weil du ihn anlügst. Und weil du vielleicht eher auf deine Kosten kommst, wenn ...»

«Nein!» Laila würgt mich mit einer schnellen Handbewegung ab. «Ich meinte, warum muss ich keinen Orgasmus mehr vortäuschen, wenn ich ihm das mit dem Pinkeln sage?»

«Na, weil Markus ein Hygienefanatiker ist. Er desinfiziert sich die Hände doch sogar jedes Mal, wenn er einen Türknauf angefasst hat. Und wenn es nach ihm ginge, hätten wir immer noch Maskenpflicht. Ich glaube also nicht, dass er es erotisch fände, dass du morgens deinen Mittelstrahl auf eure Designerduschwanne richtest.»

Sie nickt. «Guter Punkt. Ich denke, ich hab bald ein Geheimnis weniger. Vielleicht sogar zwei», erklärt sie mit versteinerter Miene.

Ich weiß nicht, wie ernst sie das meint. Bei Laila kann man so was nie wissen. Aber ich komme auch nicht mehr dazu, nachzufragen, weil sich Ben und Markus zu uns stellen.

«Wo ist Ludwig eigentlich?», will Markus wissen.

Ben winkt ab. «Ludwigs und Sissis Anwesenheit passt rein kalendarisch nicht in die Jahreszeit. Einmal im Quartal ist das Höchstmaß an Erträglichkeit», erklärt er schnell.

«Er hat uns zu seinem Geburtstag im März eingeladen», sagt Laila.

«Uns leider auch», stöhnt Ben. «Als ob die Hochzeit nicht gereicht hätte.» Er schnaubt, wie er nur schnauben kann, wenn es um seinen älteren Bruder geht.

Ich frotzele ein wenig: «Immerhin ist Ludwig jetzt verheiratet. Ich meine, wie viele Jahre sind wir zusammen? Ich wurde von dir nie gefragt, ob ich deine Gattin werden will. Bis dass die Steuererklärung uns scheidet.» Ich sage es absichtlich so gespielt dramatisch, ich zwinkere sogar dabei und ziehe eine Schmolllippe. Aber Ben lacht nicht.

Manchmal habe ich das Gefühl, dass die reine Erwähnung seines Bruders zwangsweise auf seine Stimmung abfärbt wie ein Füller auf einen Kinderdaumen. Nur dass Ben in seinem Daumen eigentlich wesentlich mehr Gefühl stecken hat als Ludwig im ganzen Körper.

«Anni, willst du etwa ernsthaft, dass ich dich vor versammelter Mannschaft hier frage, ob du dich mit mir für die nächsten zehn, alternativ zwanzig Jahre vertraglich auf eine Gütertrennung einigen kannst?» Ben brummt missmutig.

Ich muss lachen und drücke meine Schulter gegen seine Seite. «Komm runter und hol uns lieber noch was zu trinken. Ich will dich nicht heiraten!»

«Nicht?», fragt er.

«Nein», antworte ich und schüttele bekräftigend den Kopf.

«Und warum nicht?»

Ich schaue ihn amüsiert an. «Ich will dich nicht heiraten, weil ich *länger* als zehn und auch länger als zwanzig Jahre mit dir zusammen sein will. Und weil wir einen Hund zusammen haben. Lena und ein Haus und einen Baum auf der Veranda und ein Reetdach und jede Menge Hühner. Das schweißt viel mehr zusammen als ein Ring. Papier verliert gegen Stein bei Schere, Stein, Papier.»

Markus und Laila werfen sich Blicke zu. Keine verliebten, eher welche aus verkniffenen Augen und zusammengepressten Mündern. Was ist da denn los, frage ich mich? Außer vorgetäuschten Orgasmen?

«Das stimmt nicht», sagt Ben ernst. Auch er scheint meinem Humor gerade nichts abgewinnen zu können. «Und unser Haus ist aus Holz, nicht aus Stein.»

«Du nimmst es zu genau», erwidere ich. «Ich will nur nicht, dass du wie dein Bruder wirst, und wir dann so ein Paar sind, das an seiner Hochzeit Taschentücher auf die Kirchenbänke legt, für die rührenden Szenen, die es nicht gibt. Und dann nehmen die Leute die Taschentücher mit nach Hause, schnupfen ihre nächste Erkältung hinein und fragen sich, auf was für einer emotionstoten Hochzeit sie da waren.»

Nichts ist für Ben schlimmer als die Vorstellung, er könnte seinem Bruder ähnlich sein.

Er holt Luft und sagt dann, halb mich ansehend, halb über den Hof schauend: «Wenn ich dich heiraten würde, dann nur unter Reetdach. Im Haseldorfer Deichhof mit ganz viel billigem Wein, weil wir uns was anderes gar nicht leisten wollen. Und weil billiger Wein besser schmeckt als diese Roter-Teppich-Plörre. Wir würden all unsere Freunde einladen, es gäbe alberne Anekdoten, eine peinliche Powerpoint-Präsentation mit gemeinsamen Fotos und Fußball-Fangesänge um Mitternacht. Ich würde allen Kindern erlauben, unter den Tischen Verstecken zu spielen, und du könntest Sissis 350-Euro-Schuh zu einer Sektflöte umfunktionieren.»

Ich starre ihn einen Moment an. Diesen Mann, mit dem ich schon fünf Jahre glücklich bin. Sehr glücklich sogar. Und er merkt, dass ich ein bisschen zu lange gucke. Denn weil er sich zur Feier des Tages den Bart abrasiert hat, kriecht da ein Schwung Farbe über seine Wangen.

Wir grinsen uns an. Anders als Markus und Laila. Bei denen gerät das Grinsen schnell zu einer Grimasse. So eine, wie Fieps sie immer zieht, wenn er sich über Besuch freut und nicht weiß, wohin mit seiner Freude. Nur dass es mir seltsamerweise so vorkommt, als gäbe es gerade nichts, worüber Laila und Markus sich freuen würden. Hoffentlich liegt das nicht doch noch an Marens pornografischen Fotos.

Ich schüttele den Gedanken ab, weil er zu viele andere nach sich zieht, die nicht zu dem heutigen Tag passen. Außerdem will ich mich uneingeschränkt über Ben freuen. Darüber, dass er mich unter so perfekt-unperfekten Umständen heiraten würde und dass wir exakt die gleiche Vorstellung vom perfekten Unperfektsein haben. Und darüber, dass er immer noch rot werden kann.

«*Aishitemasu*, Joachim.»

Ich hab das schon lange nicht mehr gesagt. Nicht wie früher, als wir uns jeden Abend in einer anderen Sprache gesagt haben, dass wir uns lieben. Als würden Angela Merkel und

Joachim Sauer es so machen. Ich hab es auch schon lange nicht mehr so sehr gefühlt wie in diesem Moment.

«*Aishitemasu*, Angie», antwortet er auf Japanisch.

Laila räuspert sich. «Hat Ben dir eigentlich schon sein Geschenk gegeben?», fragt sie mit belegter Stimme.

Ich drehe mich zu ihr. «Nein ...» Dann sehe ich Ben an.

«Hast du schon Angst?», fragt er und lacht.

«Nein!», lüge ich. «Ich liebe deine Geschenke.»

«Du hasst sie», sagt Laila. Ihre Stimme ist zwar leise, aber irgendwie auch ein bisschen gehässig.

«Ich liebe sie», widerspreche ich und betrachte meine Freundin. Und den Abstand, der sich zwischen ihr und Markus gebildet hat. Und der irgendwie zu locker sitzt, wie ein zu groß gekaufter Schuh.

Ein paar Minuten später leiste ich still Abbitte. Es gibt nur wenige Momente, in denen ich mir vorwerfe, nicht auf Laila gehört zu haben. Das hier ist so einer. Hätte ich sie Ben doch nur von der Handtasche mit den pinken Streifen erzählen lassen. Ich habe sogar ein Paar Stiefel, die dazu passen. Stattdessen spannt sich jetzt etwas in meiner Brust, zwängt sich wie eine Schraubzwinge um mein Herz und drückt mit eiskalter Hand zu.

Der Umschlag in meiner Hand brennt, die kleinen weißblauen Kästchen zucken vor meinen Augen, als lachten sie mich aus. Ben hat mir eine Reise nach Bayern geschenkt. Nach München, um genau zu sein. Ins Epizentrum meiner Schuld.

KAPITEL 15

BEN

HEUTE

Manchmal glaube ich, es gibt so etwas wie eine Verwandtschaft, die im Nachhinein entsteht und absolut nichts mit Blut zu tun hat. Lena ist ein Messie. Daran geht nichts vorbei. Und auch Anni ist ein Messie, ein Schubladen-Messie, um genau zu sein.

Wir haben beide eine Schublade in der Küche. Eine, in der wir Kram sammeln. Ich für meinen Teil lege dort Batterien ab und meinen Geldbeutel, manchmal auch Schlüssel oder einen Terminzettel für die Werkstatt oder den Zahnarzt. In Annis Schublade liegen die Terminplaner der letzten drei Jahre. Außerdem Kulis, die die Fähigkeit zu schreiben abgelegt haben, leere Taschentuchpackungen ... Ich zögere kurz, weiterzuwühlen, aber ich brauche jetzt zwingend einen Bleistift, um eine Skizze der Wohnung anzulegen, in der Lukas mit Nika gelebt hat. Und in diesem ganzen verdammten Haus ist nirgends ein Bleistift zu finden.

Es ist wirklich unfassbar, was in Annis Schublade alles liegt. Leere Maoam-Papierchen, ein Zollstock, dem die Zentimeter 1–41 fehlen, der Rest eines Wollknäuels aus einem Bastelprojekt von Lena, das mindestens zwei Jahre zurückliegt, eine völlig zerkratzte Nirvana-CD und eine Plastikrose, die selbst für den Jahrmarkt zu hässlich wäre.

Ich raffe alles zusammen und beschließe kurzerhand, es in die Mülltonne zu werfen. Anni wird es nicht merken. Dankbarkeit gilt es also nicht zu erwarten, aber sie wird sicherlich auch nie fragen: «Wo ist denn die hübsche Plastikrose? Die wollte ich mit dem Wollfaden einwickeln und sie Laila zum Geburtstag schenken.»

Einen Bleistift finde ich trotzdem nicht, aber zumindest habe ich in einem von Annis Mikromüllkreisläufen für Ordnung gesorgt.

Die Zeichnung muss also mit Kuli genügen. Lukas hat seinen Aufenthalt in Hamburg verlängert, unfreiwillig, weil die Nockenwelle nicht aufzutreiben war, und jetzt hat er doch meine Hilfe angenommen.

Wir treffen uns bei Eddy, der eine alte Scheune außerhalb von Elmshorn zum Lagerplatz für seine Schrottteile umfunktioniert hat. Lukas steht schon vor dem breiten Tor, als ich mit Lena angefahren komme. Mein Angebot, ihn abzuholen, hat er rigoros abgelehnt. Ohne Nockenwelle auch kein fahrbereiter Bulli, aber offenbar ist sein Stolz groß genug, um die Tortur mit öffentlichen Verkehrsmitteln auf sich zu nehmen.

Ich parke auf dem Schotterparkplatz und überfahre dabei ein halbes Dutzend hochgewachsener Disteln. Lena kaut schmatzend Kaugummi auf dem Rücksitz.

Eddy und ich haben genau zwei Dinge gemeinsam: sechs Jahre Schulbankdrücken und Kinder im gleichen Alter. Und während Eddy und ich uns relativ wenig zu sagen haben, sind Carl und Lena seit einem Sommerferienlager vor zwei Jahren dicke Freunde.

«Wen triffst du da eigentlich heute?», will Lena wissen.

«Einen …» Ich will *Freund* sagen, aber das trifft nicht wirklich zu. Geschäftspartner auch nicht. Quelle klingt zu sachlich. «Einen Mann», antworte ich also.

«Wahnsinn, Papa! Genauer geht's nicht?»

Ich muss grinsen. «Nimm Fieps an die Leine, ich weiß nicht, vielleicht mag er keine Hunde.»

Und ich brauche Lukas noch, füge ich im Stillen hinzu.

Ohne mich umzudrehen, weiß ich, dass Lena jetzt die Augen verdreht.

Lukas tritt an den Wagen heran, und Fieps macht seinem Namen alle Ehre.

Lena schert sich nicht darum. «Wer Hunde nicht mag, den mag ich nicht», erklärt sie und steigt aus.

Aber Lukas mag Hunde, und Fieps mag ihn offensichtlich auch.

«Süßer Kerl», sagt er an Lena gewandt und streichelt Fieps' Blumenkohlohr, sodass dieser wohlig schnurrt wie eine Katze.

«Du bist also *der Mann*», stellt Lena fest und zwinkert mir zu.

Ich liebe dieses Zwinkern, auch wenn sie es damit manchmal übertreibt.

«Ich bin Lukas», sagt er, reicht ihr seine Hand und erklärt: «Und ich hatte auch mal einen Hund.»

«Das macht dich sympathisch», verkündet meine Tochter in geschäftsmäßigem Ton, und damit ist das Eis endgültig gebrochen. «Ich bin Lena. Tochter meines Vaters», sagt sie und deutet auf mich.

Es ist einer dieser Momente, in denen ich denke, dass Claire und ich das doch ganz schön gut hinbekommen haben mit diesem weltoffenen, lustigen und fröhlichen Kind.

Sie quetscht Lukas aus, und er stellt sich geduldig allen Hundefragen. Jedenfalls so lange, bis sie von Carl abgeholt wird, der mit einem selbst gebauten, riesenhaften Kettcar um die Ecke kommt und ihr den zweiten Sitz anbietet. Falls ich also in Lukas' Lebensgeschichte einen Hund einbauen sollte, dann habe ich alle Infos parat. Inklusive des sehr ungewöhnlichen Namens. Ich nehme mir vor, Lukas später zu fragen, wie man dazu kommt, einen Mischling Annabelle-Marie zu nennen. Aber zuvor stelle ich ihm Eddy vor.

Wir begrüßen uns mit Schulterklopfen.

«Was macht Claire?», fragt Eddy.

Er meint Anni, bringt die beiden aber ständig durcheinander. In Eddys Leben gibt es seit der Trennung von seiner Ex nur eine Frau, seine Mutter. Von daher ist es vermutlich zu viel verlangt, dass er meine Exfrau von meiner aktuellen Freundin unterscheiden kann.

«Der geht's gut», erwidere ich.

Während wir durch die Scheune laufen, entlang an ziemlich chaotischen Regalreihen, und Eddy sich wiederholt mit den ölverschmierten Fingern durchs Haar fährt und Artikelnummern vor sich hinbrabbelt, erkundigt sich Lukas nach meinen Schreibfortschritten.

«Es läuft ganz gut. Richard hat ein paar Seiten gelesen, ihm fehlen aber noch einige Details. Nika ist ihm zu schwammig.»

Jetzt, da ich neben ihm gehe, fällt mir auf, wie groß er ist. Ich bin nicht klein, fühle mich neben dem schlaksigen Lukas aber wie Danny DeVito neben Arnold Schwarzenegger. Wie in diesem alten Film um ungleiche Zwillinge, über den Anni so herzlich gelacht hat. Weil sie über alberne Filme kichern und giggeln kann wie sonst niemand.

«Welche Details?», fragt Lukas. Doch ohne eine Antwort abzuwarten, hebt er die Hand und sagt: «Lass mich raten. Er möchte wissen, was sie für deine Hauptperson so interessant macht?» In seiner dunklen, markanten Stimme schwingt ein amüsierter Klang mit.

Ich wette, Frauen fahren voll auf diese Stimme ab. Aber

obwohl ich ein wenig neidisch bin auf das Männliche in Lukas' Ton, kann ich mich dem Zauber seines Timbres auch nicht ganz entziehen.

«Exakt! Woher weißt du das?»

Er grinst, und jetzt beneide ich ihn auch noch um sein Grübchen. «Intuition.»

«Ich glaube, ich muss noch ein bisschen mehr über Nika erfahren. Willst du mir noch ein wenig über sie erzählen?» Der Satz kommt fast schon schüchtern aus meinem Mund.

Frauen machen so etwas sicher ständig, ich hingegen versuche mich vergeblich zu erinnern, wann ich das letzte Mal mit einem Mann über eine Frau geredet habe. Geschweige denn, einen Kumpel gebeten habe, etwas von seiner Freundin zu erzählen. Selbst mit Markus, meinem langjährigsten Freund, habe ich aufgehört, über Frauen zu reden – und zwar seitdem keiner von uns mehr davon geträumt hat, Britney Spears flachzulegen. Also ungefähr mit sechzehn.

Lukas scheint nicht irritiert zu sein, vielleicht gehört er zu den Menschen, die ganz offen über Beziehungen reden. Mit Männern oder Frauen oder beiden.

Seine Grübchen werden ein wenig tiefer, als er sagt: «Man konnte gut mit ihr lachen, so richtig. Nicht nur ein kleines Kichern, sondern minutenlanges, erschöpfendes Lachen. Ich hab nie wieder eine Frau getroffen, die so gelacht hat wie sie. Mit jeder Pore. Wenn sie lachte, verlor sie jegliche Körperspannung, sie behauptete dann, dass alles an ihr weich würde.»

«Wie meine Freundin!», sage ich und muss jetzt auch lächeln, weil ich Anni vor mir sehe, wie sie sich über Bud Spencer und Terence Hill beömmelt. Oder wie sie versucht hat, Lena das Lispeln abzugewöhnen, und die beiden sich über die unmöglichsten Satzkombinationen kaputtgelacht haben. So lange, bis sie erschöpft auf der Couch lagen und Anni behauptete, jeder Muskel in ihr hätte sich in Lachen aufgelöst, sie könnte so noch nicht einmal einen Stift halten. Noch heute, Jahre später, fangen die beiden manchmal mitten im Satz an, die Wörter zu verdrehen und sie durch Worte mit möglichst vielen «S-Lauten» zu ersetzen. *Du süßer Kloß auf meinem Schoß machst mir allergrößten Spaß.*

Lukas nickt abwesend, als wäre er in Gedanken ganz bei Nika. Und ich bereue es, den Vergleich zu Anni gezogen zu haben. Sie ist kein Pendant zu seiner Nika, auch wenn die beiden eines gemeinsam haben: Nika ist für Lukas die Frau mit dem unerreichten Lachen, Anni ist es für mich.

«Woran denkst du am liebsten zurück?», frage ich und erinnere mich an die Stichpunkte, die ich mir zu Hause notiert habe. «Also, außer an ihr Lachen.»

Er antwortet nicht direkt, bleibt dann aber plötzlich stehen und sieht mich kurz an, bevor sein Blick abschweift.

«An unsere Wortgefechte», sagt er. «Sie konnte wahnsinnig gut mit Worten um sich schlagen, zielsicher treffen oder einen hauchzart berühren.» Er redet weiter, erzählt mit Händen und Füßen von dem Tag, an dem er und Nika auf einen benachbarten Balkon geklettert sind.

Das mit den Wortgefechten würde ich für Anni genauso unterschreiben. Ich muss an unseren großen Streit denken, nach Ludwigs letztem Geburtstag. Wie wir uns danach auf dem Küchenboden versöhnt und nackt Kuchen gegessen haben, bis Anni die Diskussion noch einmal entfacht hat und ich mir vorkam wie im Gerichtssaal. Nachts um halb vier war das. Bei Anni ist es wahrscheinlich eine berufsbedingte Angewohnheit, jeden Satz zu sezieren und in seinen Einzelteilen zu analysieren.

Ich will Lukas fragen, was Nika beruflich gemacht hat, aber er wendet sich mir zu und sagt:

«Weißt du, was eine Eintagsfliege ist?»

«Ja, sicher.» Ich erinnere mich an seinen Satz auf Richards Party. *Der Unterschied zwischen einem Eintagsfliegenautor und einem echten Schriftsteller …* Eine eigentümliche Wortwahl, im Nachhinein und nüchtern betrachtet.

«Das war die Geschichte zwischen Nika und mir: eine Eintagsfliege. Oder vielmehr ein Neun-Tage-Wunder.»

Neun Tage Wunder. Ich lasse die drei Worte auf meiner Zunge zergehen, nicke langsam – und verliere mich in Gedanken. Und mit einem Mal weiß ich, wie mein Buch heißen wird. Ich hab sie, meine Liebesgeschichte. Und den Titel gleich dazu. Am liebsten würde ich loslaufen und mich sofort an den Rechner setzen. Wie in Trance trippele ich weiter neben Lukas her und warte darauf, dass Eddy die passende Nockenwelle findet. Währenddessen schweifen meine Gedanken immer wieder ab, von Nika und Lukas' echter Geschichte zu der fiktiven, die ich aufs Papier bringen möchte.

Lukas ist ein guter Beobachter, er merkt schnell, dass ich nicht mehr bei der Sache bin.

Als Eddy erfreut ausruft: «Ich hab sie!», bleiben wir stehen.

«Ich werde im Frühjahr noch mal ein paar Tage hier sein», sagt Lukas. «Wenn du dann noch Fragen hast, können wir uns gern wieder treffen. Vorausgesetzt, das hier …» Er deutet auf den Karton, den Eddy ihm freudestrahlend entgegenstreckt. «… ist wirklich meine Nockenwelle.»

Es ist ein großzügiges Angebot, wenn man bedenkt, dass ich Lukas nicht bezahle. Er wollte das nicht.

«Ich möchte dich wirklich nicht zu sehr in das Projekt einspannen», sage ich. «Ich weiß sowieso schon jetzt nicht, wie ich mich erkenntlich zeigen kann. Mein Lektor meinte, wir könnten dir eine Beteiligung am Buch anbieten oder zumindest marketingtechnisch unsere beiden Bücher verknüpfen.»

Lukas zieht ein Gesicht, als hätte ich ihn schwer beleidigt. «Du hast mir meine Flucht ermöglicht», sagt er scherzhaft und nimmt den Karton entgegen.

Er reicht mir seine Hand unter dem Karton hervor. Sie ist groß, langfingrig, männlich und gleichzeitig zart. Ich drücke sie fest. Er erwidert den Druck und sieht mir freundlich in die Augen. «Ich melde mich bei dir, Ben.»

Als er geht, fühlt es sich fast so an, als wären wir längst Freunde. Ich sehe ihm nach und mache mir eine mentale Notiz, ihn beim nächsten Treffen zu fragen, ob er ein Musikinstrument spielt. Er hat den Gang eines musikalischen Menschen, leicht federnd und rhythmisch. Und obwohl er so groß ist, neigt er nicht dazu, leicht gebückt zu gehen oder sich beim Sprechen zu anderen Menschen hinunterzubeugen.

Zu Hause habe ich es so eilig, dass ich den Laptop aufklappe und zu schreiben beginne, ohne die Jacke auszuziehen. Sogar die Schuhe trage ich noch, und ich setze mich auch nicht. Ich tippe eilig im Stehen, damit das Gefühl nicht verfliegt. Das Gefühl, die Geschichte endlich richtig greifen zu können. Es ist diese einzigartige Sensation im Innern eines jeden Schriftstellers, die unvergleichlich ist und so viel mehr Lohn bedeutet als jede weitere Auflage, jede gute Rezension oder Preisnominierung. Für dieses Gefühl schreibe und lebe ich.

Erst eine gute Stunde später, als Anni einen Blick in mein Büro wirft und sich auf leisen Socken (es sind wieder ein-

mal zwei verschiedene, selbst gestrickt) wieder davonmacht, ziehe ich meine Jacke aus. Und noch eine weitere Stunde später, als ich dann auch sitze und endlich alle Worte aus meinen Fingern geflogen sind und sich am Bildschirm festgehaftet haben, lehne ich mich zurück, um die letzten Zeilen noch einmal zu lesen.

Ob Nika zuerst meine langen Beine auffielen, der schlaksige Oberkörper, über den selbst der Parka nicht hinwegtäuschen konnte, oder meine leicht mandelförmigen Augen, die nie so recht zum Rest von mir passen wollten? Oder ob sie das Grübchen bemerkte, das mich auf jedem Foto verriet und das auch nicht verschwand, wenn ich gar nicht mehr lächelte? Waren es vielleicht die Sommersprossen, die ebenso hartnäckig auch im Winter blieben, als wären sie mein Vorrat an Sonne für die kalte Jahreszeit?

Ich fliege ein paar Zeilen zurück, zu der Stelle, an der mein Protagonist unsicher ist, was seine Gefühle betrifft.

Es könnte durchaus sein, dass Nika und ich einer Hyperinflation zum Opfer gefallen waren. Dabei wusste ich ja gar nicht, ob es ihr auch so erging. Ich könnte unsere Liebe inflationär aufgewertet haben. Vielleicht waren wir wie ein Oldtimer, der einfach dadurch an Wert gewann, dass man ihn in der Garage stehen ließ. Und dann wären wir eine Geldanlage. Eine Sicherheit. Ich schüttelte mich. Es gab keine Sicherheit, nicht in der Liebe. Nicht im Leben. Für nichts gab es Sicherheiten und Garantien. Außer für Oldtimer vielleicht.

Ich denke über Lukas' Worte nach, die jetzt meine Worte sind, und über seine Gedanken, die ich in einen Mantel aus Buchstaben gehüllt habe. Mit meiner Exfrau Claire verbindet mich Lena, aber kein anderes Gefühl. Keines, das über die Tatsache, dass wir immer gemeinsam Eltern sein werden, hinausgeht. Aber ich erinnere mich gut, wie lange ich meiner Jugendliebe Ebba nachgetrauert habe. Ebba, die mit ihren Eltern zurück nach Schweden gezogen ist. Sie war die erste Frau, die ich geküsst und mit der ich geschlafen habe – aber sie hat mir nie auf meine Briefe geantwortet. Vielleicht verharrt alles, was nicht richtig beendet wurde, in einer Art Schwebezustand. Ein Zustand permanenter Sehnsucht. Claire und ich haben eindeutige Schlussstriche gezogen, von Ebba dagegen habe ich erst zehn Jahre nach ihrem Wegzug eine Erklärung bekommen. Als ich sie zufällig während der Matjeswochen in Glückstadt an einem Stand traf und sie mir mit Mayonnaise am Kinn erklärte, dass sie sich gar nichts dabei gedacht hatte, sich nicht mehr zu melden. Dass sie davon ausgegangen war, man sage das nur so, mit der Fernbeziehung, und dass ihr von vorneherein klar gewesen sei, dass das mit uns nichts Dauerhaftes werden würde. Und auf einmal war Ebba tatsächlich nicht mehr wichtig. Sie hatte keinen Stellenwert mehr in meinem aktuellen Leben, sie war zu einer Erinnerung geworden.

Noch einmal fliegen meine Augen zurück, zwei Seiten vorher. An die Stelle, an der ich über Nikas Liebe zu Wortgefechten schreibe.

> Sie argumentierte, als stünde sie vor Gericht. Bissig, nicht ohne Charme, aber so gewitzt, dass mir manchmal die Antwort im Mund steckenblieb.

Noch eine Seite zurück.

Ich sah Nika an, dass das Lachen in ihr schäumte, als hätte man zu viel Shampoo in eine Badewanne gegeben. Mit wackeligen Knien kletterten wir über das Geländer zurück in die Wohnung. Sie presste sich die Hände auf die Augen und stöhnte leise, so sehr schien sie das unterdrückte Lachen zu quälen.

Wir ließen uns auf den Boden fallen und lachten uns die letzte halbe Stunde aus dem Körper. Die kleinen Gluckser aus ihrer Kehle, das Luftschnappen dazwischen ... Es fühlte sich an, als hätte man mir ein Pflaster aufs Herz geklebt.

Wir hatten uns gerade beruhigt, da fiel mein Blick auf unsere Hündin.

«Wie seltsam sie es finden muss, dass Menschen keine Hunde abschlecken!», sagte ich.

Und dann wird mir plötzlich schwindelig. Die Buchstaben verschwimmen, und mit ihnen ihre Bedeutung. Und sie nehmen die Gefühle gleich mit und richten etwas mit meinem Mageninnern an. Es grummelt und zwickt. Ich frage mich, wie Lukas mir so vertraut werden konnte, dass ich von ihm und Nika schreibe, als wären es Anni und ich. Hat er Lena das mit dem Hund vorhin erzählt? Oder habe ich das aus unserem Alltag geklaut? War das nicht an diesem seltsamen Abend, an dem Anni von irgendetwas ablenken wollte und mit Lena ein Gespräch über Hunde anfing? So muss es sein. Das passiert hin und wieder beim Schreiben. Ich vermische Fiktion mit Realität, stolpere beim Korrekturlesen darüber und brauche dann einen Moment, bis alles wieder an Ort und Stelle ist. Schreiben setzt die Gravitation manchmal außer Kraft. Und

es kann dauern, bis die Geschichte sich auf dem Papier manifestiert und die Realität wieder in Glückstadt zu Hause ist.

Doch gerade in diesem Moment, in dem ich zwischen den beiden Welten schwebe, fühlt es sich irgendwie so an, als würde ich hier etwas übersehen. Als würde ich kopfüber in meine eigene Geschichte springen.

* * *

Verstohlen schaue ich zur Tür des Gästezimmers hinaus, das Maren belagert und in dem es so riecht, als hätte ein ganzer Ashram eine Räucherstäbchenzeremonie gefeiert. Sie könnte jeden Moment hereinkommen. Oder erst wieder in drei Wochen auftauchen. So genau weiß man das bei ihr nicht.

Ein wenig komme ich mir vor wie damals, als ich heimlich das Schloss ihres Tagebuchs geknackt hatte – nur um festzustellen, dass ein einziger Satz darin stand: *Du kleines Arschloch, glaubst du etwa wirklich, ich schreibe Tagebuch?*

Monatelang hatte sie so getan, als schreibe sie ihre geheimsten Geheimnisse in das olle Buch. Geheimnisse, an denen ich eigentlich gar nicht interessiert war. An etwas anderem dagegen schon. Denn Maren hatte auch behauptet, alles, was sie über mich herausgefunden hatte, im Tagebuch festzuhalten. Ich hatte wirklich Angst, sie könnte die Sache mit der heimlichen Motorradspritztour rausgekriegt haben und bei nächster Gelegenheit unseren Eltern petzen. Nur deshalb hatte ich ihr Tagebuch geöffnet. Aber es sollte sich herausstellen, dass Maren schon immer durchtriebener war als ich.

Jetzt, über zwanzig Jahre später, stöbere ich wieder in ihren Sachen, und es fühlt sich genauso scheiße an wie damals. Aber ich weiß, dass es sein muss. Denn wenn auch nur der geringste Verdacht besteht, dass Maren erneut versucht, diese Familie zu zerstören, dann muss ich handeln. So etwas wie vor zwei Jahren darf einfach nicht mehr passieren. Wüsste Anni davon, bin ich mir nicht sicher, ob sie je wieder ein Wort mit meiner Schwester sprechen würde.

Nicht genug, dass Maren in besagtem Jahr meine Kreditkarte gestohlen und zweitausend Euro im Online-Shopping verprasst hat, sie hat auch – was ich viel schlimmer finde – Annis Schwestern von einem Fake-Account aus angeschrieben und ihnen vorgegaukelt, sie sei ich. Sie tat so, als hätte ich eine neue E-Mail-Adresse und als wollte ich Anni überraschen und eine gemeinsame Ferienreise für die drei Schwestern buchen. Daher sollten Silke und Marga auch nicht anrufen oder nachfragen, sondern ihren Anteil einfach schon mal vorab per PayPal überweisen. Silke und Marga haben dann doch angerufen. Bei mir. Und ich konnte sie nur mit viel Überzeugungskraft dazu bringen, Anni nichts zu verraten.

Warum eigentlich? Vielleicht weil ich mir selbst nicht eingestehen wollte, wie weit es mit Marens krimineller Energie inzwischen gekommen war.

Jetzt, in ihrem Zimmer, wühle ich mich durch ihren Rucksack, durch Papierchen und Zahlungsaufforderungen, durch ungeöffnete Briefe vom Arbeitsamt, aber ich entdecke nichts Auffälliges. Ich entsperre das rissige Display ihres iPads und durchsuche alle möglichen Ordner und Apps, finde aber auch hier nichts Verdächtiges. Im Fotofolder liegen unter einem Ordner namens *Naked_MundL* ein paar Nacktfotos, die ich hastig wieder schließe und mich dabei so schäme, dass ich alles schnell zurück in den Rucksack stopfe und ihn von mir wegkicke. Ich setze mich aufs Bett und atme tief durch.

Was machst du hier eigentlich?, frage ich mich. *Warum schmeißt du sie nicht einfach raus, wenn du ihr nicht traust?*

Eine Frage, die mir Claire in unseren gemeinsamen Jahren so oft gestellt hat. Anders als Anni, die Maren sogar noch häufiger in Schutz nimmt, als ich es tue. Warum liebt man einen Menschen, der einen ständig enttäuscht? Liebe ich Maren, oder mache ich das alles, weil ich noch immer denke, sie ist nur wegen des frühen Tods unserer Eltern so geworden?

«Sie war schon immer so, denk doch mal nach», hat Claire mir immer vorgeworfen. Aber Maren ist mehr als die Summe ihrer Unzulänglichkeiten. Sie ist eine unzuverlässige, aber liebevolle Tante für Lena. Sie ist ein wenig verloren, aber sie ... sie ... sie ist nun mal meine Schwester. Und anders als Ludwig hat sie mich in den Arm genommen und bei beiden Beerdigungen meine Hand gedrückt. Sie hat ausgehalten, dass ihr großer Bruder klein und schwach wurde. Vielleicht muss ich deswegen immer noch für uns beide stark sein.

* * *

«Aber Ben, du musst das verstehen, das ist die Wirtschaftslage.» Anni sieht mich auffordernd an. «Die Menschen müssen sich entscheiden, welchen Luxus sie sich noch leisten können. Ich würde auch lieber auf Bücher verzichten, als mein Netflix-Abo zu kündigen!»

Ich starre sie an. Blicke dann zu Laila, die hilflos die Hände hebt, und zu Markus, der etwas von «Ich misch mich da nicht ein» murmelt.

Laila fängt an, den Raclette-Grill auf ihrem Esstisch zu begutachten. Markus schichtet Fleisch auf die Platte, obwohl die längst so voll ist, dass wir vier davon auch ohne kleine Pfännchen satt werden würden.

«Was siehst du mich so entsetzt an?», funkelt Anni. Sie zieht die Unterlippe ein und schiebt die Ärmel ihres Strickpullovers nach vorn. Es ist der, von dem Lena sagt, er hätte die Farbe von Eiter.

Gerade möchte ich ihr genau das sagen, einfach nur, um auch gemein zu sein. Aber ich reiße mich zusammen und erwidere stattdessen etwas weniger Kindisches: «Das ist, als wäre ich Metzger, und du hättest von heute auf Morgen beschlossen, keinen Haxen mehr zu essen.»

Anni lässt sich nicht beirren. Sie hat es sich offenbar heute zur Aufgabe gemacht, mir zu erklären, dass ich keinen Grund habe, über die angespannte Situation des Buchmarkts zu jammern.

«Aber das ist doch der Punkt!», erklärt sie. «Wenn ich den Metzger im Haus habe, dann brauche ich ja nicht zu verzichten. Ich lebe mit einem Schriftsteller zusammen. Ich muss keine Bücher kaufen, ich lasse mir welche schreiben!» Sie grinst schräg.

«Puh! Rettung in letzter Sekunde», sagt Markus und versucht sich an einem Lächeln. Was nicht gelingt, weil er den ganzen Abend über schon Probleme hat, freundlich zu schauen. Warum, habe ich noch nicht herausgefunden.

«Genau, Ben. Wie läuft es denn mit dem Schreiben?», erkundigt sich Laila, Königin des Themawechsels.

«Gut, sehr gut.»

«Jemand noch etwas zu trinken?», fragt Markus.

«Ich hab nur noch Apfelsaft da, sorry», sagt Laila. «Aber vielleicht haben wir noch ... Warte!» Sie steht auf und geht in die Küche. Markus erhebt sich ebenfalls, seine Bewegungen sind seltsam steif. Er folgt ihr mit staksigen Schritten. Die Wohnung der beiden ist riesig, aber offen und hell.

«Wasser oder Apfelsaft reicht doch völlig, alles gut», rufe ich ihr hinterher.

«Tut mir echt leid!» Laila meldet sich aus der Küche, lauter als nötig. «Ich hab so einen vollen Kalender im Moment, ich komme nicht mal richtig zum Einkaufen. Deswegen auch Raclette, das kriegt man immer zusammengekratzt.»

Markus antwortet mit einem Schnauben und sagt dann etwas davon, dass er jetzt zum Späti gehen wird, um wenigstens noch Bier zu besorgen. Laila antwortet zischend und viel lauter als Markus: «Was denn? Steht in meiner DNA geschrieben, dass ich diejenige bin, die immer einkaufen muss?»

Am Ende gehen sie beide. Sie versichern uns, gleich wieder zurückzukommen, und Laila verkündet mit ziemlich aufgesetzter guter Laune: «Nicht streiten. Und kein Sex in unserem Ehebett!»

Ich drehe mich zu Anni, die gerade in eine große Tomate beißt. Sie isst Tomaten wie andere Menschen Äpfel. Beim ersten Mal fand ich es seltsam, beim zweiten Mal irgendwie interessant, und jetzt habe ich mich so daran gewöhnt, dass es mich eher irritiert, wenn jemand Tomaten in Stücke schneidet.

Das ist es doch, was eine Beziehung mit einem macht: Man sieht die Welt aus einem anderen Blickwinkel.

Ich mache mir eine mentale Notiz, Lukas zu fragen, was Nika an sich hatte, dass er die Welt plötzlich anders sehen konnte. Und dann fällt mir Lailas Bemerkung mit dem Kalender wieder ein – und mit ihr die Schublade, die entsorgte Plastikrose und Annis Kalender.

«Anni, warum hebst du eigentlich deine Kalender auf?», frage ich. «Die in deiner Schublade?»

Sie schiebt den Mund nach links, dann wieder nach rechts. «Die alten Kalender, meinst du?»

«Ja.»

«Das solltest du als Autor eigentlich wissen. Ich warte darauf, Zeugin zu sein. In einem spektakulären Cold Case, der bei Aktenzeichen XY läuft oder so. Stell dir vor …» Sie richtet sich auf, und ihre Augen funkeln. «Stell dir vor, sie fragen nach einem Datum. Wann jemand vor fünf Jahren da und dort war, und ich kann dann meinen Kalender hervorholen und – tadaaa: Hier, ich war vor Ort. Ich erinnere mich, ich löse den Fall.»

Ich schüttele den Kopf. «Das ist nicht dein Ernst. Du bist Anwältin …»

«Nein. Aber es könnte mein Ernst sein. Genau genommen finde ich es nur schön, zu wissen, wann ich was gemacht habe und …» Sie zögert kurz. «Ein voller Kalender für ein volles Leben.»

Den letzten Satz sagt sie mit gesenkten Augen. Meine Anni.

Fragend schaue ich sie an. «Hast du Angst, dein Leben könnte nicht …» Ich suche nach dem richtigen Wort. «… nicht genug sein?»

Sie zuckt mit den Achseln. «Doch, eigentlich ist es genug.» Sie lächelt, aber das Lächeln erreicht ihre Augen nicht.

Plötzlich verspüre ich den unbändigen Drang, sie zum Lachen zu bringen. Ich will, dass sie lacht wie ein Springbrunnen und glucksende Laute heraussprudeln. Ich will ihr Kichern hören. Will, dass ihre Nasenspitze leicht rot wird, weil ihr die Luft wegbleibt. Will, dass ihr kleine Glückstränen in den Augen schimmern. Und doch weiß ich, dass man das nicht erzwingen kann.

Ich versuche es trotzdem.

«Ich war übrigens gestern bei Richard. Monika Amari hätte eigentlich eine Lesung bei Hugendubel gehabt, aber sie liegt komplett flach. Richard vermutet, sie hat einen Nervenzusammenbruch, weil die van Allerberg es schon wieder auf die Spiegelbestsellerliste geschafft hat und sie nicht. Offiziell sind es die Masern. Jedenfalls musste Richard für sie einspringen und lesen.»

«Richard musste Monikas Schmonzette vortragen?»

«Jap! Ein Auszug aus den Sexszenen. Vor einem Publikum von Frauen mittleren Alters. Und du weißt, sie schreibt sehr gerne sehr schlüpfrige, detaillierte Sexszenen!»

Ich warte auf ihr Lachen, weil sie sich vorstellt, wie Richard auf einer Bühne vor einer Horde Frauen peinlich berührt von der linken auf die rechte Arschbacke rutscht. Stattdessen sieht Anni mich empört an, legt die Tomate zurück auf ihren Teller und sagt: «Ich bin auch mittleren Alters.»

«Bist du nicht. Auf jeden Fall hat er sich dreimal beim gleichen Wort verlesen. Errätst du, bei welchem?»

Andere Frauen würden vielleicht hilflos mit der Schulter zucken. Anni nicht. Sie überlegt kurz und sagt dann: «War es der Anal-phabet?»

«Ha! Der war gut. Nein, es war *das Futteral der Handtasche*.»

«Er hat Futter-Aal gelesen?», rät sie, und ihre Augen schimmern schon etwas. Sie lacht kurz auf. Zu kurz, das ist nur ein Abklatsch des Lachens, zu dem Anni fähig ist.

Doch dann kommt Laila zurück, und hinter ihr Markus. Und beide ziehen ungewohnt komische Gesichter. Komisch traurig. Sie haben gestritten. Laila trampelt wie ein Elefant, Markus sieht aus wie ein beleidigtes Kleinkind.

«Der Wendler und Laura», flüstert mir Anni zu.

«Rihanna und Chris Brown», halte ich dagegen.

«Brangelina!» Sie setzt noch einen drauf.

Während Laila zu Markus starrt und dann zu mir und schließlich zu Anni, laufen uns schon die Lachtränen aus den

Augen. Und irgendwie bringt unser Lachen auch die beiden dazu, sich halbwegs zu entspannen.

«Wir überlegen, uns einen Hund anzuschaffen», sagt Laila, als wir eine Stunde später die letzten Pfännchen mit Kartoffeln, Pilzen, Käse und – in Annis Fall – auch mit Ananas und Pfirsichen füllen.

«Damit wir uns nicht trennen ...», fügt Markus hinzu. Er lacht, aber es klingt irgendwie nicht echt. «Ein Kind ist uns zu riskant. Das kann man zur Not nicht im Tierheim abgeben.»

«Das sollte man mit einem Hund auch nicht tun», erwidert Anni ungewohnt scharf.

Laila geht darüber hinweg. «Wie war das bei euch? Ich meine, Fieps ist ja auch euer erster Hund. Habt ihr einen Kurs gemacht oder so? Es soll Bundesländer geben, in denen ein Hundeführerschein Pflicht ist.»

Markus verdreht die Augen. Seit wann verdreht er die Augen, wenn Laila redet, frage ich mich.

«Es ist Bens erster Hund, ich hatte schon mal einen», sagt Anni. Sie schaut kurz hoch und dann sofort wieder auf den Tisch.

«Du hattest schon mal einen Hund?», frage ich und wühle in meiner Erinnerung nach einer Erzählung darüber, dass Anni einen Hund hatte. In München? Als Kind? Nein, wohl kaum. Meinen Schwiegervater kann ich mir ungefähr so gut als Hundebesitzer vorstellen wie Richard beim Vorlesen von Schmuddel-Lektüre.

«Wann denn?», hake ich neugierig nach.

Anni weicht meinem Blick aus, das sehe ich sofort. Und da ist es mit einem Mal wieder, dieses komische Gefühl im Magen.

Sie antwortet nicht.

«Ist das eines deiner Münchner Geheimnisse?», fragt Laila im gespielten Flüsterton.

«Ich habe keine Münchner Geheimnisse», erwidert Anni ernst.

«Aber einen Hund hattest du!» Es ist nicht meine Art nachzubohren, gar nicht. Aber jetzt kann ich nicht anders. Der Vormittag mit Lukas mischt sich in diesen Abend.

Wie seltsam sie es finden muss, dass Menschen keine Hunde abschlecken!

Das habe ich getippt, aber hat Lukas das auch gesagt? Oder habe ich nur falsch zugehört? Und warum beschäftigt mich der Gedanke so? Als ob das eine Frage wäre, die sich zwei Menschen nicht auch unabhängig voneinander stellen könnten.

Ob Hunde sich wundern, warum sie nie von ihren Menschen abgeleckt werden?

Annis Worte. Plötzlich habe ich sie ganz klar im Ohr. Ich verspüre den Drang, mich zu schütteln. Wie ein nasser Hund, der das Wasser aus seinem Fell pressen will. So dringend will ich dieses Gefühl loswerden. Aber Schütteln wird nicht helfen. Nur die richtigen Worte.

Ich presse die Lippen zusammen und sehe Anni an. Zwinge sie zu einer Antwort.

«Kann sein, dass ich mal einen Hund hatte», erklärt sie. «Was spielt das für eine Rolle?»

Endlich sieht sie mich an. Doch Erleichterung will sich nicht bei mir einstellen. Denn da ist etwas in ihrem Blick, das ich nicht kenne. Es sieht aus wie eine Lüge. Oder zumindest wie ein Geheimnis.

KAPITEL 16

ANNI

DAMALS – noch vier Tage

Lukas war schrecklich geruchsempfindlich. In der Küche schaltete er die Abzugshaube schon ein, wenn er nur ein Ei kochte. Im Bad sprühte er mit Deo und Raumduft herum, als handele es sich um eine viel frequentierte, stinkende Bahnhofstoilette. Die Schuhe stellte er vor der Wohnungstür ab, und das tat ich nun auch, weil ich seinen Blick gesehen hatte. Überhaupt schien er etwas gegen Schuhe und stickige Raumluft zu haben. Ständig riss er die Fenster auf, wedelte mit den Händen und streckte den Kopf raus, um Frischluft zu atmen.

Die Platanen mussten ihn irrsinnig komisch finden.

Umso seltsamer war es, dass er am fünften Tag unserer Wohngemeinschaft eine Hündin anschleppte. Einen zotteligen, hungrig aussehenden, stinkenden Pinscher, dessen Beine an einen Dackel erinnerten. Fellfarbe und Gesicht dagegen hatten eher was von einem Schäferhund, während die Ohren eindeutig auf Verwandtschaft mit einem Rottweiler hindeuteten. Kurzum, eine krude Mischung, die zum Himmel stank. Was Lukas nicht zu stören schien. Oder was er aus Mitleid ignorierte.

«Das ist Annabelle-Marie!», verkündete er und streichelte der Hündin dabei über den Kopf. Er hielt sie auf dem Arm, so vorsichtig wie ein Neugeborenes. Als wäre sie aus Porzellan und könnte jeden Moment zerbrechen wie ein rohes Ei.

«Das ist ein Hund!», antwortete ich.

Lukas strahlte. «Eine Hündin namens Annabelle-Marie.»

«Sie stinkt.» Ich betrachtete das Tier, das vom Regen ganz nass war und roch wie vergessene Putzlumpen in einem Kellerwaschbecken.

«Können wir eine Familie sein?», fragte er, ohne auf meine Bemerkung einzugehen, und streckte mir den Hundekörper ein wenig entgegen. «Du, ich und Annabelle-Marie?»

Ich musste lachen und wollte sie gerne streicheln, aber Lukas vergrub die Hündin schnell wieder in seinen Armen.

«Wer hat jetzt den Hundeblick, du oder Annabelle-Marie?», gluckste ich kopfschüttelnd.

«Wir beide. Und du darfst uns erst streicheln, wenn du erlaubst, dass sie hierbleibt.» Seine Wangenknochen sahen auf einmal noch spitzer aus als sonst. Das war also sein trotziges Gesicht. Neu in der Sammlung von Lukas-Gesichtern.

«Tja, das ist in vier Tagen ohnehin deine Wohnung», erinnerte ich ihn. Ich stellte mich auf die Zehenspitzen, um noch einen Streichelversuch zu starten.

«Stimmt. Aber gewährst du ihr so lange Asyl?»

«Ich bin äußerst asylfreundlich, wie du weißt. Und wer könnte einem Hund widerstehen, der Annabelle-Marie heißt.»

«Genau aus diesem Grund habe ich sie nicht Daisy oder Luna genannt», erklärte er zufrieden und senkte endlich wieder die Arme. «Ich wusste, bei dir muss es was Besonderes sein.» Er strahlte erneut. Mein Gott, wie dieser Mann strahlen konnte!

«Mmh, und da bist du vorsichtshalber die Top Ten der beliebtesten Hundenamen durchgegangen und hast beschlossen zu ignorieren, dass Annabelle-Marie eigentlich Happy heißt?», testete ich ihn.

«Happy? Wieso Happy?»

Ich streckte noch einmal die Hand Richtung Hundekörper aus, und dieses Mal ließ er zu, dass ich Annabelle-Marie das verfilzte Fell kraulte. Dabei zog ich eine kleine Marke hervor, auf der ganz eindeutig und gut lesbar *Happy* stand.

«Das Ding ... ist nicht ihres!», konterte Lukas und legte behutsam seine Hand auf Annabelle-Maries Kopf. «Das hat sie gefunden.»

Ich prustete los. Er lachte mit, und Annabelle-Marie gab ein kleines Bellen von sich, aber doch laut genug, dass wir beide zusammenschreckten.

«Verdammt, es ist wirklich ein echter Hund», sagte ich.

«Verdammt, ich wusste, das würdest du sagen.»

«Können wir sie auch einfach A. M. nennen?»

Er beugte sich vor und gab mir einen Kuss auf die Stirn, und währenddessen schleckte A. M. mir einmal quer übers Dekolleté.

«Das wäre wohl besiegelt», erklärte Lukas triumphierend.

«Aber wir machen einen Aushang in der Nachbarschaft, falls sie jemand sucht?»

«Machen wir», stimmte Lukas zu.

Zum ersten Mal, seit wir uns kannten, hatte er etwas so rührend Kindliches an sich, dass mir das Herz schmolz wie Butter in der Sonne. Es konnte aber auch an A. M.s knuffigem kleinen Hundegesicht liegen.

Wir richteten A. M. ein provisorisches Körbchen aus einem Umzugskarton und alten Klamotten von mir und Lukas ein. Und ich drückte drei Anrufe meines Vaters weg, als wir bei *Fressnapf* Futter und eine Leine kauften. Ich würde der Kanzlei nicht ewig fernbleiben können, und irgendwann musste ich auch in die neue Wohnung, aber ich wollte den Moment noch herauszögern. Es fühlte sich an, als würde sich unweigerlich etwas ändern in meinem Leben, wenn ich erst einmal einen Fuß ohne Lukas aus der Wohnung gesetzt hatte.

Halbherzig hatte ich am Morgen die Klageschrift fertiggestellt, auf die mein Vater wartete, und sie ihm gemailt. Es war keine gute Arbeit, und ich konnte noch nicht einmal dafür garantieren, dass sie frei von Rechtschreibfehlern war. Es war mir so was von egal.

«Ich kenne dich jetzt drei Tage, und ich kenne drei Arten, mit denen du Missbilligung zeigst», erklärte Lukas vor einem Regal mit buntem, quietschendem Hundespielzeug.

«*Nur* drei?», fragte ich belustigt. Das Vibrieren meines Handys in der Hosentasche ignorierend.

«Ich finde das viel!», erwiderte er.

«Drei Tage oder drei Arten? Und warum zählst du den ersten und den heutigen Tag nicht mit?»

«Ich zähle nur ganze Tage!»

«Interessanter Ansatz ... Für dich zählen also nur Dinge, die ganz sind? Wo fängt das an und wo hört das auf?»

«Dafür gibt es keinen Anfang und kein Ende.» Er sah mich an. «Wie ist das mit uns?»

Ich hatte A. M. auf dem Arm, die langsam schwer wurde, und kraulte sie im Nacken. Sie gab dabei so herrliche Geräusche von sich, die zwischen einem sanften Knurren und einem Katzenschnurren changierten.

Lukas trat ganz nah an mich heran. «Wo fangen wir an und wo hören wir auf?»

«Was meinst du?», fragte ich leise. War das mein Herz, das so laut klopfte, oder das von A. M.?

«Ich will wissen, wie es weitergeht, Nika. Weil ich etwas Ganzes haben möchte.»

Ich legte den Kopf schief. «Ich weiß noch nicht, wie, aber

ich will, dass es weitergeht. Denkst du, du könntest mit mir in einer Fernbeziehung leben? Pendeln zwischen Aubing und der Maxvorstadt?»

Er lachte nicht. «Ich mein's ernst.»

«Ich auch», sagte ich und sah hoch in Lukas' Gesicht mit den breiten Wangenknochen, die sich unter der Haut bewegten, weil er die Kieferhälften aufeinanderbiss.

Während er drei Arten von Missbilligung bei mir ausmachte, so wusste ich genau, wie es aussah, wenn er nachdachte.

«Gut», erwiderte er. «Du wirst also nicht nach Ablauf unserer neun Tage verschwinden? Und dir in der Maxvorstadt einen Typen mit reinrassigem Labrador suchen? Einen Kerl, der keine Vergangenheit hat, die er noch aus seinen Kisten auspacken und dir zeigen muss?»

«Alles zu seiner Zeit», erklärte ich. A.M. knabberte an dem Bändel meiner Kapuzenjacke. «*Adopt – don't shop*», wiederholte ich mit Blick auf unseren Hund die Worte vom Plakat eines Tierschutzvereins. *Unser* Hund. «Und nein, ich will keinen Labrador. Und ich will auch keinen langweiligen, unbelasteten Typen ...»

Und ich will die Wohnung in der Maxvorstadt gar nicht mehr, fügte ich still hinzu.

* * *

«Gib es zu, du kannst überhaupt nicht kochen und du hattest nie viel mehr hier in diesem Haushalt als dein komisches Soßenpulver?», fragte Lukas.

«Mensa-Mitgliedschaft», stöhnte ich und drückte das Küchenrollenpapier fest gegen meinen Daumen. Das Blut strömte nicht mehr, wie noch vor ein paar Minuten, dafür hatte jetzt ein pochender Schmerz eingesetzt. «Ich hab da so viele Bonuspunkte drauf wie ein Spitzenpolitiker auf seiner Miles & More-Karte.»

Lukas schüttelte den Kopf. «Also, ich hab ja schon viel gesehen», sagte er. «Verbrühungen, weil es Menschen gibt, die nicht einmal Wasser kochen können. Gebrochene Beine, weil jemand das Schild *Achtung: Nasser Boden* nicht lesen konnte. Und einmal hat so ein Typ aus der ...» Er unterbrach sich und sah mich forschend an. «Wirst du umkippen? Soll ich den Krankenwagen rufen?»

«Nein, und bitte auch keine Polizei», keuchte ich.

«Polizei?»

«Na, weil ich mir doch jetzt einen anderen Fingerabdruck verschafft habe.» Ich hielt den Daumen hoch, dessen Hautkuppe dem Gemüsehobel zum Opfer gefallen war. A.M. hatte sich beunruhigt in ihr Körbchen verkrochen.

Lukas überlegte einen Moment, dann nickte er. «Okay, wir müssen etwas tun, um dich vom Schmerz abzulenken.»

«Aber was?» Ich stöhnte erneut.

«Keine Ahnung.»

Ich sah mich um, dann fiel mein Blick auf den Geigenkasten in der Ecke unter dem Fenster. «Musik!! Deine Geige, Lukas!»

«Du willst, dass ich dir etwas vorspiele?»

Ich nicke. «Das war doch auch mehr oder weniger Bedingung für deinen Einzug, oder nicht?»

«Stimmt», gab er zu. «Also, was willst du hören? Aber warte ... Wenn du jetzt irgendwas von Debussy willst, bin ich raus. *Claire de Lune* ist abgedroschener als ... als ...»

«Als?»

«Ich finde keinen passenden Vergleich!» Er hob die Hände in die Höhe.

«Wie wäre es mit *Csárdás* von Vittorio Monti, wenn du das kannst.»

Jetzt senkte er die Hände und hob seine dichten Augenbrauen. «Oh! Ja ... unbedingt. Wenn ich das noch hinbekomme.»

«Ich liebe die schnellen Stellen ... dieses ...» Ich summte ihm die temporeiche Melodie vor. Schlecht, sehr schlecht, aber er verstand trotzdem.

«*Diese schnelle Stelle* ...» Er lachte kehlig. «Und du willst aus einer Musikerfamilie kommen?»

«Ich hab die Anwalt-Gene abbekommen, wie du weißt.» Ich zuckte mit den Schultern. «Wartest du kurz, bevor du anfängst?»

«Was hast du vor?»

«Ich ziehe mir einen langen Rock an und tanze!»

«Nicht dein Ernst.» Lukas rieb sich das Kinn und sah zu der Stelle, an der der Geigenkoffer lehnte.

«Doch! Absolut! Ich tanze und schwinge für mein Leben gerne Röcke.»

Wenig später war ich zurück, ich hatte meinen Daumen mit einem Pflaster versorgt und trug einen Plisseerock, der ein bisschen zu lang und auch etwas zu weit war – und der genau deswegen perfekt schwang.

Lukas nahm die Geige und eine Stimmgabel aus dem Kasten, strich über den Korpus und lehnte sich mit dem Rücken leicht gegen die Wand, als würden ihn die Bäume draußen stützen müssen. Er bewegte den Kopf hin und her, bis er eine Position gefunden hatte, in der der Kinnhalter richtig saß. Das Holz der Geige glänzte, und es war geradezu magisch, mit welcher Ehrfurcht er seine langen Finger an das Griffbrett aus Ebenholz legte. Mithilfe der Stimmgabel schlug er einen Ton an, drehte die Wirbel, zog die Saite straff und wiederholte das Ganze, bis die Geige gestimmt war. Er setzte den Bogen an, strich zart die ersten Töne und hielt dann inne.

«Ich weiß nicht, ob ich das kann. Es ist so lange her.»

«Du kannst es», erwiderte ich sofort. «Ich weiß das.»

Lukas schloss die Augen, testete erneut Bogen und Instrument und seufzte einmal schwer, bevor er deutlich erkennbar den melancholischen Beginn des Stückes spielte, der sich langsam zu einer fröhlicheren, schnelleren Melodie steigerte.

Ich spielte selbst kein Instrument, aber ich hatte ein trainiertes Gehör. Und dieses Lied war eines meiner absoluten Favoriten. Ich hörte, wie er sich kurz an einer Stelle verspielte und die Saiten plötzlich quietschten. Lukas verzog sichtbar schmerzverzerrt das Gesicht. Dann fing er sich. Ich hörte die Stärke und Intensität, die sein Spiel annahm, als er die erste Schüchternheit überwunden hatte, und fing an, mich zu drehen. Seine Bewegungen wurden schneller, der Bogen flitzte und sprang, statt nur zu streichen. Das Tempo nahm zu, riss mich mit, löste etwas in mir. Eine unbändige Energie hatte mich erfasst, packte meine Seele, ließ nicht nur meine Füße tanzen, sondern mein ganzes Sein.

Der Rock wirbelte um meine Fesseln, ich drehte mich im Zimmer und lachte laut. Ich sah, wie Lukas mir mit seinen Blicken folgte. Blicke, die so virtuos, so einzigartig waren wie sein Spiel. Nicht, weil er ein perfekter Geiger gewesen wäre, sondern weil so viel Leidenschaft und Tiefe in seinem Spiel lag. Im Mittelteil, als das Stück wieder leiser, ruhiger und trauriger wurde, klang seine Violine fast so, als würde sie nicht länger gespielt, sondern als würde Lukas vorsichtig pfeifen, statt zu geigen. Nur um sich dann erneut in den charakteristischen Tönen zu steigern und pure Lebensfreude auszustrahlen. Es war atemberaubend.

Ich war berauscht von diesem Gefühl, von der Musik. In meinem Innern schien alles in Flammen zu stehen. Flammen, die sich im längst verklungenen Rhythmus Bahn schlugen.

Lukas nahm die Geige vom Kinn, hielt sie kurz, bevor er sie, ohne den Blick von mir und meinem noch immer schwingenden Rock zu nehmen, in den mit Samt ausgeschlagenen Koffer bettete. Es sah so zärtlich aus, dass ich mir wünschte, aus Holz zu sein, um die gleiche Fürsorge genießen zu dürfen.

Anschließend ging er auf mich zu, fasste mich um die Hüfte und strich mit einer Hand die Falten des Rocks glatt. Ich konnte die Musik noch immer hören. Sie spielte in seinen Händen. In dem tanzenden Streicheln, mit dem er ganz vorsichtig die Finger unter meinen Pullover gleiten ließ.

Mein Rücken war leicht verschwitzt, aber es war, als gehörte auch das dazu. Wieder staunte ich über die Harmonie unserer Körper, diese Vertrautheit, die einfach da war, ohne Absprachen oder Training, ohne Übung. Mit einer schnellen Bewegung zog er mich fest an sich. Meine Brust drückte an seinen Bauch. Weich gegen hart. Instinktiv streckte ich die Hüfte vor, ich wollte eins werden mit ihm. So wie die Töne der Geige sich um mein Herz gelegt hatten, sollte seine Haut sich mit meiner vereinen.

Er neigte den Kopf, kam meinem Mund sehr nah, ohne ihn zu berühren, und flüsterte kitzelnd gegen meine Lippen: «Darf ich bitten?»

Und ja, dieser Kuss war wie ein Tanz, ein wilder, leidenschaftlicher und langer Reigen. Lukas' Mund war fest und weich zugleich, seine Lippen ertasteten meine, forderten sie heraus. Unsere Zungen fanden sich, und ich schmeckte, fühlte, roch ihn so intensiv, als hätte man meinen Sinnen zu einem Upgrade verholfen. Sein Herz klopfte wie ein Bass, und dieser Takt, für den ich verantwortlich war, steigerte meine Begierde nach ihm. Ich sehnte mich nach mehr, ließ nun auch eine Hand an seinem Rücken entlangstreichen, fand die Muskelstränge dort, wollte fester zugreifen, ihn halten und streicheln und an mich drücken. Alles auf einmal.

Montis Melodie bestimmte unser Liebesspiel, steigerte es, bis es kaum mehr zu ertragen war, nur hier zu stehen und sich zu berühren und zu küssen. Gleichzeitig bremste es uns, noch rechtzeitig, bevor ich dem Drang, Lukas die Kleider wegzureißen, nicht mehr widerstehen konnte.

Aber als wir uns beide voneinander lösten, nur kurz, um uns in die Augen zu sehen und den anderen zu fragen, wie es weitergehen sollte, reichte das, um das Lied verklingen zu lassen.

Ich war dem Rhythmus blind gefolgt, und jetzt konnte ich mich nicht mehr an ihm festhalten. Einen Augenblick lang war ich verschüchtert, spürte neben der Euphorie und der Lust auch das Gefühl, es nicht überstürzen zu dürfen. Da war eine kleine Fremdheit gegenüber diesem Mann.

Lukas sah es sofort. Er wich kaum merklich zurück.

«Spiel es noch einmal», bat ich leise, die Finger noch immer in seinen Rücken gekrallt.

Und dann wiederholten wir alles. Alles, alles.

«Kannst du das für den Rest meines Lebens tun?», rutschte es mir heraus, als Lukas die Geige zum zweiten Mal vom Kinn genommen und mein Rock sich wieder ruhig um meine Beine gelegt hatte. Ich meinte es genau so. Ich wollte für immer hier in dieser Wohnung mit ihm sein und zu seiner Geigenmusik tanzen. Weil es das Schönste auf der Welt war.

«Die meisten Dinge verlieren ihren Zauber, wenn man sie zu oft wiederholt», sagte er leise.

Ich schüttelte heftig den Kopf. Und dann machte ich eine ausladende Geste, die Lukas, die Geige, die Wohnung und mich umschloss wie einen Kreis. «Das hier nicht. Niemals.»

KAPITEL 17

ANNI

HEUTE

Der viel zu milde Herbst geht in einen kalten und grauen Dezember über. Und wegen des plötzlichen Fehlens von Licht habe ich wie jedes Jahr das Gefühl, mich zu verlieren. Vielleicht dieses Jahr sogar ein klein wenig mehr noch als sonst.

Es ist so kalt, dass man nichts mehr draußen stehen lassen kann. Auch den Olivenbaum nicht, dem es hier oben sowieso das ganze Jahr zu zugig ist. Seine winzigen Früchte, von denen wir nicht wissen, ob wir sie essen können, sind erfroren. Und es kommt mir vor, als hätte man ihnen ungeboren das Leben geraubt. Ich werde sie nicht einlegen, sie werden in der Garage abfallen und wie kleine Hasenköttel am Boden liegen bleiben, bis wir sie im Frühjahr, wenn wir den Baum wieder herausholen, mit dem Staub und dem Dreck des Winters hinauskehren.

Manchmal hat es morgens weniger als 10 Grad minus. Lena macht sich einen Spaß daraus, Eisbrocken von den Regenrinnen zu klopfen. Und Fieps beißt immer wieder in den Schnee, wenn er Gras fressen will, nur um sich dann zweimal wild um die eigene Achse zu drehen, weil es viel zu kalt ist und er nicht versteht, warum Gras im Winter anders schmeckt als im Sommer.

Der Baum im Garten ist über Nacht kahl geworden, wie ein Greis steht er da, und ich finde, er sah noch nie so alt und gebückt aus. Schwer vorstellbar, dass er im Frühjahr wieder stolz Blätter und Knospen tragen soll.

Das Weihnachtsfest, das wir wie immer mit einem riesigen Schnitzeltopf feiern, verläuft ruhig. Es gibt keine Neuigkeiten vom Gericht und auch nicht von meinem Vater. Dabei rechne ich täglich mit einem Anruf, der dann aber nicht kommt. Maren darf das Land nicht verlassen. Und Ben weiß noch immer nicht, warum sie tatsächlich so lange wie nie zuvor in Glückstadt wohnt. Immerhin benimmt sie sich lammfromm, ruhig und angepasst, auch wie nie zuvor. Nur zweimal hab ich sie mit dreckigen Füßen beim Handstand erwischt, und einmal hat sie aus Spaß eines der Hühner in den Backofen gesetzt und uns einen Riesenschreck eingejagt, als es beim Öffnen laut gackernd herausgeflogen kam. Ich habe sie im Verdacht, irgendwelche Fotogeschichten im Internet zu treiben, aber sie ist alt genug dafür, und ich muss hoffen, dass sie nicht wieder auf dumme Ideen kommt. Hoffen und vielleicht ein wenig vertrauen. Mir einreden, dass sie dieses Vertrauen noch immer verdient hat.

Auf die Sache mit Laila und Markus habe ich sie nicht angesprochen. Erst weil ich nicht wusste, wie, und dann weil der Zeitpunkt verpasst schien und jetzt weil Weihnachten ist und ich es niemandem von uns verderben will.

Lena und ich sind uns einig, dass keine Weihnachtstradition bei uns lange anhält. Wir haben alles versucht: Bruchschokolade, Plätzchen, Weihnachtssingen. Letztlich mussten wir aber feststellen, dass wir nur eine Tradition haben, nämlich die, dass keine Tradition mehr als ein Jahr überlebt.

Laila schenkt uns ein Spiel, das wir nicht kapieren und deshalb umfunktionieren. Es heißt «Was ich von dir weiß» und ist so kompliziert, dass wir uns einen Spaß daraus machen und den gesamten zweiten Weihnachtsfeiertag damit verbringen, uns aufzuzählen, was wir übereinander wissen. Es ist erstaunlich, was man alles über einen geliebten Menschen weiß, wenn man erst einmal darüber nachdenkt. Und es ist erstaunlich, was man verschweigen kann, wenn man will.

Was ich über Ben weiß, ergibt eine Ansammlung von Banalitäten, die in der Summe jedoch alles andere als banal sind.

Er schläft am liebsten auf der linken Seite eines Betts, es ist die Seite, die er auch in Hotels sofort belegt, indem er ein T-Shirt auf dem Kissen platziert oder seine Uhr auf dem Nachttisch.

Er kann bestimmte Gerüche nicht ausstehen, weil sie ihn so stark an negative Dinge in seiner Kindheit erinnern und er dann immer das Gefühl hat, seine Eltern zu verraten. Der Geruch von Roter Bete gehört dazu, weil er sich als Kind versehentlich mal im Vorratskeller eingesperrt hat. Und Pfefferminztee, weil seine Mutter ihn, wenn er krank war, gezwungen hat, ebensolchen zu trinken.

Ben bricht Bücher nicht ab, die er schlecht findet, sondern liest sie tapfer bis zur letzten Seite, aber dabei knirscht er hörbar mit den Zähnen. Als würde er die schlechten Wörter, die missratenen Plots oder Logiklücken mit dem Kiefer zermalmen können.

Er kann die Sterne Canopus und Sirius unterscheiden, was ich für nahezu unmöglich halte. Wie kann ein Mensch bitte diesen Unterschied mit bloßen Augen erkennen?

Er ist vehement dagegen, Kräuter, Pilze oder irgendetwas Essbares zu sammeln und mit nach Hause zu nehmen, weil er Angst hat, sich oder – noch schlimmer – andere zu vergiften. Wir mussten einmal eine ganze Ladung zu Pesto verarbeiteten Bärlauch vernichten, weil Ben in einem Anfall von Paranoia nicht mehr sicher war, ob er nicht aus Versehen giftige Herbstzeitlose daruntergemischt hatte.

Er mag raue Handtücher, nicht die weichen, die man mit Weichspüler aus dem Trockner holt und sich an die Wange legt, weil sie so kuschelig sind.

Er lacht im Traum. Wie sehr ich es liebe, dass er im Traum lacht!

Ich schreibe ihm das, am Abend, als er schon schläft und ich das kleine Licht in der Dachschräge anknipse. Schreibe den Satz «Ich liebe, dass du im Traum lachst» in das kleine Buch, das auf meinem Nachttisch liegt und in das ich manchmal meine Träume notiere, weil ich wirklich gerne in der Lage sein würde, meine Träume zu steuern.

Ich brauche diese Notizen nicht, um zu wissen, was Ben mir bedeutet. Aber manchmal zeige ich sie ihm, und er setzt dann sein Pokerface auf, als würde er absolut nichts auf meine Worte geben.

Ich blättere ein paar Seiten zurück, streiche über die Zeilen: *Ich weiß nicht, ob ich jemals eigene Kinder haben möchte – der Gedanke macht mir aus Tausenden von Gründen Angst –, aber wenn, dann nur mit dir.*

* * *

Manchmal glaube ich, am Klingeln schon erkennen zu können, dass am anderen Ende nur mein Vater sein kann. Es klingt dann leicht gereizt, übertrieben laut und ... fordernd. Ein Klingeln, das ihn exakt spiegelt.

Ich bezweifle nicht einmal, dass seine Macht so weit reicht, Telefonleitungen über eine Reichweite von 850 Kilometern zu beeinflussen. Wahrscheinlich kann ich nie weit genug von ihm entfernt sein, um seinem Einfluss gänzlich zu entkommen.

«Deine Schwägerin ...», sagt er ohne Begrüßung, «... ist vorbestraft.»

«Hallo, Papa.»

Er geht nicht darauf ein.

«Das schränkt die Möglichkeiten ein», erklärt er. «Um ehrlich zu sein, ich bin nicht überzeugt von ihrer Unschuld, und es ist mir auch herzlich egal, ob sie getan hat, was man ihr vorwirft, aber die Beweislast ist erdrückend.»

Ich setze mich an den Küchentisch und stütze meinen Kopf auf die linke Hand, während ich zuhöre, was mein Vater aus den Anklageschriften und Polizeiberichten vorliest. Ich erfahre, dass Maren nicht das Unschuldslamm ist, für das sie sich so gerne ausgibt. Mein Vater erspart mir nichts. Und natürlich ist da mehr als ein paar unbezahlte Rechnungen, mehr als ein Strafzettel oder eine Schulhofprügelei. Da ist viel mehr. So viel mehr, dass ich mich frage, ob Ben davon weiß.

«Aber sie stammt aus gutbürgerlichen Verhältnissen», höre ich meinen Vater durch die Watte meiner Gedanken sagen. «Das ist ein Pluspunkt.»

Ich weiß, was jetzt kommt. Ich weiß es so genau, weil ich diese Worte selbst schon gehört habe. In meinem Innern macht sich Panik breit. Gleich ... gleich wird er mich vor dieselbe Wahl stellen wie damals. Und ich werde wieder nicht wissen, was falsch und was richtig ist.

Und auf einmal, wie aus dem Nichts heraus, ist da wieder Lukas, der in der nächtlichen Wohnung mit den Platanen vor dem Fenster zuckend und wimmernd auf dem Sofa liegt. Wie hatte ich mich innerlich damit gebrüstet, diejenige zu sein, die seine Albträume lindert, die ihm zu ruhigerem Schlaf verhalf. Selbst jetzt, zehn Jahre später, brennt die Scham beim bloßen Gedanken daran heiß auf meinen Wangen.

«Hörst du mir zu, Annika?», brüllt mein Vater durch den Hörer.

«Nein», sage ich wahrheitsgemäß und lüge dann: «Der Empfang war kurz weg.»

Er schnaubt empört. Wie kann das auch sein, dass das Handynetz ihm nicht gehorcht!

«Ich sagte ...», beginnt er überdeutlich, «... dass sie aus gutbürgerlichen Verhältnissen stammt. Anders als ...» Ich höre Papier rascheln. «Anders als Tine Busch, ihre Komplizin. Die ist Mutter und Sozialhilfeempfängerin, Vater unbekannt, aufgewachsen in Lehel, vorbestraft wegen Körperverletzung, Trickbetrug und räuberischer Erpressung. Kein Schulabschluss, seit drei Jahren kein fester Wohnsitz. Nachweislich in engem Kontakt zu dem Typen, den sie dingfest gemacht haben. Und ...» Er zögert die Pointe kurz hinaus. «Sie hat auf ihren Social-Media-Accounts öffentlich ihrem Ärger über das reiche Münchner Establishment Luft gemacht.»

«Tine Busch war aber doch gar nicht nachweislich vor Ort», gebe ich zu bedenken. «Sie wurde lediglich als Freundin befragt.» Noch ehe ich den Satz beendet habe, weiß ich auch jetzt, was kommt. Ich weiß es einfach. Ich habe es doch selbst schon erlebt. Genau so. Und das Gefühl ist sofort wieder da. Es brennt in meiner Kehle, zieht sie zusammen und macht es mir fast unmöglich, normal weiterzuatmen.

«Und wer kann das beweisen?», fragt mein Vater. Ich kann sehen, wie er dabei grinst. «Ein schlechtes Gewissen ist der beste Beweis für ein gutes Gedächtnis, Annika», fügt er hinzu. Und dieser Satz wirkt. Er sticht und beißt gleichzeitig. Reißt an mir, aber er führt mir auch eines nur allzu deutlich vor Augen: dass ich keine Strafverteidigerin mehr bin. Und es auch nie mehr sein will. Ich will die Seite wählen, und ich darf nicht zulassen, dass die falsche Seite *mich* wählt.

Weil ich nicht reagiere, fügt er hinzu: «Tine Busch oder deine Schwägerin – ein Bauernopfer muss es geben.»

Es ist, als würde er sagen: Gegenwart oder Vergangenheit – einen Tod musst du sterben.

Ich schüttele langsam den Kopf. Und auch wenn mein Vater das nicht sehen kann, so ahnt er natürlich, was mein Schweigen bedeutet. Er atmet laut in den Hörer. Atmet *enttäuscht* in den Hörer. *Du und deine Mädchenmoral.*

«Denk drüber nach.»

Aber das muss ich nicht. Es ist ganz klar, was ich tun werde.

* * *

Manchmal habe ich das Gefühl, die Episode auf der Toilette im *Phantom* vergessen zu haben. Vielleicht auch, weil es nicht mehr zu einer Überschneidung dieser neun Tage mit Lukas und meiner viel längeren Zeit mit Ben gekommen ist. Jedenfalls nicht mehr seit meinem unüberlegten Kommentar beim Raclette-Essen. Dabei würde ich ihm eigentlich gern von A. M. erzählen, von dieser Zeit meines Lebens, die ich in einen unzugänglichen Teil meines Herzens eingeschlossen habe. Aber je mehr Tage vergehen, desto weniger drängt es sich auf. Und Ben fragt nicht nach. Also belasse ich es dabei.

Ich will einfach keine zweite Episode wie in der Toilette des Sushi-Restaurants. Ich will Glück in Glückstadt. Und an diesen Vorsatz halte ich mich eisern – bis Elif Ende Januar in der Kanzlei von ihrer neuen App erzählt.

«Der Hammer! Vierzehn Matches und fünf echt gute

Dates. Ich musste seit einer Woche nicht mehr einkaufen gehen.»

Zufrieden packt sie wie jeden Morgen erst einmal in Seelenruhe ihre Sachen aus. Sie hängt den Mantel auf, streicht die Falten glatt, holt die Brotbox heraus, stellt den Bürostuhl ein, passt den Bildschirm an, spitzt ihren Bleistift und fragt Christa nach Kaffee.

«Wenn das so weitergeht, werde ich zum Bestseller dieser App», schwärmt sie, als wäre sie käufliche Ware.

«Stehen die Kerle etwa alle auf Mädchen, die immer zu spät kommen?», erwidert Christa, ungewöhnlich bissig.

Elif spitzt die Lippen und schüttelt ihr neuerdings kinnkurzes Haar. «Was ist los, liebe Christl? Sind Bjarnes Zuckerwerte durcheinander? Oder hat er sich wieder mit dieser rothaarigen Mandantin zum Kegeln getroffen?»

Christa schnaubt und dreht den Verschluss der Kaffeekanne demonstrativ wieder zu, bevor sie etwas eingeschenkt hat. Dann verschränkt sie beleidigt die Arme vor der Brust.

«Sie ist da drin», flüstere ich Elif über den Bildschirm zu und deute in Richtung von Bjarnes Büro.

«Die Rothaarige?», fragt Elif viel zu laut.

«Teufel!», zischt Christa, und ich bin mir nicht sicher, ob sie damit Elif, die Rothaarige oder vielleicht beide meint.

Elif springt auf. «Handys her!», sagt sie und streckt ihre Hand aus.

Christa blinzelt, ich reiße überrascht die Augen auf.

«Los!», fordert Elif. «Christa, gib mir deinen Dinosaurier von 2017. Anni, her mit dem iPhone.»

«Was bekommen wir dafür?», fragen Christa und ich im Chor und grinsen uns an.

«Ich verspreche, die nächsten zwei Wochen um acht Uhr am Platz zu sitzen und die Post für euch abzuholen. Okay, sagen wir die nächste Woche, das reicht. Dafür bekommt ihr *Mix & Match* aufs Handy, und ihr werdet sehen, es wirkt Wunder!»

«Ich brauche keine Wunder», erwidere ich. «Ich habe Ben.»

«Und ich habe ...» Christa zögert. In ihrem Blick liegt so viel Sehnsucht, dass eine Welle von Mitgefühl und Zuneigung in mir aufschwappt. Noch schlimmer als eine alte Liebe nicht überwunden zu haben, ist eine neue Liebe, die unerreichbar scheint.

«... Bjarne?» Elif zieht die linke Augenbraue hoch und nickt mit dem Kopf in Richtung der verschlossenen Bürotür. «Christa, du brauchst ein neues Ziel im Leben, sprich ein paar heiße Dates. Und Anni, nichts ist für die Ewigkeit, du könntest schon mal vorsorgen.»

Sie streckt die Hände aus.

Christa übergibt Elif zögerlich ihr Handy.

Ich pruste. «Ich soll mich vorsorgehalber auf einem Datingportal anmelden? Was schreibe ich denn: Noch vergeben, aber wer weiß, wie lange?»

«Warum nicht?» Elif zwinkert mir zu. «Und bis dahin kannst du ja ein bisschen stalken. Vielleicht ist Ben da längst angemeldet.»

«Ben hat schon Probleme, seine Schrittzähler-App zu bedienen», sage ich, auch wenn das maßlos übertrieben ist.

Elif zwinkert noch einmal, was mich irgendwie wütend macht. «Warum sollte ich meinen Freund stalken? Warum sollte ich überhaupt irgendwen stalken?», frage ich.

Sie zuckt mit den Schultern. «Na, wenn es dich schon nicht interessiert, ob dein Kerl da angemeldet ist, dann vielleicht der Nachbar, dein Vater, ein alter Freund ... Keine Ahnung!»

Sie senkt den Blick, tippt etwas in Christas Handy.

Tja, und so ist das manchmal mit Gedanken ... Sie können da sein, sich aber hinter Schubladen erfolgreich jahrelang verstecken und so tun, als gäbe es sie gar nicht. Bis einer daran zieht und sie an die Oberfläche befördert. So war es auch mit dem Gedanken, Lukas online zu suchen. Völlig naheliegend, aber bis dahin in dem Kasterl mit dem Aufdruck «Vergangenheit» verschlossen. Bis Elif daran gerüttelt hat. Und jetzt ist er da, dieser Gedanke. Streckt sich vor mir aus und will gesehen werden.

Ein alter Freund. Lukas. Warum sollte ich nicht nachsehen, was Lukas ... also, ob Lukas ... wie Lukas ... wann Lukas ... O Gott.

Meine Hand, die jetzt das iPhone zu Elif streckt, kommt mir fremd vor. Das ist ein Fehler, denke ich, ein riesiger Fehler. Aber ich will ihn machen. Auch wenn ich weiß, dass Fehler, die man wissentlich begeht, schon immer die schlimmsten waren.

Wenig später ist Christa kreidebleich, sie hat Bjarne auf *Mix & Match* gefunden. Von Lukas ist dagegen keine Spur. Natürlich könnte er mit einem Nickname angemeldet sein, aber alle Stichworte, die man in der App eingeben kann, um sowohl alte Kontakte als auch passende Partner zu finden, führen in eine Sackgasse. Und genau da sollte ich auch stehenbleiben. Aber ich will mehr. Denn die Wahrheit ist: Ich sehne mich danach, etwas von ihm zu erfahren. Von wegen, die Episode im *Phantom* ist vergessen! Sie war ja immer da. Ist mitgelaufen und hat ihr Gift ganz langsam, aber zielgerichtet ausgeschüttet.

Mein Herz schlägt so laut und schnell, dass ich das Gefühl habe, es würde für die arme Christa mitschlagen. Dabei versucht es nur, mich am Leben zu halten. Laut schlägt es gegen die Vernunft an.

Elif merkt nichts von alldem. Nichts von Christas schwindender Farbe oder von meinem Herzüberschlag. «Es gibt sogar eine Fotosuchfunktion», erklärt sie uns. «Stellt euch vor, ihr trefft irgendwo einen Typen, macht ein Bild, und dann sucht ihr ihn auf der App – voilà!»

Ich habe keine Fotos von Lukas, will ich fast laut sagen. Ich habe nur die Plastikrose, die Geigennoten ... und meine Erinnerung. Viel zu viel Erinnerung, die ich nicht einzuordnen weiß. Denn da ist dieses alte Leben, das meine Zukunft hätte werden können. Und mein aktuelles, das ich doch gegen nichts eintauschen würde. Oder? ODER?

«Ist das nicht dieses Instagram-Ding ...», wirft Christa ein.

Instagram? Und ehe ich es mir anders überlegen kann – ganz so, als hätten die Finger meiner rechten Hand ein Eigenleben entwickelt –, habe ich auf Instagram Lukas' Namen eingegeben. Nicht, dass ich das nicht die ganzen letzten Jahre schon hätte machen können. Aber da dachte ich gar nicht daran. Erst jetzt, da ich ihn auf Elifs App nicht gefunden habe, macht sich eine so große Sehnsucht in mir breit. Eine, die von Christa auf mich überzuschlagen scheint. Ach was, eine, die ihren Gefühlen Konkurrenz macht. Ich kann mich selbst nicht davon abhalten.

Es gibt drei Treffer. Ich schaue mir die Profilbilder genauer an. Eines zeigt eine Katze – das scheidet aus. Ein weiteres eine Frau. Und eines raubt mir schlagartig die Luft zum Atmen. Das Bild ist das Plakat, das ich im *Phantom* gesehen habe. Es springt mir entgegen. Dieses Bild, sein Bild. Und ein Datum. 15. März. Das ist in sechs Wochen.

Selbst Kreise, die sich endlos drehen, schließen sich irgendwann.

Ich schlucke. Ich schwitze. Ich muss etwas tun. Irgendetwas.

«Entschuldigt ihr mich kurz?», sage ich, nehme das Handy und höre im Hintergrund gedämpft Christas besorgte Nachfrage und Elifs Witzeln. Im Flur lehne ich mich gegen die Wand und atme tief durch. Was ich brauche, sind Termine. Am besten über den 15. März verteilt. Also suche ich in meinen Kontakten die Nummer meines Zahnarztes, danach die der Massagepraxis in Kollmar. Nach beiden Telefonaten erreiche ich auch noch den Anrufbeantworter der Fußpflegerin zwei Straßen weiter. Anschließend erkläre ich der Arzthelferin von Dr. Schwalb, dass ich einen Allergietest machen möchte. Und zwar unbedingt am 15. März, vor der Fußpflege, nach dem Zahnarzt. Im Anschluss gehe ich zur Massage. All das wird mich abhalten. Vor Dummheiten bewahren. Der 15. März ist in nur ein paar Wochen. Dann wird Lukas hier im Norden sein, in Hamburg.

Vielleicht wäre es sinnvoller, das Land zu verlassen.

* * *

Ende Februar besteht Ben darauf, endlich mein Geburtstagsgeschenk einzulösen. Ich konnte ihm München ausreden, ich musste einfach. Ich kann nicht mit ihm in die Stadt fahren, in der jede Ecke «Erinnerung» schreit und sie einfach vor mir stehen könnte, die Vergangenheit. Und Lukas.

Weil Ben aber unbedingt in den Süden fahren wollte, um den Brückentag in Lenas Schule zu nutzen, ist es nun Füssen geworden. In der Nähe von Neuschwanstein. Auch wenn wir beide schon nach wenigen Stunden feststellen, dass es eine ziemlich schwachsinnige Idee gewesen ist, einem Kind ein Märchenschloss zeigen zu wollen, in dem es keine Märchenfiguren gibt. Lena möchte Kutsche fahren, aber mir tun die Pferde leid.

Ben ist zum Glück meiner Meinung, nämlich dass man keinen märchenhaften Preis für Tierquälerei zahlen sollte. Meine Pferdejahre liegen lange hinter mir. Genauso wie die harten Diskussionen mit Lena, die unbedingt in eine Reitschule wollte. Bis ich ihr erklärt habe, dass es in der Neuzeit keinen Grund gibt, reiten zu lernen, weil man nämlich andere Transportmittel hat und zum Sportmachen viel besser Geräte verwenden kann, die keine Gefühle haben. Den entscheidenden Ausschlag hat dann allerdings Ben im letzten Frühjahr gegeben. Zu meinem absoluten Erstaunen hat er der Reitlehrerin auf dem von Lena ausgewählten Hof einen so imponierenden Vortrag über die Verwendung von Sperrriemen, Ausbindern und Schweifriemen gehalten («Die Probleme solcher modernen Foltermethoden sind doch hinreichend bekannt: Schmerzen, Einspeicheln und Atemprobleme – und tun Sie jetzt bitte nicht so, als wäre das alles im Pferdesport alternativlos.»), dass wir Lena fast weinend vom Hof geschleppt haben. Aber ich hätte Ben knutschen können.

«Recherche für mein letztes Buch», hat er später zugegeben – und Lena am nächsten Tag zum Taekwondo angemeldet. Damit sie sich, wenngleich ihr die verbale Stärke ihres Vaters noch fehlt, angemessen wehren kann im Leben.

Daran muss ich denken, als wir die Straße entlangschlendern und versuchen, Lena wenigstens das Schloss von Hohenschwangau schmackhaft zu machen.

«Das ist nicht so weit», behaupte ich, weiß es aber selbst nicht mehr genau. Es ist mindestens zwanzig Jahre her, dass ich mit meinen Eltern hier war.

Der Weg führt an mehreren Restaurants und Souvenirläden vorbei, und weil Lena sich nicht entscheiden kann, ob sie laufen oder einfach weiter motzen möchte, bleiben wir stehen. Ben verfällt in helle Aufregung, als er die Kinderwanderstöcke in einem der Geschäfte entdeckt. Er hätte als Kind so einen gehabt und müsse unbedingt schauen, ob er für Lena den gleichen bekommen könnte.

Lena stemmt die Hände in die Hüften. «Ich will ein Eis.»

Ich ignoriere sie und verkneife mir eine Diskussion darüber, dass man morgens um zehn Uhr kein Eis isst. Beiläufig blättere ich durch die Postkarten, während ich Ben amüsiert dabei beobachte, wie er den Regenschirmhalter, der als Ständer für die Wanderstöcke dient, ausräumt. Weil seine Eltern so früh verstorben sind, hat er um seine Kindheitserinnerungen einen gedanklichen Schrein mit Heiligenschein gebaut. Es gibt nur vergoldete Bilder. Entweder waren seine Eltern wirklich so etwas wie frühzeitige Jesper Juuls, oder aber Ben gehört zu den Menschen, die negative Erinnerungen eins zu eins durch positive ersetzen. Ich habe es noch nicht herausgefunden.

«Willst du jemandem eine Postkarte schreiben?», fragt Lena und stellt sich neben mich.

«Meiner Schwester vielleicht», erwidere ich und lächele sie an.

Sie grinst ihr schiefes Lena-Lächeln und pikst mich leicht in die Seite. Wenn sie jetzt fragt, ob sie ein Eis haben darf, könnte ich schwach werden.

«Die sind ziemlich hässlich, oder?» Sie deutet auf die Karten mit dem Konterfei von König Ludwig, das sich mit kitschigen Sissi-Bildern und dem klassischen Neuschwanstein-Vierer in allen Jahreszeiten abwechselt. Ich überlege gerade, eine Karte für Bens Bruder und seine Frau zu kaufen, da dreht Lena den Ständer und lacht laut auf. «Sagt eine Eintagsfliege zur anderen: Und was machen wir morgen?»

Ich starre sie an, dann den Ständer.

«Da», sagt Lena. «Steht hier! Hab ich leider nicht erfunden.» Sie zieht schon die nächste Karte hervor. «Der ist auch gut, pass auf, Anni ...»

Ich kann nichts sagen, weil eine Erinnerung an mein Innerstes kratzt und ich nicht weiß, wohin mit mir in diesem Moment. Lena liest eine Spruch-Karte nach der anderen vor, aber ich höre schon gar nicht mehr zu.

Ich könnte all diese Karten kaufen und verschicken. Und doch würde eine reichen. Ich könnte Lukas' Namen daraufkritzeln und meine alte Adresse. Oder die seines Verlages. Ein einziger Blick ins Internet würde genügen, um ihn zu erreichen. Nach all den Jahren ist er plötzlich nah und trotzdem unendlich weit entfernt. Zeit und Raum haben an der Situation nichts verbessert, haben sie nur noch unmöglicher gemacht.

Ich könnte sogar ein paar Sätze auf die Karte schreiben, etwas erklären, was ich nicht erklären kann. Ich könnte schreiben: *In einem anderen Leben, Lukas, in einem anderen Leben sind wir sehr glücklich miteinander. Eines Tages werden wir es finden.*

Oder ich könnte einfach nichts draufschreiben. Lukas wüsste auch so, von wem die Karte ist. Ich sehe Ben an, der immer noch in dem Schirmständer wühlt, und Lena und fühle mich furchtbar. Undankbar.

Unwillkürlich gebe ich dem Kartenständer einen gezielten Tritt gegen den Drehfuß, und das Ding verliert fast das Gleichgewicht, so wie ich. Es scheppert, die Karten kippen in ihren Halterungen, und einen Moment lang glaube ich, der ganze Ständer würde umfallen. Ich denke an meine Schwestern und mich als Kinder: *Nicht auf die Kante zwischen den Steinen treten, sonst musst du heute Abend das Spülen übernehmen ... Wenn der Turm hält, machst du morgen meine Hausaufgaben ...*

Wenn der Kartenständer fällt, schreibe ich Lukas eine Karte.

Aber die Eintagsfliegen schauen mich nur vorwurfsvoll an. Also tippe ich den Ständer noch einmal mit dem Finger an, damit er sich leicht quietschend weiterdreht, nur noch einmal, damit ich vor den Geburtstagskarten stehe und mich fragen kann, warum ich nicht weiß, wann Lukas Geburtstag hat.

Verdammt! Ich will all diese Gedanken gar nicht haben. Wirklich nicht. Ich fühle mich ihretwegen schrecklich, und ich verstehe sie auch nicht. Das alles nur wegen ... ja, wegen was denn eigentlich?

So wie ich Maren nur ungern zu Hause allein gelassen habe, weil ich ihr nicht mehr vertraue, so ungern bin ich hierhergefahren. Fakt ist, dass ich mir selbst auch nicht mehr über den Weg traue. Ich habe aufgehört, an meine Urteilskraft zu glauben, die mich schon einmal so schwer enttäuscht hat. Und insgeheim muss ich zugeben, dass ich auch meinen Gefühlen nicht mehr ganz traue. Was ist das, was ich fühle, wenn ich an Lukas denke? Ist das ... Nostalgie? Der Wunsch nach etwas Vergangenem? Ist es Sehnsucht nach etwas Neuem, weil es zu viel Alltag in meinem Leben gibt? Ist es eine alte Verbundenheit, die wie Unkraut immer wieder aufkeimt? Oder ist es im allerallerschlimmsten Fall noch immer Liebe? Ich habe Angst davor, es herauszufinden.

Ich starre den Kartenständer an, als hätte er eine Lösung parat.

Immerhin fällt er nicht um. Er bleibt stehen, und ich auch.

«Weißt du was, Lena», sage ich. «Ich hab auch keine Lust mehr auf Hohenschwangau. Wir kaufen jetzt ein Eis, und dann gehen wir in den Hotel-Pool.»

Wir haben ein Hotel mit Kinderbetreuung, was Lena furchtbar findet, weil sie schließlich kein *Kind* mehr ist. Am Abend setzen Ben und ich uns in die Bar im Keller, die mit einer Art Zimmerüberwachung ausgestattet ist. Die Fernseher über dem Tresen könnten fast schon amerikanisch anmuten, wenn darauf Football laufen würde. Stattdessen tauchen dort ständig wechselnde Zahlen auf, wie in einer Behörde oder bei Edeka an der Fleischtheke. Das sind die Zimmernummern, die aufblinken, wenn es Geräusche im Zimmer gibt, die länger als zehn Sekunden andauern.

Ich hebe mein Glas, Ben ergreift seins, und erleichtert wollen wir uns zuprosten, als der Bildschirm ganz links blinkt und eine Nummer aufleuchtet. 122 steht darauf.

«Nicht unser Zimmer!»

Ich grinse Ben an, er grinst zurück. Wir schauen uns um und beobachten die Leute in der Bar. Eine Frau steht seufzend auf.

«Bestimmt haben die noch kleine Kinder», sagt Ben zu mir gebeugt, und es klingt ein wenig nach: Das haben wir hinter uns.

Wir stoßen klirrend an und können uns ein breites, triumphierendes Grinsen nicht verkneifen.

Dann blinkt der nächste Bildschirm. Zimmer 182.

«*Blink-182*», witzele ich. «Wie die Band.»

Ben schaut mich verständnislos an.

Ich rolle mit den Augen. «Klar, die kennst du natürlich nicht.»

«Doch, schon», sagt er langsam. «Aber haben *wir* nicht die 182?»

«Wir ... nein, wir sind ...» Ich greife in meiner Tasche nach der weißen Keycard. Die hat aber gar keine Nummer aufgedruckt.

«Wir sind doch in ... Äh, keine Ahnung. Welche Nummer hat unser Zimmer?»

«Das fragst du mich? Ich bin für Worte zuständig, aktuell für Romantik, aber doch nicht für Zahlen!»

Ich spitze die Lippen. «Ach, und ich bin neuerdings Buchhalterin?»

«Ich glaube nicht, dass man Bilanzen lesen muss, um sich sein Hotelzimmer merken zu können», sagt Ben und runzelt die Stirn.

Streiten wir gerade?

«Streiten wir?», fragt er und zeigt mir sein schiefes Lachen.

«Nein», behaupte ich. «Außerdem ... Wenn ich davorstehe, weiß ich ganz genau, welches unser Zimmer ist.»

«Ist 182 plausibel, was meinst du?»

«Durchaus ... Ich finde, dass die Tafel jetzt schon schneller blinkt. Vielleicht hat Lena einen Albtraum?»

Ben schaut auf sein Glas und stellt es dann seufzend ab.

«Was würde Angela Merkel jetzt tun?», frage ich. «Joachim schicken oder ihr Handy zücken und eine SMS schreiben?» Es ist als Witz gemeint. Auch wenn es irgendwie eine komische Stimmung ist, um zu witzeln. Vielleicht versuche ich es auch gerade deshalb fast schon krampfhaft.

«Ich gehe», sagt Ben, ohne auf unseren Insider einzugehen.

«Nein, warte, ich gehe», beeile ich mich zu sagen.

«Es ist mein Kind», erwidert er knapp.

Darauf sage ich nichts mehr. Weil es ein Satz ist, der ihm noch nie über den Mund gegangen ist. Ich versuche, nicht beleidigt zu sein. Versuche, mir einzureden, dass er nicht bemerkt hat, was heute Mittag am Kartenständer mit mir los war. Und dass er ja nicht spüren kann, dass ich nicht hier sein will. So nah an München. An meinem Geheimnis und diesem schlimmen Zustand zwischen Schuldgefühlen und Sehnsucht. Man müsste ein Wort dafür erfinden. Für einen irrwitzigen Moment möchte ich Ben danach fragen: «Ist *Sehnschuld* passend oder doch besser Gefühlssucht?» Aber Ben ist der einzige Mensch, den ich beim besten Willen nicht danach fragen kann.

Als er die Bar verlassen hat, um auf dem Zimmer nach dem Rechten zu sehen, schaue ich in die Getränkekarte und ziehe mein Handy aus der kleinen schwarzen Handtasche, die nur in Bars zu benutzen ist, in denen man mit Karte zahlen kann, weil sie zu klein ist für ein Portemonnaie.

Vier Nachrichten von Maren.

Maren Handy: Sieh zu, dass du mich endlich rausboxt.

Maren Handy: Ich dachte, du bist Anwältin.

Maren Handy: Was soll die Scheiße, ich langweile mich zu Tode in diesem Kaff.

Maren Handy: Und wieso verdammt wurde die außergerichtliche Lösung abgelehnt?

Ihr Drängen macht mich wütend. Ich kann den Vorgang nicht beschleunigen, die Mühlen der Justiz mahlen langsam, und Maren sollte froh sein, dass sie nicht in U-Haft sitzt und ich ihr überhaupt helfe.

Ich tippe.

Hab ein bisschen Geduld, Maren. Wir müssen mit deinem Bruder reden. Findest du nicht, dass er langsam Bescheid wissen sollte?

Die drei Punkte auf dem Bildschirm hüpfen, während oben auf dem Fernseher noch immer unsere Zimmernummer blinkt. Wenn sie es denn wirklich ist.

Das Handy piepst. Ich linse aufs Display, während ich überlege, was ich noch bestellen könnte. Dann fällt mir die Karte aus der Hand.

Maren: Wer ist Lukas Jakob?

Mein Herz droht meine Brust zu sprengen. Ich schaue an

mir herunter, ob man sehen kann, wie es sich aus meinem Oberkörper herausdrückt. Dann sehe ich wieder auf. Die Zahlen auf dem Bildschirm über mir verschwimmen und werden ein einziger Farbbrei.

Wer ist Lukas? ... Warum fragt mich Maren, wer Lukas ist?

Fieberhaft gehe ich alle Schubladen und Schränke unseres Hauses durch, überlege, ob es irgendein Papier gibt, auf das ich seinen Namen geschrieben habe. Aber mir fällt nichts ein. Außer ...

Ich wische mir über die Stirn. Sie ist heiß und schwitzig und verräterisch. Ob Maren an meinem Handy war? Es hat keinen Code, mit dem es geschützt ist. Keinen Fingerprint und auch keine Gesichtserkennung, mit der man es entsperren kann. Lenas Lern-Apps sind auf meinem iPhone installiert ... Aber war Maren an meinem Handy? Und hat sie dabei die Suchanfragen gesehen? Die aus der Kanzlei? Oder die, die ich in den Tagen nach der *Mix & Match*-Sache wie in Trance immer wieder in mein Handy getippt habe? Ich suchte auf Facebook, auf Instagram, bei Google, TikTok, Twitter ... überall und immer wieder: Lukas Jakob.

Was mache ich jetzt? Was antworte ich Maren?

Ich sehe mich um, als könnte jemand hinter mir mitlesen. Oder als gäbe es jemanden, der mir einen lebenswichtigen Rat geben könnte. Ich tippe verschiedene Variationen. *Was soll das? ... Warum fragst du? ... Er ist ein alter Freund, wieso? ... Warst du an meinen Sachen?* Aber ich lösche sie alle wieder.

Nichts davon kann ich abschicken, nichts passt. Nichts davon klingt unverfänglich. Dabei gibt es nichts Verfängliches. Außer der Tatsache, dass ich neun magische Tage mit einem Mann verbracht habe, von dem ich Ben nie etwas erzählt habe. Wobei das auch nicht so ganz stimmt. Außerdem weiß ich, dass es mehr ist als dieses Verschweigen. Das «Mehr» fing im *Phantom* an und hat sich wie Plankton in meinem Innern vervielfältigt. Jetzt ist es schon ein ganzes Meer aus Geheimnissen.

Für Ben bin ich die Pro-bono-Anwältin ohne Ehrgeiz, die Frau, die immer behauptet hat, er sei die einzige Liebe in ihrem Leben. Aber ich habe verschwiegen, dass es eine große Liebe vor ihm gab. Und ich habe verheimlicht, dass sich mit einem simplen Plakat diese große Liebe wieder in mein Leben gestohlen hat. Es ist wie mit Kindern. Sobald sie in der Welt sind, führen sie ein Eigenleben. Werden groß und eigenständig, unkontrollierbar und unvorhersehbar.

Meine Hände zittern über dem Display. Ich habe Angst vor dem nächsten Pling, und am liebsten würde ich das Handy ausschalten. Da kommt der Ton. Ich zucke zusammen.

Maren Handy: Wenn du was sagst, sag ich was.

Was? Was will sie sagen? Was weiß sie? Ich stelle mir ihr Gesicht vor. Kein schönes Grinsen ist das, das ich vor mir sehe.

Maren Handy: Der Name steht auf den Geigennoten.

Die Noten! Die Hochzeit von Ludwig und Sissi! Das hab ich total vergessen.

Ein kleiner Funken Trotz macht sich in mir breit. Was will sie Ben denn sagen? *Es gibt da einen Mann namens Lukas Jakob, dessen Name auf den Geigennoten steht. Anni hat ihn auf Datingportalen gesucht* ... Aber es ist ganz egal, was sie sagt. Es geht nicht um das Was oder das Wann oder das Wie. Es geht darum, dass ich dringend verhindern muss, dass Lukas weiter in mein Leben dringt und Ben womöglich verdrängt. Ich darf und kann das nicht zulassen.

Ich: Ich wollte gerade meinen Vater anrufen.

Eine Lüge.

Maren Handy: Braves Mädchen. Ich nehm dich beim Wort.

Das wird sie. Ganz sicher. Es ist eine Frage der Zeit.

Überleg es dir … höre ich meinen Vater sagen. Und ich kann sogar den Triumph riechen, den er empfinden wird, sollte ich es mir *anders* überlegen. Weg mit der Mädchenmoral? Oder weg mit meiner Beziehung?

Jetzt verheimliche ich Ben schon drei Sachen: Die Tatsache, dass seine Schwester in der Scheiße steckt und ich sie verteidige. Die Tatsache, dass es einen Mann gibt, der nie ganz weg war aus meinem Herzen – und der im Begriff ist, dort wieder einzuziehen. Und die Tatsache, dass Maren davon weiß und mich damit erpresst. All das macht mich fertig. Es fühlt sich wie ein dreifacher Betrug an, auch wenn die Definition nicht passt.

Auf der Heimfahrt hadere ich so sehr mit mir, dass mir im Auto ganz übel wird. Ich sollte es Ben einfach sagen. Alles. Komplett von Anfang an. Vielleicht sollte ich ganz zwanglos von München erzählen, von Lukas und A.M., von meinem Vater, von meinen Fehlern. Aber wie wahrscheinlich ist es, dass er das erträgt? Dass *wir* das aushalten können? Wie viel Vergangenheit verträgt die Gegenwart? Wie viel erträgt unsere Liebe?

Ich war nie eifersüchtig auf seine Exfrau oder auf all die Leserinnen, die ihn anhimmeln. Und ich weiß, dass diese Tatsache an Ben nagt. Es würde ihm gefallen, wenn ich kleine schnippische Kommentare ablassen würde, sobald Claires Name fällt, oder ich mich über einen weiblichen Fan ärgere, die ihm unmoralische Angebote gemacht hat. Und unbewusst verhindere ich damit die Möglichkeit, dass Ben auf meine Vergangenheit eifersüchtig sein könnte. Dass er überhaupt erst danach fragt.

Wie sollte ich anfangen? Wo? Beim Studium? Bei der Tatsache, dass ich meinen Vater mit meiner Arbeit beeindrucken wollte und dabei vergessen habe, was richtig und was falsch ist? Und wer ich bin? Oder sollte ich später ansetzen? Sollte ich von dem ersten Tag mit Lukas erzählen? Wie fängt man ein solches Gespräch an? Oder müsste ich nicht doch zuerst die Sache mit Maren erzählen, die mir immer schwerer im Magen liegt?

Aber ich kann ihm doch nicht vor Lena erzählen, dass die Beweise erdrückend sind. Dass alles dafür spricht, dass Maren nicht nur eine Mitläuferin ist, sondern Täterin. Dass es schwer werden wird, sie straffrei aus der Sache zu holen – und dass sie mich erpresst. Dann müsste ich die Schleife zu Lukas drehen ... Also, mit was beginnen? Mit was enden? Wo fängt der Kreis an, und wie durchbreche ich ihn?

Wir haben Bayern längst hinter uns gelassen, da habe ich den richtigen Anfang noch immer nicht gefunden. Ich muss es trotzdem versuchen.

«Hier wachsen keine Platanen», sage ich leise, den Wald links und rechts der Autobahn betrachtend.

«Mmh?», macht Ben.

«Platanen», sage ich. Schon jetzt zittert meine Stimme wie ein Zweiglein im Wind. «Das sind –»

«Warte mal, Anni, hier muss ich irgendwo runter ... gleich ...»

Ich warte, aber das Gespräch schafft es nicht zurück zu

den Platanen, und je weiter wir uns von Bayern entfernen, desto schneller sinkt mein Mut. Ben fragt nicht noch mal nach. Er ahnt nicht, was für ein Sturm da in mir tobt, und ich kann es ihm gar nicht vorwerfen. Warum sollte er hinter der Frage nach den Platanen irgendetwas vermuten? Diesen Teil von mir kennt Ben nicht. Und vielleicht ist es besser, wenn er ihn auch nie kennenlernt.

Nach einer weiteren Stunde Fahrt fragt Lena: «Ich muss für die Schule bis zu den Osterferien einen Kinderkrimi schreiben, kannst du mir helfen, Anni?»

«Ich glaube, da bist du bei mir an der falschen Adresse, dein Vater ist der Schriftsteller in der Familie», sage ich, den Blick geradeaus auf die Straße gerichtet.

«Aber du bist Anwältin!», quäkt sie von der Rücksitzbank.

Ich seufze. «Gibt es denn ein bestimmtes Thema für den Kinderkrimi?» Ich meine, wo sind die guten alten Zeiten hin, in denen Kinder Aufsätze geschrieben haben, deren Spannungselement sich auf einen Ball beschränkt, der vor einem Auto auf die Straße rollt?

Jetzt drehe ich mich doch zu ihr um.

«Fingerabdrücke», erklärt Lena ernst und hält mir ihren Daumen vor die Nase.

Instinktiv schließe ich die Finger meiner rechten Hand um den Daumen und bedecke die halbmondförmige Narbe darauf, als wäre sie die Perle einer Muschel.

«Fingerabdrücke», wiederhole ich langsam. «Damit kenne ich mich nicht aus.»

Und dann bleibe ich still.

* * *

Natürlich weiß ich, dass Ben manchmal Schnipsel aus unserem Alltag in seine Bücher streut, wie Samen in ein Blumenbeet. Und es macht mir nichts aus. Aber als ich die Beschreibung seiner neuen Hauptfigur lese, beiläufig, weil er sein Notizbuch auf dem Küchentisch hat liegen lassen, nachdem wir aus Füssen zurückgekommen sind, und alles voll ist von hastig aus dem Auto gepackten Sachen, horche ich auf.

Es ist eine besondere Formulierung, an der ich hängenbleibe: *Die kleine Zahnlücke zwischen ihren Frontzähnen, die den vollen, herzförmigen Schwung ihrer Oberlippe unterstreicht, bei der man sich wünscht, man könnte sich dazwischenlegen. Und diese Lippen, die sie manchmal nach innen einsaugt ...*

«Was soll das?», blaffe ich, als er in die Küche kommt. Maren füttert die Hühner. Lena ist zurück bei ihrer Mutter.

Ben, in Gedanken versunken, sieht hoch, und seine Nasenspitze zuckt irritiert. «Dass ich die Küche betrete, wenn du schon drinnen bist? Ich wusste nicht, dass das ein Problem ist?», versucht er zu scherzen.

«Du weißt ganz genau, dass das nicht das Problem ist. Das Problem sind deine geistigen Ergüsse!» Ich deute auf sein Notizbuch, hebe es hoch und halte es ihm vor die Nase, sodass er unmöglich etwas lesen kann, dann lasse ich es wieder auf den Küchentisch fallen. Dabei hütet er dieses Buch eigentlich wie seinen Augapfel. «Es ist so offensichtlich, dass das hier mein Mund ist!», erkläre ich. «Du hast mich benutzt, und du weißt, dass ich das hasse.»

Er verzieht das Gesicht, als hätte ich ihm eine Ohrfeige verpasst. Dabei fühle ich mich, als hätte ich mich selbst geschlagen. Woher kommt diese unbändige Wut in mir auf einmal?

Er schaut auf das Papier, liest und sieht mich an, als würde er mich gerade zum ersten Mal sehen. «Das ... ist mir nie aufgefallen.»

Obwohl ich weiß, dass der Zorn irrational ist, kann ich ihn nicht abdämpfen.

«Willst du mich verarschen?», erwidere ich wütend. Ich merke, dass ich aus Versehen dabei spucke, und fahre mir mit der Hand über den Mund. Seine Worte auf diesem Papier, sie triggern etwas. Etwas, das ich nicht benennen kann.

«Nein!», gibt er zurück. Ben wird nie von alleine laut, aber er ist wie ein Autoradio, das sich der Lautstärke des Wagens anpasst. Schreie ich, schreit er auch. Bin ich leise, ist auch er leise. Es nervt mich zu Tode.

«Du willst mir ernsthaft erzählen, dass du hier ...» Ich tippe so fest mit der Fingerspitze auf den Küchentisch, dass ich mir den Nagel abbreche. «Aua! Mist! Also, dass du hier genau meinen Mund, meine Lippen beschreibst ... Und es ist dir nicht aufgefallen?»

«Äh, ja ...», sagt er und schaut so betont forschend auf meinen Mund, dass ich erneut die Hand davorlege. Einfach aus Trotz.

«Das nehme ich dir nicht ab!», keuche ich.

Ben legt den Kopf schief, studiert das Blatt noch einmal. «Ist aber so. Das ... war reiner Zufall!» Er fährt sich mit den Fingern durch die Haare, kratzt sich am Kopf.

«Du brauchst hier nicht sämtliche Verlegenheitsklischees rausholen. Nimm die Hände vom Kopf und hör auf, dich zu kratzen», fahre ich ihn an. «Wie lange kennen wir uns jetzt?»

Er holt zu einer Antwort aus, aber ich hebe die freie Hand. Darunter klingt meine Stimme ein wenig undeutlich. «Wenn du meinen Mund beschreiben würdest, dann doch wohl genau so! Geht dem Herrn Schriftsteller die Phantasie aus?

Muss er seine eigene Frau beschreiben? Zitiere mich doch am besten auch gleich noch.»

«Ich weiß nicht, warum du so wütend bist!», erwidert Ben. Ruhige Worte, zornig gezischt.

Ich weiß es selbst nicht so genau, sage aber trotzdem, was mir an meinen Gefühlen am erklärbarsten erscheint. «Weil du mir meine Lippen geklaut hast!»

«Ich kann dir deine Lippen nicht klauen, Anni! Sie sind ja noch dran, vermute ich zumindest. Du hältst ja die Hand drauf, als würde ich sie dir aus dem Gesicht reißen wollen.»

Jetzt gehe ich in Angriffspose, stütze die Hände auf die Tischplatte wie ein Primat. «Das hast du ja genau genommen auch! Du hast sie aus meinem Gesicht gerissen und hier ... in dein oberheiligstes Heiligtum von Notizbuch geschrieben. Was kommt als Nächstes? Schreibst du vielleicht doch noch eine Sexszene, die wir vorher ausprobiert haben? Hä?»

«Ich habe keine Ahnung, wovon du sprichst! Genau genommen hab ich hier ja nur übernommen, was mein Kontakt mir ... Ach, vergiss es.» Er schüttelt den Kopf. «Anni, es sind nicht mal meine eigenen Worte. Ich meine, es ist reiner Zufall!»

«Nicht mal deine Worte? Reiner Zufall? Selten so dämliche Ausreden gehört! Du schlachtest unser Privatleben aus, du hast meinen Mund missbraucht, jawohl!»

Oh Gott, ich bin beim «Jawohl!» angekommen. Ich versuche, tief zu atmen. Der Ausdruck «Jawohl!» ist ein eindeutiger Indikator für ein sehr hohes Wut-Level. Auch Ben merkt das. Er kennt mich schließlich, obwohl er meine Lippen angeblich nicht so gut kennt, wie er sie beschreibt. Leider befeuert dieser Gedanke meine Wut, und ich muss unbedingt noch etwas loswerden, damit ich ruhiger werde.

Ich blase die Backen auf, lasse die Luft geräuschvoll wieder entweichen und sage dann: «Das ist so, als würde ich sagen: O, du hattest Sprudel bei einer Lesung auf dem Tisch? Da kann ich nichts für, den hat mir die Frau von der Buchhandlung gegeben. Ich dachte, es wäre stilles Wasser gewesen.»

Schlechter Vergleich, Anni, schlecht. Aber was Besseres will mir einfach nicht einfallen. Etwas in mir verpufft, aber das diffuse Dröhnen in meinem Schädel will noch nicht aufgeben.

Ben runzelt die Stirn und ahmt meine Pose nach. Er beugt sich auf der anderen Seite des Tisches vor und stützt die Hände ab. Wie zwei kampfbereite Gorillas stehen wir uns gegenüber. Ben kämpft für seine Wörter, ich für die Intimsphäre meines Gesichts.

«Anni, du stellst mir das Getränk bei einer Lesung gar nicht auf den Tisch! Das macht der Veranstalter. Und ich vergewissere mich immer, dass es keine Kohlensäure enthält. Die ist Gift beim Vorlesen.»

«Oooh!» Ich spreize verzweifelt die Finger. «Das war ein Beispiel, eine Metapher ...»

«Eine Metapher war es definitiv nicht», sagt der Herr Schriftsteller in besserwisserischem Ton.

Ich möchte ihn erwürgen. Ihn und seine Aphorismen und seine Metaphern und Nicht-Metaphern. Seine ganze verdammte Semantik. Erwürgen mit einem langen Strang aus wütenden Schimpfwörtern.

«Und wieso solltest du mir überhaupt Sprudel zu einer Lesung hinstellen wollen? Das ist, als würde ich dir heimlich eine Haselnusstorte als Schokokuchen verkaufen.»

Ich rolle mit den Augen. «Erstens wäre ich kaum so blöd, den Unterschied nicht zu bemerken, und zweitens stirbst du nicht an einer Ladung Kohlensäure!»

«Nein, aber ich müsste fürchterlich aufstoßen und würde Schluckauf bekommen, und die Lesung wäre dahin!»

«Siehst du, das ist deine Logik! Du setzt eine Peinlichkeit mit meiner heftigen Nussallergie gleich!»

Ich spüre, der Vergleich hinkt. Da wird kein gutes Gleichnis mehr draus. Deswegen stütze ich die Hände in die Hüften. Weil ich weiß, dass das fast immer wirkt.

«Du bist nicht richtig allergisch gegen Haselnüsse», erwidert er. «Du bekommst keine Atemnot. Nur Flecken im Gesicht.»

«Ach, und das reicht nicht?», widerspreche ich.

Ich suche verzweifelt nach einer Erklärung für meine Wut. Es muss daran liegen, dass meine Lippen der einzige Körperteil an mir sind, den ich wirklich mag. Mir fehlen ein paar Zentimeter, und ich könnte einige Kilos weniger haben, aber ich habe diese Lippen, für die andere Frauen sehr viel Geld ausgeben würden. Vor allem weil sich darunter gerade, weiße Zähne mit einer winzigen Lücke zwischen den beiden Schneidezähnen verbergen. Ich habe einen schönen Mund, und der ist neben meiner anscheinend herausragend attraktiven Milz, für die ich leider nur von Ärzten Komplimente bekomme, mein einziger perfekter Körperteil.

Dabei habe ich mich früher, in einem anderen Leben, mal sehr geschämt für meine Lippen. Aber ich habe gelernt, stolz darauf zu sein. Nicht zuletzt dank Lukas, der hier, an diesem Tisch und in meinen Gedanken nichts zu suchen hat und der irrwitzigerweise überhaupt erst da ist, weil Ben über meine Lippen geschrieben hat. Doch das kann ich ihm noch nicht einmal sagen, ohne eine Lawine loszutreten. Und das bringt meine Wut gleich auf ein neues Level.

«Wie kommst du überhaupt dazu, auch noch zu schreiben, dass ich sie manchmal nach innen einsauge? Hä?»

«*Hä?* und *Jawohl!* ... Anni, du brauchst einen Schnaps!»

«Ich brauche keinen Schnaps, ich brauche eine Entschuldigung und das Versprechen, dass du das hier nicht veröffentlichen wirst.»

Mit den Augen folge ich Ben um den Tisch herum, er steht jetzt vor dem Kühlschrank und will die Notration Ouzo aus dem Gefrierfach holen.

«Ach, und Ouzo ist genau genommen gar kein Schnaps!», motze ich. «Mit Schnaps kenne ich mich aus. Jedenfalls besser als mit Metaphern.»

Als er sich umdreht, hat sich etwas in seinem Gesicht verändert. Es spiegelt nicht mehr meine Wut. Er schaut vielmehr amüsiert und ... irgendwie seltsam zärtlich.

Verdammt! Wenn er so ein Gesicht macht, ist es wirklich, wirklich schwierig, weiter böse zu sein.

«Was ist Ouzo denn, wenn es kein Schnaps ist?»

Bloß nicht auf sein Lächeln schauen und weich werden! Ich starre auf den Kühlschrank hinter ihm.

«Eine griechische Anis-Spirituose», sage ich und arbeite hart daran, das Grinsen herunterzuschlucken, das in mir keimt wie eine verdammte Quinoasprosse. Was wiederum eine hervorragende Metapher abgeben würde.

Ehe ich etwas dagegen unternehmen kann, ist Ben zu mir getreten, hat seinen großen, starken, anisschnapsfreien Arm um mich geschwungen und mich an sich gedrückt. «Ich liebe dich, du Verrückte», sagt er. Und dann küsst er mich auf meine kostbaren Lippen. «Du hast die schönsten Lippen der Welt, und meine Beschreibung wird ihnen überhaupt nicht gerecht.»

«Du wirst sie dennoch nicht veröffentlichen», knirsche ich.

«Nein, werde ich nicht. Ich mache meine Protagonistin zu

einer schmallippigen Frau mit Hängemund und eng stehenden, gelblichen Zähnen.»

«Das gelblich muss nicht sein», gestehe ich ihm großmütig zu.

Und dann bin ich es, die ihn küsst. Es tut vor allem so gut, weil ich in diesem Moment ganz hier bin. Bei Ben.

KAPITEL 18

BEN

HEUTE

Ich bin nächste Woche in Hamburg. Wenn du möchtest, könnten wir uns treffen», sagt Lukas. Seine Stimme klingt leicht heiser. Im Hintergrund rauscht etwas, das ein Zug sein könnte.

«Klar, warum kommst du nicht zu uns nach Hause? Ich stelle dir meine Frau vor, du wirst sie mögen. Ich glaube, ihr beiden habt den gleichen Humor.»

Wer es, wie ich, mit der Semantik hat, sollte eigentlich korrekt sein. Aber aus irgendeinem mir selbst nicht erfindlichen Grund, möchte ich, dass unsere Beziehung sich seriöser anhört. Fester. Gewichtiger.

Maren lungert in der Tür meines Arbeitszimmers herum. «Wer war das?», will sie wissen, als ich das Gespräch beendet habe.

«Ein Mandant», behaupte ich.

«Du hast keine Mandanten, du bist Schriftsteller.»

Sie beugt sich nach unten, legt die Hände auf den Boden und schwingt ihre Beine an die Wand. Wir müssen diese verdammte Wand ständig streichen, weil Maren es nicht lassen kann, Handstand zu üben und dabei Fußspuren zu hinterlassen.

Lass das!, will ich sagen, aber es würde ohnehin nichts bringen. Die Daueranwesenheit meiner Schwester kratzt auch so schon an meinen Nerven – und die Tatsache, dass das so ist, an meinem Gewissen. Ich will ihr sagen, dass sie gehen soll. Dass sie sich ein eigenes Leben anschaffen und nicht in unserem den Dauergast spielen soll.

«Also? Wer ist das jetzt?»

Ich erinnere mich daran, wie Maren früher immer in mein Zimmer gekommen ist und irgendetwas wollte, nur um mich zu stören. Eine Schere borgen, behaupten, ich hätte ihre Bonbons geklaut, nach einer Matheaufgabe fragen ... Wie mich das früher schon immer genervt hat, dass sie keine Grenzen kennt! Dann aber denke ich daran, wie sie monatelang schlafgewandelt ist, nachdem unsere Eltern gestorben waren. Immer wieder ist sie im Schrank zwischen Mutters Kleidern aufgewacht, irgendein Stück Stoff an die Nase gepresst, als würde sie sich mit dem längst verflogenen Geruch einen Hauch Nestwärme zurückholen können.

Die Erinnerung daran besänftigt mich. Deshalb antworte ich ruhig: «Jemand, der mir bei der Recherche hilft.»

Maren schaut mich über Kopf an. «Ich hab die Hühner gefüttert. Es fehlt eines.»

Ich seufze. Nicht schon wieder.

«Welches?», frage ich, in der Hoffnung, dass es nicht Lenas Lieblingshuhn, Claudia, ist.

Maren schafft es, in ihrer Position mit den Achseln zu zucken.

«Keine Ahnung. Aber vielleicht ist es mit Lukas abgehauen», sagt sie. Ihr Gesicht hat einen seltsamen Ausdruck, was daran liegen könnte, dass ihre Wangen durch den Kopfstand ein wenig herabhängen.

«Mit welchem Lukas?», frage ich vorsichtig und überlege, ob ich seinen Namen in dem kurzen Gespräch erwähnt habe.

«Dem anderen Hahn im Korb», sagt sie langsam und mit

einer wirklich komischen Betonung. Als hätte tatsächlich ein Hahn eines der Golden Girls entführt.

«Sag mal, Maren, wann hast du eigentlich vor, wieder dein eigenes Leben zu leben? Sprich, hier auszuziehen?» Es platzt einfach aus mir heraus. Jetzt und hier, obwohl ich die ganze Zeit so ruhig war. Es klingt wie der Rauswurf, den ich mich seit Wochen nicht wage, auszusprechen. Ich liebe meine Schwester, aber gerade nicht so sehr, als dass ich ihr ein lebenslanges Wohnrecht bei uns einräumen möchte.

«Das, mein Lieber», sagt sie und stößt sich von der Wand ab, sodass sie wieder vor mir steht. «Hängt von deiner Anni ab.»

Wieder diese komische Betonung. Von *deiner Anni*.

Und ohne ihre Aussage genauer zu erläutern, verlässt sie das Arbeitszimmer und ruft im Gehen über ihre Schulter: «Ich suche Claudia. Hab du ein Auge auf Lukas.»

Ein Satz wie eine Drohung. Kaum Aussage, aber doppelt so viel Gewicht.

* * *

Markus ist viel zu schnell für mich. Und dabei hält er sich absichtlich zurück.

«Sport ist Mord», keuche ich und bleibe, die Hände auf die Oberschenkel gestützt, stehen.

«*Kein* Sport ist Selbstmord», kontert Markus. «Denk nur an die Fettleber, den vorzeitigen Herzinfarkt und die Diabetesgefahr.»

Ich winke ab, wozu ich unter größter Kraftanstrengung die Hand heben muss. «Ich hab mal einen Krimi gelesen, bei dem ein Jogger auf genau so einem Weg wie unserem ermordet wurde. Weil er jede Woche zur gleichen Zeit die gleiche Strecke gerannt ist.»

«Das kann dir nicht passieren.» Markus lacht. «Es ist erst das zweite Mal, dass du dich hast breitschlagen lassen. Und ich bin mir sicher, dass du nächste Woche kneifen wirst, weil das dritte Mal immer das Schlimmste ist.»

Ich schnaube entrüstet über so viel Menschenkenntnis.

«Außerdem hab ich den Krimi auch gelesen», fügt Markus hinzu. «Der spielte in den Weinbergen. Und wir sind immer noch auf dem Deich unterwegs.»

«Du nimmst es aber genau.»

«Deswegen magst du mich.»

«Könnte sein.» Ich grinse ihn an.

Markus nickt. Dann macht er ein paar Stretchübungen. «Kannst du dich noch an unsere Ruderzeiten erinnern? Im Verein?», will er wissen.

«Das ist Jahrhunderte her», entgegne ich. «Laila war damals schon schneller als ich.»

«Wir könnten wieder anfangen mit dem Rudern, nur du und ich», schlägt er vor. «Und vielleicht kommen dir dabei ein paar ganz neue Romanideen.»

«Ich bräuchte gerade eher ein paar lebensnahe Ratschläge.» Ich richte mich wieder auf. «Du hast doch auch eine Schwester, Markus, was meinst du? Kann man seine Schwester rausschmeißen, wenn man merkt, dass sie auf dem falschen Weg ist, oder muss man ihr dann erst recht helfen?»

«Generell würde ich sagen, erst recht helfen. Aber da wir hier von Maren reden ...» Er klopft mir mitfühlend auf die Schulter. «Wenn ich dir als dein bester Freund einen Rat geben darf: Schmeiß sie besser noch heute raus. Das Mädel muss lernen, dass es kein Mädel mehr ist und sich nicht alles erlauben kann.»

«Das *Mädel* ist meine Schwester! Du tust ja gerade so, als wäre sie eine Schwerverbrecherin», erwidere ich irritiert.

Er zuckt mit den Schultern. «Lass uns weiterlaufen», sagt er, und ohne einen weiteren Blick fällt er in den Trab, der bei ihm so mühelos aussieht und mit dem ich trotzdem nicht Schritt halten kann.

Eine weitere Pause erlaubt er uns beiden nicht, und am Ende der Strecke bin ich zu sehr außer Atem, um noch einmal wegen Maren nachzuhaken.

* * *

«Du willst ihn also nicht kennenlernen?» Ich bitte Anni selten um etwas, aber ich möchte einfach, dass sie Lukas kennenlernt. Es ist mehr als nur ein vager Wunsch, es ist fast schon ein inneres Bedürfnis. «Ich hab ihm auch schon gesagt, dass du da sein wirst. Und du musst auch nichts machen. Ich glaube, ihr würdet euch mögen, ihr beiden. Du würdest seine Geschichte lieben ...»

Anni wirft sich die Handtasche über die Schulter. «Ich kann wirklich nicht, Ben! Ich hab an dem Tag wahnsinnig viele Termine.»

Sie versucht sich an einem bedauernden Gesicht, scheitert aber, weil sie den entschuldigenden Ausdruck in ihren Augen nicht hinbekommt. Vielmehr liegt da eindeutig Erleichterung drin.

«Du hast an einem einzigen Tag Termine bei der Fußpflege, Massage, zum Allergietest und beim Zahnarzt? Klingt schwer nach Ausrede.»

«Ich hab das verpeilt, du weißt doch, wie ich manchmal bin.»

«Nein, weiß ich nicht. Du bist der einzige Mensch, den ich kenne, der niemals irgendetwas verpeilt.»

«Hast du eine Ahnung ...», murmelt sie.

Ich mustere sie in dem dunkelblauen Mantel, den ich nicht kenne. Sie ist dezent geschminkt, die Haare sind gemacht, sie trägt enge schwarze Leggins und einen beigen Strickpulli. Ziemlich aufgepimpt für all die Pflichttermine. Normalerweise geht sie zur Massage in irgendwelchen alten Hoodies, damit der üppige, stark riechende Balsam keine Flecken auf ihren Kleidern hinterlässt.

Aber ich will nicht fragen. Will nicht eifersüchtig oder misstrauisch klingen. So sind wir nicht. So bin ich nicht. Ich brauche Harmonie mit Anni, ich brauche die Kraft, ein paar Dinge in dieser Familie zu verändern.

Sie will mir nur einen flüchtigen Kuss auf die Wange geben, aber ich ziehe sie an mich, sodass ein richtiger daraus wird. Sie lächelt – und dann ist sie verschwunden.

Anni weiß nicht, dass ich einmal eine Therapeutin hatte. Ludwig auch, er geht heute noch hin. Und in diesem Moment wünsche ich mir wirklich, irgendeinem neutralen Wesen mein Leid klagen oder zumindest über Annis Verhalten reden zu können. Seit einiger Zeit ist da etwas anders, das spüre ich. Ich bekomme es aber nicht zu fassen. Nur, dass ich mir fast sicher bin, dass es mit dem Buch zusammenhängt.

Seit ich «Neun Tage Wunder» schreibe, häufen sich diese kleinen Anzeichen, dass Anni irgendetwas bewegt, was sie nicht mit mir teilen will. Es macht mich unruhig. Vielleicht müsste ich jemanden fragen, der sich mit so was auskennt. Mit Launen und Anzeichen. Jemand, der sich mit Liebe auskennt und sich nicht wie ich die Liebesgeschichten eines anderen klauen muss.

Maren scheidet aus. Schon allein, weil sie zu neugierig

ist und weil ich ihr nicht ganz vertraue. Lena ist zu jung. Mit Claire konnte ich noch nie reden, und Laila steht inzwischen zu sehr auf Annis Seite … Es ist einer dieser Momente, in denen ich meine Mutter so sehr vermisse, dass ich Rippenstechen bekomme. Ich stelle mir vor, dass der Schmerz seit ihrem Tod von meinem Herzen nach unten gewandert ist im Laufe der Jahre und sich jetzt zwischen den Rippen festgebissen hat. Weil es dort besonders stechend wehtun kann. Und weil er trotzdem immer noch in Herznähe ist, auch wenn ihr Tod fast zwanzig Jahre her ist.

Vielleicht sollte ich mich in Richards Kindersessel setzen und ihm mein Leid klagen. Ein paar Gläser Whiskey trinken und Zigarre rauchen. Ganz das Klischee des alten weißen Mannes, das Anni so gerne zitiert. Aber dann wird Richard über das Buch reden wollen, und irgendwie habe ich das Gefühl, dass sich das dann auch zwischen meinen Rippen festsetzen könnte.

KAPITEL 19

ANNI

DAMALS – noch drei Tage

Sind Geigen und Hunde in deiner neuen Wohnung eigentlich erlaubt?», fragte Lukas. Er kniete am Boden und schüttete Wasser aus einem Messbecher in A. M.s Napf.

Ich konnte mir A. M. und die Geige und Lukas nicht in dieser kalten großen Wohnung am Josephsplatz vorstellen. Und mich irgendwie auch nicht. Aber die Tatsache, dass er danach fragte, machte mich trotzdem glücklich.

«A. M. ist streng genommen kein Hund, sondern ein Findling», erklärte ich. «Und die Geige passt so gut in die Maxvorstadt wie Erstis auf Kneipentour. Also ja. Ja, ja, ja!» Ich strahlte ihn an. «Ansonsten behaupte ich einfach, dass ihr aus juristischen Gründen Zugangsrechte habt. Das funktioniert fast immer, wie die Floskel *aus versicherungsrechtlichen Gründen*. Wenn man eine Ausrede braucht, kann man es getrost auf Versicherungen schieben. Die hasst ohnehin jeder.»

Lukas zog die Augen zusammen, so fest, dass die beiden kleinen Zornesfalten drohten, eine einzige, wütende Linie zu werden.

«Und das rechtfertigt alles?» Er klang seltsam gereizt. «Was ist mit moralischen Gründen, sind die nicht wichtiger?»

«Äh ...», machte ich hilflos.

«*Juristische Gründe*», schnappte er. «Gesetze, Gerechtigkeit, pah! Alles leere Phrasen.»

Ich wusste nicht, worüber wir hier gerade redeten. Ob Lukas hier einen Punkt klarmachte, der ihm etwas bedeutete und von dem ich nichts wusste. Oder ob er nur allgemein wütete.

Sein leicht gehässiger Ton schlug direkt in meine Magengrube ein. Vielleicht weil ich meine Mutter in ihrer theatralischen Singstimme sagen hörte: *Anni, dass du in die blutigen Fußstapfen deines Vaters treten willst* ... Ich schüttelte den Gedanken ab.

Ich saß vor dem Laptop und hatte an meinen Vater gerade eine Mail getippt, in der ich ihn darum bat, den aktuellen Fall abgeben zu dürfen. Mehr noch, ich bettelte darum. Meine E-Mail war ein Plädoyer. Ich wusste von meiner Kollegin Maxi, dass die Kanzlei immer wieder Anfragen für Pro-bono-Fälle bekam. Fälle, die wir zwar nicht gänzlich umsonst, aber immerhin zu geringeren Sätzen verhandelten. Häufig waren es Frauen in Notsituationen. Ich wollte endlich helfen. Nicht immer nur für etwas kämpfen, an das ich nicht glaubte. Und jetzt stand da Lukas vor mir und erklärte die Juristerei für sinnfrei. Es erschien mir nicht gerecht. Ich wollte mich ja für etwas Gutes einsetzen, nur war das eben nicht immer so leicht. Dass diese Begründung etwas selbstgerecht war, wusste ich insgeheim schon. Es war durchaus leicht ... Ich musste nur mutig genug sein, mich von meinem Vater zu lösen.

Lukas' wütender Blick ruhte noch immer auf mir. Seufzend schickte ich die Mail ab und klappte den Laptop zu.

«Ist Vollmond?», fragte ich ihn.

Er sah mich an. Die Überbleibsel der kurzen Wut hingen noch in seinen zusammengekniffenen Augen. «Wieso?»

«Weil du dich gerade in eine Version von dir verwandelt hast, die ich noch nicht kenne. Ich dachte nur, ich frage vorsichtshalber mal nach. Nicht, dass du dir gleich die Klamotten vom Leib reißt und neben deiner Stimmung auch noch die Gestalt änderst.»

«Sorry, das war nicht gegen dich gerichtet», erwiderte er und scheiterte bei dem Versuch, ein vernünftiges Lächeln zustande zu bringen.

War das der Punkt, an dem wir uns richtig kennenlernten? Der Punkt, den ich schon so oft in vergangenen Beziehungen erlebt hatte und den ich glaubte, mit Lukas bereits nach wenigen Stunden hinter mir gelassen zu haben? Jener Moment, in dem man begriff, dass die negativen Seiten eines Menschen die positiven so überlagern konnten, dass man denjenigen einfach nicht mehr mochte.

Er stand auf, verschränkte die Arme hoch über der Brust und wich einen Schritt in Richtung Wand zurück. «Glaubst du, dass du immer auf der richtigen Seite stehst, wenn du jemanden verteidigst? Als Anwältin? Weißt du es, oder spielt es überhaupt eine Rolle für dich?», fragte er nun. Seine Stimme klang um viele Oktaven ruhiger.

«Ähm ...», machte ich noch einmal. «Worauf willst du hinaus?»

Er sah mich nicht direkt an. «Ich meine ... Wonach entscheidest du, ob du einen Fall übernimmst?»

«Ich entscheide das doch gar nicht. Das obliegt meinem Vater, also der Kanzlei. Und das Mandat sieht eben vor, dass –»

Er unterbrach mich. «Egal, ob derjenige, den ihr verteidigt, schuldig oder unschuldig ist?»

Ich konnte nicht verhindern, dass ich mit den Augen rollte. «Vor dem Gesetz ist jeder unschuldig, bis seine Schuld bewiesen ist.» Ich klang wie ein Wikipedia-Eintrag.

«Du klingst wie ein Wikipedia-Eintrag», sagte er.

Das entlockte mir ein amüsiertes Schnauben, weil es fast schon lustig war, wie er meine Gedanken lesen konnte.

Ich wollte nicht mit Lukas streiten. Mir war auch absolut nicht danach, über meinen Beruf zu reden, den ich seinetwegen seit Tagen sträflich vernachlässigte. Und ich wollte nicht wie jemand dastehen, der sich als Gutmensch deklarierte. Also erzählte ich nichts von der Mail, sondern lenkte ab. «Wo ist eigentlich Annabelle-Marie?»

Der Hund, der erstaunlicherweise bereits einen Tag nach der Taufe auf seinen Namen reagierte, kam angeflitzt und hatte etwas im Maul. Ich sah es nur im Augenwinkel, hörte Lukas dann lachen. Laut, aber nicht freudvoll, eher gehässig. Ein Ton, als hätte man ihn dem falschen Instrument entlockt.

In A.M.s kleinem Mischlingsmaul befand sich Justitia höchstpersönlich. Es war die Holzfigur, mein Familienerbstück. A.M. trug sie vorsichtig, als wäre das Ding lebendig, und legte sie dann direkt vor meinen Füßen ab.

Lukas wollte nicht erneut lachen, so viel konnte ich sehen. Aber sein Mund verzog sich trotzdem.

«Da siehst du», sagte ich, «sie hat mir die Göttin der Gerechtigkeit direkt vor die Füße gelegt. Und ich verspreche dir, ich werde nicht darüber stolpern.» In einer übertriebenen Geste hob ich die Hand und legte sie mir an die Brust.

Da ging ein Ruck durch seinen Körper, und sein Blick wurde ein völlig anderer, war wieder warm und weich.

«Würdest du mit mir zu IKEA fahren?», fragte er. «Ich brauche Möbel.»

Ich grinste. «Nur wenn du mir diese schwedische Schokolade in Röllchen kaufst und mich zwischen zwei Billy-Regal fragst, ob du mich küssen darfst.» Ich bückte mich nach Justitia und stellte sie mit dem Rücken zur Wand auf dem Tisch ab. «Also, wenn es keine juristischen Gründe gibt, die zwischen uns stehen», fügte ich lachend hinzu.

«Gibt es nicht», erklärte er und streckte die Hand nach mir aus.

* * *

«Mir gefällt es nicht, dass die Möbel alle schwedische Namen haben.» Lukas drehte sich im Kreis und sah aus, als wollte er die Rolltreppe geradewegs wieder hinunter laufen. Vorbei an dem Strom aus Familien und Tagesausflüglern, die es an regnerischen Samstagen hierherzog, weil sie nichts Besseres zu tun hatten. Und die den Laden trotzdem mit mindestens einer Duftkerze in der Tasche oder einem Hot-Dog im Bauch verlassen würden.

«Es ist ein schwedisches Möbelhaus, also haben die Möbel schwedische Namen.»

«Bei mir heißen die anders», sagte er und sah dabei aus, als wollte er zur Bekräftigung noch mit dem Fuß aufstampfen.

«Ich weiß nicht, ob es dir schon mal jemand gesagt hat, aber man muss seinen Möbeln nicht zwingend Namen geben. Du bekommst an der Kasse auch keine Geburtsurkunde für eine Kuchen-Etagere.»

Lukas winkte ab.

«Komm, wir ziehen hier mal probeweise ein», schlug ich vor und deutete auf den ersten Ausstellungsraum. Eine perfekt geschnittene 43qm-Wohnung, die es so in München nicht gab. Oder die unbezahlbar gewesen wäre.

«Meinst du, das ist erlaubt?»

Ich sah ihn schief an. «Wieso nicht?»

«Keine Ahnung.»

«Man muss doch Möbel ausprobieren, bevor man sie kauft.» Ich ging auf das graue Dreisitzersofa zu.

«Du probierst die Brezel beim Bäcker aber doch auch nicht aus, bevor du sie kaufst ...», widersprach Lukas.

«Du kannst ein Verbrauchsgut doch nicht mit einem Investitionsgut vergleichen.»

«War das die Anwältin?»

Ich stöhnte leise. «Ja, fürchte schon ...»

Er sagte nichts, lächelte aber – im Gegensatz zum letzten Mal als wir über meine Arbeit sprachen. Vielleicht hatte Lukas ein Anwaltstrauma. Vielleicht waren seine Eltern geschieden.

«Ich weiß zu wenig über dich», sagte ich und merke, dass da ein echt frustrierter Unterton mitschwang.

«*Söderhamn* ...», murmelte er, drehte das Etikett des Sofas in den Händen und schnaubte. «Warum nicht gleich Merkeling oder Merzhun? Wenn ich das Ding hier kaufe, nenne ich es Mümmel.»

Er ging zu einem der Ständer, an denen man sich Bleistifte und Zettel holen konnte und riss eines der Maßbänder ab.

«Mümmel ist ein Hasenname», protestierte ich. Es gefiel mir nicht, dass er von der Tatsache ablenkte, dass ich wirklich zu wenig über ihn wusste.

«Mümmel!», beharrte er.

«Okay, gut, aber nicht, ohne dass du Söder- äh, Söderhamn ... Verzeihung, Mümmel ausprobiert hast. Du kaufst doch nicht die Katze im Sack. Du würdest mich doch auch nicht heiraten, ohne vorher mit mir geschlafen zu haben.»

Lukas drehte seinen Kopf schnell, sehr schnell zu mir um und fisselte mit den Fingern am Maßband herum.

«Haha», machte ich. «Kleiner Witz.» Es war immer

schlecht, sagen zu müssen, dass etwas ein Witz war. Dann hatte es nicht funktioniert. So oder so nicht.

«Haha», machte auch Lukas.

Wie kamen wir aus der Nummer jetzt wieder raus?

Ich räusperte mich. «Also, ich schlage vor, wir sitzen erst einmal gemeinsam probe. Und ich besorge uns dazu alles, was man für ein richtiges Probesitzen im Möbelmarkt so braucht.»

«Warum macht mir diese Aussage Angst?»

«Keine Sorge, nur Kaffee oder zumindest ein Preiselbeer-Mischgetränk und Kekse. Kinder müssen die Welt doch mit ihren Händen erkunden. Wo ist denn jetzt dein inneres Kind, hm?»

«Mein inneres Kind hat Angst, Preiselbeer-Mischgetränke auf einem Sofa mit Politikernamen zu verschütten und es nachher bezahlen zu müssen.»

«Dann hast du keinen Mümmel mehr, sondern einen Flecki.»

Er schaute mich an, und wir mussten beide lachen. Dann verschwand ich in Richtung IKEA-Schnellrestaurant und schmuggelte Getränke aus dem Essbereich zurück in den Ausstellungsbereich.

Ich stellte alles auf dem Sofatisch ab und reichte Lukas eine Schnabeltasse, in die ich Kaffee gefüllt hatte. Er nickte anerkennend. Dann lümmelten wir auf Mümmel herum und taten so, als wäre diese Musterwohnung unser Zuhause.

Es schlich sich ein Gedanke bei mir ein, der mein Herz noch ein bisschen mehr in Wallung brachte als ohnehin schon. Was, wenn das wirklich so wäre. Was, wenn ich einfach bliebe? Wenn ich nicht in die schicke neue Wohnung zog, sondern mit Lukas ...

«Brauchst du auch noch was für deine neue Bude?», fragte

er mich da, und ich schob den unsinnigen Gedanken schnell von mir. Natürlich würden wir nicht nach sechs Tagen zusammenziehen. Auch wenn sich diese sechs Tage anfühlten wie eine halbe Ewigkeit, wie ein halbes Leben. Ein gutes, glückliches dazu.

«Äh, nein ... glaube nicht», sagte ich. Und dann schaute ich schnell weg, damit er nicht in meinem Gesicht lesen konnte. Denn das Pokerface wollte mir in seiner Gegenwart einfach nicht gelingen. «Ich werde erst mal eine Bestandsaufnahme machen müssen, bevor ich mir ein neues Spülbecken namens Abwaschbecky kaufe oder einen Kühlschrank, den ich Boschido nennen werde.»

«Du brauchst also auch keine Pfannelore oder einen Garderobert?»

«Nein, aber vielleicht noch eine gemütliche Sesselina.»

«Du hast das System verstanden!» Er schaute sich um. «Wir brauchen noch neue Namen für das Bett und die Lampe.»

Wir ... Mein Herz schlug Purzelbäume, während mein Mund eine Frage stellte: «Du meinst für Idanäs und Hektar?»

«Puh!», schnaubte Lukas. «Das klingt wirklich nach einer sehr tragischen Liebesgeschichte.»

«Tristan und Isolde? Oder Achilles und Patroclus?», schlug ich weiter vor.

Lukas schüttelte den Kopf und zog die Stirnfalten zusammen. «Ich dachte mehr an Molly für das Bett und an Hella für die Lampe.»

«Okay, Molly und Hella also. Ich bin einverstanden.»

* * *

«Ich glaube, A.M. gefällt das Wetter.» Ich zog mir die Kapuze tiefer in die Stirn, während Lukas den Regen zu genießen schien wie eine warme Dusche. Die Tropfen perlten über seine Stirn, aber er zog weder Kopf noch Schultern ein. «Und dir gefällt es anscheinend auch.»

«Mir gefällt jedes Wetter», erklärte Lukas und schüttelte sich wie ein Hund. Aus den Spitzen seiner Haare spritzte das Wasser.

«Meine Mutter lebt in Hamburg, da ist ständig so ein Wetter», grummelte ich. «Keine zehn Pferde bringen mich in den Norden.»

Meine hellen Lederboots waren verdreckt, und ich bereute sowohl, dass ich sie angezogen hatte, als auch, dass ich mich überhaupt zu diesem Spaziergang hatte überreden lassen. Obwohl A.M.s Freude an jeder Pfütze und Lukas' kindisches Regen-Grinsen es eigentlich wert waren.

«Ein Zug oder ein Auto würden reichen, um dich nach Hamburg zu bringen», witzelte Lukas. «Und sag niemals nie. Ich hätte früher auch vieles nicht gedacht.»

Wir kamen an eine Straßenkreuzung mit Ampel, die letzte, die den Park von den Häuserblocks trennte. A.M. zerrte an der Leine, ihr missfiel dieses Ding um ihren Hals, und ich konnte es ihr nicht verdenken.

Ich wollte gerade bei Lukas nachfragen, was er meinte, da wurden wir unterbrochen.

«Annika, bist du das da unter der Kapuze?», fragte eine laute, helle Stimme neben mir. Es war Maxi. Dazu musste ich nicht hochsehen, ich erkannte ihren Tonfall sofort.

Ich sah dann doch auf und schob mir die Kapuze aus der Stirn. Das plötzliche Bedürfnis wegzulaufen war stärker als der Regen.

Meine Kollegin steckte in einem übergroßen olivgrünen

Cape, das ihr das Aussehen einer Leuchtturmwärterin verlieh. Stellvertretend für eine Öllampe hielt sie ihr Handy hoch. Das leuchtend helle Display richtete sie auf mein Gesicht, als müsste sie nachprüfen, ob das wirklich ich war, die hier im Regen spazieren ging.

Aber ich war mit Lukas und A. M. auf einem anderen Planeten unterwegs. Auf einem, auf dem es keine Maxi gab, keine Kanzlei, keinen Vater, keine Verpflichtungen.

«Nein», krächzte ich. «Verwechslung, ich bin es nicht.» Aber ich lief natürlich nicht davon.

Maxi, das Alien auf dem Planeten Nika-Lukas 1, schien sich nicht um meine Antwort zu scheren oder um die Tatsache, dass die Ampel auf Grün geschaltet hatte. Sie stellte sich vor uns, sodass kein Durchkommen war.

«Du entkommst mir nicht», sagte sie und schien entschlossen, mich notfalls mit Gewalt festzuhalten. «Wenn du schon nicht in die Kanzlei kommst, nicht ans Telefon gehst und seltsame Mails schreibst ...» Sie verstummte, ließ ihr Handy sinken und starrte Lukas an. Dann wieder mich. «Ist ... *das* der Grund?»

Das war Lukas. Und Maxi sah ihn an, als hätte sie noch nie einen Mann gesehen, dem der Regen über das Gesicht perlte. Wahrscheinlich hatte sie aber einfach, genau wie ich, noch nie einen Mann gesehen, den das so wenig zu stören schien. Und der dabei so gut aussah.

«Er ... Ich meine, ist *er* der Grund?», fragte Maxi noch einmal und starrte Lukas weiterhin an, als wäre er derjenige, der von einem anderen Planeten gekommen war und nicht sie.

«Ich brauche keinen Grund», sagte ich schnell. «Ich hab mich abgemeldet, okay. Und es ist Wochenende.»

Maxis Gesicht verzog sich zu einer Grimasse. *Wochenende*, in der Kanzlei ein Synonym für Faulheit.

«Das wird deinem Vater nicht gefallen», erwiderte sie. «Das wird ihm so was von nicht gefallen. Ich meine, was denkst du dir dabei? Pro bono ... Er ist fast vom Stuhl gefallen.»

Sie starrte unentwegt Lukas an, bis ihr Blick auf A. M. fiel. «Und was ist denn das für ein verlauster Köter?»

Ich fragte mich, warum ich überhaupt jemals so etwas wie freundschaftliche Gefühle für Maxi gehegt hatte, und wünschte mir, A.M. würde beweisen, dass sie ein kluger Hund war, indem sie Maxi kräftig in die schlanken, in Lederoptik-Leggins steckenden Beine biss. Das tat A.M. nicht. Sie war ein anständiger Hund. Wahrscheinlich sogar klüger als ich. Sie knurrte nicht einmal, die alte Verräterin.

Ich sah hoch zu Lukas, ohne zu wissen, was ich in seiner Miene zu finden glaubte. Jedenfalls nicht das, was ich jetzt darin bemerkte. Er blinzelte ungläubig und schüttelte kaum merklich den Kopf. Und es war, als hätte man ihm mit Gewalt die Grübchen aus dem Gesicht gewischt. Sie waren kaum noch zu erkennen.

«Wie dem auch sei», sagte ich an Maxi gewandt. «Ich kann das mit meinem Vater selbst klären.» Ich wollte sie so schnell wie möglich loswerden. Sie sollte von Lukas' und meinem Planeten verschwinden und aufhören, unseren Hund zu beleidigen.

Ich wollte mich an ihr vorbeidrücken und Lukas und mich in Sicherheit bringen. Aber aus irgendeinem Grund verbot ich mir, nach seiner Hand zu greifen. Was wäre dabei gewesen? *Ist das ... der Grund? Ist er der Grund?*

Aber Maxi dachte gar nicht daran, mich gehen zu lassen. Sie senkte die Stimme und raunte mir durch wütend zusammengebissene Zähne zu: «Wir haben den Butzbach-Fall bekommen, Annika! Du kannst dir jetzt nicht unbegrenzt

Urlaub nehmen. Dein Vater erwartet dich. Montag früh findet der erste Jour fixe dazu statt, anschließend ein Treffen mit dem Syndikusanwalt der KG, und dann geht es auch noch um die Absprache mit der Strafrechtsschutzversicherung hinsichtlich der Kaution. Du weißt, das ist ein ungeheuer wichtiger Fall. Um ein Haar hätten die von Schneider & Schneider ihn uns weggeschnappt. Stell dir nur vor, wie das dem arroganten Idioten von Linus Schneider, diesem Berufssöhnchen, gefallen hätte.»

Sie redete einfach immer weiter, aber ich schaltete ab und sah zu, wie die Ampel von Grün auf Rot wechselte. Lukas neben mir sagte kein Wort.

«Ich werde da sein», unterbrach ich sie irgendwann, als die Ampel noch einmal ihre Farben gewechselt hatte. Einfach nur, um Maxi mit ihrem olivgrünen Raumschiff in andere Sphären zu schicken. Weg von mir. «Kannst dich drauf verlassen!»

«Gut», sagte sie. Dann sah sie noch einmal zu Lukas. Er revanchierte sich mit einem Blick wie ein Geschoss. Er blinzelte auch nicht mehr.

Was war das denn?

Den restlichen Weg schwiegen wir. Warum, konnte ich nicht genau sagen. Vielleicht weil da etwas in unserem Sonnensystem explodiert war. Eindringlinge von außen. Maxi hatte nicht gerade einen sympathischen Eindruck gemacht. Und Lukas vermittelte mir sein Missfallen über ihre Art auch ohne Worte.

Es war seltsam, durch seine Augen sah die Welt irgendwie anders aus. Sie drehte sich langsamer und zwang mich, genauer hinzusehen. Tausend Fragen wirbelten in meinem Kopf herum.

Aber wenn ich gar nicht rebellieren will? Wenn ich einfach nur einen geraden Weg vor mir liegen habe, den ich gehen möchte? Ist das dann schlimm?

Ich ahnte seine Antwort: *Wenn das so wäre, wärst du nicht hier mit mir.*

Verdammt! Ich hatte Lukas nicht einmal vorgestellt. Aber was hätte ich sagen sollen: «Maxi, das ist Lukas, mein Nachmieter. Wir schlafen nicht miteinander, noch nicht, aber wir verbringen die Nächte nebeneinander auf einer zu engen Couch. Seine Wade ist mein neuer Lieblingsplatz. Wir brauchen kein Label, es würde sowieso keines passen. Nachmieter, Freund, Bekannter, Liebhaber, Vertrauter ... Ja, vielleicht am ehesten Vertrauter. Lukas hat einundzwanzig Sommersprossen – und eine gehört mir. Lukas hört zu und gibt gute Ratschläge. Er mag mich, auch wenn er etwas gegen Anwälte hat. Er spielt Geige wie Hauser, kocht wie Mälzer, und ich fühle mich bei ihm zu Hause wie Pumuckl bei Meister Eder. Wir sind allein auf unserem Planeten, und ich will es noch ein bisschen genießen, dass ich mich gerade zum allerersten Mal in meinem Leben richtig verliebe. Denn das macht mir Angst. Es fühlt sich so groß an, weil es nur einmal passieren kann. Und deshalb darf es nicht schiefgehen, denn was stellt man mit seinem Leben an, wenn man einmal richtig geliebt hat und weiß, es geht vorbei? Was kommt danach?»

* * *

«Hast du viele Freunde in der Stadt?», wollte Lukas wissen, als wir später auf meinem alten Sofa saßen. Mümmel war im Laden geblieben. Es hatte sich einfach nicht so angefühlt, als wäre das unser Sofa. Als wäre es Lukas' Sofa, korrigierte ich mich selbst.

Ich hatte im Leben nicht viele Freunde gehabt und wusste

nicht, woran das lag. Denn ich hätte gern welche gehabt. Aber die losen Schulfreundschaften hatten sich nach dem Abi verloren, und bis auf Stefanie, die Tochter der Nachbarn meines Vaters, waren da keine Jugendfreunde mehr. Ab und zu ging ich mit ihr etwas trinken. Und natürlich war da Konstantin gewesen. Aber auch er war kein Freund mehr. Nur noch ein Ex.

Ich war versucht, Lukas zu sagen, dass Renée, von der ich den Musselinschal hatte, wahrscheinlich die engste Freundin war, die ich besaß. Aber auch sie hatte ich seit mehreren Wochen weder gesprochen noch gesehen. Daher ließ ich es.

«Nein, ich hab nicht viele Freunde in der Stadt», erwiderte ich. Jetzt klang es so, als hätte ich sie anderswo. Aber ich hoffte, Lukas würde nicht nachfragen.

«Und du?»

Er zuckte mit den Achseln. «Meinen Freundeskreis musste ich die letzten Jahre etwas überdenken. Aber es gibt ein paar Leute, ja ...» Er zögerte und sagte dann leise. «Möchtest du sie kennenlernen?»

«Deine Freunde?», fragte ich. Meine Wangen fühlten sich auf einmal sehr warm an.

Er nickte langsam.

«Ja, sicher ... klar», erklärte ich. «Wenn du das willst.» Es klang stolpernd. Von Konstantins Freunden hatte ich nur die Namen gekannt. In meiner Brust überschlug sich etwas, es fühlte sich gut an. Neu und ungewohnt, aber gut.

«Übrigens», sagte Lukas und deutete auf den Fernseher, der stummgeschaltet den Wetterbericht anzeigte. «In Hamburg scheint die Sonne.»

«Vielleicht muss ich doch noch in den Norden ziehen», erwiderte ich leichthin.

Obwohl da jetzt Molly war, das neue Bett, schliefen wir

wieder auf dem Sofa. Ich in seinem Arm und A. M. auf meinem Bein. Es war viel zu eng und doch nicht nah genug. Ich wollte mich an Lukas heften wie eine Büroklammer, aus Angst, die Seiten, die wir beschrieben hatten, könnten sonst in alle Winde verstreut werden. Wie die Blätter der Platanen.

Aus dem Sommer wurde immer viel zu schnell Herbst. Und der Herbst schien oft auch nur das Wartezimmer des Winters zu sein. Genauso fühlte ich mich. Als müsste ich die letzten Sonnenstrahlen festhalten, bevor es zappenduster wurde.

KAPITEL 20

ANNI

HEUTE

Etwas mehr als zwei Tage. 2 Tage, 4 Stunden, 56 Minuten und 35 Sekunden. Dann ist Lukas' Lesung. Dann ist er hier. Weniger als eine Stunde mit der Regionalbahn entfernt. Etwa siebzig Kilometer weiter in Hamburg.

2 Tage, 4 Stunden, 56 Minuten und noch 20 Sekunden.

In meinem Kopf läuft ein Countdown, der sich nicht abstellen lässt. Ich bin so unruhig (obwohl ich ja nicht hingehen werde – Zahnarzt, Allergietest etc.), dass sogar Fieps merkt, dass etwas nicht stimmt. Er dreht kleine Kreise um mich und winselt mich an. Also stehe ich vom Schreibtisch auf, schließe die Datei mit dem angefangenen Brief, den ich für eine Frau, die Opfer häuslicher Gewalt wurde, verfasst habe, und seufze laut.

«Wir gehen Gassi!», sage ich zu Fieps, der bei dem Schlagwort sofort begeistert zu wedeln beginnt.

Im Flur geht die Tür des Büros auf, und Ben steckt seinen Kopf heraus. «Hab ich Gassi gehört», sagt er und wackelt mit dem Hintern.

Ich muss lachen.

«Nimmst du mich mit?», fragt er. «Ich brauche dringend frische Luft für mein staubiges Hirn.»

2 Tage, 4 Stunden, 40 Minuten und 8 Sekunden.

Wir haben es noch nicht einmal bis zur Straßenecke geschafft, da hat Fieps schon dreimal gepinkelt. Ben zieht etwas entnervt an der Leine und wirft immer wieder einen Blick auf sein Handy. Ich habe eine schon ungesunde Aggression gegen dieses Teil entwickelt, so sehr hängt er in letzter Zeit an diesem Gerät und behauptet, er mache Recherche.

Am Deich angekommen, schimpft er laut: «Keine drei Meter weit kommt man mit dem Kerl. Da kann man mit einem Schaf besser spazieren gehen.»

Nicht weit von uns entfernt grasen ein paar Heidschnucken, deren Fell für die Jahreszeit inzwischen fast übertrieben dick ist. Am blauen Himmel hängen kleine dicke Wolken, als würden sie die Tiere unter sich spiegeln.

Fieps hebt über den Rasensteinen an der Parkbank erneut sein Bein.

Ich spüre, wie Ben neben mir weiter verkrampft. «Lass ihn doch, er verschickt Nachrichten», sage ich. «Du schaust auf dein Handy, Fieps pinkelt und schnuppert. Das ist WhatsApp für Hunde.»

Ben schnaubt, lächelt aber zaghaft.

2 Tage, 4 Stunden und genau 10 Minuten.

Ich kneife die Lider zu, bis ich kleine Blitze vor meinen Augen sehe. Um den Countdown in meinem Kopf zu vergessen, muss ich Ben unbedingt lachen hören. Weil Bens Lachen Medizin für mich ist.

Ich verstelle meine Stimme, lasse sie höher klingen: «Hallo Fieps, Schnuppi hier STOPP Heißer Duft STOPP Treffen morgen Ecke Spielplatz? STOPP.»

Bei diesen Worten schnuppere ich Ben an der Achsel herum.

«Das ist Telegrammstil, kein WhatsApp», murrt er.

Ich hake mich bei ihm unter. «Ich würde dir ein Telegramm *pinkeln*, wenn es sein müsste.»

Jetzt gluckst er leicht und sieht mich an, bleibt stehen: «Was würdest du schreiben?»

«Hey, Ben STOPP Duftes Odeur STOPP Stinkt mir, dass wir uns verpasst haben STOPP Morgen gleicher Ort, gleiche Uhrzeit? STOPP»

Ich hab es geschafft, jetzt lacht er laut auf. Puh! Wie schlimm es wäre, wenn er mich nicht mehr wollte, denke ich da. Wenn wir nicht mehr zusammen lachen würden.

Wir laufen den kompletten Elbdeich entlang, bis zum Hafenkopf, von wo aus man raus auf die Rhinplate, eine schmale Insel, sehen kann. Ein Schwan hat es sich am Deichufer gemütlich gemacht und schlägt gereizt mit den Flügeln, als wir uns nähern.

«Was würdest du mir antworten, wenn du ein Hund wärst?», will ich wissen und weiche vor dem Schwan zurück, der sich uns jetzt mit Drohgeste nähert und von Fieps völlig unbeeindruckt scheint.

Fieps pinkelt erneut, ebenfalls unbeeindruckt, und Ben sagt: «Hallo Anni STOPP Du bist mein Glücksautomat STOPP Sehen uns asap in Glückstadt STOPP.»

Am Skaterplatz hinter uns donnern die Bretter die Halfpipe hoch und wieder runter. Der Wind bläst so kalt, als hätte er vergessen, dass der Frühling längst angebrochen ist. Aber in meinem Innern ist es auf einmal still und warm.

Als Ben sich umdreht und den Rückweg antreten will, springe ich an seinem Rücken hoch und kralle meine Arme und Beine um seinen starken Körper, hauche ein halbes Dutzend Küsse in seinen Nacken. Nichts bin ich lieber als ein Glücksautomat.

«Woran merkt man eigentlich, dass einen der Partner betrügt?», frage ich, als ich zwei Tage später bei Laila sitze, und deute auf den Prospekt, der vor mir auf dem Küchentisch liegt und mit Rotstift von ihr markiert wurde. Es ist ihr neuestes Reiseprojekt: *Ich bin Single, holt mich hier raus.* Eine Spezialreise für Frisch-Getrennte und Betrogene zum Abreagieren, inklusive Boxstunden, Voodoo-Kurs und Meditationsstunden. In meinem Kopf läuft immer noch der Countdown, der sich nicht abstellen lässt.

Laila blinzelt. «Ist das eine rhetorische Frage?»

«Nein.»

«Du fragst für eine Freundin?»

«Könnte ich behaupten, aber nein, ich frage für mich.» Ich stütze meinen Kopf auf die Ellbogen. Im wahrsten Sinne des Wortes frage ich für mich.

«Du meinst mit Partner jemand anderen als Ben?»

Ich seufze schwer. «Nein, ich meine Ben. Also ... hypothetisch.»

«Er betrügt dich nicht.»

«Woher willst du das wissen?»

«Betrügst du ihn?», fragt sie und legt den Kopf etwas schief.

«Natürlich nicht», poltere ich. «Dreh meine Fragen doch nicht immer um.»

Es reicht, dass sie in meinem Kopf wilde Runden drehen, denke ich.

Abwehrend hebt sie die Hände. «Also, ehrlich, Anni!»

Sie stöhnt, als hätte ich behauptet, Ben würde jetzt kitschige Vampirromane schreiben. Offensichtlich hält sie die Möglichkeit, er könne eine andere Frau haben, für genauso abwegig. Aber es geht ja gar nicht um meine Zweifel an Ben. Es geht um die Zweifel, die ich an mir selbst habe. Und die – wie ich bei genauer Selbstanalyse zugeben muss – irgendeine Projektionsfläche suchen.

«Er klappt neuerdings immer so schnell seinen Laptop zu, wenn ich reinkomme. Er lässt sein Handy nicht mehr rumliegen. Also ... nicht, dass ich draufschauen würde, aber es fällt mir auf. Und er ... er telefoniert ewig.»

Sie zieht die Augenbrauen hoch. «Vielleicht spricht er mit seiner Therapeutin.»

«Er hat keine Therapeutin.»

Lailas Brauen sind jetzt zu einer dicken Sorgenfalte zusammengezogen. Als könne sie meine Aussage nicht glauben.

«Nein, wirklich nicht», bekräftige ich. «Es hat irgendetwas mit seinen Recherchen zu tun.»

Sie bedenkt mich mit einem mütterlichen Blick. «Schätzchen, du siehst Einhörner, wo nur Pferde stehen.»

«Den Vergleich verstehe ich nicht.»

«Na, du siehst nur Moos und den Baum dahinter nicht.»

«Verstehe ich auch nicht.»

«Gespenster, du siehst Gespenster! Er vertieft sich in sein Manuskript, das kennst du doch. Ben war schon immer so. Als wir klein waren, ist er einmal den ganzen Nachmittag auf einer Bank im Wald sitzen geblieben, bis die Polizei ihn gefunden hat. Seine Eltern hatten ihn schon als vermisst gemeldet, aber er hat einfach nur gelesen. Und dann diese Geschichte mit dem Bach ...»

Manchmal, wenn sie aus der gemeinsamen Vergangenheit mit Ben erzählt – und ich weiß, sie tut es nicht aus Boshaftigkeit –, dann passiert etwas mit mir, das ich nicht kontrollieren kann. Ich werde irgendwie wütend, und gleich darauf schäme ich mich dafür. Ich neide ihr diese gemeinsame Kindheit, dieses Befreundetsein seit Kindertagen, weil ich so etwas nie hatte. Freundinnen, Mitschülerinnen ... ja, das alles hatte ich schon. Aber ich habe keinen Kontakt mehr zu den Mädels, mit denen ich Abitur gemacht habe. Es fällt mir sogar schwer, mich an ihre Namen zu erinnern. Und ganz sicher würden wir, wenn wir uns auf der Straße überhaupt erkennen würden, einander keine gemeinsamen Anekdoten erzählen.

Aber Ben hat so etwas. Jugendfreunde, mit denen er auch als fast Vierzigjähriger noch in engem Kontakt steht. Die alles von ihm wissen. Vielleicht liegt es auch daran, dass Ben nie etwas getan hat, wofür er sich schämen müsste. Anders als ich. Ich war nicht immer ein netter Mensch. Ich war auch schon vor meinem Jurastudium überehrgeizig und bereit, gewisse Opfer zu bringen. Und zwar nicht nur auf meine eigenen Kosten. Noch immer bekomme ich einen roten Kopf, wenn ich daran denke, wie ich einen übersehenen Fehler in der Klassenarbeit einer Mitschülerin dem Mathelehrer gemeldet habe, nur um die Einzige zu sein, die den Test mit einer Eins bestanden hat.

Laila sieht mich forschend an. Hat sie gemerkt, dass ich abgeschweift bin und einen Teil ihrer Laila-Ben-Kindheitserinnerungen nicht mitbekommen habe? Aber dann lächelt sie und beugt sich über den Tisch, um mich zu umarmen.

«Ich werde dir jetzt etwas sagen», erklärt sie. «Und du musst mir glauben!»

Ich nicke.

«Gut. Ben ist die treuste Seele, die ich kenne. Er würde dich anrufen und Schluss machen, bevor er mit einer anderen was anfängt.»

«Das ist unheimlich beruhigend», sage ich und verziehe das Gesicht zu einer Grimasse.

«Ja, nicht?», stellt Laila zufrieden fest. Sie verschränkt die Arme hinterm Kopf und kippt den Stuhl nach hinten, bis er an der Wand anstößt. Ironie ist etwas, für das Laila keine

Sensoren hat. Etwas, das nur in der Laila-Markus-Kombination funktioniert, weil er es ihr jedes Mal aufs Neue klarmachen muss, wenn jemand etwas nicht genauso meint, wie er es sagt.

«Ach, schau mal», sagt sie plötzlich und deutet nach draußen. «Sie ist wieder da.»

Gegenüber von Laila wohnt eine Frau, die eigentlich gar nicht richtig da wohnt. Es ist ein voll ausgestattetes Haus mit seelenloser Einrichtung und steht ständig leer. Laila und Markus haben ihr sogar angeboten, die Wand ihrer Scheune zu renovieren und das Fachwerk freizulegen, nur damit sie von ihrer Gästetoilette aus auch einen schönen Blick hat und nicht auf die alte Bretterwand schauen muss. Jedes Mal, wenn ich bei Laila zu Besuch bin, rätseln wir über die Beweggründe der Frau.

«Sie ist übrigens die Erfinderin des Hashtags Landlust», sagt Laila.

«Mmh, vielleicht hat sie sich verschrieben und wollte eigentlich *Landfrust* tippen?»

«Und weil sie diesen kolossalen Fehler begangen hat, musste sie ein großes Haus kaufen, einrichten, unterhalten …? Und seitdem täglich posten!»

«Unbedingt täglich. Ich hab früher immer gedacht, Landflucht würde bedeuten, dass die Leute aufs Land flüchten.»

Laila lacht. «Du hast dich also in einem Trend gewähnt, während du eigentlich gegen den Strom geschwommen bist.»

«Exakt. Aber ich bin eine hervorragende Schwimmerin, wie du weißt.»

Sie wiegt den Kopf. «Das ist etwas, was du von dir behauptest, aber noch nie unter Beweis gestellt hast!»

«Du behauptest auch immer, du könntest Motorrad fahren, dabei habe ich dich noch nicht einmal auf einem Fahrrad gesehen.»

Laila zieht etwas umständlich ihren Miniaturgeldbeutel aus ihrer Gesäßtasche. Dabei schleppt sie immer eine Handtasche mit sich herum, aber sie sagt, sie würde einfach gerne auf ihrem Geld sitzen. Sie nimmt ein kleines Kärtchen aus dem rechten Fach und wackelt damit vor meiner Nase herum. «Siehst du!»

«Wow, du hast einen Führerschein!», erwidere ich spöttisch. «Das heißt allerdings nicht, dass du Motorrad fahren kannst. Soll ich jetzt meinen Seepferdchen-Aufnäher holen?»

Sie zuckt gönnerhaft mit den Achseln. «Wir sind einfach beide fantastisch in dem, was wir können, und in dem, was wir nicht können.» Sie sieht wieder aus dem Fenster und fügt dann nachdenklich hinzu: «Vielleicht lebt unsere Nachbarin nach dem Motto: Tausche Feinstaub gegen Gülleduft?»

«Tausche Biohafermilch gegen Frischgezapftes von der Kuh», schlage ich vor.

«Tausche Hipster-Bar gegen Feuerwehrfest», kontert Laila.

«Tausche Klischee gegen Realität!» Ich lache.

«Ja, oder: Tausche Ehemann gegen Singleleben.»

Ich schaue sie irritiert an. Das Grinsen sitzt etwas schief auf ihrem Mund und schreit: Ich habe dir gerade etwas durch die Blume mitgeteilt.

«Was willst du damit sagen?», frage ich.

«Dass ... sich Lebensentwürfe verändern können.»

«Ja, aber was willst du mir damit sagen?», wiederhole ich.

Sie zuckt mit den Achseln und sieht aus, als wüsste sie nicht mehr, wie lächeln geht.

«Meinst du etwa ...», sage ich vorsichtig. «Dass sich *dein* Lebensentwurf geändert hat?»

Plötzlich muss ich an den Raclette-Abend denken, an meinen Geburtstag, an die letzten Zusammentreffen mit Markus, in denen er auffällig still gewesen ist.

Und dann lässt Laila die Bombe platzen: «Ich hab mich von Markus getrennt.»

Ich schnappe nach Luft, aber sie redet sofort weiter.

«Ich hab diese Trennung auf die lange Bank geschoben wie meine Steuererklärung. Aber ich hab so oft gedacht: Hätte ich mich nur damals getrennt, als Markus das Jobangebot in Stockholm abgesagt hat, grundlos und ohne auch nur ein Wort zu mir zu sagen. Oder vor drei Jahren, als ihr auf Madeira wart und Markus sich standhaft weigerte, jemals ein Flugzeug zu besteigen. Doch dann habe ich es wieder nicht geschafft. Und neulich saß ich da und dachte: Was, wenn ich in zehn Jahren immer noch denke, hättest du dich damals mit Anfang dreißig getrennt. Was, wenn ich dann weiß, dass ich weitere zehn Jahre nicht so glücklich war, wie ich es hätte sein können. Markus schränkt mich ein. Und ich hab das viel zu lange mitgemacht, aber jetzt weiß ich, dass ich das nicht mehr möchte. Am liebsten hätte er, dass ich sofort schwanger werde und meine Firma verkaufe. Aber ich will kein Kind. Diese Firma ist mein Baby.»

«Ich hatte ja keine Ahnung, Laila ...», sage ich. Dabei würde wohl besser passen: Ich *wollte* keine Ahnung haben. «Warum hast du da nicht früher drüber gesprochen?»

«Vielleicht, weil ich dann etwas hätte unternehmen müssen. Es ist einfach so bequem, wenn man Entscheidungen auf später verschiebt.»

«Aber du und Markus, das ist ... Ich meine, ihr seid ... Ich kann nicht glauben, dass es etwas gibt, was euch entzweit. Ist es wegen Maren?»

Sie schüttelt eilig den Kopf. «Nein! Es gibt Sachen, die ich früher mal witzig an ihm fand oder sympathisch oder rührend. Aber die finde ich jetzt nur noch scheiße. Geht dir das mit Ben nie so?»

Ich runzele die Stirn. Darüber muss ich nachdenken.

Laila offenbar nicht. «Zum Beispiel, dass er ewig über meine Fragen nachdenkt, bevor er mir eine Antwort gibt. Dass er dieses eklige Parfum benutzt, obwohl ich ihm schon hundertmal gesagt hab, dass selbst das Pipi von Fieps besser riecht. Ganz ehrlich, manchmal glaube ich, er ist immer noch ein Kind. Ein Kind, das jetzt selbst eins will. Oder glaubt, ich könnte ihn sein Leben lang bemuttern.» Sie stöhnt. «Ich meine, was ist so schwierig daran, seine Sachen selbst in die Waschmaschine zu stopfen? Oder den Teller *in* und nicht *auf* die Spülmaschine zu stellen? Ich weiß auch nicht, wann ich aufgehört habe, es lustig zu finden, dass Markus ständig allen möglichen Menschen Streiche spielen muss. Dass er an der Kasse im Supermarkt extra zwischen jede Milchpackung einen Trenner legt und die Verkäuferin dabei angrinst. Oder dass er bei den Nachbarn die Post vertauscht. Ich finde so was nur noch dämlich und kindisch.»

«Die Sache mit den Katzentapsen im Beton fand ich auch nicht lustig», behaupte ich und verkneife mir das Grinsen. Es ist nicht angebracht. Aber ich finde Markus sehr wohl noch witzig. Allerdings räume ich auch nicht seine Wäsche in die Maschine und muss nicht auf seine Antworten warten.

Laila verzieht das Gesicht, und da weiß ich, dass es ernst ist.

Mir ist in der Zwischenzeit noch immer nichts eingefallen, was ich an Ben einmal rührend fand und jetzt hasse. Außer eines vielleicht.

«Es nervt mich, dass Ben immer noch nicht gecheckt hat,

dass ich diese amerikanischen Cookies hasse. Und dass es lediglich eine Heißhungerphase war, als ich so schlimm Grippe hatte und nichts anderes essen mochte. Aber bei jedem Einkauf nimmt er sie mit und freut sich, dass er an mich gedacht hat.»

«Das ist rührend, nicht nervig, Anni», korrigiert mich Laila. Ihre Mundwinkel ziehen sich nach unten, ihre Augen sind wässrig.

«Nein, nicht weinen, bitte», sage ich und drücke ihren Arm.

Aber sie weint auch nicht, sie seufzt nur noch einmal und sagt dann, den Blick abgewandt: «Wie gut kennen wir schon die Menschen, die wir glauben zu kennen. Ich bin mir sicher, auch in dir liegt so vieles, was Ben nicht weiß.»

Wie recht sie damit hat! Ich will ihr das sagen. Wenn nicht jetzt, wann dann? Es formen sich sogar erste Worte in meinem Kopf. Ich bin kurz davor, ihr von Lukas zu erzählen. Alles. Sogar davon, dass er gerade in Hamburg ist. Aber vor allem davon, was wir in München waren. Und dass ich, seit ich das Plakat gesehen habe, Angst habe, in den Treibsand der Vergangenheit gezogen zu werden.

Ich öffne den Mund, aber da piepst ihr Handy. Sie verdreht erst die Augen und dann die Hand, um mir zu zeigen, dass Markus ihr eine sechsminütige Sprachnachricht geschickt hat.

«Oh, Mann», stöhnt sie. «Das wird wieder eine quälende Mischung aus Vorwürfen und flehentlichen Bitten. Aber ich werde mir erst die ganze Nachricht anhören müssen, bevor ich antworten kann. Ich wünschte, ich könnte gleich antworten.»

«Hast du schon mal von der überaus genialen Erfindung gehört, die man Telefonieren nennt?»

Sie winkt ab. «Dann hört er gar nicht mehr auf, und ich schaffe es ja doch nicht, einfach aufzulegen.»

Mit spitzem Zeigefinger drückt sie auf das Display und dreht zwar sofort den Ton herunter, aber ich höre trotzdem, wie Markus mit trauriger Stimme sagt: «Hey, Laila, ich weiß, ich sollte nicht schon wieder ...»

Dann bricht Laila die Nachricht entnervt ab und wirft mir einen kurzen Blick zu.

Ich beiße mir auf die Lippen. Es tut weh, Markus' Stimme zu hören. Und noch mehr tut es weh, mir vorzustellen, wie ich klingen würde, wenn Ben und ich uns trennen würden. Wie Ben dann klingen würde. Und auf einmal weiß ich, dass ich Laila auf keinen Fall von Lukas erzählen kann. Weil ich in ihren Augen dann ein Fragment des Schmerzes sehen würde, den Ben empfinden würde. Und ich glaube nicht, dass ich das aushalten könnte.

«Trinken wir was zusammen, und ich erzähl dir die schmutzigen Details?», fragt Laila und schaut von ihrem Handy auf. «Oder hast du noch einen Termin?»

Ich will Nein sagen. Weil ich gar keine schmutzigen Details hören will. Aber das geht nicht, weil wir Freundinnen sind und ich für sie da sein möchte. Und ein winziges bisschen auch, weil ich damit Abbitte leisten kann, dafür, dass ich ihr mein Geheimnis verschweige.

«Ich sag den Zahnarzt ab», antworte ich deshalb und rechne, wie viel Zeit mir sonst noch bleibt. Dabei wäre es wirklich für alle Parteien das Beste, einfach hierzubleiben. Bei Laila. Sie sollte mich einsperren.

Es ist der 15. März, und Lukas ist definitiv nicht in La La Land.

KAPITEL 21

BEN

HEUTE

Ich bin viel zu früh dran. Der Vorraum ist leer. Einer der Mitarbeiter, in jedem Ohr ein Fleshtunnel-Piercing und einen AirPod, rückt einen Stehtisch zurecht und schaut mich fragend an. *Was willst du schon hier, alter Mann?*, höre ich, ohne dass er etwas sagt. Aber wenn es um Lukas geht, fühle ich mich immer alt. Dabei dürften uns nur wenige Jahre trennen. Fünf, vielleicht sechs. Vielleicht auch nur drei. Ich hab ihn nie gefragt, aber ich könnte auf dem Umschlag seines Bildbands nachsehen. Vielleicht steht es da. Eine Jahreszahl irgendwann Mitte oder Ende der Achtziger.

Er weiß nicht, dass ich hier bin. Genau genommen wusste ich bis heute Vormittag selbst nicht, dass ich hier sein würde. Ich habe mich spontan entschieden, seine Lesung zu besuchen. Schließlich kommt Lukas später noch raus zu uns nach Glückstadt. Also, zu mir, weil Anni ja Termine hat. Die Lesung im Harburger Theater findet am frühen Freitagnachmittag statt, zwischen Arbeitsschluss und After-Work-Party.

Ich habe Lukas zu uns nach Hause eingeladen, aber ich wollte ihn auch lesen hören. Rausspüren, was mir an Gefühl für seine Geschichte noch fehlt. Und da stehe ich nun, eine Stunde vor Beginn der Veranstaltung. Kein Lukas in Sicht. Nur auf dem Plakat sehe ich sein Gesicht – und bei seinem Anblick spüre ich wieder dieses Magengrummeln. Als würde ich irgendetwas übersehen.

An der Theke des Theatercafés steht eine gelangweilte junge Frau, und ich bekomme einen viel zu starken, schwarzen Kaffee bei ihr. Nach der dritten Tasse, immer noch am Rande des Genießbaren, füllt sich die Lobby allmählich. Der Kerl mit den Fleshtunnels hat die Ärmel nach hinten geschoben und postiert sich mit einem Klicker an der Tür. Ich muss lächeln, weil es mich so sehr an den Flug mit Anni von Madeira nach Hamburg erinnert. Drei Jahre ist das jetzt her.

Die Crew hatte kurz vor Abflug bemerkt, dass ein Passagier zu viel im Flieger saß. Man zählte durch, einmal, zweimal, danach mit einem Klicker.

«Wie im Zoo», sagte ich zu Anni. «Sie zählen, ob alle Paviane da sind.»

Dann die Durchsage: «Wollen alle Passagiere nach Hamburg?»

Einem Impuls folgend, stand ich auf und rief: «Ich würde lieber nach Madagaskar fliegen!»

«Setz dich hin!», zischte Anni.

Die Stewardess kam. Wir mussten das Missverständnis aufklären, und wieder ging es los mit dem Klickern. Anni war sauer, und ich sagte so etwas wie: «Du liebst mich für so etwas.»

«Ja, aber bitte sag das nächste Mal nicht, dass du derjenige bist, der die Handgranate im Gepäck hat.»

«Ich habe eine Granate neben mir sitzen», widersprach ich. «Und du liebst mich auch für Sprüche wie diesen.»

«Du bist ganz schön selbstbewusst, mein Freund.»

«Weil ich mir die Granate geangelt habe.»

«Du meinst, weil ich explosiv bin?»

«Scharf», korrigierte ich grinsend.

Sie sah mich skeptisch an. «Versprich mir, dass du diesen Dialog nie verwenden wirst!»

«Versprochen, viel zu cheesy!»

Das Magengrummeln wird stärker. Vielleicht wegen des Kaffees. Vielleicht wegen der Erinnerung. Vielleicht, weil ich instinktiv zu viel von Anni in dieses neue Buch gepackt habe. Das muss sich ändern. Ich werde die Stellen alle noch einmal durchgehen, denn ab heute, wenn ich Lukas gehört habe, wird Nika meine Anni überdecken. Sie muss einfach.

Ich atme durch, ziehe mein Ticket aus der Tasche und betrete als Erster den Saal, in dem die Lesung stattfindet. Ich suche mir den Platz, der am unauffälligsten ist. Warum, weiß ich selbst nicht genau. Nur, dass ich irgendwie nicht möchte, dass Lukas weiß, dass ich hier bin.

Die Veranstaltung ist so gut wie ausverkauft. Ein Moderator, der sich als Reisejournalist vorstellt und dessen Name mir vage vertraut vorkommt, nimmt auf der Bühne Platz. Von Lukas ist noch keine Spur, was den Journalisten sichtlich unruhig macht. Er dehnt die einladenden Worte etwas zu breit aus, und ich denke, dass mir Lukas immer wie ein absolut pünktlicher Mensch erschienen ist. Nicht wie jemand, der sein Publikum warten lässt.

KAPITEL 22

ANNI

HEUTE

Es ist eigentlich zu warm für den Pulli und den blauen Mantel, aber beides ist neu. Vielleicht habe ich so ein Faible für neue Klamotten, weil man sich damit immer ein wenig einbilden kann, eine neue, bessere Person zu werden. Zumindest eine besser angezogene.

Ich schwitze, dabei ist noch gar nichts passiert. Es muss auch nichts passieren. Ich werfe einen Blick auf meine Uhr. Ich könnte ohne Probleme noch zum Allergietest gehen und auf der Rückfahrt zur Massage in Kollmar. Stattdessen stehe ich vor der Glasfassade des Harburger Theaters und zucke jedes Mal zusammen, wenn jemand an mir vorbei in Richtung Eingang geht.

Natürlich hängt das Plakat auch hier. Noch zwanzig Minuten bis zur Lesung. Lukas Jakob. David Lukas Jakob, nur dass er hier so nicht heißt. Diesen Namen hat er längst abgelegt. Auch ist der Baum hinter mir keine Platane, aber es kommt mir trotzdem so vor, als würde er mich beobachten und sich fragen, was ich hier eigentlich will.

Die Menschen um mich herum, die die wenigen Treppenstufen hochsteigen, auf dem Platz vor dem Theater warten oder am Gebäude vorbei in Richtung der dahinterliegenden Kirche gehen, sind nicht nur namen- und bedeutungslos, sie haben auch keine Gesichter. Denn alles, was mich interessiert, ist, ob sie Lukas sind oder nicht. Und dazu brauche ich nur seine Gestalt, seinen langen Körper, nur einen Hauch von Lukas – und ich werde wissen, dass er es ist.

Es werden mehr Menschen, dann wieder weniger, und irgendwann kommt mir die Erkenntnis, dass er vermutlich längst im Innern des Gebäudes ist. Dass er nicht hier an mir vorbeilaufen, mich kurz streifen wird und wir einen zehnten Tag aus den letzten zehn Jahren machen werden.

Plötzlich komme ich mir unglaublich dumm vor. Da hätte ich das Plakat ja gleich an den Kühlschrank pinnen können, statt es im Klo herunterzuspülen.

Ich habe Angst, Lukas zu sehen. Und Angst, ihn nicht zu sehen.

Da öffnet sich die Tür des Glaskastens von innen. Noch kann ich niemanden sehen, weil die Oberfläche zu sehr spiegelt. Ich bemerke nur, dass es eine große Gestalt ist, die jetzt nach draußen tritt. Dass es ein Mann ist.

Mein Herz überschlägt sich. Kein Purzelbaum, eher ein Salto mortale mit Schraube. Er ist es. Er ist es wirklich. Und dann steht er da und sieht sich um. Einfach so. Wie auferstanden. Ein Blick nach links, ein Schritt die Treppen hinunter.

Ich rechts von ihm, nur ein paar Meter entfernt. Ich will laut schreien: *Lukas, hier bin ich*. Und mich gleichzeitig verstecken.

Ich wage in diesen ersten Sekunden kaum, ihn richtig anzuschauen. Als könnten Blicke allein mich verraten. Ich bin nicht direkt in seinem Sichtfeld, und es kommen immer noch Menschen, die in das Gebäude strömen.

Was macht er hier draußen, so kurz vor der Lesung? Hat er angefangen zu rauchen? Wartet er auf jemanden?

Er hat sich verändert. Natürlich. Nicht so, dass ich ihn nicht erkannt hätte. Gar nicht. Aber doch so, dass ich bemerke, wie sich das Leben in sein Gesicht und in seinen Körper geschrieben und Abdrücke hinterlassen hat. Seine Züge kommen mir härter vor, seine Bewegungen dafür fließender, nicht mehr so staksig und abgehackt. Er sieht älter aus, aber nicht im negativen Sinn. Gereift, als wäre er vor zehn Jahren einfach noch nicht fertig gewesen.

Du bist der schöne Mann geworden, den ich schon damals in dir gesehen habe, will ich sagen. Aber ich sage nichts. Ich starre nur.

Ich beobachte ihn jetzt wie ein Studienobjekt, seziere den schwarzen Hoodie und die dunklen Jeans, die locker gebundenen Sneakers. Ich frage mich, ob er den Gürtel damals schon hatte und was an ihm anders ist, das ich nicht sehe. Wie ist Lukas im Innern?

Und plötzlich fühlt es sich falsch an, ihn anzusehen. Alles daran. Falsche Zeit, falscher Ort. Aber ich kann nicht wegsehen. Es geht nicht. Jetzt den Blick zu lösen, wäre wie ein Sprung in eiskaltes Wasser. Ich hab noch nicht genug.

Dann dreht er den Kopf, nur leicht, aber da ist er. Sein Blick. Nur für mich. Einen Moment lang fremdeln unsere Augen. Wissen nicht so recht, was sie sehen. Wissen gar nichts mehr. Aber dann, von einer Sekunde auf die andere blickt er mir direkt ins Herz. Meteoriteneinschlag. Bumm.

Ich weiß nicht mehr, was ich fühlen soll. Fühle ich überhaupt etwas?

Sein Blick ist laut, und auch meiner schreit. Aber irgendwie gehen die Töne aneinander vorbei.

Du?, fragen seine Augen, während meine sich schämen. Für jetzt und für damals. Er verharrt regungslos, steht einfach nur da wie aus der Zeit gefallen. *Was willst du hier?*, fragt seine Stirnfalte.

Ich suche die Grübchen. Finde keine Grübchen. Aber sie waren doch immer da. So wie die Sommersprossen. Wie meine geliebte Sommersprosse, die nur mir gehörte. Vielleicht muss ich näherkommen, um all das zu sehen. Vielleicht müsste ich sogar sein Gesicht berühren.

Unter meinem Mantel gärt es, mein Gesicht glüht. Und gleichzeitig breitet sich eine Gänsehaut über meine Unterarme aus. Mir bricht der Schweiß aus, und es fröstelt mich. Kein Wunder, dass Menschen an gebrochenem Herzen sterben können. Ich schwanke, weil meines nicht weiß, ob es sich gerade neu zusammensetzt, ob es längst geheilt ist oder gar an einer Sollbruchstelle just in diesem Moment knackend birst.

Und dann mache ich das Einzige, was ich kann. Ich flüchte.

Ich drehe mich um, laufe blind ein paar Schritte weg vom Theater, bis ich stockend stehenbleibe und mein Handy aus der Tasche ziehe. Meine Finger zittern, als ich Bens Nummer wähle. Es klingelt einmal, zweimal, dreimal. *Ben?*, werde ich sagen. *Ich komme nach Hause.*

Aber dazu kommt es nicht, denn vor mir steht plötzlich Maren. Ihre Augenbraue zeigt vorwurfsvoll in Richtung Theater.

«Was machst du da?», fragt sie. «Du glotzt, als hättest du ein Gespenst gesehen.» Sie hat einen seltsamen Glanz in den Augen.

Hastig stecke ich das Handy wieder ein und drehe mich um. Doch Lukas ist weg.

Wenn die Treppe eine ungerade Anzahl an Stufen hat, dann kommt er zurück. Ist die Anzahl gerade, dann nicht. Fast hätte ich es laut gesagt. Ich könnte auch einfach reingehen. Der Gedanke ist hartnäckig. Aber die Fallhöhe rechtfertigt den Schwindel nicht, die Aussicht ist die Gefahr nicht wert.

Dann packt mich Maren. Und die Farben um mich herum verschwimmen wie bei einem Batikshirt. Als hätte man

Himmel und Glas, Gebäude und Treppen mit einem Band zusammengezwirbelt, bis eine neue Struktur dabei herauskommt.

Ich schüttele Marens Hände ab. Aber sie hält den Saum meines Mantels fest zwischen ihren Fingern, so fest wie eine Klette.

«Was willst du hier?», keife ich sie an.

«Lukas Jakob ...!» Sie deutet auf den Glaskasten. «Hat hier heute eine Lesung.»

«Und?», antworte ich, schaffe es aber nicht, sie anzusehen.

«Ich wusste nicht, dass dein Zahnarzt neuerdings eine Praxis im Harburger Theater hat!»

«Und?», wiederhole ich. Galle und Wut schäumen in meinem Hals. Sie wollen raus und ein Ziel finden. Langsam beuge ich mich vor, und sehr leise sage ich in ihr Ohr: «Wolltest du hier ein paar Leute abziehen? Hast du dich von Kreditkartenbetrug auf Taschendiebstahl verlagert? Reicht es nicht, unsere Freunde mit Nacktfotos zu erpressen? Du denkst, du weißt alles. Du weißt gar nichts, Maren. Aber ich weiß alles von dir.»

Jetzt ist es nicht mehr nötig, sie abzuschütteln. Sie hat meinen Mantel losgelassen, als würden wir heiße Kartoffel spielen. Auch ihr Blick ist verbrannt, er fixiert nichts mehr, flirrt und irrt nur noch herum.

«Du ... bist meine Anwältin. Du weißt, dass ich unschuldig bin!»

Ihre Stimme vibriert, der Zorn von vorhin hat keinen Einfluss mehr auf den dünnen Ton, den sie von sich gibt.

«Nein, Maren. Ich weiß, dass du eigentlich schuldig bist. Und ich werde dich auch nicht mehr verteidigen. Ich gebe den Fall ab, ich werde mich für dich nicht unglücklich machen. Steh für das, was du getan hast, endlich einmal gerade.» Bevor ich mich wegdrehen kann, füge ich noch hinzu: «Und weißt du was? Sag Ben einfach, was du willst, wenn es das ist, was dich glücklich macht.»

Dann wende ich mich ab, gehe an ihr vorbei und beschleunige meine Schritte. Ich höre sie nicht hinter mir, aber ich werfe auch keinen Blick zurück. Ich laufe einfach immer weiter. Bis ich den Bahnhof Harburg erreiche, mich in die erste S-Bahn setze, die über die Elbe in die Stadt fährt, und am Jungfernstieg aussteige. Gemeinsam mit einer Frau in einem braunen Trenchcoat, die lieblos einen Kinderwagen vor sich herschubst. Ich biete meine Hilfe an, aber sie wuchtet das Teil ohne mich beinahe schon grob aus der Bahn und in Richtung der Aufzüge.

Wie ferngesteuert laufe ich zu der nahe gelegenen Thalia-Filiale und bewege mich zwischen den Regalen hindurch, bis ich die roten Sessel finde, von denen man hinaus auf die Binnenalster schauen kann. Ich reiße mir den Mantel von den Schultern und werfe zuerst ihn, dann meinen Körper auf einen der Sessel. Die beiden Mädchen neben mir schauen kurz verärgert auf. Sie halten beide Starbucks-Becher in ihren Händen und blättern in der Biografie einer Influencerin. Ich schnaufe kurz durch, frage mich selbst, was ich hier eigentlich will, und weiß es dann plötzlich.

Die Sachbücher sind in einem anderen Bereich untergebracht als die Romane. So wie Ben in einem anderen Areal meines Hirns einsortiert ist als Lukas. Die Vermischung dieser Welten ist eine Gefühlsanomalie. Ich komme nicht damit klar.

Ich weiß nicht, was ich erwartet habe, als ich Lukas' Buch schließlich in den Händen halte. Es ist schwer, unhandlich, wunderschön. Mit vielen Bildern und mit zahlreichen Texten. Das Knie aufgestellt, lege ich den Band darauf und blättere. Ich suche und weiß doch gar nicht, wonach.

Neben mir steht plötzlich ein junges Mädchen in verschlissenen weißen Turnschuhen. Sie ist vielleicht sechzehn oder noch jünger. Sie unterhält sich durch die Buchreihen mit jemandem, den ich nicht sehen kann.

«*Kabale und Liebe* ist auch nur ein Abklatsch von *Romeo und Julia*. Wir alle sind ein Abklatsch der großen Geschichten.»

«Ich mochte den Film nicht», tönt es von der anderen Seite.

«Ich rede von den Büchern, du Anfängerin», sagt die Freundin auf meiner Seite.

Dann wird es in meiner Ecke wieder still. Ich bin auf der letzten Seite des Bildbands angekommen. Und weiß nicht, was ich erwartet habe. Einen Hinweis auf mich? Eine Hasstirade? Ein Indiz dafür, dass er mir verziehen hat? Oder meinen Namen? Stattdessen finde ich ein Foto von unserem Neun-Tage-Zuhause und von meinen geliebten Platanen. Ganz hinten. Darunter steht: «Am Ende ist es nur der Anfang». Ich widerstehe dem mächtigen Impuls, die Seite herauszutrennen und sie in meine Manteltasche zu packen.

«Man kann die Bücher hier kaufen!», sagt das Mädchen mit den Turnschuhen, das wieder neben mir aufgetaucht ist. «Bisschen widerlich, hier einen auf Fetisch zu machen.»

Erst da fällt mir auf, dass ich die Seite gestreichelt habe. Immer wieder. Als wären die Platanen der Schopf eines geliebten Menschen.

Das Mädchen schüttelt den Kopf und zieht weiter. Ich stelle das Buch beschämt zurück ins Regal. Unmöglich, es zu kaufen. Wegen der Gefühlsanomalie. Ich kann doch auf keinen Fall ein Foto meines alten Zuhauses in mein neues stellen.

Ich nehme meinen Mantel, gehe in die Abteilung für zeitgenössische Literatur und suche Bens Bücher. Ich streichele sie nicht. Ich schaue sie nur an. Wie nahe er und Lukas sich hier sind, und wie weit sie entfernt sind von der Realität.

Bens jüngstes Buch liegt in einem Stapel auf einem runden Tisch aus, weitere Ausgaben und andere Titel von ihm sind in mehreren Regalen verteilt. Vielleicht ist auch das eine Metapher aus dem Leben: Ben hat zehn Romane veröffentlicht, Lukas einen Bildband. Sollte das nicht auch dem Anteil an seinem Leben in meinem entsprechen? Oder sind Bilder mehr wert als Worte?

An der Kasse kaufe ich eine Karte für Silke und einen bunten Kugelschreiber. Dann setze ich mich noch einmal auf den roten Sessel und versuche mich an Worten.

Glückskäfer liebt Glückskatze in Glückstadt, überlege ich, aber die Zeilen wollen nicht aufs Papier. *Glückskeks hat Angst, ihr Glück in Glückstadt glücklos zu verunglücken ...*

Ich google sinnloserweise auf meinem Handy, ob es auch eine Stadt in Deutschland gibt, die Unglückstadt heißt. Gibt es nicht. Dafür finde ich Kotzfeld, Oberhäslich und Elend. Das wären dann also meine Alternativen, wenn ich das Glück von Ben und mir in Glückstadt zerstöre.

Glücksfee zieht Unglückslos und muss nach Elend ziehen – das wäre mal ein Text, bei dem Silke aufhorchen würde.

Auf dem Weg zurück zur Bahn sehe ich die Frau im Trenchcoat mit dem Kinderwagen wieder. Der Wagen ist blau, mit weißem Saum. Ein Detail, das mir vorhin nicht aufgefallen war. Sie schiebt nicht, sie schubst. Sie geht ein paar Schritte, sieht sich um und gibt dem Wagen dann einen so heftigen Ruck, dass er nach vorn zu springen scheint. Es hat etwas Boshaftes, Abgehacktes an sich. Und noch seltsamer sieht es aus, wie der Wagen dann alleine weiterrollt. Die Straße ist leicht abschüssig, er nimmt Fahrt auf, und ich erwarte, dass die Frau im Trenchcoat hinterherhastet, nach dem Griff fasst und den Wagen festhält. Ich kann mir bildlich vorstellen, wie sie sich in den Wagen hineinbeugt, nach dem Kind sieht, ein Mützchen zurechtrückt, beruhigende Worte spricht und sich selbst und ihrem laut pochenden Herzen verspricht, dass so etwas nie wieder passiert. Dass sie übermütig war, leichtsinnig, nicht bedacht genug. Aber nichts dergleichen geschieht. Im Gegenteil, die Frau drosselt ihre Schritte, während der Wagen unbeirrt schneller rollt.

Vielleicht liegt gar kein Kind darin, denke ich, dann höre ich es protestierend schreien.

Noch immer reagiert die Frau nicht. Sie wird noch langsamer, bleibt stehen. Bis sie mich sieht. Einen Augenblick treffen sich unsere Blicke. Mein entsetzter Ausdruck, ihre gelangweilte Miene. Bis etwas in ihren Augen sich verändert und sie zwei, drei, vier hastige Schritte macht, den Wagen einholt und mit einer Hand nach der Stange greift. Aber sie schaut nicht in den Wagen, geht einfach nur weiter, mit der linken Hand am Griff.

Und ich frage mich, ob es genau das ist, was ich auch empfinde. Schubse ich mein Leben auch nur vorwärts, weil ich mir nicht sicher bin, ob ich es besser rückwärts drehen sollte? Ist mein Leben in Glückstadt dieser Kinderwagen – sitzt Ben darin, und ich schubse ihn von mir? Und was viel wichtiger ist: Werde ich es bereuen? Was, wenn wir beide zu Fall kommen? Würde ich dann ... Will ich dann Lukas? Oder will ich nur etwas, was ich nicht haben konnte?

Sind Ben und ich nur ein Abklatsch dessen, was ich mit Lukas hätte haben können? Kabale und Liebe. Krieg und Frieden. Oder Verbrechen und Strafe.

KAPITEL 23

BEN

HEUTE

Lukas taucht endlich auf, betritt die Bühne und wirkt zerstreut. Er schaut sich um, mehrmals, als suche er jemanden. Ich ducke mich und komme mir sehr kindisch vor. Die Frau in dem schwarzen Kleid neben mir mustert mich und sieht so aus, als wollte sie fragen, ob es irgendein Problem gibt. Wenn sie wirklich nachhakt, muss ich sagen: «Das Problem ist, dass ich meinen Kopf nicht sortiert bekomme.»

Besser aber, ich tue so, als würde ich ihre Blicke nicht wahrnehmen. Stattdessen wackele ich mit den Händen vor meinem Gesicht herum und versuche, mich an die Gebärde für «Ich verstehe Sie leider nicht» zu erinnern. Recherche für eines meiner Bücher, die leider schon etwas länger zurückliegt. Dabei gilt es, Zeige- und Mittelfinger, die sogenannte V-Hand, mit der Innenfläche vor dem Gesicht hochzuhalten, sie vor der Stirn auf- und abzubewegen und mit negativ konnotierter Mimik den Kopf zu schütteln. Und mit den Lippen soll man stumm das Wort «verstehen» bilden.

Aber die Frau fragt nicht, und ich gebärde mich weiter einfach nur seltsam.

Was hat Anni neulich gesagt, nach dem Abend im Restaurant? *Mein Leben ist ruhig, Ben.* Ob sie ein anderes Leben will? Eines, das eben nicht ruhig ist. Eines mit Alpakas und heißen Typen in den Anden oder so.

«Entschuldigen Sie die Verspätung ...» Lukas lächelt, ohne Augenbeteiligung, aber seine Stimme macht ohnehin jegliche Mimik wett. Sie ist raumgreifend, stark und hat einen Widerhall, der beinahe süchtig macht.

Er hat das Publikum mit den ersten Wörtern, mit dem Ton allein. Und auch mich. Ich tauche ein wenig auf und entspanne mich, als sein Blick nicht mehr suchend umherirrt. Obwohl ich ohnehin nicht geglaubt habe, dass er nach mir Ausschau gehalten hat.

Was dann folgt, ist eine Lesung, die sich von den vielen, die ich selbst schon abgehalten oder besucht habe, völlig unterscheidet. Lukas wirft die Bilder aus seinem Buch mit einem altmodisch anmutenden Projektor an die Leinwand über der Bühne, und ich habe das Gefühl, mich mitten in einem Reisebericht wiederzufinden, der eigentlich gar keiner ist. Vielmehr ein Lebensbericht. Lukas scheint mir dabei seltsam fremd. Ohne ihn gut zu kennen, sagt mir meine Intuition, dass er hier eine Rolle spielt. Er spielt sie gut, keine Frage, aber er hat eine gewisse Distanz im Blick, die sich nicht mit meinem bisherigen Eindruck und seiner sonst so absoluten Ehrlichkeit deckt. Als wäre er gerade nicht er selbst hier in diesem Theater. Irgendwie aber auch nicht an den Orten, über die er spricht.

Ich studiere mehr sein Gesicht als die Bilder, aber ein Detail entgeht mir dennoch nicht. Auf jedem Foto ist ein Baum zu sehen. Natürlich nicht der gleiche, es sind Zedern dabei, Tannen und Lärchen, aber immer wieder auch Eichen, Buchen und Platanen. Er geht nicht darauf ein, es kommt mir vielmehr so vor, als wäre das ein Detail für ihn. Und ich nehme mir vor, ihn später danach zu fragen.

Nach etwa fünfundvierzig Minuten zeigt er das letzte Bild. Es ist das Foto eines einfachen, unspektakulären Gebäudes mit Platanen davor. Irgendeine Stadt. Vermutlich in Deutschland. Ich kneife die Augen ein wenig zusammen, denke an Annis Warnung, dass ich vielleicht doch eine Brille bräuchte. Und dann erkenne ich ein abgeblättertes, halb zerrissenes, blaues Plakat an einer Litfaßsäule im Hintergrund. *Münch- und Opernfestspie-* kann ich lesen. Unter dem Bild steht: «Am Ende ist es nur der Anfang.»

Dann erlischt der Projektor, und ich sehe in Lukas' Gesicht. Sein Lächeln hat Grübchen.

Obwohl da kein Foto mehr ist, an der Wand hinter ihm, kommt es mir so vor, als könnte man das letzte noch sehen. Ein fader Abdruck, in der Leinwand gefangen wie ein Gespenst der Vergangenheit. Vielleicht hängt das Bild aber auch nur in meinem Sehnerv fest. Als Bestätigung dafür, dass *ich* es bin, der Gespenster sieht.

KAPITEL 24

ANNI

DAMALS– noch zwei Tage

Du hast also nie herausgefunden, wer in der Wohnung neben dir Sex hat? Nicht, was es mit dem Schwefel auf sich hat? Und auf die Idee, dass es deine Haare sein könnten, die den Abfluss verstopfen, bist du auch nicht gekommen?»

Dass Lukas ein «Ich packe das jetzt an»-Typ war, hatte ich schon gemerkt. Dass ich nicht unbedingt in diese Kategorie fiel, war mir neu. Eigentlich hatte ich mich für einen praktischen Menschen gehalten. Allerdings war ich ein wenig feige, das stimmte schon. Nicht, wenn es um Gerichtsprozesse und das Leben anderer ging – ich musste kurz schlucken, weil sich eine Erinnerung in meinen Kopf stahl, die mir so gar nicht gefiel und die auch nicht zu Lukas und mir passte. Aber wenn es um mich selbst ging. Denn dann steckte ich gerne den Kopf in den Sand, was so lange gutging, bis ich keine Luft mehr bekam oder mich jemand darauf hinweisen musste, dass es Zeit war, mal wieder zu atmen.

«Nebenan wohnt ein steinaltes Ehepaar. Ich vermute, sie vermieten stundenweise unter. Wahrscheinlich, wenn er beim Skat in der Kneipe hockt und sie Kreuzworträtsel in der Badewanne löst», mutmaßte ich. «Das ist meine Theorie.»

«Das glaubst du?» Lukas lachte so laut, dass A.M. ihren Kauknochen kurz losließ und staunend hochschaute.

«Das hier ist München, Lukas! Menschen werden verzweifelt, wenn es um die Miete geht.»

Genau in diesem Moment ertönte wieder das rhythmische Klopfen.

«Vielleicht sind Handwerker da?», gab Lukas zu bedenken.

Ich schüttelte den Kopf. «Seit drei Jahren? Jeden Sonntag, Mittwoch und Freitag zur gleichen Zeit? Für eine halbe Stunde? Nein, das sind Bumsgeräusche.»

«Komm, wir schauen nach!» Lukas stand ruckartig auf, legte eine Hand auf meinen Laptop und klappte das Teil, als ich meine Finger wegzog, vorsichtig zu.

«Wie denn? Willst du ein Loch in die Wand bohren?» Ich lehnte mich zurück, verschränkte die Arme und reckte das Kinn.

«Nein, aber du hast einen Balkon.»

Genau genommen war der Balkon kein Balkon, sondern ein dünner Streifen mit einem Geländer. Ich vermutete, er war nur für den Zweck da, die Miete zu erhöhen.

«Ich habe Höhenangst», behauptete ich. Das war nicht mal gelogen, entsprach aber auch nicht wirklich der Wahrheit. Niemand würde mich auf der Wiesn in einen Freefall-Tower bringen, niemand würde mich überhaupt auf die Wiesn bringen. Aber so ein bisschen Balkon im zweiten Stock sollte mir eigentlich nichts ausmachen. Das glaubte ich zumindest.

«Aber ich nicht», erklärte Lukas gut gelaunt und funkelte mich an, als hätte ich ihm eben vorgeschlagen, den Himalaja zu besteigen.

«Du willst ... da rüberklettern? Das ist kriminell!»

«Ich denke nicht, dass ich dafür wieder in den Knast wandern werde», sagte er und zuckte mit seinen Grübchen.

«Wieder?» Ich musterte die langen Haare in seiner Stirn, die wippten, als er amüsiert den Kopf schüttelte.

«Hab ich *wieder* gesagt?»

«Ja, glaube schon.» Ich war mir selbst nicht mehr sicher.

«Ach, du bist doch Anwältin, dann haust du mich raus.»

Ich wartete noch auf eine weitere Erwiderung in dem bissigen Ton, den er immer an den Tag legte, wenn es um meinen Beruf ging, aber da kam nichts mehr. Lukas war durch und durch gut gelaunt.

«Das geht nicht, ich bin befangen», erklärte ich. «Außerdem kann ich dich nicht alleine da rüberklettern lassen. Und was willst du überhaupt sagen, wenn man uns erwischt?»

Er war völlig unbeeindruckt, ging zu der Schiebetür, die auf den Pseudobalkon führte, und schickte sich an, den Griff in die richtige Richtung zu drehen. Allein das war ein schwieriges Unterfangen, denn ich hatte die Tür seit Monaten nicht mehr geöffnet.

«Du bist die Anwältin, das überlasse ich dir. So etwas wie: *Es war Gefahr im Verzug* vielleicht oder *Notwehr*», rief er mir über die Schulter zu. Dann hatte er es unter Ächzen und Knarren geschafft, die Tür aufzumachen.

«Welchen Grund könnte man haben, aus Notwehr auf einen fremden Balkon zu klettern? Wenn nicht zum Spannen?»

«Ach, das überlasse ich dir», wiederholte er. «Du bist die Rechtsverdreherin, irgendeinen Grund findet ihr immer.»

Ah, da waren wir wieder. Allerdings dieses Mal weitaus weniger bissig als gestern. Ich schluckte trotzdem einmal, zweimal. Seine Feindseligkeit gegen juristische Berufe irritierte mich. Sie wollte so gar nicht zu dem restlichen Lukas passen, zu dem freundlichen, netten, ruhigen, besorgten und mitfühlenden Charakter. Und sie war das Einzige, fiel mir auf, in dem wir irgendwie nicht synchron waren.

Lukas winkte mich zu sich. «Komm! Du darfst diese Wohnung nicht verlassen, ohne herausgefunden zu haben, was da drüben los ist. Oder unter dir. Das sind Geschichten, die du mitnimmst.»

Deine und meine Geschichte würde mir reichen, dachte ich, behielt es aber für mich. Und: Ich will diese Wohnung doch gar nicht verlassen.

«Du bist abenteuerlustig», stellte ich fest. «Ich kann mir dich gar nicht als Arzt vorstellen, mehr so als ... ich weiß auch nicht, Privatdetektiv oder Minenentschärfer.»

Er runzelte die Stirn. «Ich hab dir schon einmal gesagt, dass ich kein Arzt bin und auch keiner werde.» Da war er wieder, der messerscharfe Ton und die dünnen Lippen dazu.

«Ja ... hab ich mir gemerkt. Aber ist ein Psychologe nicht auch so etwas wie ein Arzt?»

«Ich nehme das mit dem Minenentschärfer auf jeden Fall in meine Berufsberatungsmappe auf», sagte er daraufhin, und es klang schon wieder einigermaßen ruhig.

Ich war erstaunt, wie schnell er sich selbst im Griff hatte. Als wäre er mal eben in ein eiskaltes Tauchbecken gesprungen und hätte das heiße Eisen seiner Wut sekundenschnell gelöscht.

«Ich finde ja, dass jeder Mensch ein Psychologiegrundstudium absolvieren sollte», fügte Lukas noch hinzu. «Wenn man sich selbst versteht, versteht man seine Mitmenschen auch automatisch besser, und dann wäre die Welt vermutlich eine andere.»

«Interessanter Gedanke. Was, glaubst du, würdest du über dich herausfinden?», wollte ich wissen.

«Wenn ich das Grundstudium geschafft habe, kläre ich die Geheimnisse der Menschen um dich herum auf. Also, was ist jetzt? Klettern wir oder was?» Er hielt die Tür auf, damit ich ihm folgen konnte.

Ich gab nach.

«Okay! Du bist Ethan Hunt, operativer Agent beim Münchner Studentengeheimdienst. Tom Cruise ist gegen dich ein Feigling, denn du hängst dich nicht an Flugzeuge oder brauchst Saugnapf-Handschuhe, nein, mit bloßen Händen erklimmst du die höchsten Wolkenkratzer Bayerns, um einen greisen Zuhälterring zu sprengen.» Ich stand jetzt neben ihm.

Lukas sah mich entgeistert an, dann biss er sich so fest auf die Lippen, dass sie weiß wurden, und unterdrückte so das Lachen, das dahinter schon zu hören gewesen war.

«Mission *Koitus Interruptus* gestartet», presste er hervor und legte mir dann blitzschnell einen Finger auf den Mund, damit ich nichts mehr erwidern konnte.

In meinem Magen brodelte es, denn die Luft, die zu einem eruptiven Lachen werden wollte, drohte mit Schluckauf. Gleichzeitig weckte dieser Finger auf meinen Lippen ganz andere Begierden. Die ebenfalls absolut nichts mit Balkonklettern zu tun hatten.

«Wir sollten die Expedition nicht gefährden», flüsterte er mit gespieltem Ernst.

Wir quetschten uns nebeneinander auf den Balkon. Mir war vorher gar nicht aufgefallen, wie nah die Bäume hier waren. Es war ein klein wenig tröstend, dass ich zur Not die Hand nach den Platanen ausstrecken konnte. Vielleicht würden sie mir helfen. Diese Liebe musste einfach beidseitig sein.

Das Geländer war kalt und nass, aber ich wagte nicht, es loszulassen. Dabei war das natürlich völliger Quatsch, weil mein Hintern ohnehin gegen die Hauswand und mein Unterleib gegen besagtes Geländer gedrückt wurden. Mehr Platz gab es nicht.

Lukas machte verschwörerische Handbewegungen, und

ich musste kichern. «Ethan Hunt, ich folge Ihnen unauffällig.»

Als wir das Ende der Brüstung erreicht hatten, lauschten wir kurz und nickten uns zu. Die Geräusche waren noch da. Ein stetiges Klopfen und daraufhin ein Stöhnen. Es wiederholte sich in regelmäßigen Abständen.

«Ganz schön gut im Takt», wisperte Lukas.

In mir brodelte es erneut. Ich wollte lachen, ich *musste* lachen, sonst würde ich ersticken. Aber Ethan Hunt warf mir strenge Blicke zu.

«*Wir brauchen zuverlässige Informationen, und wir brauchen sie jetzt*», zitierte Lukas aus *Mission Impossible.*

«*Ab einem gewissen Punkt wird aus Mut Dummheit*», erwiderte ich, ebenfalls mit einem Zitat.

Wir grinsten uns an. *Wunderbare Jahre* meets *Mission Impossible.* Vielleicht sollten Lukas und ich uns besser nicht mehr küssen, womöglich waren wir bei der Geburt getrennte Zwillinge. Der Gedanke brachte mich schon wieder zum Lachen. Ich löste eine Hand vom Geländer und hielt sie mir todesmutig vor den Mund.

Plötzlich hob Lukas ein Bein und schwang es mühelos über die Brüstung – kein Wunder, es war dafür ja auch lang genug. Dann zog er seinen Körper hinterher und stand binnen Sekunden auf dem benachbarten Balkon.

«*Dummheit*», flüsterte ich noch einmal, nahm dann aber seine ausgestreckte Hand entgegen. Für eine Sekunde schwebte ich über der Leerstelle zwischen den beiden Balkonen. Mit nichts als Beton unter mir. Ich konnte hören, wie die Platanen die Luft anhielten. Es raschelte nicht mehr. Und dann war ich drüben. In Lukas' Armen.

Wir drückten uns beide an die Hauswand, wie Geheimagenten. Auch wenn es dazu nicht viel brauchte, auf dem engen Balkon. Die Seite der Tür, an der wir standen, war von innen mit einem Vorhang verhangen. Er war rot. Wir sahen uns an und konnten ein kurzes Prusten nicht unterdrücken.

Lukas legte Zeige- und Mittelfinger seiner rechten Hand aneinander, sodass es aussah, als hätte er eine Waffe gezückt. Er deutete damit auf den freien Teil der Balkontür.

Ich gab ihm mit einer Handbewegung zu verstehen, dass er zuerst schauen sollte. Er verstand. Natürlich. Auch als Geheimagenten waren wir ein eingespieltes Team, ohne wirklich eingespielt zu sein. Mir wurde warm bei dem Gedanken. Es war eine Wärme, die sich so wohlig zu dem Blubbern in meinem Bauch legte, als hätte Lukas mich mit einer Decke eingewickelt.

Einige Sekunden starrte er durch das Fenster, ohne dass seine Miene irgendetwas verriet. Ich musste also wohl oder übel selbst nachsehen, war mir aber nicht mehr sicher, ob ich das wirklich wollte. Er zwinkerte mir zu. Waren das Tränen in seinen Augen? Er wandte den Blick schnell wieder ab, und ich sah, wie sein Rücken bebte. Lukas lachte, und wie er lachte! Er streckte die Hand aus und zog mich zu sich.

Ich hatte ja mit vielem gerechnet, damit aber nicht. Das Schauspiel, das sich mir bot, erklärte alles und warf gleichzeitig viele neue Fragen auf.

In der Nachbarwohnung, die vom Schnitt exakt meiner entsprach, kopulierte niemand. Es waren auch definitiv keine Bumsgeräusche, denn meine Nachbarin, die die achtzig Lenze weit überschritten hatte, stand in roter Netzstrumpfhose, einem goldenen Einteiler, der mehr betonte als versteckte, und dunklen Pumps vor einem Boxsack. Sie trug schwarze Lackhandschuhe und schlug so fest gegen den Sack, dass dieser donnernd an die Wand prallte und mit gebremstem Schwung wieder zurückkam. Auf einem alten Ohrensessel saß ihr Mann, in Anzug und Krawatte, und hielt eine Taschenuhr in den Händen. Auf dem Kaffeetisch vor ihm bewegte sich das Pendel eines altmodischen Metronoms.

«*In München werden die Leute verzweifelt …*», wiederholte Lukas meine Worte.

«Wir müssen so schnell wie möglich hier weg», flüsterte ich. «Ich explodiere, wenn ich nicht endlich laut lachen darf.»

Wir schafften es mit wackeligen Beinen über das Geländer und zurück in die Wohnung. Erschöpft fiel ich auf die Knie und hielt mir die Hände vor die Augen, als würde das jetzt noch irgendetwas ändern. Ich stöhnte leise, unter aufkommendem Glucksen in meiner Kehle. Lukas ließ sich neben mich fallen. Unsere Körper bebten, das Zwerchfell zitterte.

«Und ich dachte, wir sehen alten Sex!» Ich schaffte es erst beim dritten Versuch, die Worte aus meinem lachenden Mund herauszupressen.

«Das ist eine seltsame Ausdrucksweise, Nika.» Er sah mich schief von der Seite an.

«Können wir *neuen* Sex machen?», flüsterte ich. «Damit ich das vergesse?»

«Können wir es besser?», hauchte Lukas, doch dann musste er sofort wieder lachen.

Er wischte sich übers Gesicht. Und ich wünschte mir, er würde nie mehr aufhören, so zu lachen. So befreit.

«Ich werde nach diesem Erlebnis sehr lange keinen Sex haben können», behauptete er. «Das sind Bilder, die brennen sich einem in die Netzhaut wie rote Netzstrumpfhosen.»

«Was ist sehr lang?», wollte ich wissen.

«Mindestens zwölf Stunden», antwortete er, und wieder prusteten wir los. Wir konnten uns einfach nicht beruhigen.

Das Lachen war hysterisch, wild, ansteckend, und weil es mich so glücklich machte, ihn lachen zu sehen, konnte ich selbst nicht aufhören. Lukas imitierte die Schlagbewegungen, ich bewegte meinen Arm wie ein Pendel, und schon ging es wieder los. Wir hatten das Geheimnis meiner Nachbarn gelöst und noch eines gelüftet: Wie gut wir miteinander lachen konnten. Wie gut wir irgendwie alles miteinander konnten.

Wir blieben auf dem Boden liegen und mussten A.M. immer wieder aus dem Weg schieben, weil sie es so faszinierend fand, dass ihre Menschen herumlagen, dass sie uns unentwegt übers Gesicht schlecken wollte.

«Wie seltsam sie es finden muss, dass Menschen keine Hunde abschlecken!», sagte Lukas.

«A.M., findest du uns komisch?», fragte ich. Was nur dazu führte, dass A.M. einen erneuten Abschleckversuch wagte. «Ich glaube, A.M. ist meine erste große Liebe», seufzte ich. «Tierliebe, meine ich. Ich hab noch nie ein Tier so gern gehabt. Nicht wahr, A.M., du bist meine große Liebe.»

Lukas sah mich an, das Lachen verschwand kurz, wich einem Ausdruck, der genauso schön war. Nachdenklich und zärtlich und ganz so, als würde er gerade niemanden lieber ansehen als mich, die ich verzottelt und mit verquollenen Augen vom Lachen einer sabbernden Hundegosche über mir eine Liebeserklärung machte.

«Wer war *deine* erste große Liebe?», fragte ich ihn.

«Giulia», erwiderte er prompt und rollte schwärmerisch die Augen.

«Oh, eine schöne Italienerin?»

Er zuckte mit den Achseln. «Keine Ahnung. Könnte sein.»

«Könnte sein?»

«Dreidimensional ist sie mir nie begegnet ...»

«Was?» Ich stützte mich auf einen Ellbogen und kniff die Augen zusammen.

Lukas, der flach auf dem Rücken lag, winkelte die Beine an und erklärte: «Meine Mutter hatte immer diese Strumpfhosen, die damals ... vielleicht auch heute noch, in so ...» Er machte eine hilflose Bewegung. «So verpackt waren eben, mit einem Bild vorne drauf und einem kleinen Fenster, durch das man die Strumpfhose sehen konnte. Das Model auf den 40-den-Nylondingern war die Schönste. Die Marke hieß Giulia, aber für mich war es die Frau auf dem Bild ...»

Ich konnte nicht anders, ich musste so laut lachen, dass ich mich dieses Mal wirklich verschluckte.

Lukas kniff mich in die Seite. «Und manchmal hab ich Giulia aus dem Müll gefischt und mit ins Bett genommen.»

«Oh mein Gott, du hast eine Strumpfhosenverpackung als Wichsvorlage benutzt!»

«Ahhh, wie du das sagst.» Er presste sich theatralisch die Hand aufs Herz. «Giulia war keine ... Es war Liebe!»

Wir schliefen nicht miteinander an diesem Abend. Wir lachten. Wir hörten Musik, erzählten uns Geschichten, küssten und streichelten uns und stoppten immer dann, wenn wir kurz davor waren, die Kontrolle zu verlieren. Es gab ein neues Safeword: *Alter Sex*. Wenn es fiel, lachten wir so laut, dass sich die Profiboxerin drüben sicher fragte, was nun wieder los war.

Und so bewahrten wir uns etwas, weil schon viel zu viel passiert war in diesen letzten sieben Tagen. Als wäre es unheimlich wichtig, noch eine Sache zurückzuhalten.

KAPITEL 25

ANNI

HEUTE

Wer ist gestorben?», frage ich, und mein Herz macht einen seltsamen Satz, als ich Ben dasitzen sehe. Vor der Kaffeetasse mit dem Sprung am Griff, die Ellbogen spitz auf die Tischkante gestellt. So wie er schaut, *muss* jemand gestorben sein. Oder aber ... Ich zwinge mich, nur innerlich den Kopf zu schütteln. Hat Maren etwa schon geredet? Aber was soll sie gesagt haben? Ich hab ja nichts falsch gemacht.

Ich schlucke, ziehe die Lippe nach innen und lasse sie wieder schnalzen. Sag was!, befehle ich Ben stumm. Sag doch bitte was.

«Markus und Laila haben sich getrennt.»

«Ich weiß ...», erwidere ich langsam. Es dürfte kaum zu überhören sein, wie die angehaltene Luft meiner Lunge entweicht.

Ben reibt sich die Stirn. Seine Haare sind zerzaust und stehen in alle Richtungen. Sein Blick ist zäh, und die Augenlider wirken dick. So sieht er sonst nur aus, wenn er nächtelang durchgeschrieben oder geplottet hat.

«Ich kann es einfach nicht fassen», fährt er fort. «Ich meine, wie kann man das nicht merken? Wir sind ihre besten Freunde! Wie können die sich einfach trennen ...»

Es ist rührend, wie er weltschmerzmäßig sein Gesicht verzieht. Rührend und unendlich traurig. Trennungen nehmen

Ben unheimlich mit. Ich weiß, dass er Verlustängste hat, dass er es braucht, dass man ihm ab und an sagt, dass das Leben eine Liebesgeschichte sein kann, auch wenn er eigentlich keine schreibt.

Dass Markus und Laila kein Paar mehr sind, wird auf ihn einen ähnlich desaströsen Effekt haben wie bei Lena die Enthüllung über die Nicht-Existenz des Christkindes, die wir ihr im letzten Jahr zugemutet haben. Einzig und allein, weil es langsam peinlich wurde, mit welcher Vehemenz sie Christkind und Osterhasen vor ihren Klassenkameraden in Schutz genommen hat. Danach meinte sie: «Aber der Nikolaus, der ist doch wenigstens echt, oder?» Und genau so einen Satz erwarte ich jetzt auch von Ben. Etwas wie: Aber wir, wir sind doch okay, oder?

Stattdessen ist er eine ganze Weile still, sagt nichts, bis ich den Mantel abgelegt und mich zu ihm an den Tisch gesetzt habe.

«Mit wem schaut Laila denn jetzt Tatort? Und Markus? Hockt der jetzt auf der flaschengrünen Ledercouch seiner Eltern vor dem kleinen Röhrengerät mit der Häkeldecke darunter und schaut die Sendung mit seinem Vater, während seine Mutter neben ihm Socken strickt?»

«Du hast zu viele Romane gelesen», sage ich. «Das Leben geht weiter. Jeden Tag trennen sich Menschen.»

«Aber doch nicht Laila und Markus!», erwidert er bockig, ohne mich anzusehen.

«Soll ich so tun, als wären sie noch zusammen?», frage ich möglichst neutral.

«Ich bin nicht Lena, ich bin erwachsen», brummt er. «Ich finde es trotzdem scheiße.»

«Ich auch», sage ich.

«Trennst du dich bitte nie von mir?»

Da. Da ist sie. Die lebensnotwendige Frage nach dem Nikolaus.

«Nie», schlüpft es aus meinem Mund, und ich will ihn fragen, ob das auch für ihn gilt. Aber ich habe Angst. Angst, dass das Gespräch dann weitergeht. Angst, er könnte mein «Nie» anzweifeln.

Aargh! Wie sehr ich den Tag des Plakats verfluche! Wie sehr jeden Gedanken, den dieser Anblick mir viel zu tief ins Herz gepflanzt hat.

«Glaubst du, dass man Liebe von Gewohnheit unterscheiden kann?», fragt Ben plötzlich.

«Ja», sage ich und bin froh, dass er endlich aufschaut. «Du etwa nicht?»

Er zuckt mit den Schultern. «Doch, schon.» Aber ich sehe, dass er mehr erwartet von mir. Ein Mehr an Antwort. Ein größeres Zugeständnis.

«Ich ... Ich weiß auch nicht genau, ob man nach so vielen Jahren Beziehung noch weiß, ob man jemanden liebt», beginne ich zögerlich. «Oder ob Gewohnheit sich wie eine Staubschicht auf die Liebe legt und man den Staub dann irgendwann für Liebe hält. Und vielleicht merken manche, wenn sie dann endlich mal abstauben, dass da gar nichts mehr ist unter der Staubschicht.»

Er sieht mich lange an.

«Aber auf uns trifft das nicht zu», beeile ich mich zu sagen.

Er stöhnt. «Gerade wünschte ich, du würdest Bücher schreiben.»

«Weil der Vergleich so genial ist?»

«Nein, weil du dann behaupten könntest, es wäre etwas, was deine Romanfiguren betrifft.» Er richtet sich auf, mustert mich fragend. «Was ist los?»

«Nichts, ich habe nur den Staub im Kopf», wehre ich mich.

«Welchen Staub?»

«Den auf dem verdammten Kühlschrank ...» Ich wedele vage in Richtung Küche.

«Du wolltest diesen amerikanischen Strom-Piranha haben, nicht ich.»

«Ein Miele-Kühlschrank im Hungerstreik würde auch einstauben», scherze ich.

«Aber wir nicht», sagt Ben leise. Etwas zu leise.

«Wir nicht?», hake ich nach, weil es nicht ganz überzeugend klingt.

«Nein», sagt er fester. «Aber es könnte sein, dass es ist wie mit Kaffee ... Ich meine, es gibt Menschen, die mögen Kaffee eigentlich nicht und denken trotzdem irgendwann, sie kämen nicht mehr ohne aus. Dabei schmeckt er ihnen immer noch nicht.»

«Dann hätte ich also nur ein Problem, wenn ich dich nie gemocht hätte. Aber da ich dich von Tag 1 an mochte, ist es auch völlig okay zu glauben, ich käme nicht mehr ohne dich aus», erwidere ich.

«Vielleicht liebe ich dich einfach auch, weil du einen korrekten Konjunktiv verwenden kannst.»

Ich nicke. «Das fand ich an mir selbst auch immer am attraktivsten», erkläre ich und muss schmunzeln. Ich lege meinen Arm um seine Schultern und erwische mich dabei, wie ich zur Tür schaue. «Wo ist eigentlich der Mann, den du mir vorstellen wolltest?», frage ich, denke dabei aber eigentlich an Maren.

Ben legt seinen Kopf gegen meinen Arm. «Der musste einen früheren Zug nach München erwischen und hat abgesagt.»

«München?», sage ich. Er nickt, während sich etwas in meinem Kopf formt und Gestalt annimmt.

Bens Frage nach Liebe und Gewohnheit ist nicht so unberechtigt, wie ich sie abgetan habe. Woher soll man wissen, ob Liebe an Erinnerung oder Gewohnheit geknüpft ist? Also ohne sie vielleicht gar nicht entstehen kann? Oder ob es Erinnerungen und Gewohnheiten sind, die den Platz der Liebe einnehmen und sie verdrängen?

Ob ich Lukas in neun Tagen wirklich lieben lernen konnte oder ob ich es ähnlich mache wie Ben? Vielleicht habe ich diese neun Tage verklärt, sie vergoldet, ihnen einen undurchdringlichen Kokon gebaut und Glitzer draufgestreut.

Wohingegen meine Erinnerungen mit Ben schon Patina ansetzen, weil ich sie mir ja jeden Tag anschauen kann.

«Wahrscheinlich wächst Liebe allmählich», sage ich. «Wie ein Haar, dem ich dabei ja auch nicht aktiv zusehe.»

«Ach, du unerschütterlicher Quell meiner Metaphern!» Er lacht und zieht mich an sich, legt seine Hand an meine Wange. Warm und ebenfalls unerschütterlich, in seinem Vertrauen und seiner Liebe.

Und für diesen einen Moment ist alles okay. Bis ich im nächsten auf einmal ganz genau weiß, was ich tun muss. Auch wenn es wehtun wird. Weil Abschiede immer wehtun.

KAPITEL 26

BEN

HEUTE

Fieps kommt angaloppiert wie ein Pferd aus einem Rennstall und wirft mir einen Schuh vor die Füße. Nicht einen von unseren, sondern ein quietschendes Hundespielzeug in Form eines Sneakers. Erst dieses Teil hat ihn davon abgebracht, Schuhe zu fressen. Er wollte einfach seinen eigenen.

Seit wir Fieps haben, zahlen Annis Gehalt und meine Bücher auch für die zahlreichen Tierarztbehandlungen, die unser Hund benötigt. Denn er hat beschlossen, sich einmal durch das veterinärärztliche Handbuch zu kränkeln. Von A wie Abszess bis Z wie Zahnstein. Aber auch das tut der Liebe keinen Abbruch.

Fieps ist nicht mein erster Hund, höre ich Anni sagen.

Ihre Augen, die gehören mir … Es ist Lukas' Stimme.

Seit der Lesung kann ich nicht mehr aufhören, Lukas' Sätze über Annis zu legen. Als wären sie eine Art Löschpapier. Nur mit dem Unterschied, dass ich abgeschrieben habe. Von Lukas. Annis Lippen, der Schal, der Hund … Es schwirren Fragmente und Wortfetzen durch meinen Kopf. Noch gelingt es mir, diese Irritation auf die Trennung von Laila und Markus zu schieben. Noch kann ich mir das einreden. Noch sticht es nur leicht, da, wo der Zufall aufhört und die Gewissheit eintreten könnte, wenn ich es zulasse. Ich weiß nicht, ob ich dazu bereit bin, mich den immer drängenderen Fragen zu stellen. Noch nicht. Allerdings kann ich auch nicht mehr so tun, als wäre das Magengrummeln ein Resultat von zu viel Arbeit.

Anni will also nach München fahren, hat sie mir gestern gesagt. Der Arbeit wegen. Stich.

Anni weicht meinen Blicken aus. Stich. Maren trägt diesen seltsamen Ausdruck im Gesicht. Stich. *Fieps ist nicht mein erster Hund.* Stich. Stich. Stich.

Das Gespräch über Annis Reisepläne hängt sich masochistisch in meinen Gedankengängen fest, spielt immer wieder durch mein Ohr.

«München?», fragte ich irritiert, als sie ihre Reisepläne mehr oder weniger beiläufig erwähnte. «Wieso willst du plötzlich nach München fahren?»

«Der Gerichtsstand ist München, das Vergehen wurde dort begangen.»

«Ein Vergehen? Du machst doch keine Strafsachen!»

Ihre Antwort fiel nüchtern aus: «Nicht jedes Vergehen ist eine Strafsache.»

Seitdem versuche ich mir einzureden, dass nicht jede unlogische Behauptung automatisch eine Lüge ist. Dass sie heute Morgen wirklich erst einmal nur zu Lidl gefahren ist, um Hundefutter zu kaufen, weil es dort im Angebot ist.

Letzte Nacht, als ich wach lag und an alles Mögliche dachte, um nicht das Offensichtliche zu denken (an die vermeintliche München-Lüge), schwirrten meine Gedanken hin und her, verhakten sich hier und dort und landeten irgendwann bei der Frage, was ich übersehen haben könnte. Wie gut meine Menschenkenntnis noch ist? Ob ich über die Menschen in meiner Familie Bescheid weiß? Ob ich Anni überhaupt kenne? Was weiß ich schon von ihr? Von ihrer Vergangenheit? Über ihr Studium oder ihr Leben in München?

Was weiß ich über Maren und ihr seltsames Verhalten, vor allem in letzter Zeit? Über die Tatsache, dass sie in Glückstadt bleibt, obwohl ihre Laune stetig schlechter wird?

Was weiß ich über Claire und ihre Trennungsgründe von mir, außer der Tatsache, dass sie sich neu verliebt hat?

Vielleicht hat Anni sich auch neu verliebt. Oder *wieder* verliebt.

Ich habe Angst, Anni. Ich habe Angst, dich zu verlieren.

Ich sollte nicht daran denken. Nicht all die Fäden, die mir lose vor der Nase herumhängen, krampfhaft zusammenknüpfen. Und erst recht sollte ich nicht feststellen müssen, dass sie ein Netz ergeben und ich das Opfer bin.

Das ist die Vogel-Strauß-Methode, höre ich die dunkle, resolute Stimme meiner Mutter. Ich zucke zusammen. Ich hab sie schon lange nicht mehr gehört. Natürlich nicht, sie ist seit so vielen Jahren tot. Aber auch in Gedanken hat sie mir seit Ewigkeiten nichts mehr zugeflüstert. *Benji,* sagt sie jetzt, *steck den Kopf nicht in den Sand, sonst erstickst du.*

Und sie hat recht. Ich hole Luft – und dann mein Handy.

«Hi, Lukas ...», sage ich, als er abnimmt. Ich kralle die Finger in die Tischplatte und starre auf den frischen Fußabdruck an der Wand. All das macht mich so unendlich wütend. Dass Maren ungefragt überall ihre Spuren hinterlässt. Und dass Lukas womöglich genau in diesem Moment in München ist, wo auch Anni ist. Dass sie vielleicht sogar neben ihm steht. Ihm eben noch einen Kuss auf den Mund gedrückt hat. Vielleicht liegt ihre kleine Hand in seiner großen. Vielleicht machen sie sich über mich lustig. Den dummen Kerl, der auch noch bei Lukas anruft. Fast schon kann ich es hören, Annis dumpfes Kichern im Hintergrund.

Doch es existiert nur in meiner Einbildung – in der ich davon ausgehe, dass Anni Lukas kennt. Dass sie ihn nicht nur kennt, sondern ...

«Hallo, Ben», antwortet Lukas mit seiner unverschämt männlichen Stimme und stoppt den Gedanken.

Meine Finger tun mir weh, mein Hals kratzt, und in meinen Ohren rauscht das Blut wie ein reißender, zorniger Gebirgsbach mitten in der Schneeschmelze.

«Was kann ich für dich tun?» Er klingt nicht aufgeregt, eher überrascht.

«Ach, ich wollte dich nicht stören. Du bist ja sicher in München sehr beschäftigt, aber ich habe noch eine Frage.»

«München?», sagt er. Mein Herz hüpft. «Nein, ich bin doch direkt weiter nach Bern gefahren. München war nur die einzige Möglichkeit für eine Anschlussverbindung in die Schweiz. Sorry, dass das mit unserer Verabredung nicht geklappt hat.»

Einen irrsinnigen Augenblick lang will ich ihn bitten, mir ein Selfie von sich und dem Berner Münster zu schicken, gern auch mit aktueller Tageszeitung in den Händen. Aber das wäre jetzt wirklich zu peinlich.

«Ah, ach so», erwidere ich dümmlich.

«Also, was wolltest du fragen?» Lukas klingt nicht ungeduldig, aber noch immer einigermaßen erstaunt.

Eigentlich will ich wissen, ob seine Nika meine Anni ist, aber ich könnte es nicht ertragen, den Namen aus seinem Mund zu hören. Ich könnte fragen: Ist Nika etwa Anni? Hast du was mit meiner Anni? Ist Anni bei dir? Was hast du mir verheimlicht? Wie konntest du so seelenruhig neben mir sitzen und mir die Geschichte meiner Freundin erzählen? Es ist doch Annis Geschichte, nicht wahr?

Aber nichts davon frage ich, sondern ich hüstele kurz und

sage dann: «Wie ging die Geschichte aus? Ich weiß noch immer nicht, was aus Nika und dir geworden ist.»

Lukas schweigt einen Moment. Schließlich antwortet er so leise, dass ich das Handy fester an mein Ohr pressen muss: «Sie war plötzlich weg. Einfach verschwunden. Von einem auf den anderen Tag. Und ich weiß bis heute nicht, warum.»

«Liebst du sie noch?», frage ich.

«Ja. Nein. Keine Ahnung. Ein Teil von mir liebt sie bestimmt für immer. Der andere ist traurig darüber, dass sie mich vermutlich meiner Vergangenheit wegen verlassen hat. Aber ...» Er holt Luft, und es klingt schon etwas gelassener, als er weiterspricht. «Mein Leben ist schön. Ich mag, wie alles gekommen ist und sich gefügt hat. Wäre ich nicht im Gefängnis gewesen, würde ich Freiheit nicht so schätzen können. Hätte ich nicht geliebt, wüsste ich nicht, wie es sich anfühlt, und wüsste nicht, dass Liebe nicht alles ist im Leben.»

«Was kann mehr wert sein als Liebe?»

Die Antwort darauf bleibt er mir schuldig. Stattdessen sagt er: «Ich würde nichts rückgängig machen. Mein Leben hat mich an einen Punkt gebracht, an dem es mich erfüllt. Aber ich gebe zu, ich wüsste noch immer gerne, warum sie gegangen ist. Ob es wirklich nur meine Vergangenheit war. Ich würde es gerne von ihr selbst hören. Aber dazu wird es wohl nie kommen.»

Nichts an seinem Ton ist verdächtig, nichts impliziert, dass er mehr weiß, als er zugibt. Wenn Anni wirklich Nika wäre und wenn Lukas wüsste, dass sie meine Anni ist, dann würde er das doch genau jetzt sagen, oder nicht?

Ich überlege, ob ich je ihren Namen erwähnt oder ihm irgendeinen Hinweis darauf gegeben habe, dass meine Anni wahrscheinlich seine Nika ist.

Gerade will ich ihn direkt fragen, da sagt er: «Ich hab sie übrigens wiedergesehen.»

«Wen?», keuche ich, als wüsste ich das nicht genau.

Er zögert einen Moment. «Na, Nika ... meine Nika.»

«Wo?», frage ich. «In München?»

Fieps hat sich neben mich gesetzt und schaut mich an. Mit diesem Blick, der sagt: Herrchen, gibt es ein Problem? Ich beschütze dich.

Ich streiche ihm über den Kopf und warte mit angehaltenem Atem auf die Antwort.

«Bei der Lesung in Hamburg ... Es war so surreal, dass sie plötzlich dastand und ... Ja, deshalb bin ich auch gleich nachher verschwunden. Ich konnte damit nicht umgehen.»

Die Aussage erleichtert mich beinahe mehr als die Tatsache, dass er nicht in München ist, sondern in der Schweiz. Anni hatte so viele Termine an diesem Tag, sie kann unmöglich bei seiner Lesung gewesen sein. Schließlich hätte ich sie dann gesehen. Ich war ja da. Anni ist meine Anni. Nicht Lukas' Nika. Mein Schriftstellerhirn spielt mir einfach nur Streiche.

«Danke dir, Mann. Ich möchte dich jetzt auch nicht weiter aufhalten.»

«Machst du nicht. Schon okay. War das alles?»

«Ja», sage ich und will mich verabschieden, als sich ein letzter, vorwitziger Gedanke in meinen Kopf schiebt und so sehr auf meine Nerven drückt, dass ich ihn unmöglich ignorieren kann. «Was war Nika eigentlich von Beruf?»

«Anwältin», erwidert er. «Für Strafrecht. Wieso?» Seine Stimme hat einen so skeptischen, zurückhaltenden Ton angenommen, dass ich mich nicht zu fragen traue, was er mir ohnehin nicht sagen würde. Ich frage trotzdem.

«Und sie hieß nicht wirklich Nika, oder?»

«Doch, also eigentlich Annika», sagt Lukas. Knapp und mit einem eindeutigen Satzzeichen dahinter. Seine Worte lassen keinen Raum für Zweifel. «Ich muss jetzt los. Wir hören uns, Ben.»

Wie in Trance antworte ich. «Ja, mach es gut, Lukas.»

Dann sitze ich eine ganze Weile mit dem Handy in der Hand am Tisch und starre auf das längst erloschene Display. Ich weiß, ich könnte hier aufhören. Oder anfangen. Einfach Anni anrufen und sie fragen, ob es einen Lukas in ihrem Leben gab. Ob sie einen Musselinschal mit Kaffeefleck besitzt oder einmal einen Hund namens Annabelle-Marie hatte. Ob sie den Baum in unserem Garten so liebt, weil er sie an die Platanen in München erinnert. Ob sie vor mir schon einmal unsterblich verliebt war. Und warum sie Lukas verlassen hat.

All die Puzzleteile, von denen eines unter die Couch gefallen war und ein anderes von Annis ominösem ersten Hund gefressen wurde ... Jetzt sind sie alle da, ich muss sie nur richtig zusammensetzen. Geigen und Noten. Schals und Kaffeeflecken. Vielleicht ist sogar die Plastikrose aus ihrer Schublade von Lukas. Und dieser Ring, von dem sie immer behauptet hat, er habe ihrer Großmutter gehört.

Mein Blick schweift durch die Wohnung, durch unser Leben. Über Bücher und alte Tassen, über die offensichtlichen Dinge und die, die ich nicht sehe. Was davon hat Lukas berührt? Was davon gehörte ihm und hat einen Platz in ihrem Herzen? Und warum, warum, warum hat sie mir nie etwas von ihm gesagt?

Anwältin für Strafrecht ... Meine Anni ist keine Anwältin für Strafrecht. Sie hat auch keinerlei beruflichen Ehrgeiz, warum sollte sie sonst die Kanzlei ihres Vaters verlassen haben?

Es passiert wie von selbst, dass ich die nächste Nummer wähle. Es ist nicht Annis. Noch besteht die Chance, dass der Schriftsteller in mir mit mir durchgeht. Noch kann es sein, dass ich wie ein übereifriger Detektiv Beweise anhäufe, die nichts als Zufälle sind. Noch.

Aber es gibt einen Mann, der mir das beantworten kann. Annis Vater. Wir telefonieren hin und wieder. Es sind Gespräche, die sich um praktische Dinge drehen. Johan ruft mich an, um zu erfahren, wie man das Sky-Abo aktiviert oder ob ich ihm heimlich einen Mitschnitt von Elises Klavierkonzert besorgen kann.

Und ich rufe Johan immer an, wenn ich juristische Fragen für ein Buch habe, die Anni behauptet, nicht beantworten zu können.

Er geht wie immer nach dem dritten Klingeln ran. Als wäre das ein verdammtes Gesetz unter Juristen. Aus unerfindlichem Grund macht mich das schon wieder wütend. Dabei kann Johan nichts für die Geheimnisse seiner Tochter. Oder die Paranoia seines «Schwiegersohns».

«Ben hier, ich grüße dich, Johan», sage ich.

«Benjamin, guten Tag», antwortet er wie immer etwas steif.

Zum ersten Mal bin ich allerdings froh, dass es keinen Small Talk zwischen uns gibt und ich deswegen ohne Plänkeleien gleich zum Kern des Problems kommen kann.

«Johan, ich recherchiere gerade für ein Buch, und es geht um ... Motivationen, äh ... Motive und so. Sag mal, warum hat Anni eigentlich damals deine Kanzlei verlassen?»

Ob er das schluckt, ist fraglich.

Ich höre, wie er das Diktiergerät abstellt, das im Hintergrund gesurrt hat.

«Wieso willst du das wissen?»

«Äh, in meinem Roman geht es auch um eine Anwältin, und sie hat hervorragende Karrierechancen als Strafverteidigerin. Aber sie schlägt alles aus und entscheidet sich für eine kleine Kanzlei, die sich auf Verkehrsrecht spezialisiert hat.»

«Erspar mir den Unsinn, Benjamin», knurrt Johan. «Das ist exakt das, was meine Tochter getan hat.»

«Aber sie ist ja keine Anwältin für Strafrecht, es geht mir wirklich nur um ...»

«Natürlich ist sie das!», blökt er und fügt dann etwas ruhiger hinzu: «Sag bloß, das wusstest du nicht?»

«Nein, ich ... Äh, doch, ja klar ...» Ich weiß nicht, wie weiter, also gebe ich mich geschlagen. «Gut, es geht um Anni. Ich versuche einfach zu verstehen, wie sie diese Chance bei dir ausschlagen konnte.»

Johan schnaubt verächtlich. «Ihr Gewissen hat es ihr verboten», sagt er. Und die Art, wie er das sagt, verrät mir, dass das Annis Worte gewesen sein müssen. «Ich vermute, dieser vermaledeite Fall war schuld.»

«Welcher Fall?» Ich spüre, wie mein Herz viel mehr Erwartungen an diese Frage hat, als es haben sollte.

«Ach, dieser Kerl ...», fängt er an, und dann erzählt er mir in der für ihn typischen sachlichen, kühlen Art, was Anni und Lukas verbindet. Denn daran besteht kaum noch Zweifel, dass der «Kerl» Lukas ist.

«Tja, und dann ist sie nach Hamburg abgehauen, den Rest kennst du», schließt Johan seinen Bericht.

Ich spüre einen diffusen Schmerz in meiner Magengegend, merke, wie sich dieser Schmerz direkt auf mein Herz zu legen droht. Es ist das gleiche Gefühl, das ich hatte, als ich damals in purer Verzweiflung Claires Handy durchforscht habe und entdecken musste, mit wem sie da wirklich schreibt, wenn sie behauptete, bei Zalando zu shoppen. Diese Ohnmacht des Betrogenseins ... Und gleichzeitig diese große Wut. Ich bin so furchtbar wütend. Allerdings ist etwas anders: Anni hat mich nicht im Jetzt betrogen. Sie hat mich nur um ihre Vergangenheit betrogen. Ob das das Gleiche ist, kann und will ich nicht beurteilen. Will es nicht gegenüberstellen.

Johan hat einfach weitergeredet.

«Wer weiß, wo der gelandet ist», sagt er jetzt, leicht nachdenklich. Dann höre ich ihn tippen. Und als hätte ich danach gefragt, gibt er mir die letzte Bestätigung, die ich brauche. «David Lukas Jakob hieß der Kerl.» Und er fügt noch hinzu: «Richtig, jetzt erinnere ich mich wieder.»

«Will Anni deshalb nach München fahren?», frage ich. «Wegen dieses Falls?»

Einen Moment lang ist es still in der Leitung, dann räuspert Johan sich leise. Alles sehr untypisch für ihn. «Benjamin», erklärt er fast sanft und somit noch untypischer. «Annika kommt wegen Maren her.» Und als wüsste ich nicht, wer Maren ist, fügt er hinzu: «Wegen deiner Schwester und der Quandt-Serie. Sag mir jetzt bitte nicht, dass du davon auch nichts weißt?» Bei diesen Worten ist er wieder ganz der Alte. Voll von narzisstischer Selbstüberzeugung und Verachtung für all jene, die nicht den allumfassenden Überblick haben, den er sich selbst zuschreibt.

In diesem Moment klingelt es. Ich würge Johan ab, halte Fieps zurück und bin demjenigen, der da vor der Tür steht, jetzt schon dankbar. Allerdings nicht lange, denn als ich öffne, erblicke ich zwei Polizeibeamte, die mir ihre Ausweise vor die Nase halten.

«Benjamin Behrens?»

«Das bin ich», sage ich. Obwohl ich mir da nicht mehr

sicher bin. Weil das hier doch nicht mein Leben sein kann, oder?

«Finden Sie das witzig?», fragt die Polizistin.

Offenbar habe ich gelacht. Wie eine billige Joker-Kopie, ein Mann, der lacht, weil ihm gerade sein Leben unter den Füßen weggerissen wird.

«Nein, gerade finde ich es einfach nur tragisch, ich zu sein», erwidere ich.

Ihr Kollege mit dem dünnen Oberlippenbart nickt, dann rückt er seinen Gürtel zurecht.

Ich nehme mir vor, die Geste in meinem nächsten Roman zu verwenden. Bei dem Gedanken muss ich schon wieder lachen. Mein nächster Roman. Ha! Annis Geschichte. Ich habe die Liebesgeschichte meiner großen Liebe aufgeschrieben. Ohne es zu merken. Wenn man da nicht lachen darf, wann dann?

«Es geht nicht um Sie, Herr Behrens», sagt die Polizistin, gänzlich unirritiert, und lächelt, bevor sie an mir vorbei in den Flur hineinschaut.

«Anni ist nicht hier, sie sucht Lukas in München», behaupte ich, obwohl ich sagen müsste: Anni ist bei Lidl und kauft Hundefutter. Oh Gott, was wenn Anni wirklich zu Lukas will? Muss ich sie dann aufhalten? *Darf* ich sie dann überhaupt aufhalten oder darf ich genau das dann nicht?

Obwohl ein kalter Lufthauch in den Flur drängt, bilden sich Schweißtropfen auf meiner Stirn.

«Äh, es geht auch nicht um ... Anni», wiederholt die Frau. «Es geht um Maren Behrens, Ihre Schwester, die ist doch hier gemeldet, oder?»

«Ja ...», sage ich langsam. Maren?

«Können wir reinkommen?»

Ich mache keine Anstalten, den Weg freizugeben. Da seufzt die Beamtin. «Ist Frau Behrens hier?»

«Nein, aber sie können ihre Fußabdrücke nehmen. Die sind überall an der Wand», höre ich mich sagen. Wie durch Watte.

In langweiligen Momenten meines Lebens, in jenen, in denen ich mich dringend nach Inspiration gesehnt habe, habe ich mir exakt so etwas gewünscht. Eine überraschende, skurrile Situation, aus der man unendlich viele Ideen ziehen kann. Doch jetzt möchte ich die Tür einfach nur zuschlagen und mich auf der Couch zu Tode langweilen.

«Geht es Ihnen gut?», fragt die Frau. «Gibt es jemanden, den wir anrufen können?»

«Ich komme zurecht», erwidere ich.

Ihr Kollege schwitzt jetzt auch. Wir schwitzen gemeinsam um die Wette. Ich um mein Leben, und er vermutlich, weil er mich für einen Psychopathen hält.

Die Polizistin schüttelt den Kopf. «Nicht für Sie ... Sondern um herauszufinden, wo sich Frau Behrens befindet.»

«Aber warum wollen Sie denn überhaupt mit ihr sprechen?» Ich bin meinem Hippocampus unendlich dankbar, dass er mir endlich einen vernünftigen Gedanken schickt.

«Frau Behrens ist angewiesen, die Stadt nicht zu verlassen und sich regelmäßig bei uns zu melden. Leider ist sie dieser Verpflichtung wiederholt nicht nachgekommen, und auch Frau Rabenstein können wir in der Kanzlei nicht erreichen.»

«Ich dachte, Sie sind nicht wegen Anni hier?»

Die Polizistin sieht mich fragend an, aber nun hat ihr Kollege offenbar einen Geistesblitz. Er deutet auf unsere Türklingel und sagt: «Rabenstein und Behrens.»

«Annika Rabenstein», ergänzt seine Kollegin. «Der Rechtsbeistand Ihrer Schwester?»

«Ach so», sage ich. «Ja. Äh, nein ... also, wir sind nicht verheiratet.»

«Ist sie denn hier?»

«Nein.»

«Die ist doch in München und sucht Lukas», sagt der Beamte zu seiner Kollegin und kassiert von ihr einen genervten Blick.

Ich möchte ihm eine reinhauen, auch wenn er nur meine Worte wiederholt hat. Stattdessen frage ich: «Was hat Maren angestellt?»

«Dazu können wir Ihnen keine Auskunft geben, aber wenn Sie uns schon nicht ins Haus lassen wollen, würden Sie dann bitte Ihre Frau ... also, Ihre Nicht-Frau ... Annika Rabenstein kontaktieren?» Sie atmet hörbar aus.

«Nein», erwidere ich. «Das passt gerade ganz und gar nicht.»

Sie runzelt die Stirn. «Können Sie mir dann die Handynummer von Frau Rabenstein geben? Ihre Schwester steckt wirklich in Schwierigkeiten, es wäre besser, Sie würden kooperieren.»

Ich nicke und laufe dann wie ferngesteuert ins Haus, öffne Annis Schublade und hole eine knittrige Visitenkarte heraus. Eine von denen, die sie für Pro-bono-Fälle verwendet. Ich starre darauf und frage mich, ob ich auch so etwas für sie war. Ein Pro-bono-Fall. Eine Mitleidswahl. Eine gute Tat – als Ausgleich dafür, dass sie den einen großen Fall, den von Lukas *fucking* Jakob, nicht haben konnte.

Gedankenverloren drücke ich der Beamtin die Visitenkarte in die Hand.

Ihr Kollege schwitzt jetzt noch stärker als vorhin, und dann offenbart er den wahren Grund, warum das so ist.

«Kann ich vielleicht ein Autogramm haben?», fragt er.

«Sie sind doch der Schriftsteller, der den Buchpreis gewonnen hat.»

Nein, der bin ich nicht, will ich sagen. Ich bin der, der sein neues Buch verbrennen möchte.

KAPITEL 27

ANNI

DAMALS – noch ein Tag

Der Jour fixe war ein *Sure nix*. Ich behielt nichts von dem, was die Mandanten schilderten, in meinem Kopf, alles löste sich sofort auf. Die Fälle erschienen mir schrecklich banal und unbedeutend. Ich wollte zurück zu Lukas, in die Wohnung und unsere letzten beiden Tage dort genießen. Und noch lieber den Mut aufbringen, alles so zu regeln, dass es nicht die letzten beiden Tage waren, sondern die ersten unserer gemeinsamen Zeit. Aber ich war feige. Genauso feige wie in den ersten beiden Semestern, als ich mir nicht mehr sicher war, ob Jura wirklich das Richtige für mich war.

Du musst dich entscheiden, auf welcher Seite du stehst, hörte ich meinen Vater sagen. Dabei meinte er eigentlich: Du musst dich entscheiden, ob du auf *meiner* Seite stehst.

Alles fühlte sich falsch an beim Jour fixe. Von dem Kostüm, das ich trug – und zu dem Lukas am Morgen gesagt hatte: «Ein Hauch Margaret Thatcher, viel Jackie O. und eine Prise Anna Wintour» –, bis hin zu der Stimme, mit der ich sprach und die sich noch rau vom Lachen am Vortag anfühlte und die gleichzeitig Worte gebrauchte, die nicht in meine Tage mit Lukas passten. Kurz: Alles an diesem Treffen in der Kanzlei fühlte sich wie pure Zeitverschwendung an. Die prüfenden Blicke meines Vaters landeten immer wieder auf mir und verrieten, dass ich mich auf eine Standpauke gefasst machen musste. Aber die Anwältin in mir war so professionell, dass mir kein einziger fachlicher Fehler unterlief, und so sah ich, wie sich im Laufe des Termins seine harten Züge etwas glätteten.

Nach dem Jour fixe klopfte er mir dann auf die Schulter und sagte: «Na also, hast du es endlich eingesehen. Ich gehe davon aus, dass ich deine E-Mail vom Wochenende getrost in die Rundablage geben darf.»

Es war kein Ankommen gegen ihn. Kein «Aber» hatte Bestand, und ich ekelte mich vor mir selbst. Ich wollte nicht sein, wer ich war, sobald ich diese Kanzlei betrat. Aber es fehlte mir die Kraft, es aktiv zu ändern.

Immerhin entschuldigte ich mich für das Mittagessen wegen Migräne und huschte aus dem Zimmer, bevor mein Vater widersprechen konnte. Ich wollte nach Hause. Zu Lukas und zu A. M. Selbst Maxi, die mir mit einer Akte nachgerannt kam, wimmelte ich ab, indem ich die Aufzugtür direkt vor ihrer Nase schließen ließ. Es tat mir nicht leid. Sie hatte A. M. einen verlausten Köter genannt. Strafe musste sein, und sie hatte sich eindeutig der Majestätsbeleidigung schuldig gemacht.

* * *

«Die Wand ist zu kahl», erklärte Lukas zu Hause. «Sie braucht Leben.»

Auf dem Tisch lagen Unterlagen von der Uni, ein unausgepackter Laptop in einem Karton von MediaMarkt, und er hatte die Schnittblumen gegen frische ausgetauscht. Keine vom Discounter, sondern welche aus dem Laden in der Limesstraße. Daneben stand noch immer das kleine Glas mit der Plastikrose, das ich jeden Tag gewissenhaft mit frischem Wasser füllte.

«Wir könnten dir einen von diesen großflächigen Wandaufklebern kaufen», schlug ich vor. «Mit so Sprüchen wie *Carpe diem* oder *Das Gestern ist Geschichte, das Morgen ist ein Rätsel, das Heute ist ein Geschenk.*»

Lukas schüttelte sich. «Auf gar keinen Fall.»

«Aber wenn du erst einmal all deine Habseligkeiten hier verstaut hast, dann wird es nicht mehr so leer aussehen, dann bist du vielleicht froh um eine weiße Wand.»

«Habseligkeiten ...», wiederholte Lukas langsam, hob den Finger, als könnte er sich seinen Gedanken nur so merken, und ging in die Küche.

Ich folgte ihm und beobachtete, wie er in einem Karton kramte und einen schwarzen Filzstift hervorzog. Er stellte sich an die Wand und schrieb «Habseligkeiten» in großen, gleichmäßigen Lettern direkt auf die Tapete. Dann drehte er sich um und grinste. «Das ist ein schönes und gleichzeitig irgendwie seltsames Wort. Davon brauche ich mehr.»

«Augenweide», schlug ich vor, und er nickte enthusiastisch.

Nach ein paar Überlegminuten, die wir schweigend vor der Wand verbrachten, schrieb Lukas «Kaffeefleck».

«Das ist falsch, es war Kakao», empörte ich mich und lachte dann über Lukas' ernsthaft entsetzten Gesichtsausdruck. «Ich trinke doch gar keinen Kaffee.»

«Okay, beim nächsten Mal passe ich besser auf», schwor er.

Es landeten neben «doppelt gemoppelt», «Anhängsel», «Wehmut» und «Sehnsucht» noch die Worte «Gemütlichkeit», «Rosenkavalier» und «Paradiesapfel» auf der einst weißen Wand. «Platanen» wollte er unbedingt von mir schreiben lassen, auch wenn meine Schrift nicht ansatzweise so schön war wie seine.

Was sagte man über Menschen, deren Buchstaben einen

Tick zu weit auseinander standen? Dass sie freiheitsliebend waren? Und was bedeutete es, dass Lukas' Schrift sich weder nach links noch nach rechts neigte. Bedeutete es überhaupt etwas? Gedankenverloren fuhr ich mit einem Finger über einen der Buchstaben, als Lukas seine Hand auf meinen unteren Rücken legte und mich zu sich drehte.

«Ich küsse dich jetzt, wenn du nichts dagegen hast. Hier zwischen Habseligkeiten und Gemütlichkeit. Und ich hoffe ...» Seine Stimme wurde etwas rauer. Ich sah, wie sein Kehlkopf einen kleinen Hüpfer machte, als würde er sich ebenso auf diesen Kuss freuen wie meine Lippen. «Ich hoffe sehr, es ist okay, wenn es ein wilder Kuss wird, einer, der Sehnsucht macht und ein bisschen doppelt gemoppelt ist und von deinem Rosenkavalier kommt. Kein Margaret-Thatcher-Kuss, eher ein Jackie-O.-Kuss mit einem Hauch Sophia Loren», flüsterte Lukas in mein Ohr.

«Du machst mir Angst, mit deinem Wissen über Stilikonen vergangener Jahrzehnte», flüsterte ich zurück.

Es wurde ein paradiesischer Kuss in jeglicher Hinsicht. Seine Lippen fühlten sich himmlisch an, ebenso die Weichheit seiner Hände um meine Hüften und die Tatsache, dass er so groß war, dass ich mich strecken musste und dabei das Gefühl hatte, meinem Herzen mehr Platz geben zu können. Für Lukas.

«Warum eigentlich die Eintagsfliege?», murmelte ich später in seinen Hals und schielte zu dem Wort, das er zuletzt an die Wand geschrieben hatte.

«Kennst du die englische Übersetzung?», antwortete er.

Ich schüttelte den Kopf.

«*Nine day wonder*», raunte er mir zu. Kaum hörbar. Neun Tage ...

Ich sah an ihm vorbei an die Wand. Morgen waren unsere neun Tage zu Ende. Wir hatten nicht darüber gesprochen, was danach kam. Meine Kartons waren noch hier. Ich hatte die neue Wohnung seit Lukas' Ankunft nicht betreten. Aber es war klar, dass das hier nicht das Ende sein konnte. Ich musste etwas tun, damit es ein Anfang blieb. Damit er mir nicht verloren ging.

Und noch in dem Moment, in dem ich meinen schwarzen Blazer endlich abstreifte und langsam die kleine Perlenkette an meinem Hals löste, wusste ich, dass das nicht der einzig richtige Weg war. Aber der einzige, den ich gehen wollte. Jetzt und hier.

Also machte ich weiter. Ich zog die Bluse aus, Knopf für Knopf. Öffnete den Reißverschluss meines Bleistiftrocks und ließ ihn herunterfallen, sodass nur noch die Strumpfhose übrig blieb. Mir war bewusst, dass sie etwas in meine Hüften kniff, dass der Bauch darüber nicht perfekt flach war, sondern davon erzählte, dass ich gerne Süßes aß. Ich wusste auch, dass meine Brüste groß und schwer und nicht ganz symmetrisch waren. Aber all das spielte keine Rolle. Weil ich mich mit Lukas' Augen sehen konnte. In seinen Augen war alles gut, warum sollte es dann in meinen nicht so sein?

Eine Weile standen wir voreinander und sahen uns an.

«Du bist das schönste Strumpfhosenmodel, das ich je gesehen habe», sagte er schließlich.

«Was ist mit Giulia?»

«Definitiv nur Vorlage, keine Liebe», erklärte er. «Du dagegen, Nika ... Annika ... Anni ...» Er hauchte alle möglichen Abkürzungen meines Namens. Und es kam mir vor, als würde er mit jedem dieser Namen ein bisschen mehr Magie verstreuen. Annika, die Anwältin. Nika, seine Geheimagentenkomplizin. Anni, die Erntehelferin. Und schließlich das Neuntagewunder, die Frau, mit der er schlafen wollte.

Vielleicht hatte ich erwartet, dass wir so synchron sein würden wie in allen anderen Lebensbereichen, aber ein wenig linkisch war es schon, wie ich ihn auszog und er mir aus der Strumpfhose half. Wahrscheinlich, weil niemand elegant eine Strumpfhose ausziehen kann. Und ein bisschen schüchtern war ich auch, als ich ihn zum ersten Mal ganz nackt sah, diesen Körper, der in den Nächten unter mir, neben mir und halb auf mir gelegen hatte. Schüchtern und gleichzeitig so unglaublich erregt. All die kantigen Stellen an ihm, das Schlüsselbein, über das meine Finger jetzt streichelten, und die Beckenknochen. Hart, wo ich weich war. Fest, wo ich nachgiebig wurde. Alles fügte sich und passte perfekt. Jede Spur seiner Lippen an meinem Hals, jedes gemurmelte Wort und jeder Fingerstreich war so, wie es sein sollte.

Wir überwanden die verlegenen Momente, die es unweigerlich gibt, wenn man zum ersten Mal so intim mit einem anderen Menschen ist. Rote Wangen, kurzes Zögern, fragendes Tasten und Positionen, die noch nicht gefunden waren. Aber es fühlte sich gut an. So unendlich gut.

Lukas' Körper, lang und sehnig, nahm Besitz von meinem. Und eben weil nicht alles perfekt war – noch nicht (ich war mir sicher, dass wir noch Perfektion erreichen konnten) –, war es perfekt. Ich dachte an den Kakaofleck und all die Romane, die vorgaukelten, dass man gleichzeitig zum Höhepunkt kommen musste. Es stimmte nicht. Für heute war alles so, wie es sein musste.

«Weißt du, dass ich mir nicht sicher bin, ob ich in dein Leben passe?», sagte Lukas später.

«Du passt perfekt hinein», gluckste ich. «Das haben wir doch gerade bewiesen.»

«Nika ... in dein Leben! Dein ganzes Leben.»

Ich strich ihm über die Narbe oberhalb des Ellbogens und die ihr ähnelnde am Handgelenk über der Vene.

«Das waren Zigaretten», erklärte er.

Ich richtete mich auf. «Was? Wieso? Hat dir das jemand angetan, oder ... warst du es selbst?»

Er schüttelte den Kopf.

«Wer macht denn so was?», fragte ich.

Lukas' Gesicht verfinsterte sich. «Im Knast passiert noch viel Schlimmeres. Zwei Zigarettenabdrücke sind harmlos.»

Im Knast ... Hatte er gerade im Knast gesagt? Dann hatte er sich neulich doch nicht versprochen? Lukas war im Gefängnis gewesen. Ich tastete in mir nach einem Gefühl, das diese Worte auslösten. Aber ich fand es nicht.

«Frag», sagte er da bereits leise. «Du willst es doch wissen.»

«Was?», antwortete ich perplex, noch viel zu sehr mit Denken beschäftigt, um eine Frage zu formulieren.

«Warum ich drin war?»

Wollte ich das fragen? Wollte er denn darüber reden? Aber hätte er sonst damit angefangen? Ich wagte nicht, in seine Augen zu sehen. Glaubte aber zu wissen, wie sie aussahen. Das Dunkle, Melancholische darin hatte sicher die Kontrolle übernommen. Ich wollte viel lieber das Verkniffene, Verschmitzte sehen. Ich war feige.

«Willst du das denn erzählen?» Ich dehnte die Worte.

«Weiß nicht.»

«Dann frag ich nicht», erwiderte ich und merkte, dass ich fast erleichtert darüber war. Gleichzeitig spürte ich, dass Lukas etwas loswerden wollte, von dem ich nicht sicher war, ob ich es schon aufnehmen konnte. Also beeilte ich mich, etwas zu sagen, das ihm klarmachte, dass ich so oder so ihn und uns nicht infrage stellte.

«Wir sind keine Eintagsfliegen, du und ich. Morgen gehe ich in die Kanzlei, und dann regele ich alles. Ich vermiete die neue Wohnung und bleib hier bei dir, wenn du willst. Oder ... oder ich ziehe doch dort ein, und du kommst mit mir ... Oder –»

«Ich war nicht schuld», flüsterte er. «Ich saß zwei Jahre unschuldig im Gefängnis. Und das habe ich einem besonders findigen Anwalt zu verdanken und der Tatsache, dass meine vermeintlichen WG-Freunde reiche Eltern haben und ich nicht. Mein Verteidiger hatte von Strafrecht so viel Ahnung wie ich, er war der Scheidungsanwalt meines Onkels. Die anderen hatten die beste Kanzlei Münchens engagiert, und dieser Anwalt, Herr Fey oder Frey oder wie der hieß ... Der war so unglaublich überzeugend.»

Ich wollte mir die Ohren zuhalten. Wollte, dass er aufhörte. In meinem Inneren rumorte es bereits, es pochte und klopfte, aber ich wehrte mich. Wenn ich die Augen jetzt geschlossen hielt, einfach in Lukas' Arm blieb, dann passierte das hier nicht. Dann war alles gut.

«Du musst nicht ...», stammelte ich. «Also, du sollst ... ich meine, du musst es nicht erzählen.»

Ich stotterte herum, bis Lukas seinen Finger auf meinen Mund legte.

«Aber ich will. Du weißt doch so wenig von mir.» Ich hörte das Lächeln in seiner Stimme.

Mir wurde kalt und klamm. Es gab sicher mehr als einen Anwalt namens Fey oder Frey. So viele renommierte Anwaltskanzleien in München ... das konnte unmöglich ... Das hier passierte nicht wirklich.

Er räusperte sich. «Weißt du, sie haben alle möglichen Beweise und Argumente gegen mich ausgegraben. Keine Ahnung, wie sie herausgefunden haben, dass ich aus dem Basketballteam geflogen bin, und was das mit meiner Glaubwürdigkeit zu tun hat. Aber wenn man lange genug wühlt, findet man wohl überall Schmutz.»

Einen kurzen Augenblick lang klang Lukas' Stimme belegt, dann fasste er sich, und ich hörte mich eine Frage stellen, als wäre es nicht ich selbst, sondern als käme sie von einer dritten Person im Raum.

«Was hat man dir vorgeworfen?»

«Drogenbesitz, Dealerei und dann schließlich Körperverletzung», zählte Lukas auf.

Aus der Kälte in mir wurde Eis.

«Und?», kam es knapp und heiser aus meinem Mund.

«Was, und?»

«Was stimmt davon?»

Ein wenig hatte ich gehofft, dass ihn diese Frage wütend machen würde, aber er blieb völlig ruhig.

«Ich hatte noch nicht einmal den Hauch einer Ahnung, dass Moritz und Fischer, meine beiden Mitbewohner, solche Geschäfte laufen hatten. Oder ich wollte es wahrscheinlich nicht sehen. Im Nachhinein ... Keine Ahnung. Das Zeug war in meinem Zimmer unter den Dielen versteckt.» Er lachte kurz auf. «Ich hab sie nie gefragt, ob das Absicht war oder ob es dort einfach besser zu verstecken war als in ihren Zimmern, in denen das Parkett ordentlich versiegelt war. Das plus die Aussagen der beiden und die Aussagen sogenannter anderer Freunde, die Findigkeiten der Anwälte, all die Lügen und Behauptungen haben dazu geführt, dass ich verurteilt wurde.»

Er lachte erneut, es klang bitter. «Ich hab in meinem ganzen Leben keine Drogen angerührt. Fischer ist vor drei Monaten gestorben. Überdosis. Zum Glück war ich da noch im Knast, sonst hätten mir das die feinen Herrn Juristen seiner Eltern wahrscheinlich auch noch in die Schuhe geschoben. Stell dir vor, die Putzfrau von Moritz' Mutter hat bei uns in der WG manchmal saubergemacht. War mir furchtbar unangenehm, deswegen bin ich auch jedes Mal abgehauen, wenn sie da war. Und ich hatte ihr verboten, mein Zimmer anzurühren. In ihrer Aussage klang das dann aber so, als hätte ich etwas zu verbergen gehabt. Man kann es immer drehen und wenden, wie man will. Und wenn man den Sündenbock erst einmal in die Enge getrieben hat ...» Er brachte den Satz nicht zu Ende.

«Und die Körperverletzung?», fragte ich, obwohl ich die Antwort kannte. Ich wollte sie nicht kennen. Wollte, dass er etwas anderes sagte, dass ich mich täuschte.

Lukas schnaubte und legte zärtlich einen Arm um meine Hüfte. Ich wollte ihn wegschubsen, konnte er es nicht spüren? Wie kalt ich war? Was ich getan hatte?

«Ich hab Moritz eine reingehauen, während des Prozesses. Von daher: Schuldig im Sinne der Anklage.»

«Aber ...» Aber all die Aussagen der anderen Leute ..., wollte ich sagen. «Der Basketballtrainer ...» Der Trainer, der bereitwillig bestätigte, dass Lukas einen schwierigen Charakter hatte und zur Gewalttätigkeit neigte. Die Putzfrau, die ... Er hatte es eben selbst erklärt.

Glaubst du, dass du immer auf der richtigen Seite stehst?

In meinen Ohren klirrte und rauschte es. Dieser Fall vor zwei Jahren, der mit Lukas absolut nichts zu tun hatte ... Nein, der alles, einfach alles mit ihm zu tun hatte!

«Der Basketballcoach unserer Schule war immer ein feiner Kerl gewesen», erklärte Lukas. «Aber zum Co-Trainer der Baskets hat er es nur geschafft, weil Fischers Vater ihn vorgeschlagen hat. Irgendwo schließt sich jeder Kreis.»

Lukas beantwortete jede Frage, selbst die, die ich gar nicht gestellt hatte. Ich presste die Augen zusammen. Dies war nur ein besonders fieser Albtraum. Aber ich wachte nicht auf.

«Die haben mein Leben zerstört, Nika. Moritz und Fischer haben ihren eigenen Arsch retten wollen, das ist mies, aber irgendwo noch verständlich. Aber diese Anwälte ... Was die alles über mich herausgefunden und völlig verdreht haben, ist einfach unverzeihlich. Ich hätte nicht Moritz eine reinhauen sollen, sondern jedem Einzelnen aus dieser verdammten Rechtsverdrehermannschaft.»

Er strich mir über die Stirn. «Es tut mir leid, ich ... meine damit nicht dich. Es ist nur so: Hätten die nicht jeden Stein in meinem Leben umgedreht und alles, was ich je getan habe, auf die Waage gelegt und der Anklage dadurch mehr Gewicht gegeben, dann hätte ich freikommen können.»

«Ich ...» Über meine kalten Wangen liefen warme Tränen. Ich wischte sie hastig weg, weil ich diese Wärme nicht verdient hatte.

Lukas streichelte mein Gesicht. «Psst, Nika, mein Neuntagewunder, pssst. Es ist ja vorbei. Ich bin hier, und irgendwann rächt sich das ... Fischer ist tot, Moritz steckt noch immer im Drogensumpf. Jeder bekommt irgendwann, was er verdient.»

Mir wurde schlecht. Ich wollte etwas sagen. Ich wollte aufstehen und gehen. Ich wollte ... wollte wissen, ob das hier alles nur ein dämliches Missverständnis war – oder die blanke, grausame Wahrheit. «Bleib hier, es ist so schön, dich zu halten», flüsterte Lukas und drückte mich an sich, legte seine Hand an meine Wange.

Wie sehr ich mir später wünschte, ich hätte etwas gesagt.

Vielleicht wäre dann alles ganz anders gekommen. Dann hätte ich mich erklären können, und er hätte es verstanden.

Nein, er hätte es nicht verstanden. Niemals.

Glaubst du, dass du immer auf der richtigen Seite stehst?

KAPITEL 28

BEN

HEUTE

Als Anni zurückkommt und von Fieps überschwänglich begrüßt wird, sitze ich am Esstisch. Mein Herz liegt darunter oder ist schon totgetrampelt, ich bin mir nicht sicher. Ich lausche den vertrauten Geräuschen ihres Schlüsselklimperns, höre, wie sie die Schuhe abstreift und von den Füßen kickt, wie ihre Jacke (es muss die glatte, glänzende sein) wie immer vom Bügel rutscht, weil Anni den aus Plastik genommen hat, nicht den aus Holz. Wie sie daraufhin leise flucht und es ein zweites Mal versucht. Während ich dann mit geschlossenen Augen lausche, wie sie Fieps liebevoll begrüßt und ihre Handtasche mit Schwung auf die Kommode befördert, die Einkaufstaschen mit den schweren Dosen aufhebt und ihre Schritte sich dem Esszimmer nähern, frage ich mich, ob ich all das jetzt zum letzten Mal höre. Ein Extra-Vorrat an Futter, weil sie nicht wiederkommen wird? Noch einmal Anni im Flur und dann …?

Ich weiß, dass ich das nicht will. Aber ich weiß auch nicht, was ich dagegen tun könnte. Reisende soll man nicht aufhalten, hat meine Mutter immer gesagt. Aber Reisende kommen ja auch wieder. Verlassende nicht.

Noch etwa fünf Sekunden, bis sie im Esszimmer angekommen ist und mich da sitzen sieht. Wie gestern, als sie mich gefragt hat, wer gestorben ist. Wenn sie heute fragt, werde ich antworten: *«Vielleicht unsere Liebe? Was meinst du?»*

Noch vier Sekunden. Vielleicht sage ich auch einfach: *«Während du bei Lidl warst, war die Polizei hier. Sie suchen Maren. Und dich.»*

Schritte, noch drei Sekunden. Am besten, ich sage: *«Mochte Annabelle-Marie das Futter von Lidl, oder habt ihr gebarft?»* Ich stelle mir vor, wie sie dann fragt: *«Wieso ihr?»* Und ich ganz selbstverständlich *«Lukas»* antworte.

Zwei Sekunden. *«Wie ist das, wenn man seine große Liebe nach zehn Jahren wiedersieht, Anni? Was fühlt man da?»*

Eine Sekunde. Und ich will schreien. Aber ich finde weder die richtigen Worte noch den richtigen Ton.

Und Anni fragt auch nicht, ob jemand gestorben ist. Sie hat gute Laune. Vielleicht weil sie mich morgen verlassen wird. Vielleicht weil sie morgen nach München fährt. Weil dort ihr neues Leben beginnt und nahtlos an ein altes anschließt.

Ich würde Claire nicht wiederhaben wollen, aber Claire ist auch nicht Lukas. Der Mann mit dem ungebundenen Leben, der kein Kind hat, sondern nur einen Bulli. Keine Adresse, sondern ein Kfz-Kennzeichen als Wohnsitz. Durch meinen Kopf ballern seine Sätze wie Gewehrsalven. All das, was Lukas mir erzählt hat und ich so begeistert aufgeschrieben habe, feuert gegen eine Wand, prallt ab und trifft mich mitten ins Herz.

Anni steht da. Streift mich mit ihrem Blick, sagt etwas, das ich nicht höre, und greift dann nach der Post. Ein letztes Mal? Sieht es nach einem letzten Mal aus? Ich weiß es nicht.

Ich drehe mich zu ihr, greife nach ihrem Arm, will ihr dringend sagen, dass sie nicht fahren darf. Nicht nach München und schon gar nicht nach Bern.

Den Rest ihres Satzes fange ich noch auf, auch wenn ich nicht verstehe, was sie mir sagen will, weil mir der Anfang fehlt.

«... nichtsdestoweniger habe ich ihr gesagt, dass ich mit dir darüber reden werde.» Sie bricht ab. «Hörst du mir überhaupt zu?» Sie macht ihren Arm los, legt ihre Hand an meine Wange und dreht meinen Kopf zu sich.

Und dann sage ich etwas völlig anderes als das, was ich eigentlich sagen wollte und sollte: «Ich hab gestern gesagt, dass ich dich liebe, weil du einen korrekten Konjunktiv verwenden kannst. Aber das stimmt nicht.»

«Nicht?», fragt sie. Eine winzige Falte bildet sich auf ihrer Stirn, aber Anni sieht nicht besorgt aus. Vielleicht weil es ihr schon egal ist, ob und warum ich sie liebe. Ich spreche dennoch weiter.

«Nein. Ich liebe dich, weil du nichtsdesto*weniger* sagst, statt nichtsdestotrotz.»

«Das ist natürlich auch ein relevanter Grund.» Sie lacht und nimmt ihre Hand weg, und meine Wange fühlt sich plötzlich kalt an.

Ich schaue in ihr Gesicht, in dem ich doch sonst so gut lesen kann. Es ist überhaupt nicht langweilig, der Gedanke macht mich wütend. Auf Lukas. Wie er so etwas sagen konnte. Wie ich nur so etwas schreiben konnte. Annis Züge sind voller Emotionen, und das ist doch das absolute Gegenteil von langweilig.

Was du liebst, gib frei ... Reisende soll man nicht aufhalten ... Jeder gehört nur sich selbst ... Wer geht, wollte nie wirklich bleiben.

Aber nein, das ist es gar nicht. Kein Kalenderspruch, so wahr er auch sein mag, beschreibt, worum es eigentlich geht. Nämlich um die Macht, die man über ein Gesicht hat. Und wie schnell man sie ausnutzt.

Ich könnte mit wenigen Sätzen, ach was, mit wenigen Worten dafür sorgen, dass sie mich anders ansieht. Mit all den Dingen, die ich mir vorhin überlegt habe. Ich kann für

Stirnrunzeln sorgen, dafür, dass sie lacht oder weint, dass sie den Mund zusammenkneift, ihre Lippe nach innen zieht, die Augen schließt oder weit aufreißt.

Aber ich will ja gar nicht den Ausdruck auf ihrem Gesicht beeinflussen, ich will es lesen. Denn ihre Geschichte gehört nur ihr allein. Da kann ich noch so viele Seiten auf Papier füllen. Wenn sie will, dass ihre Geschichte ohne mich weitergeht, dann darf ich das nicht verhindern. Ich darf es noch nicht einmal versuchen.

KAPITEL 29

ANNI

HEUTE

Ich verlasse den Hauptbahnhof in Richtung Theresienwiese, ohne zu wissen, wo ich eigentlich hinwill. München ist nicht mehr meine Welt, ich spüre es. Aber trotzdem macht diese Stadt etwas mit mir. Sie umarmt mich wie eine fremd gewordene Freundin. Es ist ein linkischer Gruß, ein vermeintlich vertrauter Geruch, der mir in die Nase steigt, mich reizt und mich zwingt, hinzusehen und zuzugeben, dass ich München einmal geliebt habe.

Die Heimat nimmt man einem Menschen nicht, aber vielleicht ist Glückstadt inzwischen ein Palimpsest. Ganz bestimmt ist es das. Das Alte wurde abgeschabt und mit etwas Neuem überschrieben. Die Gegenwart überlagert die Vergangenheit.

Ich bin hier, um mich mit meinem Vater zu treffen. Um Marens Fall abzugeben. Aber nicht nur. Vor allem bin ich hier, weil ich ein Date mit den Platanen habe.

Die ganze Zugfahrt über habe ich mir Fragen gestellt und versucht, Bens Antwort darauf zu erraten.

Was würde Angela Merkel tun, um mit der Vergangenheit abzuschließen?

Aber ich höre Ben nicht antworten. Vielleicht weil ich aus der falschen Perspektive frage.

Was würde Joachim Sauer tun?

Aber er antwortet immer noch nicht. Er ist nicht da, und

ich habe nur noch sein Gesicht vor Augen, als ich den Koffer gepackt habe. Er hat den Schal aus dem Keller geholt und ihn auf den Stuhl gelegt. Diesen verdammten Schal mit dem Fleck. Dann hat er sich umgedreht und mir eine gute Reise gewünscht. Und ganz leise hinzugefügt: «Bis bald.» Da hing ein Fragezeichen dran, aber es klang nicht so, als wäre er sich sicher, sich dieses «bald» auch wirklich zu wünschen.

Ich laufe weiter durch mein München, das nicht mehr mein München ist, sondern von Schritt zu Schritt zu einer beliebigen Großstadt wird. Mit hässlichen Häuserfassaden, in denen teure Mietwohnungen nie lange auf neue Bewohner warten müssen, und mit Parkverbotsschildern und Fahrrädern ohne Reifen. Eine Stadt, in der es wie überall glückliche und unglückliche Menschen gibt.

Was für ein Glück, in Glückstadt zu wohnen.

Also, was würde Angela Merkel jetzt tun? Würde sie sagen: «Scheitert Anni, scheitern Anni *und* Ben?» Oder würde sie wie in ihrer Doktorarbeit den Mechanismus von Zerfallsreaktionen erklären? Nur, dass diesmal nichts Quantenchemisches, sondern etwas Quantenemotionales dahinterstecken würde.

Aber ich will nicht scheitern, ich will nicht zerfallen. Ich will wieder wissen, wohin ich gehöre und zu wem.

Ich laufe weiter und weiter und warte auf diesen Moment, den es in Romanen oder kitschigen Filmen manchmal gibt. Ein Augenblick, in dem man unbewusst an einem Ort aus der Vergangenheit landet. In meinem Fall müsste ich nach eineinhalb Stunden einfach vor den Platanen stehen. Es müsste leise Musik erklingen, und ich würde mich im Kreis unter den Frühlingsknospen drehen. Aber die Wahrheit ist: Das Leben ist keine RomCom. Und deshalb stehe ich einfach nur in einer Straße, die ich nicht kenne, und möchte weinen.

Was ist eigentlich ein Phantom?, hat Lena mich an jenem verhängnisvollen Abend in Hamburg gefragt. Und ich habe geantwortet: «*Ein Phantom ist etwas, was man sich einbildet ... Jemand, der nicht da ist. Oder jemand, der da ist, den man aber nicht sieht.*» Ich habe ihr diese Erklärung gegeben, ohne zu wissen, dass ich selbst mit einem solchen Phantom lebe.

Ich bin schuld daran, dass es für Lukas und mich nie einen Abschluss gab. Und ich würde jetzt alles so anders machen. Ich würde die Wahrheit sagen und es ihm überlassen, was er damit anfangen kann und möchte. Ja, vielleicht hätten wir uns dann auch nach neun Tagen getrennt, wahrscheinlich sogar, aber es hätte dann keine neun Jahre gebraucht, um damit abzuschließen.

Jetzt weine ich wirklich, in dieser unbekannten Straße mit ihren Mülltonnen und dem Kopfsteinpflaster und dem Geschäft mit den roten Markisen über Obstkisten und Langnese-Eistruhen davor. Niemand bleibt stehen. Das hier ist nicht Glückstadt, sondern eine Metropole, in der ich einmal zu Hause war und jetzt eine Unbekannte bin. Und irgendwie fremd. Es fühlt sich nicht mehr so an, als würde München mich umarmen, eher so, als würde es mich ausspucken wollen.

Ich gehe in einen Kiosk, weil ich Hunger und Durst habe. Aber ich kaufe dann doch nur eine Spezi, weil das Wasser aus ist. Ich muss an Ben denken. Er bekommt Essflashs, wenn er zu lange hungrig war, und die folgen immer einer bestimmten Reihenfolge: süß, sauer, süß, Cola.

Ich lande in einer weiteren fremden Straße und betrachte die Bäume, die auf ihren winzigen Grünflächen aussehen wie Panther in einem Käfig, und wundere mich, dass mir das nie zuvor aufgefallen ist. Als ich jemanden nach dem Weg frage, bekomme ich die verblüffende Antwort: «Hast du kein Google Maps?»

Dann sagt jemand hinter mir: «Warte mal, ich kenn dich doch.» Und ich will mich fast schon erleichtert umdrehen, als ich feststelle, dass nicht ich gemeint bin, sondern die junge Frau auf der Parkbank ein paar Meter weiter, die jetzt ihr Buch zusammenklappt und den Mann anlächelt.

Ich kenne dich so gut, ich lese in dir wie in einem Buch, hat Ben mal zu mir gesagt, und ich habe daraufhin zwei Tage nur das Nötigste mit ihm gesprochen. Vielleicht war es für ihn ein Kompliment, für mich war es eine Beleidigung. Zu behaupten, er wisse alles von mir, war vermessen, und schlicht und einfach nicht wahr. Er konnte ja nicht wissen, dass da tief in mir etwas schlummert, das immer eine gewisse Gefahr für uns barg. Ich wollte auch nicht, dass er es wusste. Und fand es trotzdem beleidigend, dass er glaubte, mich so gut zu kennen. Jetzt im Nachhinein erscheint es mir wie das größte Kompliment überhaupt.

Wie die Platanen jetzt wohl aussehen? Was würde Angela Merkel tun? Mir fallen keine prominenten Streitpaare mehr ein.

Eine einzige Schweißperle rinnt mir über die Stirn. So wie die Vergangenheit mir in Haut und Haar eingesickert ist.

Dann ist er da, der Moment. Ich stehe in der Straße, die einst mein Zuhause war und die sich für neun Tage wie der Inbegriff von Glück angefühlt hat. Ich stehe unter dem Balkon, der diese Bezeichnung nicht verdient, und kann es nicht glauben: Die Platanen sind weg!

Die Erkenntnis wütet wie ein Sturm in meinen Hirnwindungen. Wie kann das sein? Wie können die Bäume weg sein, die mir Antworten geben sollten?

Ich drehe mich im Kreis, als müsste ich mich nur ein wenig genauer umsehen, damit aus dem neuen Bushäuschen wieder ein Baum wird und aus der Hanuta-Verpackung am Boden verdammt noch mal ein paar Blätter. Ich will schreien: Wo sind meine Platanen? Aber dann mache ich etwas noch viel Dümmeres. Ich gehe zur Haustür und drücke mich dagegen. Sie ist offen und fühlt sich so viel schwerer an als die zu Hause in Glückstadt. Aber dieses Gewicht hier ist vertraut, und ich kann mich nahtlos in die Zeit fügen, in der ich sie jeden Tag mehrmals aufgestoßen habe und über die rissigen Fliesen im Erdgeschoss zur Treppe gelaufen bin. Meine Bewegungen sind automatisiert. Ich kann nichts dagegen tun. Denn obwohl die Platanen weg sind und Lukas auch, bin ich hier.

«Kann ich Ihnen helfen?», fragt eine raue Stimme im Flur. «Wollen Sie zur Wohnungsbesichtigung?»

«Ja», kommt es aus meinem Mund.

«Dritter Stock, zweite Tür links», sagt der Mann mit dem Besen, rückt seine Schiebermütze zurecht und deutet auf die Treppe. «Aber ich bin mir nicht sicher, ob noch jemand da ist. Sie sind etwas spät dran.»

«Danke», sage ich. «Sieht man von da aus runter auf die ...?» Fast hätte ich Platanen gesagt. «Auf die Straße?»

Er zuckt mit den Achseln und murmelt etwas Unverständliches. «... Hausordnung. Treppenhaus jeden zweiten Samstag», sagt er jetzt deutlicher und hebt den Besen in seiner Hand an. Dann kommt noch so etwas wie «... bisschen alt für eine Studentin.» Aber da bin ich schon halb die Treppe hinauf. Zwei Stufen auf einmal, wie früher – aber auch, damit ich es mir nicht doch noch anders überlege.

Es ist eine erstaunliche Sache, dieses Körpergedächtnis. Die Beine machen da Dinge, die sie schon so lange nicht mehr gemacht haben, und sie stolpern trotzdem nicht. Zu

Hause kann ich keine zwei Stufen auf einmal nehmen, weil die Treppe zu steil ist.

Warum funktioniert das mit Gedanken nicht genauso? Warum kann man bei denen nicht auch einstellen, dass sie nicht stolpern dürfen?

Los, ihr Gedanken! Geht geradeaus, zweigt nicht ab, bleibt nicht stehen und vor allem geht niemals rückwärts.

Dritter Stock, zweite Tür links ist nicht die Wohnung, in der ich gewohnt habe. Nicht die Wohnung, in der Lukas gewohnt hat. Nicht die, in der wir gemeinsam neun Tage gelebt haben. Aber weil alle Wohnungen hier exakt gleich geschnitten sind, kann auch das Körpergedächtnis nicht verhindern, dass ich einen schweren, dicken, luftabschnürenden Knoten in meinem Hals habe. Als hätte ich versucht, einen Musselinschal zu schlucken.

Auf einem weißen Blatt Papier, das mit einer Reißzwecke an die Tür gepinnt ist, steht mit schwarzem Edding geschrieben: «Besichtigung! Reinkommen, umschauen. Gibt nichts zu holen.»

Wie anders mein Leben verlaufen wäre, hätte die Hausvermietung solche Aktionen schon damals erlaubt. Ich klopfe trotzdem, aber es antwortet niemand. Also drücke ich die Türklinke herunter und erwarte schon fast, dass ein Dutzend Studenten den Kopf nach mir verdreht und eine grimmige Miene zieht, weil ich eine weitere Konkurrenz auf dem Mietmarkt bin. Aber die Wohnung ist leer. Mein vorsichtiges «Hallo?» hallt an den Wänden wider und prallt mir gegen die schmerzende Brust. Es tut weh, hier zu stehen.

Ich traue mich nicht ans Fenster, denn sonst müsste ich auch hier feststellen, dass die Platanen weg sind. Stattdessen postiere ich mich mitten im Raum, aber so, dass ich Blickkontakt zur Tür halte. Würde Lukas jetzt reinkommen, könnte ich all das sagen, was ich damals nicht gesagt habe. Aber solche Geschichten schreibt das Leben nicht. Der Wunsch ist schließlich Vater des Gedankens, nicht die Mutter der Tatsache.

Mein Kopf fühlt sich an, als würde ich seit meiner Ankunft in München durch eine Tüte atmen. Meine Brust ist zu eng für den Inhalt, und ich weiß nicht, wohin mit mir und all den Erinnerungen. Wohin mit dem Bereuen und der Sehnsucht.

Es klingelt, und mein Blick wandert im Raum umher. Der Ton klingt anders als die Türklingel, mehr wie ein Handy. Wie mein Handy. Ich hatte vergessen, dass ich ein Handy habe. Oder ein Leben, in dem mich jemand anrufen könnte.

Ich schließe kurz die Augen und weiß nicht, was ich machen soll, wenn es Ben ist. Dann sehe ich aufs Display. «Laila» steht da, und weil es nicht aufhört zu klingeln, nehme ich den Anruf an und gehe langsam auf das Fenster zu. Aber das hätte ich nicht machen sollen. Wirklich nicht. Von hier oben auf das neue Bushäuschen zu sehen und die Platanen zu vermissen, macht unvorstellbar grausame Dinge mit meinem Innern.

«Ich hatte eine Eingebung», sagt Laila.

«Mmh», murmele ich und überlege, wie ich das Gespräch beenden kann, ohne dass sie merkt, in welcher Verfassung ich bin. Ohne dass ich laut heule.

«Und diese Eingebung ... Ob du es hören willst oder nicht, die hat mir gesagt, dass es dir gerade nicht gut geht.»

«Mmh», wiederhole ich. Zwischen das erste «M» und das zweite hat sich ein ziemlich verrotztes Schniefen geschlichen.

«Heilige Scheiße! Ich hatte recht», sagt Laila.

«Mmh.» Mehr geht wirklich nicht.

«Ich hab schon Ben angerufen, weil ich wissen wollte, ob

alles okay ist. Du warst nicht drangegangen. Eigentlich wollte ich nur hören, dass ich verrückt geworden bin, aber ich habe offenbar tatsächlich den fünften Sinn.»

«Sechsten», quietsche ich.

«Scheiße, Anni, wo bist du? Ich komme sofort.»

«Ich bin in München.»

«Gladbach?»

«München, nicht Mönchen», presse ich heraus.

«Fuck! Streich das ‹sofort› aus meinem Satz. Aber, Baby, in zwei Stunden bin ich bei dir.»

«Ich kann nicht glauben, dass du ein Reisebüro leitest und nicht weißt, dass man ohne Privatjet weder in Mönchen noch in München in unter fünf Stunden ankommt.»

«Okay ... Du hast einen ganzen Satz gesagt, das ist hervorragend.» Laila klingt, als spräche sie mit einer Grundschülerin, der es gelungen war, zum ersten Mal flüssig einen Satz vorzulesen.

«Mmh», mache ich erneut. Meine Kraft lässt schon wieder nach.

«Was machst du in München?»

«Ich suche Platanen.»

«Ist das eine Umschreibung für einen geheimen Fall, den du als Anwältin vertrittst?»

«Ich verteidige mich selbst», erwidere ich. Kein einziges Blatt ist übrig, nicht einmal die Ahnung eines Baumstumpfes. Nichts. Die Platanen sind ausgelöscht, als hätte es sie nie gegeben.

«Und in welcher Sache verteidigst du dich?», will Laila wissen.

Ich liebe sie dafür, dass sie sich auf die sinnlosesten Aussagen meinerseits einlassen kann, ohne sie sofort zu hinterfragen.

«In Sachen Vergangenheit.»

«Hast du die anderen Lailas bei dir?»

«Welche anderen Lailas?», frage ich begriffsstutzig.

«Na die, die du angeblich in München kennst.» Der Triumph tropft deutlich aus Lailas Worten. Fast muss ich lächeln, aber nur, wenn ich nicht noch einmal aus dem Fenster schaue.

«Ich kenne und liebe nur dich», sage ich.

«Gut, dann erzähl mir mal, was du gerade siehst.»

«Nichts, das ist es ja. Keine Platanen, kein Lukas.»

Falls der Name Laila stutzig macht, so lässt sie sich das erfolgreich nicht anmerken.

«Okay, und jetzt fühl mal in dich rein, Anni. Ist das schlimm, dass da keine Bäume sind und kein Mann namens Lukas?»

«Ja ...», fange ich an. «Und ... nein.»

Nach einer Pause fragt Laila vorsichtig: «Warum bist du nach München gefahren?»

«Weil ich ... mich vergewissern wollte, dass ... dass das echt war. Dass ich das wirklich gefühlt habe.»

Und dann berichte ich Laila lange und ausführlich von München. Erzähle von Lukas und A. M., von den Platanen und dem Balkon. Schließlich auch von dem Plakat im *Phantom* und dem kurzen Wiedersehen am Harburger Theater. Sie unterbricht mich nicht, auch dann nicht, wenn ich kurz still bin. Wir sind dann gemeinsam still, bis ich weitermache.

«Weißt du, was ich seit der Trennung von Markus gelernt habe?», sagt sie irgendwann, als alle Worte aus mir herausgesprudelt sind und ich mich völlig leer auf den Boden habe sinken lassen. «Viel hartnäckiger als Gefühle, die in der Gegenwart verankert sind, sind die, an die man meint, sich zu erinnern. Ich hatte längst aufgehört, Markus zu lieben, aber ich habe mich so gern daran erinnert, wie es war, ihn zu lieben. Es war so ein vertrautes, warmes Gefühl, eines, an das ich mich so stark gewöhnt hatte, dass ich es wahrscheinlich nie ganz ablegen kann. Das ist … wie eine Giftpflanze. Es kann nicht nur blühen, sondern es wuchert und schlägt tiefe Wurzeln. Und die Pflanzen, die am harmlosesten aussehen, sind am gefährlichsten.»

«Du bist die schlaueste Laila, die ich kenne.»

«Ich bin die Einzige.» Sie schnaubt. «Und das macht dein Kompliment zu einem Nicht-Kompliment.»

Ich ertappe mich dabei, mir eine mentale Notiz zu machen: Ben fragen, was das Antonym zu Kompliment ist. Kann ich Ben überhaupt noch etwas fragen? Oder müssen wir eine Sorgerechtseinigung für Lena treffen? Und für Fieps? Habe ich überhaupt irgendwelche Rechte? An meinem neuen Leben, an meinem alten?

«Aber was mache ich jetzt mit meiner Giftpflanze?», frage ich.

Laila lacht ein warmes, mitfühlendes Lachen. «Ich glaube ja, dass sie gar nicht mehr da ist. Hast du nicht gesagt, die Platanen und Lukas wären weg?»

«Ja.»

«Dann hast du nichts zu befürchten.»

Ich stehe auf, das Handy noch immer am Ohr, und schaue erneut nach draußen. Ja, die Platanen sind weg. Und Lukas auch. Aber sie waren beide mal da. Und dass sie jetzt nicht mehr sind, bedeutet nicht, dass sie im Nachhinein bedeutungslos werden. Aber Laila hat schon recht: Was hier wehtut, ist nicht die Unmöglichkeit einer alten Liebesgeschichte, sondern der Abschied davon.

«Hast du Angst, dass du die Trennung von Markus bereuen könntest?», frage ich. «Denkst du, dass jetzt alles sinnlos war? Dass eure Liebe gar keinen Wert hatte?» Ich hoffe sehr, dass es okay ist, Laila so etwas zu fragen.

Aber ihre Stimme ist leicht, und ich höre keinen Schmerz darin, als sie antwortet: «Liebe muss nicht immer ein ganzes Leben lang halten, um wertvoll zu sein.»

«Vielleicht muss sie nicht einmal gelebt werden», sage ich nachdenklich und mehr zu mir selbst als zu Laila.

«Ganz genau.»

Ich seufze. «Dein Mut macht mir Angst, Laila. Weißt du? Du bist der Inbegriff von Mut. Du hast dich getraut, Markus von ganzem Herzen zu lieben, und jetzt hast du dich getraut, damit aufzuhören, weil es dir nicht mehr gutgetan hat.»

«Und warum macht dir das Angst?», will sie wissen.

«Weil ...» Einen Moment lang gehe ich in mich. Schiebe die Bilder meines Lebens voreinander, verrücke sie und versuche, sie in die richtige Reihenfolge zu bringen. Lukas hier in dieser Wohnung mit dem Geigenkasten in der Hand. Und Ben an der Kindergartengarderobe, die Hände in Lenas Haar. Fieps, der über den Flur rennt, und ein schon sehr verblasstes Bild von A.M. hier über ihren Wassernapf gebeugt. Lukas' Sommersprossen und seine Grübchen. Bens Zauselhaare und seine Zornesfalte und die Abdrücke an seiner Stirn, wenn er aufwacht und mit dem Gesicht auf der Hand geschlafen hat. Lena, die ihre Füße gegen meinen Sitz drückt. Ben und Lena und Lena und Ben. Fieps und das Haus in Glückstadt, der Deich, der Leuchtturm ... Die Platanen. Immer wieder diese blöden Platanen.

«Dein Mut macht mir Angst, weil ich dadurch weiß, dass jeder jederzeit aufhören kann zu lieben.»

KAPITEL 30

BEN

HEUTE

Richard, ich muss mit dir reden!»

«Oje, hast du wieder zugenommen?», dröhnt es so laut durch mein Handy, dass ich es instinktiv ein paar Zentimeter vom Kopf weghalte.

«Hä?», frage ich perplex.

«Na, hast du Text gelöscht – je kleiner das Manuskript, desto größer der Bauch. Hast du mir doch so erklärt.»

Richard lacht. Ich stelle mir den Siegelring vor, an dem er just in diesem Moment drehen wird. Vielleicht sollte ich mir auch einen anschaffen, weil die Dinger eine meditative Wirkung haben oder so.

«Nein, ich bin so schlank wie schon lange nicht mehr.»

«Gut, mein Junge, gut», sagt er. Es knarrt, wahrscheinlich weil er sich in seinen Schreibtischsessel hat zurückfallen lassen.

«Das Manuskript ist fertig», erkläre ich. «Und ich glaube, es ist gut. Ich weiß, das sage ich sonst nie.» Ich nehme seinen Einwand vorweg. «Aber Richard, ich muss das Buch zurückziehen.»

Es ist einen Augenblick lang still. Sicherlich muss er den Ring einige Runden nach links und rechts drehen, um zu begreifen, was ich ihm da sage.

«Das sagst du sonst auch nie», kommt es nachdenklich von ihm.

«Die Geschichte ist ... schwierig. Und zu persönlich ... ich ... ich ...»

Ich stottere. Und zwar ganze Sätze lang stottere ich ihm etwas vor. Erzähle ihm die ganze vermaledeite Situation, bringe die Zusammenhänge wackelig und alles andere als flüssig heraus. Aber ich halte durch und berichte Richard in allen Einzelheiten, wie ich versehentlich die Geschichte meiner Frau aufgeschrieben habe. Und erkläre ihm, dass ich nicht weiß, was ich jetzt tun soll. Dass Anni gerade in München ist und dass ich glaube, dass sie Lukas wiedergesehen hat. Und am Ende heule ich fast.

Richard klingt so, als würde bei ihm auch nicht viel fehlen.

«Was hast du jetzt vor?», fragt er schließlich ruhig und ganz ohne Vorwurf in der Stimme.

«Vergessen?», schlage ich vor. «Die Story löschen und neu anfangen?»

Ich höre Richard seinen Kopf schütteln, ohne dass er etwas sagen muss.

«Vergiss mal das Buch, Ben. Ich meinte, was hast du jetzt vor? Willst du mit Anni darüber reden? Willst du dich trennen? Willst du ihr ein Ultimatum setzen?»

Ich antworte nicht.

«Hör mal, Ben, das, was ich bisher von deinem Roman gelesen habe, ist das Beste, was du je zu Papier gebracht hast. Es wäre echt schade, wenn du das in die Tonne kloppst, auch wenn ich es verstehen könnte.»

«Eigentlich will ich nichts in die Tonne kloppen. Weder das Manuskript noch Anni und mich», sage ich zu meiner eigenen Überraschung laut.

Richard gibt einen seltsamen Ton von sich. Irgendetwas zwischen mitleidsvollem Schnauben und bitterem Lachen.

«Du kannst es ihr ja widmen», sagt Richard und lacht jetzt

tatsächlich laut auf. «Ich hab meiner ersten Frau meinen Benz gewidmet, aber erst nachdem ich den Kotflügel verbeult hab.»

Manchmal vergesse ich, dass auch Richard eine gescheiterte Ehe hinter sich hat. Manchmal vergesse ich, dass Claire und ich es vergeigt haben. Ich vergesse das, weil es sich mit Anni immer so perfekt angefühlt hat. Als ... müsste es so sein. Aber nur weil ich mir *meiner* Gefühle sicher bin, heißt das nicht, dass es ihr auch so geht.

Viel schlimmer noch, als mir auszumalen, dass Anni mich für Lukas verlassen könnte, wäre es, mir vorzustellen, sie würde bei mir bleiben und unglücklich sein.

«Ja, du hast recht. Ich könnte es ihr widmen», wiederhole ich langsam Richards Worte.

Er stöhnt. «Hör mal, das war ein Witz, mein Lieber. Schlaf mal ein paar Nächte drüber, und dann reden wir noch mal. Zur Not ... Herrgott, ich glaube nicht, dass ich das jetzt wirklich sage, aber zur Not muss die Story eben doch ohne Liebesgeschichte auskommen.»

Nein, denke ich, als ich mich bedanke und auflege, die Story ist nichts ohne Liebesgeschichte. Denn, das muss ich mir eingestehen: Die Liebesgeschichte *ist* die Story.

Es gibt Tage, die gibt es eigentlich nicht. Keine halbe Stunde nach dem Telefonat mit Richard und einen Tag nachdem die Polizisten vom Hof gefahren sind, ruft die Vertrauenslehrerin von Lenas Schule an. Lena hat sich geprügelt, ist leicht verletzt, und ich soll sie abholen. Claire sei nicht erreichbar, sie werde uns beide in der kommenden Woche einbestellen. Es gebe Redebedarf.

Am Parkplatz vor der Schule steigt Lena wortlos in den Wagen. Eine in ein Geschirrtuch eingewickelte Kaltkompresse drückt sie vorsichtig gegen ihr linkes Auge.

«Scheiße, Lena», sage ich. «Prügeln ist echt scheiße.»

«Ja, weiß ich, Papa. Musste aber sein.»

Ich seufze. «Das ist nicht richtig, Gewalt ist keine Lösung.»

«Was hätte ich denn machen sollen? Tatjana einen Brief schreiben?» Sie richtet sich auf. «Maren sagt, man muss sich auch mal wehren.»

Maren also ...

«Hast du eigentlich eine Ahnung, wo Maren ist?», frage ich.

Lena antwortet nicht, erst nach einer Weile sagt sie: «Mein Auge tut weh.»

«Hättest du Tatjana einen Brief geschrieben, dann hättest du jetzt keine Schmerzen», kontere ich.

«Sie hat mich gefragt, was meine Lieblingsfarbe ist, Rot oder Blau. Ich hab gesagt, erst Rot, dann Blau. Und dann hab ich gesagt: Tatjana, wenn du zuhauen willst, dann mach es gescheit.»

Ich seufze, damit ich nicht lachen muss. «Um was ging es eigentlich?»

«Das kann ich dir nicht sagen, das ist ein Geheimnis.»

Ich schlage wütend aufs Lenkrad. «Ich hab die Schnauze voll von Geheimnissen», poltere ich. So laut, dass Lena den Kühlakku aus dem Gesicht nimmt und mich entsetzt anschaut.

«Anni wird mich schon rausboxen», erklärt sie leise.

«Ans Boxen solltest du sehr lange Zeit nicht mehr denken. Aber keine Sorge, du bist nicht strafmündig.»

«Aber du. Meinst du, du kommst jetzt wegen mir ... ins Gefängnis?» Lena fängt an zu weinen.

Als ich ihr eine Hand auflege, zieht sie die Nase hoch und rutscht unruhig auf ihrem Sitz herum.

«Vielleicht geben sie uns eine Familienzelle», sage ich spöttisch. «Immerhin haben wir jetzt zwei Kriminelle in der Familie. Eine flüchtig. Die andere hat sich nach München abgesetzt.»

Sofort bereue ich jedes Wort, weil Lenas Schluchzen lauter wird.

Ich halte mich am Lenkrad fest, damit ich nicht dem plötzlichen Impuls nachgebe, die nächste Autobahnauffahrt gen Süden zu nehmen.

«Es tut mir leid, Papa.»

«Mir auch», murmele ich.

Zu Hause angekommen, steigt Lena aus und geht schnurstracks in den Garten, auf den Hühnerschuppen zu. Ich beobachte sie vom Wagen aus. Mir fehlt die Kraft, jetzt über Claudia, das Huhn, nachzudenken. Allerdings kommt Lena wenig später nicht mit einem Federvieh aus dem Stall heraus, sondern mit Maren an der Hand.

Ich steige aus und gehe auf die beiden zu. Streichle Lena über den Kopf. «Wenn du mir jetzt noch Anni herzauberst ...»

Maren verdreht die Augen und sagt: «Checkst du eigentlich gar nichts?»

Ich packe sie am Arm, halte sie fest, ohne ihr wehzutun, und sage mit Blick in ihre zusammengekniffenen Augen: «Ich checke alles, mein Fräulein. Du rührst dich hier keinen Zentimeter weg. Ich rufe jetzt die Polizei an.»

Lena macht große Augen. Es tut mir leid, dass sie das alles miterleben muss.

Wenig später sitzen Maren und Lena regungslos auf der Couch und warten, bis die Polizeistreife erneut auftaucht und Maren beweisen kann, dass sie nicht außer Landes geflüchtet ist.

«Du brauchst dringend Hilfe, Maren. Eine Therapie oder

… Ach, ich weiß auch nicht», sage ich und verschwinde in mein Arbeitszimmer, zusammen mit meinen Gefühlen, die sich an die Decke stapeln wie meterhohe Büchertürme. Vor dem Laptop atme ich einmal tief durch und lasse mir Zeit damit, das Dokument zu öffnen. Als es dann vor mir auf dem Bildschirm auftaucht, zwinge ich mich, kein einziges Wort zu lesen, geschweige denn zu ändern oder gar zu löschen. Ich drücke die Tastenkombination Strg + p und warte, bis 421 Normseiten aus dem Drucker kommen. Dann nehme ich den dicken Packen Papier und stoße ihn mit der unteren Kante an den Tisch, bis alle Blätter ebenmäßig aufeinanderliegen.

Neun Tage Wunder steht auf der ersten Seite, und ich nehme einen Stift und schreibe ein paar Sätze darunter. Ich gebe mir keine Mühe mit meiner Handschrift, zu sehr fürchte ich, ich könnte es mir dann noch einmal anders überlegen.

Anni und ich haben einmal darüber diskutiert, ob Liebe etwas Egoistisches ist. Oder ob Liebe nur echt ist, wenn sie freigiebig ist. Wahrscheinlich stimmt beides. Wahrscheinlich gibt es wirklich Dinge, für die man keine Worte findet. Die so in Zwischentönen leben, dass man ihnen kein Attribut geben und keine Ausrufezeichen verleihen darf. Manch einer liebt sich selbst mehr als andere. Aber ich weiß jetzt, dass ich Anni sehr viel mehr liebe als mich selbst.

Und kurz bevor zum zweiten Mal die Polizei an der Tür klingelt und die Beamtin mir mit gedämpfter Stimme mitteilt, dass sie Anni erreichen konnte, rufe ich Lukas an.

«Ich habe sie gefunden.»

KAPITEL 31

ANNI

DAMALS – Ende

Er schlief noch. Und für immer würde ich mich an sein friedliches Gesicht erinnern und mich fragen, wie ich selbst für ein paar Stunden hatte schlafen können. Wie konnte ein Körper Ruhe finden, wenn der Kopf so voll war? Und das Herz erst.

Ich zwang mich, Lukas nur anzusehen, ihn nicht zu berühren. Die Haare hingen ihm strubbelig ins Gesicht und bedeckten seine Augen fast vollständig. Es sah aus, als führten sie nachts ein Eigenleben, so wild und frech hatten sie sich über seine Wangen gelegt.

Er gab einen kurzen, leisen Laut von sich, als ich mich von seiner Wade löste. Es würde das letzte Mal sein.

Auf Zehenspitzen schlich ich ins Bad, zog die Klamotten vom Vortag an und kämmte mir kurz die Haare durch. Die Frau im Spiegel war mir fremd. Sie war nicht mehr Nika, sie hieß Annika und hatte zwei Jahre zuvor emsig wie ein Bienchen Beweise für einen Fall zusammengetragen, der ihr jetzt das Herz brach. Diese Frau mit den blassblauen Augen hatte Social-Media-Profile durchsucht, Zeugnisse gelesen, Anfragen an Schulen gestellt und Basketballlehrer befragt. Sie hatte Schlüsse gezogen, ohne Anfänge zu kennen. Ich wollte dieser Frau im Spiegel ins Gesicht schlagen. Für all die Fehler, die ihr unterlaufen waren. Für all die Ungenauigkeiten, die sie in Kauf genommen hatte, und all die vermeintlichen

Beweise, die Lukas in ein schlechtes Licht gerückt hatten. Und dafür, dass sie eben keine *Mädchenmoral* gezeigt hatte. Vor allem aber dafür, dass sie zu feige sein würde, wenigstens jetzt Größe zu zeigen und Lukas alles zu sagen.

Aber wie sollte das gehen?

Zuerst brauchte ich Gewissheit, redete ich mir ein. Um acht Uhr würde Lukas zur Uni fahren und nicht vor fünfzehn Uhr zurückkehren. Ich hatte also Zeit – und gleichzeitig lief sie mir davon.

Neun Tage Wunder. Neun Tage Lügen. Neun Tage Missverständnisse. Neun Tage Schuld.

In der Kanzlei war es ruhig. Selbst die Fleißigsten kamen nicht vor sechs Uhr morgens. Ich stand etwas ratlos vor der schweren Tür und hatte Mühe, sie mit der Keycard zu öffnen, so sehr zitterten meine Hände.

Nur die Notausgangslichter beleuchteten den Flur mit ihrem fast geisterhaften grünlichen Glanz. Ich kramte nach dem Schlüssel zu meinem Büro und blinzelte geblendet, als der Bewegungsmelder über dem Schreibtisch sein viel zu helles Licht über die beiden Bildschirme und die Tastatur ergoss. Anders als sonst war der Tisch jedoch nicht leer. Es lag eine gelbe Aktenmappe darauf. Ob Maxi sie mir hingelegt hatte? Alte, abgeschlossene Fälle wurden in Rollcontainer umgehängt, sobald die Berufungsfristen abgelaufen, die letzten Rechnungen bezahlt und der Schriftverkehr versiegt war.

Den ganzen Weg hierher hatte ich versucht, mich zu erinnern. Aber ich hatte kein gutes Gedächtnis für Namen, war mir nur sicher, dass es nicht «Lukas» gewesen war.

Wie ein Krebspatient, dem man eröffnet hatte, er würde nur noch wenige Wochen leben, klammerte ich mich daher an die vage Hoffnung, es könnte eine Verwechslung vorliegen.

Der Name auf der Akte selbst verriet noch nichts, er konnte ohnehin nicht der von Lukas sein. Er war nicht unser Mandant gewesen. Wir hatten seine WG-Mitbewohner verteidigt, ihre Namen standen darauf: Johannes Maximilian Fischer und Moritz Breitlinger. *Fischer und Moritz.*

Mein Mund schmeckte nach Säure. Meine Augen fixierten diese Namen unendlich lang, bis es meinen Fingern endlich gelang, die Akte zu öffnen. Auf der Innenseite klebte ein weißes Post-it mit dem Logo von Frey, Liebermann & Rabenstein. In Maxis kringeliger, selbstverliebter Schrift stand dort: *Ich wusste es doch! Irgendwoher kam mir der Mann im Regen so bekannt vor …*

Maxi war damals mit vor Gericht gewesen. Ich nicht. Ich hatte nur die Vorarbeit geleistet, weil ich zu der Zeit des eigentlichen Gerichtsverfahrens dann bereits für ein Sommersemester an der European Law School in Kopenhagen gewesen war.

Ich hielt die Luft an und blätterte Seite für Seite um. Es war, als müsste ich direkt ins Feuer greifen, bis ich fand, wonach ich suchte. Da war sie, meine Abschrift, fein säuberlich getippt, abgeheftet, mit Kommentaren und Rechtsverweisen versehen. Und hier stand auch sein Name: David Lukas Jakob. Sein erster Name war also David. Vielleicht hatte ich mich deshalb nicht erinnert. Doch war das ein Beweis? Konnte das nicht immer noch ein schrecklicher, dummer, lächerlicher Zufall sein?

Ich blätterte weiter, über meine Vermerke hinweg. Schämte mich neu und erinnerte mich wieder an das ekelerregende Gefühl, im Leben eines anderen Menschen zu wühlen. Kraftlos sank ich auf dem Bürostuhl zusammen.

Hier stand Wort für Wort die Vorverurteilung eines Mannes, den ich zum damaligen Zeitpunkt nicht gekannt hatte. Von dem ich geglaubt hatte, «er neige zu Gewaltausbrüchen ... habe egozentrische Tendenzen ... sei bereits in früher Schulzeit wegen eines Hangs zu Betäubungsmitteln aufgefallen, weil er mit Klebestiften hantiert habe» und «zeige sich in häuslicher Umgebung fremden Personen gegenüber verdächtig».

Ohne überhaupt jemals eine von Lukas' Sommersprossen gesehen zu haben, hatte ich ihm ein verheerendes Zeugnis ausgestellt. Ihn zu einem Verbrecher gemacht und ihn für zwei Jahre ins Gefängnis gebracht.

Ich zwang mich, noch ein paar Seiten weiter zu blättern.

Auf den letzten zehn Druckstücken der Akte fand ich die Fotos der Drogenrazzia und den Polizeibericht. Und da war er, der Beleg, der den letzten Zweifel auslöschte, dass es sich um *meinen* Lukas handelte. Am unteren Bildrand von Beweis Nr. 22 war auf den aufgerissenen Dielenböden einer Altbauwohnung ein Geigenkasten mit dem Emblem eines Cremoneser Violinenbauers zu erkennen.

Ich sackte innerlich zusammen. Eine gefühlte Ewigkeit saß ich da und tat, was ich immer geglaubt hatte, gut zu können: Ich wägte ab. Ich prüfte. Mich und mein Gewissen. Ich bewertete die Situation und was daraus folgen würde.

Dann schaltete ich den PC ein und tippte einen Brief, zwei E-Mails und eine Entschuldigung. Den Brief druckte ich aus, die E-Mails an die Hausverwaltung der neuen Wohnung und an meine Mutter, die vor zwei Tagen ihr Handy verloren hatte, versandte ich, und die Entschuldigung löschte ich. Es gab keine richtigen Worte. Und für manchen Fehler auch keine Entschuldigung. Wenn man erst einmal angefangen hatte, einen Menschen in einem anderen Licht zu sehen, konnte man das Licht zwar löschen, aber das Bild blieb gleich. Es brannte sich in die Netzhaut. Das wollte ich nicht. Für Lukas nicht. Und für mich auch nicht.

Bis zu diesem Moment hätte ich nicht klar benennen können, was so besonders an Lukas war. Jetzt wusste ich es. Es war nicht sein Gesicht, nicht seine Größe, ja nicht einmal die Sommersprossen oder die Tatsache, dass er meinen Entenschnabel mochte und auf die allerschönste Art nach Küssen fragte. Nein, Lukas war besonders, weil er mitfühlen konnte. Es gab nicht viele, die das konnten. Die Freude und das Leid eines anderen spiegelten sich stets in seinem Gesicht, weil er in der Lage war, sich emotional in andere einzufühlen. Eine Geschichte nicht nur zu lesen, sondern sie mitzuerleben.

Das große Problem solcher Menschen jedoch ist, dass man sie zerstören kann. Indem man mit ihren Gefühlen spielt. Empathie macht nicht nur liebenswert, sie macht vor allem verletzlich.

Aber jetzt, jetzt war es zu spät. Ich würde ihm wehtun, so oder so. Nach sorgfältiger Abwägung konnte ich nur noch den Weg wählen, der für ihn am wenigsten schmerzhaft sein musste.

Um zehn vor neun Uhr legte ich meinem Vater die Kündigung auf den noch leeren Schreibtisch und übergab den Schlüssel sowie die Keycard wortlos an Maxi, die gerade hereingekommen war.

Um neun Uhr vierundvierzig war ich zurück bei den Platanen. Ein letztes Mal. Die Wohnung war leer. Am Kühlschrank klebte ein Zettel von Lukas: *Du warst weg, aber ich bin gegen elf wieder da. War mit A.M. draußen und hab sie gefüttert. X, Lukas.*

Ich drehte mich um und starrte auf die gepackten Kartons, auf die Wand mit Lukas' Worten – und die Symbolkraft all dessen war erdrückend. Wie hatte das hier von Anfang an nicht das Ende sein können?

Aber ich wollte nicht ausziehen. Ich wollte mit Lukas hier einziehen! Mit ihm darüber streiten, welche der beiden Thermoskannen wir behalten sollten. Meine verbeulte oder seine aus Chrom mit dem Konstruktionsfehler, an deren Henkel man sich verbrannte. Ich wollte meine Blusen neben seine Shirts legen, damit sie ein wenig von seinem Geruch annehmen konnten. Wollte einen Putzplan festlegen, an den wir uns nicht halten würden.

Ich stellte mir vor, wie wir diese Wohnung – die so voll war mit unseren Worten und den vielen Sätzen, die wir gewechselt haben, sodass wir uns durch sie hindurchschlängeln und an ihnen vorbeidrängen mussten ... Wie wir diese Wohnung mit einem ganz anderen Leben hätten füllen können. Mit einem Alltag, mit Schränken, auf denen sich Staub sammelt, mit so Banalitäten wie der sich täglich wiederholenden Frage: «Was kochen wir heute?»

Ich wollte das Fenster öffnen und den Bäumen zurufen, dass sie sich keine Sorgen machen mussten, weil ich sie weiter beobachten würde.

Ich wollte nicht gehen. Und doch musste ich es.

Verdammt! Ich wusste nicht erst seit heute, dass ich Lukas liebte, sondern eigentlich schon seit unserem zweiten Tag, an dem die Sommersprossen mir seine Geschichte erzählt hatten. Und seit dem dritten, an dem ich heimlich morgens die Maler abbestellt hatte. Und seit dem vierten Tag, an dem ich zur Schlüsselübergabe der neuen, hellen Drei-Zimmer-mit-Bad-en-Suite-Wohnung nicht erschienen war. Seit dem fünften Tag, an dem ich alle Anrufe meines Vaters weggedrückt und ignoriert hatte, weil ich meine scheinbar vorgezeichnete Zukunft infrage stellte und weil es ein anderes Leben gab, das ich leben wollte. Ich wusste nicht nur, was ich wollte, ich wusste jetzt auch, was ich nicht mehr wollte. Und vielleicht ist jene Sekunde, in der man begreift, dass nichts gegeben ist, exakt der Moment, in dem man erwachsen wird. Alles liegt plötzlich in den eigenen Händen, man muss sie manchmal nur umdrehen – und etwas fallen lassen.

Lukas würde glauben, ich hätte ihn verlassen, weil er im Gefängnis gewesen war. Er sollte mich hassen können – wenngleich aus den falschen Gründen. Zu mehr Selbstaufopferung war ich nicht bereit. Es war besser so. Denn es wäre eine Illusion zu glauben, dass er mir je verzeihen könnte. Ich hatte ihm zwei Jahre seines Lebens und einen großen Traum geraubt. Lieber sollte er glauben, ich hätte ihn aus oberflächlichen Gründen verlassen. Eher an der Tiefe meiner Zuneigung zweifeln, als zu wissen, dass er neun wunderbare Tage mit der Frau verbracht hat, die ihn und seine Pläne zerstört hatte.

Ich werde kein Arzt werden.

Ich suchte in der Küche nach dem schwarzen Stift, trat an die Wand neben dem Fenster und schrieb ein Wort, rechts neben die Platanen. Anschließend kniete ich mich auf den Boden und streichelte A. M.s kleines Köpfchen.

«Pass gut auf ihn auf, mach es besser als ich», raunte ich ihr zu.

In den nächsten dreißig Minuten packte ich meine Sachen und legte die Geigennoten von Monti und meine Plastikrose mit in den Koffer. Als einzige Erinnerungsstücke. Ich rief zwei Großraumtaxis und bezahlte ein sehr großzügiges Trinkgeld dafür, dass die beiden Fahrer halfen, meine Kisten einzuladen. Dann ging ich. Und drehte mich viel zu lange nicht mehr um.

Ich würde nicht mehr erfahren, was die drei Arten waren,

an denen er meine Missbilligung erkannte. Würde nie herausfinden, ob Lukas und ich eine richtige Zukunft gehabt hätten. Würde nie wieder eine Geige spielen hören, ohne mich zu fragen, wie es klänge, wenn Lukas sie spielte.

Wir hatten nicht konkret darüber gesprochen, wie es weitergehen würde. Und nun war es spät. Neun Tage sind kein Wunder. Neun Tage sind eine viel zu kurze Zeit.

Aber sie hatten ausgereicht, um die Liebe meines Lebens zu finden – und wieder zu verlieren.

KAPITEL 32

ANNI

HEUTE

Der Zug ist viel zu langsam. Die Sekunden tropfen zäh wie Harz. Und auch wenn sechs Stunden und vierunddreißig Minuten nur ein Bruchteil meiner Zeit mit Ben sind, so sind es sechs Stunden und vierunddreißig Minuten zu viel.

Gedankenverloren streife ich verschiedene Landschaften mit den Augen, sattgrüne Wälder und flache Ebenen, und wünsche mir, dass daraus endlich die typischen Dünentäler, die weiten unbewohnten Landstriche werden, die so kennzeichnend sind für meine Wahlheimat.

Und dann endlich erreiche ich Glückstadt. Ich sehe die Leuchttürme. Die beiden rot-weißen Betonbauten sind eine feste Konstante meines Lebens geworden. Und ist es nicht ein Zeichen, dass genau in dem Jahr, in dem ich von Hamburg nach Glückstadt zu Ben gezogen bin, beide Türme ersetzt wurden? Als hätten die Leuchtfeuer und ich gleichzeitig ein neues Kapitel aufgeschlagen. Die Zeit der Platanen ist vorüber. Jetzt, heute und für alle Tage weiß ich, dass ich in Zukunft, wenn ich an Bäume denke, nur unseren Birnbaum im Garten vor Augen haben werde.

Niemand ist da. Das ganze Haus ist leer. An der Tür hängt eine Nachricht von Lena, die ich dreimal lese, aber nicht verstehe. «Für Anni: Nur dass du Bescheid weißt, sie wollten uns keine Familienzelle geben.»

In der Küche wabert noch vage der Geruch nach einer frisch geöffneten Hundefutterdose und hastig versprühtem Hygienespray, das den Geruch aber nicht überdecken konnte. Kein Fieps, der über den Boden kratzt, keine Schuhe im Flur. Und all die Worte, die ich mir so sorgsam zurechtgelegt habe, fallen in sich zusammen. Ich schlucke schwer an dieser Einsamkeit. Es fühlt sich fast an, als käme ich in eine fremde Ferienwohnung. Ich rufe nach Ben, nach Lena, nach Fieps. Sogar nach Maren. Auch wenn ich längst begriffen habe, dass niemand hier ist.

Nachdem ich mir die Schuhe abgestreift habe, gehe ich ins Esszimmer. Die Tulpen lassen ihre Köpfe hängen. Eine leere Tasse steht an der Kante des Tischs, und ein Packen Papier liegt daneben. Ich komme näher, beuge mich darüber. Es ist ... Bens Manuskript. Ich lese den Titel «Neun Tage Wunder» und muss mich abstützen. Lasse mich langsam auf den Stuhl sinken und lese dann die Worte, die Ben auf die erste Seite gekritzelt hat.

Ich hab das bis heute nicht verstanden, das mit der bedingungslosen Liebe. Vielleicht musste ich dazu erst deine Liebesgeschichte aufschreiben. Bitte lies das Manuskript. Ich hatte ja keine Ahnung, Ben.

Mein Herz taumelt, stürzt, fällt ins Bodenlose. Das hier ist echt. Das hier ist schlimm und tut weh und beißt und kratzt. Das ist nicht wie der Schmerz, den ich in München gefühlt habe. München ist ein so viel kleinerer Prozentsatz von dem, was hier gerade mit meinem Innern passiert.

Aber ich blättere nicht im Manuskript, ich lese nicht, ich ziehe mit tauben Fingern mein Handy aus der Tasche und wähle Bens Nummer. Es klingelt nicht, die Mailbox springt sofort an. Unsinnigerweise versuche ich es noch dreimal. Aber ich erreiche ihn nicht. Auch Maren nicht. Und Claire nicht. Nicht einmal Laila oder Markus gehen an ihre Telefone.

Unschlüssig starre ich auf den ordentlich gestapelten Papierhaufen vor mir, der Bens nächstes Buch enthält. Ich will nicht lesen, ich will mit ihm reden. Aber sein Handy bleibt ausgeschaltet, den gesamten restlichen Tag über. Und endlich, als es draußen schon dunkel wird und der Wind geisterhafte Geräusche über die Warft schickt, fange ich dann doch an. Und kann es nicht fassen. Ich lese, und mit jeder Zeile wird mir schwerer ums Herz. Wort für Wort, verkleidet in Pseudonyme, steht da meine Geschichte. Lukas' und meine Geschichte. Aufgeschrieben von Ben. Und ich beginne zu verstehen. Begreife, warum er mich beschrieben hat, ohne zu wissen, dass ich es bin. Lukas ist der Mann, mit dem er so häufig telefoniert hat. Mit Lukas hat er sich getroffen. Mit meinem Lukas. Ausgerechnet.

Ich lese Worte wie flüssige Poesie und Zeilen, die härter sind als Schläge. Ich finde mich in den Seiten wieder, verliere mich darin und setze mich neu zusammen.

Anders als Ben habe ich nicht das Talent, meine Gefühle in Sätze zu verwandeln. Aber wenn jemand das, was Lukas und mich ausgemacht hat, beschreiben kann, dann dieses Manuskript.

Immer wieder stocke ich beim Lesen. Ich weine und lache und verzweifle. Ich *lebe* diese Geschichte. Noch einmal. Noch einmal verliebe ich mich auf dem Papier in Lukas, dieses Mal aber mit einem völlig neuen Gefühl im Magen. Mit Bens Seiten in der Hand wandere ich durch unser Haus, setze mich zuerst an den Küchentisch, dann auf die Couch, stehe wieder auf, nehme den Blick aber stets nur für kurze Zeit von seinen Worten.

Dies hier ist einer von diesen seltenen Momenten im Leben, in denen man wirklich erwachsen wird. Und als ich die letzte Zeile lese, begreife ich, dass nichts auf dieser Welt gegeben ist. Auch nichts, was Jahre andauert statt Tage. Alles liegt in meinen Händen, und dieses Mal darf ich sie eben nicht umdrehen, dieses Mal muss ich alles, was ich habe, festhalten.

Auf der letzten Seite ist noch einmal Bens Handschrift zu sehen. «Ruf mich nicht an. Bitte. Kommenden Sonntag, 15:00 Uhr, Parkcafé Planten un Blomen, Hamburg.»

Übermorgen erst? Wie soll ich das aushalten? In meiner Chaos-Schublade finde ich einen Bleistift. Ich setze ihn behutsam an und schreibe unter Bens hastige Zeilen, betont langsam und bedacht, mit klaren Buchstaben und Worten eine Antwort. Und hoffe, dass er sie richtig versteht.

Erst jetzt merke ich, dass es bereits mitten in der Nacht ist, und mir wird klar, dass Ben heute nicht mehr nach Hause kommt. Nicht am Abend, nicht am nächsten Morgen. Ich werde also zu dem Treffpunkt gehen müssen, um ihn zu sehen. Und ich weiß nicht, wie ich die Zeit bis dahin überstehen soll.

Sechs Stunden und vierunddreißig Minuten erscheinen mir auf einmal ziemlich lächerlich, verglichen mit den zwei Tagen, die vor mir liegen.

KAPITEL 33

ANNI

HEUTE

Ich bin zehn Minuten zu früh und stürme das Café wie ein Tiefdruckgebiet über der Ostsee. Einige Köpfe drehen sich zu mir um, aber der, den ich erwarte, ist nicht dabei. Bens Wuschelkopf.

Ich sehe mich um, schiebe den Ärmel meiner Bluse nach oben, puste eine Haarsträhne aus der Stirn. Hier bin ich, und ich will Ben die Wahrheit sagen. Aber da ist kein Ben. Und als sich ein groß gewachsener Mann mit dunklem Haar aus der hintersten Ecke des Cafés erhebt, weiß ich, dass Ben auch nicht kommen wird.

Es ist Lukas. Er sieht mich an, und mein erster Impuls ist, auf dem Absatz kehrtzumachen und zu verschwinden. Aber sein Blick hat Widerhaken, die mich halten. Seine Augen spiegeln mein Erstaunen – und noch etwas anderes. Erleichterung? Vielleicht war auch er lange nicht mehr in unserer Straße in München und weiß noch gar nicht, dass die Platanen weg sind? Vielleicht braucht er also dieses Treffen hier, weil auch er seinen Frieden mit der Vergangenheit machen will?

Und Ben, mein schlauer, lieber, guter Ben ... *Du hast das gewusst?*

«Hallo, Lukas», sage ich und gehe auf ihn zu.

«Nika.» Seine Stimme klingt rau und tief. Ohne Gefühle zu verraten.

Ich stehe jetzt vor dem Tisch, von dem er aufgestanden ist. Er bedeutet mir, mich zu setzen. Der Stuhl kratzt zu laut über den Boden, der Rest des Cafés scheint wie stumm geschaltet.

«Du bist hier», sagt er. Es klingt seltsam leer, nicht ungläubig, sondern erstaunlich emotionslos.

«Ich bin hier.»

Seine Jacke rutscht von der Stuhllehne, erst der linke Ärmel, dann der rechte. Ein leises Rascheln folgt. Er merkt es nicht.

«Ben, der Schriftsteller ...» Er lehnt sich nach vorn. «Das ist dein ...?» Er stockt, lässt den Satz unvollendet ausklingen. Als könnte er ebenso wenig glauben, wer uns hier zusammengeführt hat.

«Mein Freund, ja», sage ich.

Lukas atmet tief ein, bewegt sich ansonsten aber nicht, er lehnt noch immer nach vorne gebeugt über dem Tisch und sieht mir tief in die Augen.

«Wer bist du?»

«Ich bin Annika», sage ich. «Anni. Ich war mal Nika, und ich habe einen schrecklichen Fehler gemacht. Zwei, um genau zu sein.»

«Warum?»

Da ist sie, die wichtigste Frage überhaupt. Das Fragewort, das man am besten in jeder Sprache beherrscht, weil man damit Gespräche unendlich in die Länge ziehen kann. Oder auch nach dem Kern einer Sache fragen kann, die zehn Jahre und länger zurückliegt.

«Warum bist du gegangen?», fragt er leise.

«Weil ich dich so sehr geliebt habe, dass mir keine andere Wahl geblieben ist», flüstere ich.

Ich traue mich kaum, ihn anzusehen. Aus Angst, da noch

immer Schmerz in seinen harten Zügen zu finden. Und ein bisschen auch aus Furcht vor dem, was ein genauerer Blick auf ihn mit mir anstellen würde. Es wäre gelogen zu behaupten, dass alles verschwunden ist. Auf seinen Wangen sitzen noch die Grübchen, in meinem Innern schlummert noch das Gefühl für ihn. Etwas so Großes wischt man nicht weg. Auch nicht, indem man die Zeit vordreht. Nicht, indem man versucht, nicht mehr daran zu denken.

«Das ist kein Grund zu gehen, das ist einer zu bleiben», sagt Lukas.

Natürlich. Natürlich. Natürlich hat er recht.

«So einfach ist es nicht ... Wenn ich geblieben wäre, wärst du gegangen. Ich hab vorweggenommen, was uns bevorstand, weil ich dachte, es wäre besser so, Lukas.»

Jetzt ist mir sein Name von den Lippen geschlüpft. Aber es passiert nicht das, was ich befürchtet hatte. Es ist nur ein Name. Einfach nur ein Name. Die Erkenntnis sorgt dafür, dass ich ihn endlich ansehen kann. Richtig ansehen.

«Du bist älter geworden», stelle ich fest. «Es steht dir. Du siehst ...» Ich suche nach einem Wort. «Du siehst frei aus. Glücklich. Bist du glücklich, Lukas?»

Kaum habe ich das gefragt, zucken meine Hände auf dem Tisch und ziehen sich wie eine ängstliche Schnecke in die Ärmel zurück. So sehr möchte ich hören, dass alles gut ist. Mehr als alles andere in diesem Moment wünsche ich mir, dass für ihn alles gut geworden ist. So wie für mich.

«Ich bin frei, das stimmt», antwortet er schlicht. Ein Hauch von einem Lächeln huscht über seine Züge. «Und ja, ich bin glücklich.»

«Du hast die Sommersprossen noch.»

«Und du die Lippen», erwidert er und schüttelt in einer Geste leichter Verblüffung sanft den Kopf. Als wäre es wirklich erstaunlich, dass jemand nach zehn Jahren noch die gleichen Lippen hat.

Mir ist bewusst, dass wir gerade etwas hinauszögern. *Ich* zögere. Weil ich mich vor dem Moment scheue, ihm zu sagen, wer ich wirklich bin und wer ich war. Vielleicht weil es ein gutes, warmes Gefühl ist, dass er Nika in mir sieht. Die junge Frau, die ich in den neun Tagen war. Nicht die, die ohne ein Wort aus seinem Leben verschwunden ist.

«Manchmal hab ich mich gefragt, ob du ...» Ich zögere. «Ob du es herausgefunden hast. Ob du irgendwann wusstest, dass ich es war, die ...» Ich stocke. Aber in seinem Gesicht zeigt sich keine Erkenntnis.

Im Gegenteil. Das Stirnrunzeln wird breiter. Und als er spricht, ist es nicht der vertraute, dunkle Ton, den ich nie vergessen habe, sondern ein neuer, kalter Klang: «Ich hab bis heute absolut keine Ahnung, warum du außer einem einzigen Wort an der Wand keine Erklärung dagelassen hast. *Verzeihen*. Du ...» Er wird lauter, und ich zucke zusammen, aber er sieht es nicht. «Du hast mich komplett im Regen stehen lassen. War ich dir nicht einmal eine Erklärung wert? Einen Satz, ein Gespräch, einen Anruf?» Er schluckt.

Lukas versucht, sich zu sammeln. Es kommt mir vor, als müsse er durch die Konfrontation mit mir und unserer Vergangenheit etwas überwinden, das er glaubte, längst hinter sich gelassen zu haben.

«Doch, du warst all das wert», sage ich. «Und viel mehr. Aber ich hatte Angst vor deinem Hass.»

«Welchem Hass?», fragt er und schiebt seine langen Finger durch die Haare. Eine Geste, die ich sofort wiedererkenne. Wie die Musik zu einem Film, den man unendlich oft gesehen hat. Den man geliebt hat. «Da war doch kein Hass! Ich war verzweifelt, verstehst du?»

Ich spüre, wie meine Unterlippe zuckt, merke das Brennen im Hals.

«Lukas ...», sage ich und zwinge mich, den Blick nicht von seinen wütend blitzenden Augen abzuwenden. «Ich war die Anwältin.»

Erst versteht er nicht. Ich sehe, dass er gar nichts versteht. Da sind nur Fragezeichen in seinem Blick. Doch dann geschieht etwas mit seinen Zügen. Sie sacken herab, werden vor Erstaunen formlos.

Ich beeile mich weiterzusprechen, bevor mich der Mut verlässt. «Ich war die Anwältin, die Beweise gegen dich zusammengetragen hat. All die Zeugenaussagen, die Putzfrau, das Basketballteam ... Ich bin Annika Rabenstein, Lukas. Die Tochter von Johan Rabenstein. Anwalt bei Frey, Liebermann & Rabenstein. Mein Name ist nie im Prozess aufgetaucht, aber ich war es, die dich ins Gefängnis gebracht hat.»

Lukas wird nicht blass. Er wird nicht laut. Er steht nicht auf. Er sitzt einfach weiter da und starrt mich an. Und jetzt passiert genau das, wovor ich mich gefürchtet habe. Ich suche in seinem Gesicht nach einem Gefühl, nach etwas Weichem. Stattdessen ziehen jetzt Wolken auf in seinem Blick. Dunkle Schleierwolken.

Ich möchte wegsehen, aber er ist immer noch Lukas. Trotz der Wolken. Nur sind es nicht mehr die Augen, mit denen ein verliebter Lukas seine Nika angesehen hat. Es sind andere. Das sind die Augen eines Mannes, der unschuldig im Gefängnis saß und der jetzt erstmals die Frau anschaut, die ihm das angetan hat.

Ich hab mich nicht getäuscht damals. Er hätte mir das nie verzeihen können. Wir hatten von Anfang an keine Chance.

«Ich weiß nicht, wo ich ... anfangen soll, mich zu entschuldigen», stammele ich. «Das hätte alles anders laufen müssen. Ich wollte nicht ... Ich hätte es dir einfach sagen müssen. Ich –» Und dann breche ich wieder ab und sehe ihn einfach nur an. Warte, dass er etwas sagt.

Da sitzen wir also, nach so vielen Jahren. Einfach so, einander gegenüber. Die Kraft dessen, was zwischen uns steht, ist kaum auszuhalten. Trotzdem ist es gut, dass das hier passiert, weil es meine Entscheidung zwar nicht rechtfertigt, aber sie im Nachhinein etwas erklärt.

Lukas holt Luft, sein Blick schweift kurz ab und kehrt dann zu mir zurück, mit voller Wucht.

«Ich wäre sofort wieder gegangen, ich hätte nie Geige für dich gespielt, ich hätte dir nie gesagt, dass dein Gesicht langweilig ist, ich hätte nie ...» Er bricht ab. Und ich glaube ihn noch hören zu können, den Schmerz in seiner Stimme. Ich kann ihn spüren, wie er in seiner Brust glimmt.

«Du hättest mich nie geküsst und du hättest mir nicht all die wunderbaren Seiten von dir gezeigt, wärst nicht mit mir über Balkone geklettert und ...» Ich schlucke schwer. Es sollte leicht klingen, eine unverfängliche Andeutung. Aber der Ton gerät mir schief, und meine Gesichtsmuskeln wollen mir nicht folgen. Auch Lukas lächelt nicht. Uns beiden ist nicht danach.

«Als du weg warst, hab ich mich gefühlt wie ...» Er zögert kurz, dann huscht doch der Hauch eines Lächelns über sein Gesicht. «Ich hab mich ein bisschen wie Kevin Arnolds Dad gefühlt. *Wunderbare Jahre*, Staffel drei. Die Folge, in der er sich nicht überwinden kann, ein neues Auto zu kaufen, obwohl er weiß, dass sein altes kurz vor dem Zusammenbruch steht.» Noch einmal hält er inne. «Dabei waren wir längst zusammengebrochen. Du warst weg, Nika, und ich wusste einfach nicht, warum.»

«Jetzt weißt du es ...», flüstere ich.

«Ja», erwidert er knapp. «Jetzt weiß ich es.»

Eine Weile sitzen wir stumm voreinander, und es ist mir, als müsste man hören können, wie es in uns arbeitet. Als könnte ein Herz verdauen wie ein Magen und all die zornigen und traurigen Gefühle zersetzen.

«Und?», erkundige ich mich vorsichtig.

«Ich an deiner Stelle wäre auch gegangen.»

Stoßartig atme ich aus und merke erst jetzt, dass ich die Luft angehalten habe.

Ich hatte etwas anderes erwartet. So etwas wie: «Du hättest mit mir reden können, wir hätten das geschafft.» Aber so ist es ehrlicher. So ist es, stelle ich fest: richtig.

«Aber es wäre trotzdem besser gewesen, du hättest es mir gesagt», fügt er hinzu.

«Ja», gebe ich zu.

«Um damit abschließen zu können», ergänzt er, und ich erwidere noch einmal: «Ja.»

Ich spiele mit dem Ärmel meiner Bluse und blicke Lukas verstohlen an. Als würde ich heimlich Andenken sammeln an etwas, das heute endgültig seinen Abschluss findet. Und in allem, was ich an ihm beobachte, in allem, was ich von ihm höre und mit unserer gemeinsamen Zeit assoziiere, liegt so viel Nostalgie. Ich glaube, man kann süchtig werden nach Nostalgie. Es ist eine sehr gefährliche Droge. Sie gaukelt einem vor, dass etwas noch da ist, was man längst verloren hat. Umso heftiger ist der Entzug, die Rückkehr in die Realität. Vielleicht gibt es Menschen, die gar nicht ganz in der Gegenwart leben. Deren Gedanken immer ein wenig wandern, vor und zurück, und lieber im Damals verharren, als sich ganz und gar auf das Jetzt einzulassen.

Ich muss daran denken, wie ich heute Morgen, bevor ich aufbrach, die Geigennoten in der Hand hatte. Ich hielt sie so lange, als könnten sie mir eine Entscheidung abnehmen. Eine Entscheidung, die längst gefallen war. Über die es nicht einmal nachzudenken galt.

«Ich war noch mal da, in München», sage ich schließlich. «Damals, vor zehn Jahren. Zwei Wochen nachdem ich dich verlassen hatte, habe ich mir ein Zugticket nach München gekauft. Bin vom Bahnhof aus zu dem Haus gelaufen, aber du warst schon weg. Und jetzt sind auch noch die Platanen fort.»

«Ich konnte nicht bleiben, nicht mit all den Erinnerungen im Raum. Mit deinem Geruch und dem Gefühl, ständig und überall dein Lachen zu hören oder das Geräusch, wenn du den Schlüssel ins Schloss steckst und deine Schuhe von den Füßen kickst. Ich musste da weg», erklärt Lukas.

Ich nicke. «Es gab keine Zukunft für uns, so wie wir uns ... wie du und ich ...» Ich hole Luft, meine Stimme zittert und bebt, ist ein Erdrutsch, eine Lawine voller Gefühle. «Ich war mit schuld daran, dass deine Zukunft verdorben war. Du hättest mir nicht verziehen, ich wusste das.»

«Nein, das hätte ich nicht», stellt Lukas fest. Und da merke ich, wie anders seine Stimme klingt. Dass ein erwachsener Ton dazugekommen ist, ein selbstbewusster. Er ist ein Mann geworden, der sehr genau weiß, was er will und was nicht. Er kennt sich, weiß, was gut für ihn ist. Das ist etwas, was nicht allzu viele Menschen von sich behaupten können. Zu wissen, wer man ist und sein möchte, und genau danach zu handeln.

Kannst du es mir jetzt verzeihen?, will ich fragen, aber ich traue mich nicht. Stattdessen sage ich: «Hast du etwas geahnt?»

Er schaut an mir vorbei, wahrscheinlich auf das Bild hinter mir an der Wand. Ich widerstehe dem Drang, nachzusehen, was darauf zu sehen ist. Ist es das mit dem alten Mann auf einer Parkbank oder das mit dem Kind auf dem Schaukelpferd? Es spielt keine Rolle. Er sieht an mir vorbei, und ich an ihm. Zwei Richtungen, zwei völlig verschiedene Leben, die sich lediglich für neun Tage gekreuzt haben.

Dann sagt er: «Vielleicht hätte ich es ahnen *müssen*. Ich wusste ja, dass du Anwältin bist, Annika.» Er zuckt mit den Schultern.

Es entgeht mir nicht, dass er mich bei meinem vollen Namen nennt, und es hat den gleichen Effekt, als wenn er angefangen hätte, mich zu siezen.

«Aber wie hätte ich dich ...», fährt er fort, und für einen kurzen Moment huscht etwas Liebevolles in seinen Blick. «... *dich* mit dieser *Person* in Einklang bringen sollen?»

«Ja, ich bin ein Mensch, der einen großen Fehler gemacht hat. Aber ich habe dich geliebt. Sehr. Und erst kapiert, wer du bist und wie unsere Leben schon vor diesen neun Tagen zusammenhingen, als ... als ...» Ich hänge in der Luft mit diesem Geständnis, der Tatsache, dass ich es ahnte in unserer letzten Nacht und nichts gesagt habe. Aber Lukas' Blick verrät mir, dass das gar keine Rolle mehr spielt. Also lasse ich den Satz unbeendet und schüttele nachdenklich den Kopf.

Er verzieht den Mund. «Und jetzt hat ausgerechnet Ben unsere Geschichte aufgeschrieben.»

«Ja ... ausgerechnet», erwidere ich. «Ausgerechnet mein Ben.»

Warm schmeckt sein Name auf meiner Zunge. Eine Spur bitter und süß zugleich. Die Buchstaben rauschen wie flüssiges Gold durch meine Adern. *Ben*. Der Mann, zu dem ich gehöre.

«Ich weiß», sagt er schlicht. Die Finger seiner rechten Hand auf dem Tisch zucken in meine Richtung, aber er schiebt sie nicht zu mir, und ich weiß auch nicht, ob ich nicht zurückgewichen wäre.

Wir schweigen. Was gibt es auch noch zu sagen? Ich schaue erneut an ihm vorbei, sehe den Dampf der großen Kaffeemaschine hinter der Theke, den Rücken der Barista, die Milch schäumt, und richte die Augen dann auf den Boden. Lukas' dunkle Jacke liegt wie ein Häufchen Elend hinter ihm und erinnert mich an ein anderes Bündel. Ein lebendiges, schwarzes Bündel, dessen Hundegesicht sich mit dem von Fieps mischt. Und ich muss einfach nachfragen.

«Was ist aus A. M. geworden? Lebt sie noch?»

Er schüttelt langsam den Kopf. Wie anders das heute bei ihm aussieht. Es ist, als würde ich ihn zum ersten Mal den Kopf schütteln sehen.

«Sie ist, zwei Jahre nachdem du weg warst, gestorben. Krebs. Ich musste sie einschläfern lassen. Aber der Tierarzt meinte, sie wäre etwa zwölf bis sechzehn Jahre alt geworden.»

«Annabelle-Marie ...» Mit dem Namen des Hundes kriecht ein Lachen aus meiner Kehle. «Ich hab dich nie gefragt, wie du ausgerechnet auf Annabelle-Marie gekommen bist.»

«Ich hab sie vor der Praxis meiner Hausärztin aufgelesen. Dr. Annabelle-Marie Prockmann.»

«Das passt zu dir», sage ich vorsichtig, auch wenn es stimmt. Und doch fühlt es sich falsch an, mir jetzt noch anzumaßen, ihn zu kennen. «Ich hab deine Plastikrose in einer Schublade aufbewahrt. Damit mein Freund sie nicht findet und womöglich entsorgt», höre ich mich sagen.

«Das ist nichts, was du in deinen Lebenslauf schreiben würdest», sagt er leise.

Ich schaue auf die feinen Fältchen um seine Augen, die wie winzige weiße Linien in seiner braunen Haut verlaufen.

Er war viel draußen, denke ich. Er hat etwas gefunden, was er liebt.

«Nein», antworte ich und spüre, wie sehr meine Hände seine berühren wollen. «Ist es wohl nicht.»

Und nach einer Pause, in der ich mit meinen Händen und meinen Gefühlen kämpfe, frage ich: «Was steht in deinem Lebenslauf, das ich nicht vermutet hätte?» Ich sehe ihm fest in die Augen.

«Ich bin durchschaubar, Nika. Das weißt du doch», sagt er mit sarkastischem Unterton.

Vielleicht ist es der vertraute Spitzname, vielleicht die Tatsache, dass das natürlich völliger Unsinn ist. Lukas war nie durchschaubar. Doch auch er hat ein Gesicht, in dem man lesen kann, und nun sitze ich seit einigen Minuten vor ihm und lese einfach nicht darin. Vielleicht, weil ich Angst habe, dass mir das, was ich dort lese, zu gut gefallen könnte. Aber vermutlich fürchte ich einfach zu sehr, es nicht mehr zu mögen.

«Jetzt siehst du mir in die Augen», sagt er und lächelt. Es wirkt nicht mehr traurig, dieses Lächeln. Und auch sein Gesicht ist nicht mehr traurig. Nicht böse, nicht verletzt.

Ich lese dich ..., denke ich und meine damit nicht Lukas, ich meine Ben. Natürlich meine ich Ben. In jeglicher Hinsicht kann ich in ihm lesen. Nicht, weil er langweilig ist. Nicht, weil er Schriftsteller ist. Schon gar nicht, weil er sich aufdrängt. Sondern weil er ist, wie er ist. Offen, jemand, der nichts zu verbergen hat. Jemand, der mich so sehr liebt, dass er mich hierhergeschickt hat. Voller Vertrauen. Weil er mir ganz einfach die Wahl lassen will.

Was für ein Glück, mit dir in Glückstadt zu leben, Anni.

«Ich bin auf Reisen gegangen, Nika», sagt Lukas in meine Gedanken hinein. «Ich hab die Welt gesehen. Ich war fast überall. Und ich hab ein Buch geschrieben. Es scheint wohl, du stehst auf Schriftsteller …» Seine Stimme ist warm, es liegt kein Vorwurf mehr darin.

«Scheint wohl so», erwidere ich.

Und dann erzählt Lukas von Afrika, von einer Reifenpanne in der Mongolei, von einer Frau in einem anatolischen Dorf, die ihn für ihren verschollenen Bruder gehalten hat. Es ist, als säße ich mit einem guten Freund zusammen, der viele interessante Geschichten zu erzählen hat. Und in all diesen Storys, in den lustigen Anekdoten suche ich nach dem Lukas, den ich geliebt habe. Ich finde ihn in Fragmenten. Dann, wenn er die Augen zusammenkneift und seine Lippen dünner werden, weil er von den katastrophalen Zuständen in einem ghanaischen Krankenhaus berichtet. Wenn er mir auf den Mund sieht und ich mich frage, ob er darauf wartet, dass ich wie früher die Lippen zwischen die Zähne ziehe. Und vor allem, wenn mein Kopf mir einen Streich spielt und es für Sekunden so aussieht, als wären es draußen die Platanen, die im Sturm wehen, wo es doch ein Kastanienbaum ist, den man durch die Glasscheibe des Cafés sieht.

«Ich benutze einen Schuhlöffel, wenn ich mir die Schuhe anziehe», sage ich irgendwann, vollkommen unvermittelt. Doch Lukas lacht. Er hält die Dinger ja für die wichtigste Erfindung der Neuzeit, wie er mir damals sagte. Ein wenig zu laut vielleicht über diesen leisen Scherz, der gar keiner ist, sondern der wie alles, was wir aus den gemeinsamen Tagen vorsichtig tauschen, eine Flutwelle an Erinnerungen mit sich bringt.

«Das war gut mit uns», sagt er.

«Ja, das war sehr gut.»

Natürlich sehe ich noch, was wir hatten. Ich sehe unseren Kuss auf der Apfelplantage, aber ich spüre seine Lippen nicht mehr. Stattdessen sehe ich Ben und mich im Kindergartenflur, und ich habe sogar den Geruch in der Nase, diesen Duft nach Kindercreme und nassen Gummistiefeln. Ich muss lächeln. Ja, Lukas und ich hatten neun Tage Wunder, aber es ging uns wie der Eintagsfliege. Die Liebe zwischen Ben und mir dagegen ist ein Elefant. Langlebig und so stark, dass man sich an ihr festhalten kann.

«Lukas?»

«Ja?»

«Wem gehört die einundzwanzigste Sommersprosse jetzt?»

«Dir», sagt er knapp. «Sie wird immer dir gehören. Nur manchmal schau ich in den Spiegel und frag mich, ob sie überhaupt noch da ist. Vielleicht seh ich sie eines Tages nicht mehr, aber dann weiß ich, dass sie da war.»

Mein Blick verschwimmt leicht. «Vielleicht ist es eine Eintagsfliegen-Sommersprosse», sage ich leise.

«Das kann sein», erwidert er.

Erst als mich Lukas' Blick von unten trifft, nicht von oben wie zuvor, merke ich, dass ich aufgestanden bin. Und erst als ich jetzt in seine Augen sehe und dem Blick endlich standhalten kann, weiß ich, dass er ein Fremder ist. Und dass er es bleiben wird. Vielleicht hätten wir unser Glück unter anderen Vorzeichen gemeinsam gefunden. Aber es hätte genauso gut sein können, dass es uns unterwegs verloren gegangen wäre oder wir es abgestreift hätten wie ein Paar ausgelatschte Schuhe. Das spielt jetzt auch keine Rolle mehr. Ich bin Anni aus Glückstadt, und was für ein Glück, dass ich dort mit Ben leben darf.

Ich werde die Liebe zu Lukas für immer in mir tragen. Warum auch nicht? Liebe richtet keinen Schaden an, wenn man sich an sie erinnert, solange sie nicht zu viel Raum einnimmt. Ich brauche keine Plastikblumen, und ich brauche keinen Musselinschal dazu. Ich kann einfach in mein Herz schauen und wissen, da ist ein Platz für ihn, aber er füllt das Herz nicht mehr komplett aus.

Und ich hoffe so sehr, dass es nicht zu spät ist für Ben und mich. Ich habe ihn nie betrogen, aber wenn ich ganz ehrlich zu mir selbst bin, dann habe ich etwas ebenso Schlimmes getan: Ich habe ihm einen Teil meiner Vergangenheit verschwiegen, der nie ganz aus meinem Herzen ausziehen konnte.

«Danke», sage ich, und Lukas versteht. Er hebt die Hand, ein Gruß für Fremde. Kein Kuss. Keine Umarmung. Und nichts in mir sehnt sich danach. «Danke für neun Tage Wunder.»

Er nickt. «Danke, dass du ehrlich zu mir warst. Es ist gut, diese letzte Lücke in meinem Leben zu füllen.»

Laut Bens Etymologie-Wörterbuch ist ein «Wunder» *ein Erstaunen verursachendes, ungewöhnliches Ereignis*. Vielleicht ist Liebe das immer. Und vielleicht muss man sich von der Vorstellung trennen, dass Liebe etwas sein muss, das Bestand hat. Es kann sein, dass ihre Größe nichts mit ihrer Dauer zu tun hat.

Ich lasse Nika in diesem Café zurück, ich gehe als Anni. Und ich drehe mich nicht mehr um.

KAPITEL 34

BEN

HEUTE

Sie ist reingegangen, ins Café. Der Schmerz ist schneidend. Dabei muss sie denken, dass ich es bin, den sie trifft. Es gibt keinen Grund für den Schmerz, außer den, dass ich ihn selbst verursacht habe.

Es ist warm für Ende März, aber der Steg am See ist noch nicht bestuhlt. Dennoch will ich mich so weit wie möglich wegsetzen von dem Glaskubus, den Anni betreten hat. Ich hätte gar nicht herkommen sollen, aber ich wollte sehen, ob sie auftaucht. Dabei habe ich hier nichts verloren. Dennoch halte ich es an keinem anderen Ort aus.

Und jetzt ist sie da drin. Mit ihm.

«*Du hattest schon immer etwas übrig für Dramatik, Ben*», höre ich meine Mutter sagen. Sie hat recht. Vielleicht bin ich deshalb Schriftsteller geworden. Weil meine Figuren für mich dramatisch sein können, ohne dass sich jemand daran stört. Weil es die Geschichte erfordert. Aber hier hat sich alles vermischt. Mein Leben mit der Fiktion.

Wahrscheinlich ist es das Dramatischste, was ich je getan habe und je tun werde. Ich gebe Anni die Möglichkeit, den Mann zu finden, den sie verloren hat. Und ich könnte verstehen, wenn sie ihn festhält und mich loslässt. Neun Tage Wunder, neun Tage Gefühl, neun Tage Glück. Ich weiß, dass sie schwerer wiegen können als Jahre, dass sie mehr bedeuten können. Und hoffe doch so sehr, dass sie es nicht tun.

Ich schaue hinunter auf das brackige Wasser im Teich und möchte mich selbst schlagen und gleichzeitig beglückwünschen. Das hier ist vermutlich das Klügste – und Dümmste –, was ich je getan habe. Aber es ist eindeutig richtig.

Ich wünschte, ich hätte meine Etymologie hier, um mich mit Worten zu trösten. Ich würde gerne das Wort «Vertrauen» nachschlagen. Ich bin mir nicht mehr sicher, welchen Ursprung es hat. Aber ich bin mir sicher, dass das Wort «trauen» in seiner Doppelbedeutung noch nie so gestimmt hat, wie heute. Ich muss Anni trauen, an sie glauben, an uns. Und ich muss mutig sein, das Wagnis eingehen, sie loszulassen.

Die Sekunden, Minuten und Stunden haben ihren ursprünglichen Wert irgendwie verloren. Sie ziehen sich und dehnen sich in alle Richtungen. Mein linkes Bein schläft ein, eine Wespe landet auf meinem Arm, und entfernt höre ich Glocken schlagen. Beim vierten Schlag mischen sich Schritte darunter, und dann setzt sich jemand neben mich. Ich schaue nicht auf. Es ist Anni. Ich spüre es, an ihrer Wärme, an der Art, wie sie sich auf den Hintern fallen lässt. An ihrem Geruch und dem Rascheln ihres knallroten Frühlingsmantels.

«Hey», sagt sie. Und: «Ben ...» Ihre Stimme ist so leise, nur ein Hauch.

Sie berührt mich nicht, und ich kann sie nicht ansehen. Zu sehr fürchte ich mich davor. Denn ich würde es sofort sehen, so viel ist klar.

«Ben STOPP», sagt sie. «Hier Anni aus Glückstadt STOPP Die nicht weiß, was sie sagen soll, außer danke STOPP Dafür, dass du ... bist, wer du bist, und einfach, wie du bist STOPP Willst du mich denn noch haben? STOPP Kreuze an STOPP Ja, nein, vielleicht STOPP.»

«Die Nachricht ist zu lang», erkläre ich. «Das funktioniert so nicht, wenn Hunde pinkeln.» Dann endlich, endlich drehe ich mein Gesicht zu ihr.

Sie lächelt. Dieses Lächeln, das eben nicht Lukas gehört und mir auch nicht. Das Lächeln, das ihr alleine gehört und mit dem sie die Welt ein bisschen heller macht.

«Ich würde für dich immer in das Kreuzchen *Ja* pinkeln. Das weißt du.»

Sie schlingt vorsichtig, fast fragend ihre Arme um mich. «Ich weiß, dass du Claire sehr geliebt hast, aber ich war nicht eifersüchtig, weil ich wusste, das ist vorbei. Allerdings könnte ich rasend werden, wenn ich an Ebba denke, deine Jugendliebe. Du hast ihr ein ganzes Buch gewidmet, es gibt keines, das du mir gewidmet hast. Und ich bin mir nicht sicher, ob ich das Gleiche für dich getan hätte.» Sie deutet vage nach hinten auf den Glaskubus. «Vielleicht liebe ich egoistischer als du, aber ich liebe dich. Nur dich.»

Ich lege meine Hand an Annis Wange und drücke ihren Kopf sanft gegen meine Schulter. «All meine Bücher sind Menschen gewidmet, die nicht mehr da sind. Auf die eine oder die andere Art und Weise. Meine Mutter und mein Vater. Meine Großeltern. Onkel Alwin, der den Kontakt zu uns abgebrochen hat, weil er den Schmerz über den Verlust seines Bruders nicht aushält. Ebba. Dir habe ich kein Buch gewidmet, weil du da bist», erwidere ich. «Du bist doch noch da, oder?»

«Ich bin noch da», sagt sie. «Und ich gehe auch nicht weg.»

Und genau das sind die Worte, die ich später in die Widmung für *Neun Tage Wunder* schreibe. Später, als wir alles ausgesprochen und uns auch kurz angeschrien haben, als sie geweint hat und ich auch. Als ich mir sicher bin, dass sie es ernst meint. Als ich erfahre, was mit Maren los ist, und Anni mir versichert, so oder so, wir würden das hinbekommen. Nach vielen Worten und Tränen, nachdem sich der Druck auf meinem Herzen gelöst hat, schreibe ich: *Für alle, die noch da sind. Und nicht weggehen. Für die, die einmal dagewesen sind. Für uns.*

EPILOG

ANNI

Ein Jahr später

Noch ist der Stuhl hinter dem Tisch leer. Aber eine Flasche Wasser steht schon bereit. Eine italienische Marke, in roter Schrift leuchtet quer über dem Etikett «Naturale». Das Glas davor ist gefüllt. Es ist ein farbiges Glas, weshalb man die kleinen, verräterischen Bläschen nicht sehen kann.

Laila, Lena und ich sitzen in der dritten Reihe, um Ben nicht durcheinanderzubringen. Es ist seine erste Lesung aus *Neun Tage Wunder*. Heute ist Veröffentlichungstag. Der Tag, der sich für jede Autorin, jeden Autor anfühlen muss wie ein Flug ins ungewisse All.

Nur zwei Plätze sind noch frei, als wären sie Platzhalter für die beiden Menschen, die wir einmal geliebt haben. Ben seine Ebba, ich Lukas. Und auch Maren fehlt. Sie ist seit einigen Tagen in einer Therapieeinrichtung untergebracht, wo sie sich zum Glück schon erstaunlich gut eingelebt hat.

Vorhin, als ich die Buchhandlung betreten habe, habe ich den Bildband von Lukas gesehen, zusammen mit einem kleinen weißen Zettel, einer Empfehlung der Buchhändlerin. Ich war nicht in Versuchung, das Buch noch einmal aufzuschlagen. Lukas' und meine Geschichte ist zu Ende. Es gibt keinen Grund, weiter darin zu blättern.

Laila knufft mich in die Seite. Sie hat kleine rote Flecken im Gesicht, wie immer, wenn sie nervös ist. «Ich weiß nicht, wie du das machst. Wie du ruhig bleiben kannst», sagt sie. «Es ist so unglaublich aufregend.»

«Er liest nur etwas vor, Laila. Es ist nichts anderes, als wenn ich Lena ins Bett bringe, nur dass Ben schlechter Stimmen imitieren kann als ich», behaupte ich, aber natürlich ist da eine ganze Herde Seepferdchen in meinem Bauch.

«Du kannst mich nicht täuschen, du bist schlecht im Lügen», sagt Laila. Aber das stimmt nicht ganz, auch wenn es schön wäre. «Machst einen auf obercool, dabei warst du schon dreimal auf dem Klo und hast jeweils nur zwei Tropfen gepinkelt. Nervositätspinkeltropfen waren das.» Sie sieht mich an. «Es ist nicht irgendein Buch, Anni. Es ist *das* Buch!»

Das sagt sie, ohne eine Ahnung zu haben, dass Ben *meine* Liebesgeschichte zu Papier gebracht hat und unsere eigene damit gerettet hat. Sie weiß nur, dass er das Buch zu einem horrenden Vorschuss verkauft hat. Und dass es bereits in den Tagen vor der Veröffentlichung von mehreren einflussreichen Literaturkritikern gehypt wurde.

«Spannend wird es erst, wenn er trinkt», erkläre ich und deute auf die falsche Flasche «Naturale».

«Du spinnst», erklärt Laila, als sie versteht, was ich andeute. Dann gluckst sie, es klingt wie ein Kaninchen mit Schluckauf. «Du abgebrühtes Wesen, ich kenne dich nicht.»

Ich lache leise.

Lena stupst mich von der anderen Seite. «Sei still, es geht los», wispert sie.

Ich nicke und sage etwas lauter als Lena zu Laila: «Sei endlich still, es geht los!»

Laila erstarrt einen Moment, dann sucht sie hektisch in ihrer Handtasche nach ihrem Handy und stellt es auf lautlos. Sie gehört zu den Menschen, an denen die Kinowarnung, doch dringend das Handy leise zu stellen, nicht spurlos vorübergegangen ist. Sie hat panische Angst, in einer ruhigen, stillen Umgebung zu sitzen und die Frau mit dem klingelnden Handy zu sein.

«Das wäre peinlicher als bei einer Beerdigung», behauptet sie und atmet erleichtert aus.

Ben kommt auf die Bühne und schaut ins Publikum.

Vielleicht sieht auch er, dass Bjarne da ist – in männlicher Begleitung! Sein Freund ist rothaarig, und ich kann ihn mir beim besten Willen nicht mit einem Fischbrötchen in der Hand vorstellen. Aber Bjarne wirkt glücklich. Auch, weil er jetzt manchmal einen Fall vor Gericht verhandelt und weil er der armen Christa eine dicke Gehaltserhöhung verpasst hat, ohne zu wissen, dass sie viel lieber unentgeltlich seine Hemden bügeln und seine Bettwäsche glatt streichen würde. Kurz vor Weihnachten hat er sich geoutet. Christa hat vor vierzehn Tagen unbezahlten Urlaub eingereicht, zunächst einmal für sechs Wochen. Sie muss jetzt das tun, was ich bei meiner letzten München-Reise erledigt habe: einen Traum begraben. Das kann wehtun oder erleichternd sein. Oder beides. Für jeden ist es anders.

Ben setzt sich, nimmt einen Schluck und hebt dann den Blick. Er grinst mich an.

Er schluckt erneut – und trinkt das ganze Glas auf einmal aus. Das heißt, er wird noch zwei oder drei Sätze herausbekommen, bevor der Schluckauf beginnt. Bevor es schlimmer wird und er aufstoßen muss.

Er beginnt, zu lesen. Und es sind ausnahmsweise nicht seine Worte, sondern die, die ich vor einem Jahr unter sein Manuskript gesetzt habe: «Ich wollte die Gegenwart festhalten, nicht im Vergangenen verharren, aber wie das mit den Erinnerungen so ist … vielleicht sind sie auf einer Warft ein wenig windiger und unbeständiger als in der Münchner

Großstadt. Und haben deshalb einen Nebel über mein perfektes Glück geschoben. Denn der Zauber einer unbeendeten, einer offenen Geschichte ist in Wahrheit keine Magie. Sondern ein Fluch. Man muss Dinge beenden, ordentlich zu Ende bringen, um frei zu sein. Ich bin frei, und ich habe Seepferdchen im Bauch. Deinetwegen.»

«Cheeeeeesy», sagt Lena und streckt die Zunge raus, als würde sie würgen. Doch dann grinst sie und klatscht, weil sie glaubt, es wäre jetzt vorbei. Dabei fängt es gerade neu an.

Ich bin Anni aus Glückstadt, und ich bin glücklich.

DANKSAGUNG

Ich bin Kristina, und ich bin glücklich, weil es diese Menschen in meinem Leben gibt:

- meine liebe Lektorin Ditta. Ich danke dir von Herzen für die wunderbare Arbeit an diesem unserem schon dritten gemeinsamen Buch. Wie immer ist es eine Freude gewesen, mit dir am Text zu feilen.
- meine wunderbare Agentin Franziska. Du bist zwar nicht durch ein Wunder, aber durch eine glückliche Fügung (namens Julia) in mein Leben gekommen, und ich bin dir unfassbar dankbar. Für jedes Wort, jeden Rat, jede Tat und dass du alles, was in den letzten beiden Jahren mit meinem Schreiben passiert ist, erst möglich gemacht hast.
- T. und M., meine beiden persönlichen kleinen Wunder. Ich bin dankbar für jeden Tag, an dem ich eure Mama sein darf.
- meinen Mann Tom. Unsere Liebe ist definitiv keine Eintagsfliege, und dafür bin ich sehr dankbar.
- meine Schwestern Teresa und Luisa. Danke für eure Liebe, euer Interesse, eure Nähe, selbst wenn viele Kilometer und Meilen zwischen uns liegen.
- meine Tante Susi, der so oft die Widmung durch die Lappen gegangen ist. This is for you. Danke für alles.
- meine Freundinnen Christiane, Heike, Tamaris, Isi, Jani, Seli, Corinna, Melina, Nicole, Sophie, Simone und Naddel.
- meine Buchclubmädels Christine, Christiane, Franzi, Helena und Manon.

- meine Kolleginnen Katharina, Kirsten, Christiane, Silke, Theresia, Carina und alle anderen lieben Menschen aus der Zeit meiner Bürojobs. Dank geht insbesondere an Frederike, die für mich die Geigenszenen Korrektur gelesen und mir wichtige Anmerkungen gegeben hat. Dank dir weiß ich, dass man eine Geige jedes Mal (!) stimmen muss, bevor man sie spielt, und ich weiß auch wieder, warum ich kein Instrument spiele, es aber wahnsinnig gerne können würde.
- meine Eltern. Auch wenn meine Mama nicht mehr hier sein kann. Ihr habt mir vorgelebt, was Liebe ist. Ihr hattet es nicht immer leicht, aber ich weiß, dass ihr euch wirklich geliebt habt. Ich weiß auch dank euch, dass Liebe nicht immer perfekt sein muss. Dass man sich in einer Beziehung auch mal verlieren darf und sich dennoch immer wiederfinden kann, wenn man es möchte.
- meine lieben Kolleginnen und Freundinnen Angela Kirchner, Lilly Lucas, Kathinka Engel, Kyra Groh und Carina Schnell. Besonderen Dank an Nikola Hotel und Meike Werkmeister – die Quotes und die Zeit, die ihr euch genommen habt für mein Buch. Der Austausch mit euch allen ist unersetzlich.
- meine Leser:innen. Danke an euch und an alle Blogger:innen und Booktoker:innen, fürs Lesen und Lieben, fürs Weiterempfehlen und Posten, fürs Rezensieren, Klicken und Vorbestellen und für euer Interesse an meinen Büchern. Danke, dass das Schreiben dank euch mein Beruf sein darf und kein *One Day Wonder* geblieben ist.

Weitere Titel

Herz sucht Zuhause

Twelve Months of Romance

Was wir sehen, wenn wir lieben